EVE CHASE

Black Rabbit Hall

Eine Familie.
Ein Geheimnis.
Ein Sommer, der alles verändert.

Eve Chase

Black Rabbit Hall

Eine Familie. Ein Geheimnis.
Ein Sommer, der alles verändert.

ROMAN

Aus dem Englischen
von Carolin Müller

blanvalet

Die Originalausgabe erschien 2015
unter dem Titel »Black Rabbit Hall« bei Michael Joseph,
an Imprint of Penguin RandomHouse UK, London.

Verlagsgruppe Random House FSC® N001967

1. Auflage

Redaktion: Susann Rehlein
Umschlaggestaltung: www.buerosued.de
Umschlagmotive: Alamy Stock Photo: Mint Images Limited;
Anastasy Yarmolovich
Satz: Vornehm Mediengestaltung GmbH, München
Druck und Bindung: GGP Media GmbH, Pößneck
LH · Herstellung: wag
Printed in Germany
ISBN 978-3-7341-0527-2

www.blanvalet.de

Für Oscar, Jago und Alice

Prolog

Amber, am letzten Tag der Sommerferien
1969, Cornwall

Auf dem Klippenvorsprung fühle ich mich sicher, jedenfalls sicherer als im Haus. Dieser geheime Ort, ein paar Schritte vom Küstenweg entfernt, und zwanzig Minuten Kletterei, ist weit genug von Black Rabbit Halls wachsamen Fenstern entfernt. Ich verharre einen Moment lang auf der Klippe – der Wind peitscht mein Kleid um meine Beine, meine Fußsohlen kribbeln –, dann lasse ich mich vorsichtig, nach Grasbüscheln greifend, hinunter, das Meer braust in meinen Ohren. Besser nicht nach unten blicken. Ein beherzter Sprung, und ich throne direkt an der Schwelle zum Himmel.

Ein Schritt zu weit, und alles ist vorbei. Ich würde es nicht tun. Aber die Tatsache, dass ich es könnte, gefällt mir. Dass ich heute eine gewisse Kontrolle über mein Schicksal habe.

Gegen die Felswand gedrückt, schöpfe ich Atem. So viel fieberhaftes Suchen: im Wald, in den Zimmern, treppauf und treppab. Wundgescheuerte Fersen in zu kleinen Turnschuhen. Und noch immer habe ich sie nicht gefunden. Wo *sind* sie nur? Ich schirme meine Augen vor dem blendenden Himmel ab und suche die flaschengrünen Gipfel auf der anderen Seite der Bucht ab. Sie sind menschenleer. Bloß Rinder auf den Feldern.

Den Rücken am Fels, rutsche ich langsam nach unten, dabei

schiebt sich mein Kleid hoch, sodass der Wind zwischen meinen nackten gebeugten Beinen hindurchfährt.

Endlich innehalten, ich kann den Ereignissen des Tages nicht länger entfliehen. Sogar das Schlagen der Wellen auf den Felsen lässt meine Wange erneut brennen. Ich blinzle, und da ist das Haus, seine Silhouette hat sich ins Innere meiner Lider gebrannt. Also versuche ich, die Augen offen zu halten, und meine Gedanken verlieren sich am weiten rosafarbenen Himmel, an dem die Sonne und der Mond wie Frage und Antwort hängen. Ich vergesse, dass ich eigentlich weitersuchen sollte. Dass die Minuten schneller vorbeiziehen als Wolken in der Abenddämmerung. Doch ich kann nur an meine Flucht denken.

Ich weiß nicht, wie lange ich schon dort sitze, als mein Gedankenfluss von einem riesigen schwarzen Vogel durchbrochen wird, der im Sturzflug über die Klippe schießt, so nah, dass sich seine Krallen beinahe in meinen Haaren verfangen hätten. Ich ducke mich instinktiv unter dem Luftzug seines Flügelschlags weg, und meine Nase berührt die kühle Haut meiner Knie. Als ich wieder emporschaue, richtet sich mein Blick nicht länger in den Himmel, sondern auf Treibgut, das unten in der Flut auf den Wogen tanzt.

Nein, kein Treibgut. Etwas Lebendiges. Ein Delfin? Oder sind es die Quallen, die schon die ganze Woche lang in unsere Bucht gespült werden wie eine verlorene Ladung grauer Glasschüsseln? Vielleicht. Ich beuge mich vor, neige den Kopf über die Kante, um besser sehen zu können. Meine Haare flattern wie wild, mein Herz schlägt schneller, und ich fange an, das Schreckliche, das sich da dicht unter der schimmernden blauen Oberfläche bewegt, zu ahnen, ohne es schon wirklich zu erkennen. Noch nicht.

1

Lorna, mehr als drei Jahrzehnte später

Das ist eine dieser Reisen. Je näher man dem Ziel kommt, desto schwerer ist vorstellbar, dass man es wirklich jemals erreichen wird. Es gibt immer noch eine weitere Straßenbiegung, eine ruckelnde Fahrt, bis der Feldweg im Nirgendwo endet. Und es wird immer später. Warmer Sommerregen trommelt aufs Autodach.

»Ich schlage vor, wir lassen es gut sein und fahren ins Bed and Breakfast zurück.« Jon reckt den Hals übers Lenkrad, um die Straße, die sich vor der Windschutzscheibe verflüssigt, besser sehen zu können. »Wir genehmigen uns ein Bier und visieren eine Hochzeit irgendwo im Umkreis der M25 an. Was meinst du?«

Lorna malt mit der Fingerspitze ein Haus auf das angelaufene Fenster: Dach, Schornstein, Rauchschnörkel. »Lieber nicht, Schatz.«

»Irgendwo, wo es ein sonniges Mikroklima hat, vielleicht?«

»Sehr witzig.« Ungeachtet der Enttäuschungen, die der Tag bisher gebracht hatte – keine der Örtlichkeiten hatte ihren Erwartungen entsprochen, alle waren überteuert, aber dennoch geschmacklos –, ist Lorna ziemlich glücklich. Es hat etwas Berauschendes, mit dem Mann, den sie heiraten wird, durch dieses stürmische Wetter zu fahren. Nur sie beide, ganz gemütlich in ihrem keuchenden kleinen roten Fiat. Wenn sie alt und grau sind, werden sie sich an diese Reise erinnern, denkt sie. Als sie noch jung waren und verliebt und im Auto durch den Regen fuhren.

»Na toll.« Finster blickt Jon auf einen bedrohlichen dunklen Umriss im Rückspiegel. »Alles, was ich jetzt noch brauche, ist ein verdammter Traktor im Nacken.« Er hält an einer Kreuzung, an der diverse windgekrümmte Schilder in Richtungen zeigen, die wenig mit den vorhandenen Abzweigungen zu tun haben. »Und wohin jetzt?«

»Haben wir uns etwa verfahren?«, zieht sie ihn mit einem gewissen Vergnügen auf.

»Das Navi weiß nicht mehr weiter. Wir sind hier am Arsch der Welt.«

Lorna lächelt. Jons kindische, harmlose Griesgrämigkeit wird mit den ersten Hinweisen auf das Haus oder mit einem kalten Bier verschwunden sein. Er nimmt sich die Dinge nicht so zu Herzen wie sie und sieht Hindernisse als Herausforderung.

»Gut.« Er zeigt mit dem Kopf auf die Karte auf Lornas Schoß, die zerknüllt und voller Krümel ist. »Wie steht's um deine Kartenlesefähigkeiten, Schätzchen?«

»Na ja …« Umständlich faltet sie die Karte auseinander und schüttelt die Krümel zu den leeren Wasserflaschen, die im sandigen Fußraum herumrollen. »Meinen Berechnungen zufolge fahren wir gerade durch den Atlantik.«

Jon schnaubt und streckt die langen Beine aus. »Großartig.«

Lorna beugt sich zu ihm und streicht ihm über den Oberschenkel. Sie weiß, dass er es müde ist, im Regen über unbekannte Straßen zu fahren und Hochzeitslocations abzuklappern … und dann noch die abgelegenste, die versteckteste zum Schluss. Sie wären jetzt an der Amalfiküste, wenn sie nicht darauf bestanden hätte, stattdessen nach Cornwall zu fahren. Wenn Jons Geduld also langsam nachlässt, dann kann sie es ihm kaum verübeln.

Jon hatte ihr den Antrag an Weihnachten gemacht, vor Monaten. Für eine ganze Weile hatte das gereicht. Sie genoss es, verlobt zu sein, diesen Zustand seligen Aufschubs: Sie gehörten zusammen, doch sie entschieden sich noch immer jeden Morgen neu für dieses Zusammensein. Sie war in Sorge, dieses unbeschwerte Glück zu verlieren. Jedenfalls hatten sie es nicht wahnsinnig eilig. Sie hatten alle Zeit der Welt.

Und dann doch wieder nicht. Als Lornas Mutter im Mai unerwartet starb, war das wie eine Mahnung, nicht länger zu warten. Die Dinge nicht aufzuschieben und nicht zu vergessen, dass auf jedermanns Kalender bereits ein dunkles Datum eingekringelt ist, das immer näher rückt. In ihr wuchs der Wunsch, das Leben mit beiden Händen zu greifen, an einem nieseligen Sonntagmorgen auf ihren roten Glücks-High-Heels durch den Abfall auf der Bethnal Green Road zu stöckeln. Heute Morgen hat sie sich in ein sonnengelbes Vintage-Sommerkleid aus den Sechzigern gezwängt. Wann sollte sie es tragen, wenn nicht jetzt?

Jon betätigt die Schaltung und gähnt. »Wie heißt das Anwesen noch mal, Lorna?«

»Pencraw«, sagt sie fröhlich in dem Versuch, ihn bei Laune zu halten, denn sie ist sich bewusst, dass sie, wenn es nach Jon ginge, seine weitläufige Familie einfach in ein Partyzelt im Garten seiner Eltern in Essex quetschen würden, und das wär's. Dann würden sie ein Stück die Straße runter von seinen hingebungsvollen Schwestern ziehen – die winzige Stadtwohnung gegen ein Vorstadthäuschen mit einem Rasensprenger eintauschen –, damit seine Mutter Lorraine mit all den Babys helfen könnte, die prompt folgen würden. Glücklicherweise geht es nicht nach Jon. »Pencraw Hall«, sagt sie.

Er fährt sich mit der Hand durch das weizenblonde Haar, das von der Sonne fast weiß ist. »Noch ein Versuch?«

Sie strahlt ihn an. Sie liebt diesen Mann.

»Ach, zur Hölle, fahren wir hier lang. Die Chancen, dass wir richtigliegen, stehen eins zu vier. Hoffentlich können wir diesen Traktor abschütteln.«

Sie schütteln ihn nicht ab.

Es regnet immer weiter. An der Windschutzscheibe kleben Wiesenkerbelblätter, die von den quietschenden Scheibenwischern in Schlieren verschmiert werden. Lornas Herz klopft schneller. Auch wenn sie durch die Regenbächlein, die die Scheiben hinunterlaufen, nicht viel sehen kann, weiß sie, dass die bewaldeten Täler, die Flussläufe und einsamen kleinen Buchten der Roseland-Halbinsel hinter dem Glas liegen. Sie erinnert sich, als Kind schon auf diesen Wegen unterwegs gewesen zu sein – sie verbrachten fast jeden Sommer in Cornwall – und auch daran, wie die Meeresbrise durch das heruntergekurbelte Fenster drang und die letzten Überreste des verrußten Großraums London wegblies – und sie erinnert sich an die Anspannung im Gesicht ihrer Mutter.

Ihre Mutter war stets sorgenumwölkt gewesen und litt ihr ganzes Leben unter Schlaflosigkeit: Nur am Meer schien sie schlafen zu können. Als Lorna klein war, fragte sie sich, ob in der Luft in Cornwall wohl betäubende Dämpfe lagen wie im Mohnfeld aus dem *Zauberer von Oz*. Jetzt kommt eine leise Stimme in ihrem Kopf nicht umhin, nach Familiengeheimnissen zu fragen. Warum bist du hier? Doch sie beschließt, dieser Stimme kein Gehör zu schenken.

»Bist du dir sicher, dass dieser alte Kasten überhaupt existiert, Lorna?« Jons Arme sind ausgestreckt und steif am Lenkrad, die Augen rot vor Anspannung.

»Er existiert.« Sie bindet sich ihr langes, dunkles Haar zu einem hohen Knoten zusammen. Ein paar Strähnen lösen sich, umspielen ihren blassen Hals. Sie spürt die Hitze seines Blicks: Er liebt ihren Hals, die weiche Babyhaut direkt hinterm Ohr.

»Noch mal für mich.« Sein Blick richtet sich wieder auf die Straße. »Das ist irgend so ein altes Herrenhaus, das du schon mit deiner Mutter besucht hast, als ihr hier im Urlaub wart?«

»Genau.« Sie nickt eifrig.

»Deine Mutter mochte es gern prächtig, ich weiß.« Er schaut finster in den Rückspiegel. Mittlerweile regnet es in silbernen, welligen Strömen. »Aber wie kannst du dir sicher sein, dass es gerade dieses war?«

»Ich bin in irgendeinem Online-Hochzeitsverzeichnis über Pencraw Hall gestolpert und hab es sofort erkannt.« So viele Dinge waren bereits verblasst – die Hyazinthennote des Lieblingsparfüms ihrer Mutter, wie sie mit der Zunge geschnalzt hat, wenn sie nach ihrer Lesebrille suchte –, doch in den letzten paar Wochen waren andere längst vergessen geglaubte Erinnerungen in unerwartet klarer Schärfe zurückgekehrt. Und dies war eine davon. »Wie Mama auf dieses große alte Haus zeigt. Ihr ehrfurchtsvoller Blick. Das ist irgendwie bei mir hängengeblieben.« Sie dreht an dem Diamantverlobungsring an ihrem Finger und erinnert sich noch an andere Dinge. Eine rosa gestreifte Tüte Karamellbonbons schwer in ihrer Hand. Ein Fluss. »Ja, ich bin ziemlich sicher, dass es dasselbe Haus ist.«

»*Ziemlich?*« Jon schüttelt den Kopf und lacht sein lautes, dröhnendes Lachen. »Meine Güte, ich muss dich wirklich lieben.«

Eine Weile fahren sie in einträchtigem Schweigen weiter. Jon wirkt nachdenklich. »Morgen ist der letzte Tag, Liebling.«

»Ich weiß.« Sie seufzt, der Gedanke, wieder in die heiße, überfüllte Stadt zurückzukehren, erscheint ihr nicht gerade reizvoll.

»Wenn du noch etwas tun wolltest, was gar nichts mit der Hochzeit zu tun hat?« Seine Stimme klingt entwaffnend sanft.

Sie lächelt verdutzt. »Klar. Was meinst du?«

»Na ja, ich dachte, dass du vielleicht noch irgendetwas … von Bedeutung … besichtigen möchtest?« Seine Worte klingen unbeholfen. Er räuspert sich und sucht ihre dunklen Augen.

Lorna weicht seinem Blick aus. Ihre Finger lösen ihr Haar, sodass es raschelnd herabfällt und ihre errötenden Wangen verbirgt. »Nicht wirklich«, murmelt sie. »Ich will einfach bloß Pencraw sehen.«

Jon seufzt, legt einen anderen Gang ein. Lorna wischt ihre Kritzelei vom beschlagenen Fenster und späht gedankenverloren durch das entstandene Bullauge.

»Also … Wie waren die Bewertungen?«, erkundigt sich Jon.

Sie zögert. »Na ja, es gibt keine. Nicht wirklich.«

Er zieht eine Augenbraue hoch.

»Aber ich habe angerufen und mit einem echten, lebendigen Menschen gesprochen, mit der Assistentin der Hausherrin oder so. Sie hieß Endellion.«

»Was soll das denn für ein Name sein?«

»Kornisch.«

»Willst du das jetzt als Entschuldigung für alles benutzen?«

»Ja, ja.« Lorna lacht, streift sich ihre silbernen Flip-Flops ab und legt die Füße auf das harte graue Plastik des Handschuhfachs, erfreut über die Spuren der Sonnenbräune und darüber, dass ihr blassrosa Nagellack nicht abgesplittert ist. »Sie hat mir erklärt, dass es ein Privatanwesen ist und das erste Jahr vermietet wird. Also noch keine Bewertungen. Das hat schon seine Richtigkeit, versprochen.«

Er lächelt. »Manchmal kannst du ganz schön naiv sein.«

»Und du kannst verdammt skeptisch sein, mein Liebling.«

»Realistisch, bloß realistisch.« Er schaut in den Spiegel, und sein Blick verhärtet sich. »Verdammt.«

»Was?«

»Dieser Traktor. Zu nah. Zu groß.«

Lorna verspannt sich auf ihrem Sitz, wickelt eine Haarsträhne um ihren Finger. Der Traktor sieht bedrohlich groß für diese enge Straße aus, die jetzt mehr wie ein Tunnel anmutet, gesäumt von steilen Mauern aus massivem Fels und einem Baldachin aus ineinander verschlungenen Baumwipfeln.

»Beim nächsten Feldgatter halten wir und versuchen umzudrehen«, sagt Jon nach ein paar angespannten Minuten.

»Oh, jetzt komm …«

»Es ist gefährlich, Lorna.«

»Aber …«

»Falls das ein Trost für dich ist, das Haus ist bestimmt wie alle anderen, irgendein Bed and Breakfast mit Ambitionen. Mit armseligem Tagungszentrum. Und falls es doch was taugt, dann werden wir's uns nicht leisten können.«

»Nein, bei dem Haus hab ich so ein *Gefühl* …«, sie dreht eine Locke um ihren Zeigefinger, » … eine Ahnung.«

»Du und deine Ahnungen.«

»Du warst auch eine Ahnung.« Sie legt die Hand auf sein Knie, gerade als sich die Sehnen seiner Muskeln anspannen und sein Fuß die Bremse durchdrückt.

Alles scheint gleichzeitig zu passieren: das Quietschen der Bremsen, das Schlittern nach links, der dunkle Umriss, der über die Straße und in die Büsche springt. Dann gespenstische Stille. Das Prasseln des Regens auf dem Dach.

»Lorna, bist du okay?« Er berührt mit dem Handrücken ihre Wange.

»Ja, ja. Ich bin okay.« Mit der Zunge tastet sie das Innere ihres Mundes ab, nimmt den metallischen Geschmack von Blut wahr. »Was ist passiert?«

»Ein Reh. Ziemlich sicher bloß ein Reh.«

»Oh, Gott sei Dank. Kein Mensch.«

Er stößt einen leisen Pfiff aus. »Das war knapp. Sicher alles okay bei dir?«

Ein Klopfen an der Fahrertür. Die Fingerknöchel sind haarig, die Haut wundrot. Der Traktorfahrer ist ein triefender Berg in einem orangen Anorak.

Jon kurbelt besorgt das Fenster herunter. »Sorry wegen der harten Bremsung, Kumpel.«

»Verfluchtes Reh.« Das Gesicht eines Mannes, so zerklüftet wie die Landschaft, erscheint im Fenster. Er späht über Jons Schulter und richtet seine trüben Augen auf Lorna. Sein Blick legt nahe, dass er nicht oft auf zierliche, zweiunddreißigjährige Brünette in gelben Sommerkleidern trifft. Man könnte sogar vermuten, dass er ganz allgemein nicht auf viele Frauen trifft.

Lorna versucht ihn anzulächeln, doch ihr Mund zuckt an den Rändern. Sie könnte stattdessen gleich in Tränen ausbrechen. Schlagartig begreift sie, wie nah sie gerade an einer Katastrophe vorbeigeschrammt sind. Es kommt ihr umso unglaublicher vor, weil sie im Urlaub sind. Im Urlaub hat sie sich immer unsterblich gefühlt, vor allem mit Jon, der sehr beschützend ist, außerdem recht vernünftig und gebaut wie ein Vorschlaghammer.

»Sie kommen durch Lücken in den Hecken. Erst letzten Monat hat es deswegen einen schweren Unfall gegeben.« Der Mann bläst einen Schwall abgestandenen Atem in die enge Umgrenzung des Wagens.

»Zwei Leute wurden nicht weit von hier übel zugerichtet. Verfluchte durchgedrehte Viecher.«

Jon dreht sich zu Lorna. »Irgendwer versucht, uns hier etwas zu sagen. Können wir's für heute gut sein lassen?«

Sie spürt das Zittern seiner Finger, weiß, dass sie ihn nicht weiter drängen kann. »Okay.«

»Schau nicht so. Wir kommen ein anderes Mal wieder.«

Werden sie nicht, das weiß sie. Sie wohnen zu weit weg. Sie sind zu beschäftigt. Sie arbeiten zu viel. Wenn sie nach Hause kommen, steht bei der Baufirma von Jons Familie ein aufwändiges Projekt an, irgendein protziges Penthouse in Bow, und für sie rückt der Schulanfang im September immer näher. Nein, es ist alles zu kompliziert. Sie werden nicht wiederkommen. Und Cornwall ist so unpraktisch. Es ist teuer. Es würde ihren Gästen zu viel abverlangen. Es würde Jon zu viel abverlangen. Und ihrem Vater. Ihrer Schwester. Es sind bloß alle nachsichtig mit ihr, weil sie ihnen wegen des Todes ihrer Mutter leidtut. Sie ist ja nicht doof.

»Man trifft auf dieser Straße nur selten jemanden. Wohin wollen Sie denn?«, erkundigt sich der Traktorfahrer und kratzt sich an seinem Stiernacken. »Auf jeden Fall haben Sie sich den besten Tag dafür ausgesucht.«

»Wir sind auf der Suche nach irgend so einem alten Kasten.« Jon sucht im Handschuhfach nach einer Zuckerdosis gegen das Zittern seiner Hände. Er findet ein steinaltes, klebriges Minzbonbon, halb ausgepackt. »Pencraw Hall?«

»Oh.« Das Gesicht des Mannes verschwindet in den Untiefen seiner Kapuze.

Lorna, die Anzeichen von Erkennen spürt, setzt sich aufrechter hin. »Sie kennen es?«

Ein lebhaftes Nicken. »Black Rabbit Hall.«

»Oh, nein, 'tschuldigung, wir suchen Pencraw Hall.«

»Wir hier nennen es Black Rabbit Hall.«

»Black Rabbit Hall.« Lorna lässt sich die Worte auf der Zunge zergehen. Sie gefallen ihr. Der Name gefällt ihr. »Also ist es hier in der Nähe?«

»Sie sind praktisch schon auf der Zufahrt.«

Lorna wendet sich strahlend Jon zu, die Nahtoderfahrung ist vergessen.

»Der Weg macht noch eine Kurve – die letzte Chance umzudrehen – und führt dann übers Ackerland des Anwesens, das heißt, was noch davon übrig ist. Und nach einer weiteren halben Meile oder so stößt man auf das Haus selbst. Sie werden das Schild sehen. Na ja, ich sag jetzt mal, dass Sie es sehen werden. Versteckt im Gebüsch. Sie müssen schon die Augen offen halten.« Er starrt Lorna erneut an. »Seltsamer Ort. Warum wollen Sie dorthin? Wenn ich fragen darf.«

»Na ja …« Lorna holt Luft, um die Hintergrundgeschichte zu erzählen.

»Wir ziehen es als Hochzeitslocation in Erwägung«, sagt Jon, bevor sie die Chance dazu hat. »Zumindest bist jetzt.«

»Hochzeit?« Der Mann bekommt große Augen. »Hol mich der Teufel.« Er blickt von Lorna zu Jon und wieder zurück. »Hören Sie, Sie scheinen ein nettes Paar zu sein. Sie sind nicht von hier, oder?«

»London«, murmeln sie unisono.

Der Mann nickt, als würde das alles erklären. Er legt die Hand auf das heruntergekurbelte Fenster; seine Finger hinterlassen auf dem Glas einen fetten Abdruck aus Kondenswasser. »Wenn Sie mich fragen, ist Black Rabbit Hall kein Ort für eine Hochzeit.«

»Oh. Warum nicht?«, fragt Lorna.

Der Mann runzelt die Stirn, wirkt unsicher, wie viel er ihnen sagen soll. »Zum einen ist es in keinem guten Zustand. Das Wetter hier nagt an den Häusern, außer man steckt viel Geld hinein. Und in dieses Haus wurde seit Jahren nichts mehr gesteckt.« Er befeuchtet sich die Lippen mit der Zunge. »Es heißt, dass schon die Hortensien durch den Boden des Ballsaals wachsen, außerdem gehen seltsame Dinge dort vor sich.«

»Oh … das gefällt mir.«

Jon verdreht die Augen und versucht, nicht zu lachen. »Bitte ermutigen Sie sie nicht noch.«

»Ich muss langsam weiter.« Der Traktorfahrer schaut besorgt drein. »Passen Sie auf sich auf, ja?«

Sie sehen ihm nach, wie er davonstapft, lauschen dem Stampfen, als er die geriffelten Metallstufen zur Fahrerkabine des Traktors erklimmt. Lorna weiß nicht, was sie von alldem halten soll.

Jon schon. »Halt dich gut fest! Und halt nach Bambi Ausschau. Ich fahre zurück zur Kreuzung. Wir kehren zurück in die Zivilisation und zu einem schönen kalten Bier. Und das keine Sekunde zu früh.«

Lorna legt die Hand fest auf seinen Arm, mit genug Druck, um ihm zu zeigen, dass sie es ernst meint. »Es wäre vollkommen absurd, jetzt umzudrehen. Und das weißt du.«

»Du hast doch gehört, was der Typ gesagt hat.«

»Wir müssen es selbst gesehen haben, wenn auch nur, um es zu verwerfen, Jon.«

Er schüttelt den Kopf. »Ich hab kein gutes Gefühl dabei.«

»Du und deine Gefühle«, sie verdreht dramatisch die Augen und versucht, ihn damit zum Lachen zu bringen. »Komm schon. Das ist die einzige Location, die ich unbedingt sehen will.«

Er trommelt mit den Daumen auf dem Lenkrad herum. »Okay, aber du bist mir was schuldig.«

Sie beugt sich über die Handbremse und drückt ihren Mund an die warmen Stoppeln seines Kinns. Er riecht nach Sex und Vollkornkeksen. »Und ist das jetzt vielleicht kein gutes Gefühl?«

Ein paar Minuten später biegt der rote Fiat von der Straße ab und rinnt wie ein Blutstropfen die nassgrüne Auffahrt hinunter, hinter ihnen schließt sich der Baldachin aus Bäumen.

2

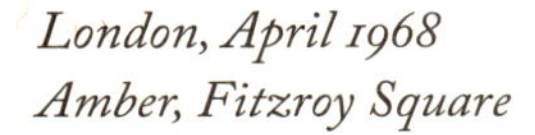

London, April 1968
Amber, Fitzroy Square

Mama hatte Glück, dass sie bei dem Unfall nicht ernsthaft verletzt wurde. Das sagen alle. Wenn ihr Taxi ein paar Zentimeter weiter nach rechts geschleudert worden wäre, wären sie frontal gegen den Poller in der Bond Street gekracht, anstatt ihn bloß zu rammen. Mama hat trotzdem einen ordentlichen Schlag abbekommen und flog zusammen mit ihren Einkaufstaschen durchs Taxi. Ihre neuen schicken Hüte haben nichts abbekommen, und der Taxifahrer hat ihr den Fahrpreis erlassen. Trotzdem hat sie nicht unbedingt Glück gehabt. Zehn Tage später hat sie noch immer einen gelb-blauen Bluterguss an der Kniescheibe und ein verstauchtes Handgelenk. Sie muss mit der geschienten Hand herumsitzen, und das an einem Samstagvormittag, anstatt im Regent's Park Tennis zu spielen oder meine kleine Schwester durch den Garten zu scheuchen.

Im Moment sitzt sie in dem türkisen Sessel am Wohnzimmerfenster, das Bein auf dem Schemel ausgestreckt, und starrt auf die schwarzen Regenschirme, die unten auf dem Platz herumschwanken. Ihr Blick geht ins Leere. Sie sagt, das liege an den Schmerzmitteln. Aber ich weiß, dass Mama davon träumt, wieder auf Black Rabbit Hall zu sein oder auf ihrer alten Familienfarm in Maine, an irgendeinem abgelegenen, wilden Ort, wo sie in Frieden ihre Pferde reiten kann. Aber

Maine ist zu weit weg. Und Black Rabbit Hall fühlt sich noch unerreichbarer an.

»Kann ich Ihnen noch etwas Tee bringen, Madam?«, erkundigt sich Nette und wendet respektvoll den Blick von dem erschreckenden Bluterguss auf Mamas Bein ab.

Nette ist seit drei Monaten die neue Hausangestellte. Sie lispelt, weshalb wir alle sie nachmachen, und kommt direkt aus einem altmodischen Haushalt am Eaton Square, »wo man noch so tut, als hätten wir 1930«, sagt Mama. Ich denke, Nette gefällt es bei uns besser. Mir ginge das jedenfalls so.

»Oder noch ein Kissen?«

»Nein danke, Nette. Sie sind sehr aufmerksam. Aber ich sitze ganz bequem und habe in den letzten Tagen so viel Tee getrunken, dass ich Angst habe, eine weitere Tasse könnte mir den Rest geben.« Mama strahlt und enthüllt die Lücke zwischen ihren Schneidezähnen, die ihr Lächeln so grandios macht. Sie kann ein Streichholz hindurchstecken. »Und, Nette, bitte nennen Sie mich doch ruhig Mrs. Alton oder gleich Nancy. Förmlichkeiten sind hier nicht nötig, versprochen.«

»Ja, Mad…« Nette unterbricht sich und lächelt scheu. Sie räumt die leere Teetasse und den halb aufgegessenen Battenbergkuchen ab und stellt alles lautlos auf das glänzende Silbertablett. Boris wedelt mit dem Schwanz und schaut sie mit seinem schönsten Hundeblick an. Auch wenn sie dem Hund eigentlich keine Leckereien geben soll – Boris ist ein echtes Dickerchen, ein Nimmersatt, der einmal schon ein Pfund Butter verputzt und dann auf die Treppe gekotzt hat –, weiß ich, dass Nette ihn heimlich in der Küche füttert, wenn es niemand sieht. Dafür mag ich sie.

»Komm mal her«, sagt Mama zu mir, als Nette gegangen ist. Sie zieht den Klavierstuhl zu sich heran und klopft darauf.

Ich setze mich hin und lege den Kopf auf ihren Schoß. Sie streicht mir übers Haar, und ich fühle mich gleichzeitig wie ihre Vertraute und ihr Baby und könnte ewig so verweilen oder wenigstens bis zum Mittagessen. Doch ihr Schoß wird nicht lange mir gehören: Wir sind zu viele – ich, Barney, Kitty, Papa und mein Zwillingsbruder Toby, wenn er wieder aus dem Internat zurück ist. Manchmal fühlt es sich so an, als wäre sie nicht genug für alle.

»Dein Bein sieht aus wie Wurzelgemüse, Mama.«

»Na vielen Dank auch, Herzchen!«

»Aber dein anderes Bein ist noch immer hübsch«, sage ich schnell und werfe einen Blick darauf, lang, schlank, der Fuß ausgestreckt wie der einer Ballerina, der zweite Zeh, faszinierenderweise länger als der große, steht unter der hochgerutschten Strumpfnaht heraus.

»*Ein* hübsches Bein ist genug. Und das andere sieht viel schlimmer aus, als es ist, wirklich.« Sie wickelt sich eine Haarsträhne von mir um den Finger wie eine dieser Seidentroddeln, mit denen die Vorhänge zurückgebunden werden. So sitzen wir eine Weile da, die Reiseuhr tickt, und draußen rumort London. »Ein Penny für deine Gedanken.«

»Großmama Esme meint, du hättest sterben können.« Ich kann nicht aufhören, an den Unfall zu denken. Der schwarze Poller, der auf das schwarze Taxi lauert. Das Quietschen der Bremsen. Die Hutschachteln, die durch die Luft fliegen. Dinge, von denen man sich niemals vorstellen kann, dass sie geschehen könnten, geschehen einfach. »Das gibt mir das Gefühl … Ich weiß auch nicht …«

Sie lächelt, beugt sich über mich, und die Spitzen ihrer kupferroten Haare kitzeln meine Wangen. Ich kann ihre Gesichtscreme von *Pond's* riechen. »Um mich umzubringen, braucht es schon einiges mehr als nur ein Taxi in der Bruton Street. Das sind meine Neuengland-Gene, Schätzchen.«

Ich starre erneut auf ihr geschwollenes Bein, bereue es aber sofort und blicke zur Seite. Normalerweise passiert Mama nichts Schlimmes. Sie bekommt keine Grippe. Keine Kopfschmerzen. Und schon gar nicht diese Sache, wegen der Mrs. Hollywell, Matildas Mutter, sich fast jeden Tag nach dem Mittagessen hinlegen muss und manchmal gar nicht erst aufstehen kann. Aber das Gute daran ist, wenn das hier das Schlimme war, das Mama zustoßen musste, dann ist es jetzt aus dem Weg.

»Bitte mach dir um mich keine Sorgen, Amber.« Sie streicht meine Stirn mit der Daumenkuppe glatt. »Kinder dürfen sich nie um ihre Eltern sorgen, weißt du? Sich Sorgen machen ist die Aufgabe einer Mutter. Deine Zeit für all das wird noch kommen.«

Ich blicke finster zu Boden, unfähig, die Punkte zwischen mir als Vierzehnjähriger und mir als Ehefrau und Mutter zu verbinden. »Was passiert mit meinem Zwillingsbruder, wenn ich heirate? Was macht Toby dann?«

»Schon gut.« Mama lacht. »Du hast noch eine Weile Zeit.«

»Kannst du weiterhin auf Knight reiten?«, frage ich schnell, um das Thema zu wechseln. Knight ist ihr Niederländisches Warmblut. Sein Name klingt nach einem Rappen, doch er hat die Farbe einer Rosskastanie.

»Ob ich Knight noch reiten kann? Machst du Witze?« Mama zuckt zusammen und setzt sich aufrechter hin. »Wenn ich noch lange in diesem Sessel hier sitze, werde ich verrückt. Ich kann es gar nicht *erwarten*, wieder auf Knight zu reiten. Verdammt, ich würde auf einem Bein bis nach Cornwall hopsen, um ihn zu reiten, wenn es sein müsste.«

Wenn man Mama kennt, weiß man, dass das gar nicht so unwahrscheinlich ist, wie es klingt.

»Tatsächlich habe ich vor, heute Abend mit deinem Vater darüber zu sprechen, ob wir nicht früher als geplant nach Black Rabbit Hall aufbrechen.«

»Wann, früher?«

Sie rutscht auf den Kissen herum, unfähig, eine bequeme Position zu finden. »Nächste Woche – gerne auch noch früher, wenn Peggy bis dahin das Haus fertig vorbereitet hat.«

»*Nächste* Woche?« Mein Kopf schnellt von ihrem Schoß hoch. »Aber die Osterferien fangen doch erst in zwei Wochen an.«

»Du kannst deine Schularbeiten mitnehmen, wenn du willst.«

»Aber Mama …«

»Schatz, du verbringst sowieso viel zu viel Zeit mit dem Kopf in Büchern. Ein bisschen Unterricht zu verpassen hat noch keinem geschadet. Zu viel Schule ist nicht gut für ein Kind.«

»Dann falle ich hinter die anderen zurück.«

»Unsinn. Miss Rope meint, du bist dem Rest der Klasse um Längen voraus. Diesbezüglich mache ich mir überhaupt keine Sorgen. Abgesehen davon lernst du auf Black Rabbit Hall viel mehr als in einem stickigen Klassenzimmer beim Regent's Park.«

»Was soll ich da denn lernen?«, frage ich zweifelnd.

»Leben!«

Ich verdrehe die Augen. »Ich denke, ich weiß mittlerweile genug vom Leben auf Black Rabbit Hall, Mama.«

Sie wirkt amüsiert. »Ach wirklich?«

»Und ich bin langsam zu alt für Sandburgen.«

»Sei nicht albern. Für Sandburgen ist man nie zu alt.«

Mein Leben war bisher voll mit Sandburgen. Meine erste Erinnerung handelt von Toby, der vornübergebeugt wie wild am Strand buddelt und in einem goldenen Bogen Sand über die Schulter schleudert. (Er ist Linkshänder und ich Rechtshänderin, also können wir ganz nah nebeneinander buddeln, ohne dass wir uns mit unseren Schaufeln in die Quere kommen.) Als wir fertig gebuddelt haben, steckt er zwei Muschelschalen obendrauf – »Das sind wir«, sagt er und grinst. Wir sind drei Jahre alt.

»Und abgesehen von allem anderen ist die Luft in London wirklich furchtbar«, fährt Mama fort. »Und dieser unablässige Nieselregen! Meine Güte, hört der nie auf?«

»In Cornwall haben wir auch die meiste Zeit Regenmäntel an.«

»Ja, aber in Cornwall ist der Regen anders. Der Himmel ist auch anders. Er ist klar, und man kann die Sterne sehen. Sternschnuppen, Amber! Nicht immer dieser Smog.« Sie zeigt auf den grauen Dunst draußen vor dem Fenster. »Hey, mach nicht so ein Gesicht. Dich bedrückt doch noch etwas anderes, oder? Was ist los?«

»In neun Tagen ist Matildas Geburtstagsparty«, sage ich leise und muss daran denken, wie all meine Klassenkameradinnen kichernd und in pastellfarbenen Partykleidern in die Orangerie des Kensington Palace spazieren. Und an Matildas älteren Bruder, Fred, der aus Eaton gekommen ist und der einen Mundwinkel nach oben zieht, wenn er grinst. Und an Matilda selbst, meine beste Freundin, die nett und lustig ist und, anders als die anderen Mädchen, niemals so tut, als wäre sie weniger klug, als sie ist. »Da kann ich unmöglich nicht hingehen.«

»Das ist schade, ich weiß, aber es ist trotzdem bloß eine Party.«

Ich sage ihr nicht, dass ich kein Mädchen bin, das zu vielen Partys eingeladen wird. Aber ich denke, Mama weiß es, denn ihre Stimme wird sanft: »Vielleicht fühlt sich das jetzt nicht so an, Amber, aber du hast noch viele Partys vor dir, versprochen.« Sie macht eine Kopfbewegung zum Fenster. »Wirf mal einen Blick da hinaus. Auf die Straße. Was siehst du?«

Ich schaue aus dem Fenster auf die Straße, die Flüsse aus nassem Asphalt, die schwarzen Eisengeländer, den Planeten aus Gras in der Mitte des Platzes, wo wir an sonnigen Samstagvormittagen manchmal Bovriltoast essen. »Leute, die ihre Regenschirme ausschütteln und zumachen?« Ich drehe mich zu ihr um und frage mich, ob das die richtige Antwort war. »Eine Nanny, die einen Kinderwagen schiebt?«

»Weißt du, was ich sehe? Ich sehe eine ganze Welt, die auf dich wartet, Amber. Schau, da ist eine junge Frau in einem hübschen kleinen Kostüm auf dem Weg zur Arbeit.« Randnotiz: Mama arbeitet nicht, aber sonntags zur Kirche trägt sie ein marineblaues Kostüm aus Paris. Ich nehme an, das ist auch Arbeit. »Ich sehe ein Paar auf der Bank, das sich küsst …«, sie zieht die Augenbraue hoch, »… ziemlich leidenschaftlich, muss ich sagen.«

Ich wende den Blick schnell von dem küssenden Pärchen ab – natürlich bloß weil Mama neben mir sitzt – und frage mich, wie es sich wohl anfühlen würde, jemanden auf einer öffentlichen Bank so zu küssen, so versunken in die Umarmung, dass mir gleichgültig wäre, wer es sieht.

»Ich schätze, was ich zu sagen versuche, ist, dass du noch viel Spaß haben wirst, bis du heiratest.«

Schule. Mädchenpensionat. Vielleicht eine Anstellung bei *Christie's*. Es fällt mir schwer zu sehen, dass da viel Platz für den spaßigen Teil bleibt, bevor es vorbei ist.

»Also machst du dir bitte keinen Kopf, weil du mal eine Feier verpasst, einverstanden?« Mama streicht ihr Kleid auf den Oberschenkeln glatt, wo mein Kopf es zerknittert hat.

»Wahrscheinlich.«

»Keine besonders überzeugende Antwort.«

Ich versuche, mein Lächeln hinter Miesepetrigkeit zu verstecken, genieße den Anschein, dass Mama meine Zustimmung braucht, die Vorstellung, dass ich sie ihr vielleicht nicht gebe, dass es einen Unterschied macht. Ich weiß, dass ich Glück habe. Meine Freunde aus der Schule werden alle herumkommandiert von ihren Müttern, vornehmen, leicht gereizten Engländerinnen in steifen Kleidern, die nie im Leben den Kopf zurückwerfen und laut und herzhaft lachen würden. Meine Mutter kann ohne Sattel reiten. Wenn wir auf dem Land sind, trägt sie Jeans. Und sie ist bei weitem die hübscheste Mutter am Schultor.

»Vergiss nicht, was für ein Privileg es ist, dass wir Black Rabbit Hall noch haben. So viele von Papas Freunden mussten ihre Landsitze abreißen lassen und das Land verkaufen oder ihre Häuser der Öffentlichkeit zugänglich machen und solch schreckliche Dinge. Wir sollten es nie als selbstverständlich erachten.«

»Es dauert ewig, dorthin zu kommen.«

»Wir fahren alle zusammen runter. Das wird lustig.« Sie stupst mich an. »Hey, vielleicht wird eines Tages ein Flughafen auf Roseland eröffnet.«

»Das wird nie passieren.«

»Na gut …« Sie streicht mir eine Haarsträhne hinters Ohr. »Es soll ja nicht zu einfach werden, oder?«

»Dann wäre es nicht unser besonderer Ort«, sage ich, um ihr zu gefallen. Mit Erfolg.

»Genau!« Sie grinst, und ihre Augen glitzern grüngelb wie die Unterseite eines Blattes, wieder voller Licht und Leben. »Ich sage immer zu Papa, dass Black Rabbit Hall der einzig normale Ort in dieser verrückten, sich verändernden Welt ist. Es ist unser sicherer, glücklicher Hafen, oder nicht, Amber?«

Ich zögere. Aus irgendeinem Grunde fühlt es sich so an, als würde alles von meiner Antwort abhängen.

3

Das Unwetter wird gegen sechs Uhr über die Bucht fegen, meint Papa, der in seinem zerknitterten, cremefarbenen Anzug auf der Terrasse steht, seinen Filzhut mit einem Finger nach hinten schiebt und in die Luft schnuppert wie ein Jagdhund. Es ist tatsächlich ziemlich offensichtlich, dass bald ein Gewitter kommen wird – die Luft ist drückend, dunkle Wolken drängen sich am Himmel über einem spiegelschwarzen Meer –, aber es steht uns nicht zu, darauf hinzuweisen. Wir wissen alle, wie gern Papa mit geschwellter Brust auf der Terrasse steht, eine Hand an der Balustrade, und etwas vom Wetter und dem Damwild brummt und über die Kaninchen und das undichte Dach schimpft. Nicht dass sich irgendjemand dieser Probleme annehmen würde.

Unser Haus in London ist nicht undicht. Es regnet nicht herein, es klappert nichts, und es wird einem auch nicht das Haar zerzaust, wenn man über den Flur geht. Selbst bei starkem Wind fliegen nicht Teile des Dachs davon wie Wäsche von der Leine. Und wenn es so wäre, würden meine Eltern jemanden kommen lassen, der es repariert. Doch auf Black Rabbit Hall tangiert sie all das nicht. Langsam denke ich sogar, dass sie es insgeheim ganz gerne so haben.

Momentan steht eine Schüssel in der Ecke meines Zimmers auf Black Rabbit Hall, die Toby »Töpfchen« nennt. »Oh, du hast das Töpfchen wieder vollgemacht, Amber!«, johlt er, und ich haue ihm meine Ausgabe von *Jane Eyre* um die Ohren.

Mindestens sechs weitere Eimer und Schüsseln stehen im alten Tanzsaal, der so undicht ist, dass er nur noch von den Kleinen genutzt wird, die mit ihren Dreirädern dort hin und her flitzen.

Mama hält es auf Black Rabbit Hall gerne »einfach«: Wir haben kein richtiges Personal. Nur Peggy, die dort wohnt und für uns kocht, wenn wir da sind; Annie, ein fahriges Mädchen aus dem Dorf, das so tut, als würde es putzen – Peggy hat sie vorletzten Sommer wegen ihrer Faulheit entlassen, aber sie ist trotzdem einfach weiter zur Arbeit erschienen –; eine treue Truppe hochbetagter Tischler, von denen einer ein Glasauge hat, auf das er mit dem Schraubenzieher klopft, wenn man ihn nett bittet; und noch ältere Gärtner, die mit Unterbrechungen schon ihr ganzes Leben lang hier arbeiten, nach Pferdeäpfeln riechen und so aussehen, als könnte jeder keuchende Spatenstich ihr letzter sein. Kein Kindermädchen. Nicht wenn wir in Cornwall sind. Keiner meiner Freunde kann es glauben. Aber Mama will nicht, dass wir von Angestellten aufgezogen werden wie Papa früher und wie Großpapa und all die anderen toten Leute, die auf den Ästen des Stammbaums sitzen, der in der dritten Schublade von Papas Schreibtisch versteckt ist.

Ich liebe es, durch diese Schubladen zu kramen. Da gibt es Bezugsscheinbücher, Gasmasken, eine geladene Pistole, die goldene Locke eines toten Babys, das unsere Großtante gewesen wäre, wenn sie überlebt hätte, meint Papa. Ach ja, und Prinzessin Margarets Handschuh. Das ist schon sehr aufregend.

Von einem Fernsehapparat können wir nur träumen. Sogar das uralte Radio sprüht Funken, wenn man es anmacht. Es hat kaum Empfang, bloß ein abgehackter Strom aus Knacken und Knistern oder kryptische Nachrichten, aufgeschnappt von hiesigen Fischerbooten – über Windgeschwindigkeiten und Makrelenfänge. Die Rohre scheppern und ächzen die ganze

Nacht, und wenn jemand eine der großen eisernen Badewannen füllt, klingt es, als täte die Erde sich auf. Es gibt ständig Stromausfall, ein leuchtendes Blitzen, dann Finsternis, und wir müssen mit Öllampen aus der Abstellkammer auskommen, bis jemand die Sache in Ordnung bringen kann, was oft Tage dauert, sodass die Decken vom Lampenrauch ganz schwarz sind.

»Es ist, als wäre das zwanzigste Jahrhundert hier nie angebrochen!«, lacht Mama, als wäre dies das Beste überhaupt statt der Grund, der es mir verleidet, meine Freunde einzuladen. Aber vielleicht nehme ich das nur als Ausrede. In Wahrheit gefällt es mir, wenn nur wir dort sind. Wir brauchen nicht wirklich irgendwen anderen.

Ich ziehe den »Hinternbeißer«, den unbequemsten Rattansessel der Welt, über die Terrasse. Mein Urgroßvater hat ihn aus Bombay mitgebracht, weshalb er nicht ausgetauscht werden darf – wenn ich einmal heirate, werde ich in einem Warenhaus neue Möbel kaufen. Nicht allzu weit von Tobys Stuhl weg stelle ich ihn auf. Trotz des weitläufigen Anwesens scheinen Toby und ich uns hier immer in einem Radius von einem Meter fünfzig voneinander wiederzufinden.

Jetzt befinde ich mich in der besten Position, um die Blitze über dem Wald flimmern zu sehen. Aber das Unwetter ist noch unentschlossen. Als könne es die Energie für einen Ausbruch nicht aufbringen.

Toby sitzt auf der steinernen Balustrade im zitronengelben Sonnenschein und schlenkert träge mit den Füßen. Neben ihm döst die Katze, ihr gefleckter Schwanz schlägt zuckend gegen die winzigen blauen Blumen, die sich im Mörtel angesät haben. Papa stiefelt davon, um sich den Pterodactylus mal anzuschauen, der Barney zufolge im Kamin nisten soll. Mama versucht, Kittys Haare zu kämmen, doch Kitty windet sich und protestiert, wie sie es immer tut, und klammert sich fest an ihr schmuddeliges Stoffding von einer Puppe. Barney stellt ein trübes Kaulquappenglas auf den Boden und fängt an, einen Ball gegen die Wand zu kicken, dass seine erdbeerblonden Locken nur so auf- und abwippen. Das Geräusch von Gummi gegen trockenen Stein klingt wie an jedem anderen sonnigen Frühlingstag, den wir hier schon verbracht haben.

Das ist die Sache. Genau diese Szene kenne ich: Ich auf dem Rattansessel, Toby mit baumelnden Beinen, der mich anschaut und wieder wegschaut, Mama, die Kitty die Haare kämmt, der Geruch von Wäsche und Seetang, mein Verlangen nach etwas, vielleicht einem Ingwerplätzchen – all das wird sich wiederholen, genauso wie dieser Tag die Wiederholung derer ist, die es schon während früherer Ferien gab. Nichts verändert sich groß. Die Zeit ist wie Sirup. Ein Familienscherz besagt, dass eine Black-Rabbit-Stunde doppelt so lange dauert wie eine in London, aber man nur ein Viertel der Dinge erledigt bekommt. Die andere Sache an Black Rabbit Hall ist, dass es sich, wenn man hier ist, so anfühlt, als wäre man schon seit Jahrhunderten hier, aber wenn man dann wieder fährt, hat man das Gefühl, die gesamten Ferien hätten bloß einen Nachmittag gedauert. Vielleicht stört es deswegen keinen, dass alle Uhren hier falsch gehen.

Es passiert nie viel.

Bücher helfen einem dabei, sich die Zeit zu vertreiben. Doch ich habe meinen Roman neben dem Bett liegen lassen und habe keine Lust, all die Stufen in den Turm hinaufzuklettern. Stattdessen drücke ich meine Zehen gegen die Armlehne und gebe mich der bohrenden Folter hin, die der Gedanke an die Party, die ich verpasst habe, mit sich bringt: Vor allem ist da Fred. Der Gedanke an ihn erfüllt mich mit einer seltsam süßen Wärme. Ein langgezogener Seufzer entfährt mir, der wie aus einem Kinofilm und so gar nicht nach mir klingt.

Toby blickt sofort auf, nimmt mich durch die Stacheln seiner feuerroten Wimpern scharf ins Visier, als wüsste er genau, woran ich denke. Ärgerlicherweise werde ich rot und bestätige damit seinen Verdacht.

Toby und ich wurden fünfzehn Minuten nacheinander geboren. Ich kam zuerst. Toby hatte die Nabelschnur um den Hals, und Papa hätte an diesem Tag beinahe seinen männlichen Erben verloren. Wir sind zweieiige Zwillinge, haben uns lediglich Mamas Bauch geteilt, und doch geschehen manchmal merkwürdige Dinge, wie sie eigentlich bloß eineiigen Zwillingen passieren. Als er sich letztes Jahr die Nase gebrochen hat, weil er von der Seilschaukel im Baum gefallen war, bekam ich ohne jeden Grund Nasenbluten. Und wenn ich manchmal unversehens nachts aufwache und rausgehe, kommt es vor, dass ich feststelle, dass auch er gerade aufgewacht ist. Manchmal träumen wir sogar dasselbe, was die beschämende Möglichkeit mit sich bringt, dass er davon träumen wird, Fred zu küssen. Wir lachen über dieselben Dinge – »kaninchenkötteldoofe Dinge«, wie Toby immer sagt. Er muss nicht viel sagen, um mich zum Lachen zu bringen. Schon allein wie er mit jedem beliebigen Muskel im Gesicht zucken kann oder unangenehmes Schweigen mit einem Schimpfwort füllt. Er treibt es gern zu weit. Eigentlich immer. Und es ist meine Aufgabe, ihn im Zaum zu halten. Doch wenn ich nicht wäre, würde er das wohl erst gar nicht machen. Er fällt hin, weil er weiß, dass ich ihn auffange. Manchmal buchstäblich. Normalerweise ist er übersät von blauen Flecken. Wir hassen beide Lakritze.

Fast unser ganzes Leben lang waren Toby und ich gleich groß, auf derselben Stufe, sodass wir uns auf Augenhöhe begegneten und unsere Füße denselben Abstand vom Holzende des Bettes hatten, wenn er sich morgens neben mich fläzt und mich vollquatscht, während ich zu lesen versuche. Aber jetzt bin ich zweieinhalb Zentimeter größer. Ich habe zwei Brüste mit Brustwarzen so hart wie Bonbons (immer noch hoffnungslos winzig, verglichen mit Matildas, aber vielversprechend). Am zweiundzwanzigsten Januar – entdeckt um fünf nach drei in der Mädchentoilette – ist ein klebrig brauner Fleck in meiner Unterwäsche aufgetaucht, etwas, das Mama später als den leisen siegreichen Einzug meiner Periode bestätigte. Doch Toby ist mit vierzehn noch immer der Alte: sehnig, hitzköpfig und »unheimlich schön für einen Jungen«, hat Matilda einmal gesagt und es hinterher abgestritten. Seine Stimme ist krächzig geworden, ein bisschen wie ein Funksignal, und seine Schultern sind breiter, aber wir sehen nicht mehr gleich alt aus. Wir sehen auch nicht mehr sehr nach Zwillingen aus, abgesehen von den Haaren. Ich glaube, ihm gefällt das nicht besonders.

Toby fängt an, das Moos zwischen den grauen Steinen der Balustrade herauszuzupfen, es zu grünen Klumpen zu rollen und sie mit Daumen und Zeigefinger von der Kante zu schnipsen, um zu sehen, wie weit sie springen. So schlagen wir auf Black Rabbit Hall die Zeit tot.

»Hier, könntest du das bitte mal für mich halten, Liebling?«, ruft Mama mir mit einem braunen Haargummi zwischen den Zähnen zu. Über dem Kopf schwenkt sie ein gelbes Band. Ihre Hand, »von Cornwall geheilt«, ist von der Schiene befreit. »Meerwasser verfilzt das Haar ganz schrecklich. Hast du gesehen, in welchem Zustand die Haare deiner kleinen Schwester sind?«

Ich gehe zu Mama hinüber, schwenke das Band herum, während sie bürstet. »Sie hat sich in der Brandung herumgewälzt, Mama.« Anders als der Rest von uns ist Kitty rundlich und spürt die Kälte des Meeres nicht. Und wie Barney hat sie auch keinerlei Angst davor, watet hinein in die Wellen, bis Mama hinterherrennt und sie zurückzerrt, was meines Erachtens ziemlich mutig ist für ein vierjähriges Mädchen. Sie ist schon eine, unsere Kitty.

»Au.« Kitty weicht vor der Bürste zurück. »Du reißt Kitty den Kopf ab, Mama.«

»Du solltest versuchen, keinen Sand in die Haare zu bekommen. Dann müsste Mama ihn dir nicht ständig wieder auskämmen«, mache ich ihr klar.

Kitty schiebt die Unterlippe vor. »Wenn ich ein Krebs wäre, müsste ich mir nicht die Haare kämmen.«

»Dann sag mir Bescheid, wenn es so weit ist, Kitty.« Mama lässt die Bürste Bürste sein und nimmt die Finger, um die Knoten im feinen Haar meiner kleinen Schwester zu lösen. Mama summt leise vor sich hin, das Summen hat sich nicht verändert, seit ich so alt war wie Kitty: Ich könnte das Lied im Schlaf summen, doch ich weiß nicht, wie es heißt. Mama hockt sich hinter Kitty, klemmt sie sich zwischen die Knie, damit sie nicht mehr herumzappeln kann.

»Mama, gehst du mit mir zu dem Versteck im Wald?« Barney köpft den Ball über die Balustrade, schlingt die dürren Ärmchen um Mamas Hals. »Ich will dir das Versteck zeigen.«

»Das Versteck?«, sagt sie, wie Mütter das eben tun, wenn sie nicht richtig zuhören. »Das kannst du mir später zeigen. Nach dem Gewitter. Sachte, sachte, Barney.« Sie löst seine Finger, einen nach dem anderen. »Ich krieg ja keine Luft mehr.«

Mein kleiner Bruder ist wie einer dieser Miniaffen in der *Harrods*-Tierabteilung, nichts als Wimpern, Unfug und biegsame Gliedmaßen. Er würde so lange über Kopf herumbaumeln, bis seine Augen rot anlaufen. Und am glücklichsten ist er in der Gesellschaft von Tieren: eine Ameisenstraße über seinen Fuß, eine Blindschleiche in seiner hohlen Hand, Kaninchen. Barney liebt Kaninchen. Letztes Jahr hat er ein Babyhäschen auf dem Rasen gefunden, noch mit fest verschlossenen Augen und Fell wie eine Pusteblume, und hat es mit einer Pipette mit Milch gefüttert. Als es ein paar Stunden später starb, hat er einen ganzen Tag lang geweint. Seither sucht er nach einem

Ersatz dafür. Aber Barney ist ansonsten keine Heulsuse, nicht wie diese wimmernden kleinen Jungs, die man in den Londoner Parks an der Hand ihrer Nannys sieht. Barney ist zu quirlig, zu neugierig, um lange unglücklich zu sein. Darin ist er wie Toby. Mit dem Unterschied, dass Barney liebend gern alleine herumflitzt – Peggy meint, man sollte ihn an die Leine nehmen –, während Toby mich immer so nah wie möglich um sich haben will. Bis vor kurzem lagen wir gern zusammengekuschelt wie zwei Fragezeichen auf dem Sofa. Unsere Fingerspitzen berührten sich beim Abendessen unterm Tisch. Jetzt passiert das weniger. Wir sind ein bisschen zu alt dafür. Es könnte ja jemand sehen.

»Jetzt, Mama, bitte. Da ist vielleicht ein Dachs in der Falle«, quengelt Barney.

Bei der Falle, einem Käfig aus Zweigen, den Toby für ihn gemacht hat, ist die Wahrscheinlichkeit, dass ein Dachs hineingeht, eher gering. Doch Barney ist überzeugt, dass er ein Dachsjunges fangen wird, das er dann mit der Hand aufziehen kann, auch wenn das noch nie passiert ist und man ein Dachsjunges auch nicht mit der Hand aufziehen sollte, selbst wenn man eines erwischen würde. Sie können furchtbar beißen. Man hat uns vor Dachsen gewarnt. Und vor Brandungsrückströmen, Kreuzottern und Fingerhut.

»Bitte, Mama.«

»Wenn du so viel Energie hast, warum übst du dann nicht, Rad zu schlagen, wie Kitty es dir vorhin gezeigt hat?«

»Ich kann das aber sowieso besser«, sagt Kitty gebieterisch.

»Ja und Rad schlagen ist für Mädchen. Dafür bin ich besser mit Raketen. Du bist 'ne Null mit Raketen, Kitty.«

»Ma-*ma*, Barney sagt, ich bin 'ne Null mit Raketen …«

»Jetzt zankt euch nicht, ihr beiden. Hier, Toby«, ruft Mama über Kittys Kopf hinweg. »Warum nimmst du deinen kleinen Bruder nicht mit auf einen Streifzug?«

»Muss ich?«

»Jap.«

»Psst!« Toby winkt ihn her. »Hab ’ne bessere Idee.« Er legt eine Mooskugel auf die Balustrade und schießt sie mit Zeigefinger und Daumen über die Terrasse. Barney klettert neben ihn auf die Mauer. »Üben wir ein bisschen zielen?« Toby sieht mich an, obwohl er in Barneys Ohr flüstert.

Ich schüttle den Kopf, als würde ich über all dem stehen.

»Also, du musst den richtigen Moment sorgfältig auswählen, Barney.« Toby rollt eine Mooskugel in der flachen Hand. »Wenn du eine verschießt, steckst du in Schwierigkeiten.«

»Werd ich nicht, Toby. Versprochen.«

»Was denkst du? Unbelebter Gegenstand oder …«, Toby senkt die Stimme, schaut wieder zu mir her und grinst, »… *Homo sapiens*?«

»Denk nicht mal dran«, fauche ich.

Toby sieht sich auf der Terrasse um. »Okay, dann versuchen wir Peggy. Aber abgemacht, wenn du geschimpft bekommst, bin ich nicht schuld.«

»Abgemacht«, meint Barney.

Ein paar Minuten sitzen sie da und warten, zwei honigbraune Augenpaare mit goldenen Sprenkeln, genau wie Mamas Tigerauge-Ohrringe, richten sich aufmerksam auf das kleine Holztor, das von der Terrasse zum hinteren Teil des Küchengartens führt, wo die Hennen am Boden herumpicken und sich Wäsche auf der Leine bauscht. Ich lehne mich auf meinem Logenplatz zurück und täusche Desinteresse vor.

»Das Ziel ist in Sicht.« Toby wischt sich die roten Locken aus den Augen. Seine Haare können auch nicht stillhalten. Er hat von Natur aus drei Scheitel, wo ihm das Haar in verschiedenen Winkeln vom Kopf wächst, und noch einen Wirbel, sodass er immer aussieht, als hätte er einen Stromschlag bekommen.

Ich lehne mich vor und umschlinge meine Knie.

Peggy kommt aus der Tür. Auf der Hüfte einen Weidenkorb mit weißer Wäsche, geht sie gemächlich über die Terrasse.

»Mach dich bereit, Barney.« Toby hält Barneys eifrigen Daumen fest. »Warte noch … Warte noch …« Peggy kommt einen Schritt näher. »Und … Feuer!«

Barneys erste Mooskugel fliegt zu kurz. Peggy merkt es nicht mal. Der Nachmittag fühlt sich jetzt schon wie eine Enttäuschung an.

»Noch mal«, sagt Toby und stapelt weitere Kugeln auf der Mauer. »Feuer!«

Wieder zu kurz. Es ist hoffnungslos.

»Feuer!«

Die dritte landet im Wäschekorb.

»Ja!« Toby und Barney reißen die Fäuste in die Luft.

Peggy braucht einen Moment, um zu realisieren, was passiert ist, erst starrt sie auf die grüne Kugel in ihrer Wäsche, und dann wandert ihr Blick langsam zu den Brüdern, die prustend auf der Mauer sitzen. Sie schnaubt. Peggy hat alle möglichen Arten des Schnaubens im Repertoire, dieses ist resolut, als würde sie an saurer Milch schnuppern. Sie klaubt die Kugel heraus und wirft sie auf den Boden. »Also wirklich.« Peggy sagt »wirklich« wie ein alter Mensch, ein Lehrer, ein Kirchenvorstand. Aber sie ist fünfunddreißig, was zwar schon ziemlich alt ist, aber nicht so alt wie Ambrose, Matildas Schildkröte. Es ist schwer, sich Peggy jünger vorzustellen oder älter oder anders.

Toby sagt, ein Fischer habe sie am Altar stehen lassen, und deshalb sei sie auf Black Rabbit Hall gelandet als Köchin, Haushälterin und Mädchen für alles. Ich habe keine Ahnung, ob das stimmt oder woher er es weiß. Aber es fühlt sich wahr an. Manchmal erwische ich sie dabei, wie sie Papa ein bisschen zu lange anstarrt.

»Jungs!«, ruft Mama. »Keinen Blödsinn machen. Peggy will hier vorankommen.«

»Hier vorankommen« kann Peggy am besten, anders als der Rest von uns. Die ersten paar Tage nach unserer Ankunft ist sie immer in heller Aufregung. Sie geht zackig und schnell wie eines von Barneys Aufziehspielzeugen – ich könnte schwören, sie tickt –, schwenkt mit dem fedrigen Staubwedel herum wie mit einem Zauberstab und wischt sich die mehligen Hände immer wieder an ihrer Schürze ab, selbst wenn gar kein Mehl mehr an ihnen ist, in dem Versuch, meinen Eltern ihre Tüchtigkeit in Erinnerung zu rufen (und ihre berühmten Pasteten, in deren halbmondförmigen Nahtstellen Soße brutzelt). Wir alle wissen, dass sich Black Rabbit Hall ohne sie binnen kürzester Zeit in einen Haufen rauchender Trümmer verwandeln würde und wir uns mit Marmeladentoast über Wasser halten müssten.

Sie hat eines dieser Gesichter, die man ständig anschauen könnte – Matilda und ich haben beschlossen, dass es der Definition von Schönheit entspricht –, mit runden roten Wangen, die Peggy auf die Hitze der Herdplatten schiebt (»Heißer als in der Hölle!«), und regengrauen Augen, die immer schon vor ihrem Mund lächeln. Obwohl Mama darauf beharrt, dass sie das wirklich nicht muss, hat Peggy sich selbst eine strenge Uniform auferlegt: einen marineblauen Rock; eine weiße Bluse mit einem kleinen Rüschenkragen; eine um die Taille gebundene blau-weiß gestreifte Schürze, auf die von der verrückten Mary aus dem Dorf in der linken Ecke mit kobaltblauem Baumwollgarn ihre Initialen gestickt wurden. Ich vermute, es dürfte mehr als eine Schürze geben, aber sie sehen alle gleich aus, also weiß ich es nicht genau. Immer wenn ich an Peggy denke, denke ich an diese Schürze und wie sie ihre unwahrscheinlich schlanke Taille betont, sich dann über ihrem Bauch und den breiten Hüften aufbläht wie das festliche Dach eines Zirkuszeltes. Barney versteckt sich gern darunter.

Es ist kein Geheimnis, dass Peggy Barney am liebsten mag und ihm die verbotenen Fruchtgummis zusteckt, die sie hoch oben auf dem Regal in einer verbeulten Teedose hortet. Sie sagt, er erinnere sie an den kleinen Lionel, den jüngsten ihrer Brüder. (Peggy ist die älteste von acht Kindern und wuchs in einem winzigen und windschiefen Cottage auf, fünf Meilen die Küste runter, das aussieht wie die Weihnachtslebkuchenhäuschen von Kitty.) Aber es liegt auch daran, das Barney ihr Gänseblümchen in das fedrig krause Haar steckt, dass so dicht ist, dass die Blumen nie herausfallen, und sich an ihre Waden lehnt, während er Marienkäfer von einem Finger auf den anderen krabbeln lässt. Peggys Waden sind enorm. Aber ihre Füße sind winzig, also laufen ihre Beine an den Knöcheln plötzlich ganz schmal zusammen wie ihre Spritzbeutel mit Tülle. Man könnte meinen, sie knickt um, aber dem ist nicht so.

»Barney!«, sagt Peggy gespielt böse. »Warst du das?«

Toby legt beschützend den Arm um Barneys Schultern. »Ach komm, Peggy. Es ist kein Fleck auf der Wäsche.«

»Diesmal nicht.«

Papa nähert sich ihr, sein Schatten gestreckt und langbeinig, die Sonne wie ein Konservenpfirsich halb hinter ihm. Ich frage mich, wie es ausgehen wird. Er hebt das Kinn, kratzt sich am Hals. »Was ist hier los?«

Peggys kleines Silberkreuz baumelt an seiner Kette in der Mulde ihres Halsansatzes. Barney hält den Atem an. Toby zappelt mit den Beinen.

»Alles in bester Ordnung, Mr. Alton«, ruft Peggy über die Schulter und wirft Toby einen stechenden Blick zu.

Es passiert nie viel.

»Also das nenne ich perfektes Timing, oder?« Mama steht auf und wirft Kitty einen anerkennenden Blick zu. Der Wind bläht ihre weiße Bluse auf wie ein Segel. »Wir sind gerade fertig geworden, haben Sand rausgebürstet, Zöpfe geflochten. Dieses Mädchen ist wieder bildhübsch.« Sie dreht sich zu Papa. »Ist unsere Kittycat nicht eine Schönheit, Hugo?«

Papa schlingt die Arme um Mamas Taille, vergräbt die Nase an ihrem Hals und schnuppert an ihr wie an einer Blume. »Genau wie ihre Mutter.«

Mama legt das Kinn auf seine Schulter, und so stehen sie einen Moment lang auf der Terrasse, leicht hin- und herschwankend, als würde der Wind sie wiegen. Ich sehe weg. Wenn sie so sind, ist es, als existierte nichts außer ihnen, und ich erkenne flüchtig die Menschen, die sie in dieser unwirklichen Vergangenheit vor meiner Geburt gewesen sein müssen. Vermutlich sind Toby und ich aus so einem innigen Moment wie diesem hervorgegangen. Das sind wir alle. Ich weiß, dass Barney ein »glückliches Versehen« war – ich habe Mama und Papa einmal spätnachts darüber reden hören – und dass Kitty als Gefährtin für ihn geboren wurde, weil zwischen den ältesten und jüngsten Geschwistern so ein großer Altersunterschied besteht. Letztes Jahr lieferte mir Matilda – dank ihrer älteren Schwester Annabel, die des Internats verwiesen worden war – eine detailliertere Erklärung, wie solche »glücklichen Versehen« zustande kommen. Es fühlt sich komisch an, meine Eltern so zu sehen, jetzt wo ich all das weiß, was ich weiß.

»Also, hast du unsere kleinen Hausbesetzer gefunden, Hugo?«, fragt Mama. Boris fläzt sich ihr hechelnd zu Füßen.

»Möwen.«

»Oh, ich habe auf ein Nest voller kleiner Flugsaurier gehofft.«

»Es ist ein Problem, Nancy. Wir müssen jemanden da hochschicken.«

»Aber wer kann ihnen schon verübeln, dass sie auf Black Rabbit Hall nisten wollen?«

Papa lacht, ein tiefes, kräftiges Lachen, das nur von einem großen Mann stammen kann.

»Also, Mr. Alton …« Mama nimmt Papa den Hut ab und beugt sich vor, bis ihre Nasenspitze seine berührt. Niemand sonst würde es wagen, das zu tun. Es fühlt sich an, als müssten wir anderen anklopfen, um einzutreten. So wie wir es an der Tür zur Bibliothek machen müssen, wenn er arbeitet. Er arbeitet viel. Das liegt daran, dass sich das Familienvermögen nie mehr vom großen Crash von 1929, Großpapas Erbschaftssteuer und seiner Vorliebe für die Casinos von Monte Carlo erholt hat. (Bevor wir geboren wurden, hatte Papa einen Bruder, der auch gern spielte, doch er fiel im Mittelmeer von einer Yacht, und seine Leiche verfing sich eine Woche später in einem Fischernetz. Leider ist es Toby und mir nicht gelungen, noch weitere schaurige Details darüber in Erfahrung zu bringen. Sein Name war Sebastian, aber er wird nie erwähnt.)

»Mrs. Alton.« Er zieht sie fester an sich. Ihr Schatten streckt sich wie eine Katze auf dem Rasen.

»Ich werde mit Knight einen kleinen Ausritt machen.«

»Nicht mit diesem kaputten Bein.«

»Sei nicht so ein Miesmacher. Wird schon schiefgehen.«

»Nancy, das ist leichtsinnig.« Papa runzelt die Stirn. Er hat eine niedrige, eckige Stirn, die er oft runzelt, und dichtes dunkles Haar. Matilda meint, ihre Mutter sage immer, dass Papa Omar Sharif wie aus dem Gesicht geschnitten ist. »Schau mal zum Himmel rauf. Das sonnige Wetter wird nicht halten. Und du weißt, wie Knight sich bei Gewitter reiten lässt. Er ist ja schon in seinen besten Momenten ein verrücktes Vieh.«

»Das Gewitter lässt noch auf sich warten. Das hast du doch eben selbst gesagt.« Sie klopft sich mit Papas Hut leicht gegen den Oberschenkel. Wir wissen alle, dass Mama am Ende ihren Kopf durchsetzen wird. Es ist so, als würde man Butter in der Pfanne beim Schmelzen zusehen.

»Der Arzt hat gesagt, dass du dein Bein schonen sollst. Und dein Handgelenk.«

»Ich werde Knight wie einen fetten Esel am Strand reiten, versprochen, Schatz.« Sie setzt ihm seinen Hut wieder auf und küsst ihn auf den Mund. »Bis später.«

»Du bist unmöglich«, sagt Papa und sieht Mama an, als wünsche er sie sich nicht anders.

Als Mama geht, löst sich unsere Familientraube auf, wie wenn man den Magneten aus einem Haufen Eisenspäne entfernt.

Toby und ich scherzen, dass Peggy das Gewitter verscheucht hat. »Es kommt wieder, wenn es Hunger hat«, spöttelt Toby, ich lache, und wir schlendern gemächlich in Richtung Küche, wo unser Tee schon ewig Verspätung hat, weil der Herd nach dem Mittagessen ausgegangen ist. Barney und Kitty – die ihre zerfledderte Stoffpuppe namens Lumpenpüppi in Urgroßmamas Spielzeugkinderwagen gehievt und einen roten Luftballon an seinen Griff gebunden hat – folgen uns, wie sie es immer tun, bis Barney plötzlich ruft: »Da! Kaninchen!«

Er flitzt über den Rasen davon und den flinken braunen Punkten hinterher, dicht gefolgt von Boris. Die Kaninchenbaue sind hinter den Hortensienbüschen gleich am Waldrand. Sie verschwinden immer darin, bevor Barney auch nur in ihre Nähe kommt.

Ich verdrehe die Augen. »Er tut jedes Mal so, als hätte er eine Herde Einhörner entdeckt. Er ist fünf. Er hat doch schon Millionen von Kaninchen gesehen.«

»Ich schätze, Barney wird bei Kaninchen immer aus dem Häuschen sein«, meint Toby. »Bloß wird er eines Tages so tun, als wäre er es nicht mehr.«

Das Esszimmer befindet sich unten im Ostturm, rund und rot und stets leicht feucht wie im Inneren eines Obstkuchens. Aber es ist meilenweit von der Küche entfernt, weshalb wir, wenn nicht gerade Weihnachten ist oder Sonntag, oder Großmama Esme zu Gast ist, in der Küche essen, meinem Lieblingszimmer auf ganz Black Rabbit Hall, mit den kornblumenblauen Wänden – Blau soll die Fliegen abhalten – und einer Speisekammer, deren Schloss glücklicherweise kaputt ist. Anders als im restlichen Haus ist es in der Küche immer warm.

Sonderbare Dinge gehen dort vor sich: Brotteig geht in Porzellanschüsseln auf wie eine Reihe schwangerer Bäuche; Schweinedärme werden in Salzwasser eingeweicht, bis sie gefüllt und zu Würsten namens *Hog's Pudding* verarbeitet werden; in Zinneimern winden sich Seeaale und warten darauf, zerstückelt zu werden. Oft stehen auch Eimer voller Krebse herum, die zu essen Barney sich weigert, weil Krebse Persönlichkeit haben. Ich kann die armen Viecher auch nicht in kochendes Wasser werfen – ein Lebewesen empfindet sicher Schmerz –, aber wenn sie erst einmal gekocht sind, dann helfe ich Peggy dabei, die Kiemen herauszuziehen, und sauge das süße weiße Fleisch aus ihren Scheren. Wenn sie tot sind, was soll es sie noch kümmern. Mich jedenfalls würde es nicht mehr kümmern.

Aber heute gibt es keine Tiere in Eimern, bloß eine fettig aussehende Suppe, die auf dem Herd blubbert. Wir haben Angst, dass es sich um die gefürchtete Kiddly-Brühe handelt, eines dieser Rezepte, von denen Peggy behauptet, dass wir lernen werden, sie zu mögen. Außerdem verströmen die langersehnten Scones ein himmlisches Aroma, jedes Mal, wenn sie die Herdklappe aufmacht. Voll ungeduldiger Erwartung rutschen wir um den alten Bedienstetentisch herum. Als die Scones schließlich kommen, sind sie oben perfekt golden aufgesprungen. Toby sackt den größten ein, besinnt sich dann eines Besseren und gibt ihn mir. Ich überlasse ihn Kitty. Barney wird sich natürlich mit dem kleinsten zufriedengeben müssen, wenn er Glück hat und überhaupt etwas abbekommt. Die Regel lautet: Bist du nicht da, zählst du nicht.

Aus dem Flur kommt das Klack-klack von Mamas Reitstiefeln. Wir setzen uns aufrechter hin, fröhlicher, in Erwartung, dass sie durch die Tür kommt.

»Mama.« Toby wischt sich mit dem Handrücken Marmelade vom Mund. Er grinst, als hätte er sie wochenlang nicht gesehen.

»Ich erkläre mich offiziell für wiederauferstanden.« Mama wirft das flüssige Kupfer ihrer Haare zurück. Auf dem Rücken ihrer Bluse sind Schlammspritzer, die mich glauben lassen, dass sie Knight ganz und gar nicht wie einen fetten Esel am Strand geritten hat. »Eins. Zwei. Drei.« Sie krönt unsere Häupter mit windhauchkühlen Küssen, sieht sich um und späht unter den Tisch. »Wo ist Barney?«

Wir zucken mit den Schultern, die Münder voll mit Clotted Cream und Marmelade aus den Erdbeeren vom letzten Jahr.

»Peggy, wir sind einer zu wenig. Haben Sie eine Idee, wo Barney ist?«

Peggy stellt noch einen Teller Scones auf den Tisch. »Ich dachte, er wäre bei Ihnen, Mrs. Alton.« Sie fängt an, die nächste Runde zu verteilen, absichtlich langsam, um Tobys Gier zu zähmen.

»Nun ja, ist er nicht. Der Schlingel.«

»Er ist vor einer halben Stunde den Kaninchen hinterher, Mama«, sagt Toby mit vollem Mund. »Mit Boris.«

»Diese beiden«, seufzt Mama mit einem Lächeln. »Darf ich?« Sie nimmt sich einen Scone und taucht ihn in die Clotted Cream. »Verboten gut, Peggy.«

»Das mit Barney tut mir leid, Mrs. Alton. Ich hätte nachfragen sollen.«

»Ist nicht Ihre Schuld, Peggy.«

»Ich tue mein Bestes, Mrs. Alton.« Das sagt Peggy oft und lässt hinterher Raum für Bestätigung.

»Natürlich, tun Sie das, Peggy. Ich geh und suche Barney. Kein Problem.« Mama beugt sich zu Kitty hinunter und zuckt dabei ein wenig zusammen, als würde ihr ihr schlimmes Bein wieder wehtun. »Wo werde ich diesen Lümmel von deinem Bruder denn jetzt bloß finden, Kittycat?«

»Ist ein Lümmel so was wie ein Krümel?«, fragt Kitty. Wir ignorieren sie. Das muss man, sonst würde man den ganzen Tag nur Fragen beantworten.

»Er wird mit Boris bei dem neuen Versteck sein«, sage ich.

»Hätte ich mir denken können.« Mama beugt sich hinunter und rückt ihren Reitstiefel zurecht. »Oh, Moment mal, *da* ist Boris!«

Boris schleicht hinter der Küchentür hervor, mit eingezogenem Schwanz und traurigen Augen. Er wirkt kleinlaut, als hätte er gerade einen Eimer Schweineschmalz oder einen unserer Lieblingspantoffeln verputzt.

Mama krault ihn hinter den Ohren und runzelt die Stirn, beunruhigt darüber, dass Boris alleine ins Haus zurückgekommen ist. »Wo ist dein Komplize, alter Herr?«

Boris drückt sich gegen ihren Reitstiefel. Sie sieht zu mir auf. »Wo ist das Versteck, Schatz?«

»Auf der anderen Seite des Flüsschens. Gleich beim Ufer.« Ich träufle Clotted Cream auf meinen Scone und verschmiere sie mit dem Löffelrücken. »Wo wir neulich das Lagerfeuer gemacht haben – du weißt schon, kurz bevor der Boden ganz sumpfig wird bei dem großen Baum.« Es ist unser Lieblingsbaum, eine uralte Eiche am schlammigen Rand des Baches, von deren oberen Ästen ein altes Seil baumelt. Man schlingt die Beine um den borstigen Knoten am Seilende, stößt sich vom Ufer ab und schwingt hinaus über den Fluss, erfüllt von Luft und Nervenkitzel, und es kratzt brennend an komischen Stellen.

Draußen ist ein Poltern zu hören. Plötzlich ist es kühl, als hätte jemand dem Tag die Decke weggezogen. Mama geht zum Fenster, stützt sich mit den Händen zu beiden Seiten an der dunklen Holzverkleidung ab, ein Knie auf der Fensterbank, und blickt hinauf zum stürmischen Himmel. »Ich fürchte, Barney holt sich eine ordentliche Dusche.«

Peggy gesellt sich zu Mama und berührt das silberne Kruzifix an ihrem Hals. »Der Anblick gefällt mir gar nicht, Mrs. Alton. Sieht aus wie vom Teufel selbst hergeblasen!«

Toby und ich versuchen nicht zu lachen. Dieser Satz lässt sich später gut in einen Witz einbauen. Keinem von uns tut Barney auch nur im Geringsten leid.

»Ich ziehe mir Gummistiefel und einen Regenmantel an und hole ihn zum Tee. Bei dem Wetter sollte er nicht draußen sein.«

»Nein, Peggy, du kümmerst dich weiter um den Tee.«

Toby steht auf. »Soll ich gehen, Mama?«

»Das ist sehr zuvorkommend von dir, Toby, aber nein, du trinkst weiter deinen Tee. Knight ist noch gesattelt. Ich bin gleich wieder da.« Mama geht zur Tür und ruft über die Schulter: »Zumindest wird sich Barney Appetit geholt haben.«

Nur Peggy lächelt nicht und verschränkt die Arme fest vor der Brust.

Kurz nachdem Mama weg ist, flackert das Zimmer wie eine Glühbirne, kurz bevor sie durchbrennt. Regen fängt an, gegen das Fenster zu prasseln wie Perlen von einer gerissenen Schnur. Durch die offene Tür sehe ich, dass sich Kittys roter Luftballon vom Puppenwagen gelöst hat, von einem Windstoß erfasst wird und den schwarz-weiß gefliesten Flur entlanghüpft.

Peggy starrt hinaus ins Unwetter und rafft mit den Händen ihre gestreifte Schürze zusammen. Sie murmelt etwas von diesen »armen Fischersleuten da draußen in den tosenden Fluten«, was mich und Toby in unterdrücktes Lachen ausbrechen lässt. Niemand redet so wie Peggy Popple, diese Mischung aus Rechthaberei und biblischem Verhängnis. Wir haben sie vermisst.

»Noch immer nicht zurück?« Papa taucht auf und steckt einen Stift in seine Jackentasche. Er wirkt besorgt. Oder vielleicht sieht man, wenn man alt wird – Papa ist sechsundvierzig –, auch einfach leichter besorgt aus.

»Sie sind noch nicht wieder da, Mr. Alton.« Peggy stellt sich gerader hin, zieht den Bauch ein. »Weder Mrs. Alton noch Barney.«

»Wann ist Nancy weg?«

Es blitzt erneut. Ein langes Haar an Peggys Kinn wird sichtbar, das mir noch nie zuvor aufgefallen ist. »Schwer zu sagen. Vor einer halben Stunde?«

»Das geschieht dem Jungen recht.«

Die Luft wird dichter. Toby und ich tauschen Blicke aus. Mama und Papa streiten sich nur selten, aber wir wissen alle, dass sie uneins sind, was »Strenge« betrifft. Anders als Papa ist Mama der Ansicht, dass Kinder nicht geschlagen werden sollten, ganz gleich wie ungezogen sie sind, und dass es in unseren Schulen keine Rohrstöcke geben sollte. Sie glaubt, dass man Kindern zuhören und Verständnis für sie haben sollte. Papa hält das für »neumodischen, progressiven Unsinn, durch den Kinder verdorben werden und große Besitztümer verkommen«. Glücklicherweise hat Mama das Sagen, auch wenn wir so tun müssen, als wäre es anders.

»Ich kann sie nicht bei diesem Wetter da draußen alleine lassen. Peggy, meinen Mantel und einen großen Schirm bitte.« Peggy eilt davon zur Stiefelkammer, einem kalten

Raum mit Steinmauern, der nach Leder, Feuchtigkeit und ganz leicht nach Hundekot riecht, alles Gerüche, die eigentlich schrecklich sein müssten, aber zusammengenommen irgendwie gar nicht so schlecht sind, wie man denken würde. Papa sieht Toby an, dann mich. »Amber, zieh deinen Mantel an.«

Ich weiß nicht, warum er mich aussucht. Ich freue mich darüber, aber für Toby, der ein wenig niedergeschlagen aussieht, tut es mir leid, und ich überlege gerade, wie ich es anstellen könnte, dass er auch mitkommt, als Peggy bereits anfängt, mich in den Mantel von letztem Jahr zu zwängen. Sie öffnet die Vordertür, und der Wind entreißt sie ihr beinahe. Regen ergießt sich in den Hausflur. Draußen sieht es aus, als wäre es Nacht, nicht erst später Nachmittag, als hätte ein riesiger Mund alles Licht vom Himmel gesaugt wie Flüssigkeit durch einen Strohhalm.

Als ich den letzten Schritt mache, wird Mamas Stetson, den einer unserer Steinfalken aufhat, von einer Windböe fortgerissen. Ich strecke mich, um ihn einzufangen, doch Papa hält mich zurück, indem er die Hand auf meinen Arm legt. »Lass den verflixten Hut. Wir müssen los, Amber.« Er zerrt Boris am Halsband. »Und du kommst auch mit.«

Boris drängt von der Tür weg, jaulend und verängstigt.

»Oh, meine Güte, Boris!«, schimpft Papa über das Heulen des Windes hinweg. »Was ist los mit dir? Bist du ein Hund oder eine Maus?«

Mit angelegten Ohren, im Moment vermutlich lieber eine Maus, wird Boris die Stufen hinuntergezerrt, wobei er dicht hinter mir bleibt. »Das ist doch bloß ein Gewitter, Boris«, beruhige ich ihn und wuschle sein flauschiges gelbes Fell. »Du musst keine Angst haben. Komm, führ uns zu Barney. Guter Junge.«

Es ist ein Kampf gegen den Wind, über den abschüssigen Rasen zu dem bogenförmigen gotischen Eisentor, das im Regen glänzt. Papa stößt es kraftvoll mit der Schulter auf, und wir stemmen uns in die Welt des Waldes. Sofort ist es stiller, das Tosen des Gewitters wird gedämpft von der Moospolsterung des Bodens, den Farnen und dem Laub.

»Wo ist denn dieses Versteck?« Etwas an seinem Ton macht mich nervös. Das und die Art, wie er an seinem Ohrläppchen zupft.

»Am einfachsten folgt man dem Bach.«

Im Sommer bloß ein dünnes Rinnsal, ist er jetzt auf die doppelte Größe angeschwollen und schäumt wütend über die kleinen Felsen. Wir bahnen uns den Weg zwischen den schirmartigen Blättern riesiger Rhabarberpflanzen hindurch.

Ich höre das Rascheln und Splittern von Ästen. Hirsche? Ich greife nach Papas Hand, diese geweihtragenden Böcke sind furchteinflößend, selbst wenn sie nicht brunftig sind. Seine Hand ist heißer, als ich erwartet habe, und glitschig vom Regen. Ich rufe mir in Erinnerung, dass wir uns alle bald vor den Kamin kuscheln und Kakao trinken werden, wenn der wilde kleine Barney erst einmal gebändigt wäre, wenigstens für ein oder zwei Stunden.

»Hirsche, Papa«, flüstere ich und ziehe an seiner Hand. »Kannst du sie hören?«

»Hirsche?« Er bleibt stehen, lauscht, hält meine Hand ein bisschen fester.

Etwas kommt definitiv näher.

Zweige knacken, das gedämpfte Geräusch von Füßen. Das Etwas ist schwer, groß, schnell, zu schnell. Boris' Fell stellt sich am Rücken auf. »Papa …«

Knight stürzt aus dem Unterholz, die Augen weiß verdreht, die Nüstern gebläht, er stößt ein fürchterliches Schnauben aus.

»Runter!« Daddy stößt mich zu Boden, aus der Reichweite

der stampfenden Hufe. Ich wage erst wieder aufzublicken, als das Stampfen nachlässt. Gerade rechtzeitig, um etwas zu sehen. Etwas Weißes, das am leeren Steigbügel schnalzt. Dann nur noch Dunkelheit.

4

Lorna

»Erinnerst du dich an diese Kerle?« Jon beäugt Lorna neugierig.

»Ich glaube schon«, sagt Lorna eher zu sich selbst, zum Teil, weil sie es glauben möchte. »Ja, absolut.«

Größer als einen Meter fünfzig, mit Schnäbeln wie Schwerter, sehen die zwei Falken zu beiden Seiten der Freitreppe von Pencraw Hall so aus, als würden sie jeden Moment die Flügel ausbreiten und sich in den Himmel erheben, gut möglich, dass sie einem zuvor noch die Augen ausgepickt haben. Die Abendsonne, die sich mittlerweile durch die Wolken gebrannt und einen blauen Himmel zum Vorschein gebracht hat, lässt den Stein glänzen.

»Dein Gesicht ist wie gemalt.« Er kann die Augen nicht von ihr abwenden.

Lorna lacht, versucht ihre Gefühle unter Kontrolle zu bringen und ihre langen dunklen Haare, die wie Luftschlangen flattern. Pencraw Hall ist nicht das prächtigste Haus – kleiner als in ihrer Erinnerung, eckige Zinnen, zwei wuchtige Schachfigurentürme –, es sieht aus wie ein schnuckeliges Schloss, von einem Kind gezeichnet. Jahre der Vernachlässigung haben das Haus in die Umgebung eingebettet: Wildblumen an den Ecken, Efeu wuchert mit tellergroßen Blättern die Wände hinauf, Ranken und Mörtel verschmelzen wie Gewebe und Knochen. Aber das Haus ist … monumental. Und hier zu heiraten, würde sich altehrwürdig anfühlen, ursprünglich, in der natürlichen Ordnung der Dinge. Es würde sich richtig anfühlen. Es fühlt sich richtig an. So wie der erste Kuss mit Jon (auf der Waterloo Bridge in einem Schneesturm). Und wie schon in dieser Winternacht vor zweieinhalb Jahren kann sie es nicht erwarten, ihre Schwester Louise anzurufen und es ihr zu erzählen.

»Bist du sicher, dass wir uns das hier leisten können?« Jon zieht sie an sich, umschlingt ihre Taille. Ihr gelbes Kleid wird vom Wind aufgebauscht. »Du hast die Zahlen doch nicht vollkommen aus den Augen verloren, oder?«

Lorna lacht erneut. »Nein!«

Sonnenlicht liegt auf den Stufen. Jon beschirmt seine Augen, lässt den Blick kühl und professionell über das Dach wandern. »Obwohl, ich muss sagen, das Ganze hier ist ja nicht weit von einer Ruine entfernt.«

Lorna ist nicht blind für die abgesplitterten oberen Fenster, die abgeschlagenen Zinnen und die Ziegel, die ganz offensichtlich vom Dach geflogen und auf der Auffahrt zersprungen sind, wo sie sich mit dem honigfarbenen Kies vermischt haben. Doch auf seltsame Weise erhöht der heruntergekommene Zustand des Hauses die Anziehungskraft des Anwesens, anstatt sie zu verringern. Ihr gefällt sehr, dass es nicht in irgendein seelenloses kommerzielles Ausflugsziel oder eine touristische Teestube mit gediegener *Farrow-&-Ball*-Wandfarbe verwandelt wurde. Es ist ein Haus, das buchstäblich unter der Last seiner Vergangenheit zusammenbricht. Perfekt, denkt sie mit einem Seufzen.

Er lehnt sein Kinn leicht auf ihren Kopf. »Kaum zu glauben, dass hier wirklich jemand wohnt, oder?«

»Wer weiß.« Lorna beschließt, nicht zu erwähnen, dass sie bereits, als sie die Auffahrt heraufgekommen sind, gespürt hat, dass sie von jemandem beobachtet wurden, dass sie auch jetzt jemand beobachtet. Hier gibt es also Leben, da ist sie sich sicher. Sie wirft einen Blick hinüber zu den Autos, die weiter entfernt auf der Zufahrt vor sich hin rosten: ein kaputtes grünes und ein schmutzigblauer Sportwagen, dessen Außenspiegel mit Klebeband befestigt wurden und an dessen Verdeck ein langer Riss verläuft.

Jon dreht Lorna zu sich herum, beugt sich zu ihr herunter und küsst sie.

»Mir kommt's so vor, als sollten wir singen und die Treppe hinauftanzen oder irgend so was«, flüstert sie. »So ein Ort ist das hier.«

Er küsst sie erneut.

»Komm, wir sind schon spät dran.« Sie nimmt seine Hand und zieht ihn die verbleibenden Stufen hinauf – alle siebzehn. Sie kann sich das Zählen nicht verkneifen oder die Vorstellung einer langen, weißen Spitzenschleppe, obwohl sie schon längst entschieden hat, dass sie nicht der Schleppentyp ist. Doch was sie will – oder wollte –, verschiebt sich bereits, neue Möglichkeiten ziehen auf wie der Dunst der nassen Stufen in der Sonne.

Der mächtigen Tür mit dem Löwentürklopfer zugewandt, streicht sie ihr gelbes Sommerkleid glatt und klemmt sich ein Stückchen Stoff zwischen die Knie, damit der Wind das Kleid nicht im falschen Moment hochwirbeln kann. Sie will einen guten Eindruck machen. »Mach du, Jon«, sagt sie, plötzlich nervös, erfasst von dem merkwürdigen Gefühl, dass sie sich auf der Schwelle von mehr als nur einem Haus befindet.

Jon entscheidet sich für die Klingel – es gibt tatsächlich eine Klingel! Sie hallt aus den Tiefen des Gebäudes wider. Schleppende Schritte. Ein Hund kläfft. Lorna wappnet sich für die Begegnung mit einer schrillen, blonden Pferdenärrin mit glänzenden Reitstiefeln oder einer älteren Dame wie der Duchesse of Devonshire, die von plüschigen Kücken umringt wird und vage an die Queen erinnert. Ein Windstoß lässt sie die Knie fester zusammenklemmen.

Die Tür geht auf. Lorna kann ihre Überraschung nicht verbergen.

Eine winzige Frau mit erschrockenen grauen Augen öffnet, auf dem Kopf eine Kugel aus braunem Haar, das sich um ihr feines Gesicht kräuselt wie eine riesige Pusteblume. Sie trägt keinen Hauch von Make-up, und ihre Haut ist rosig und frisch von den Elementen. Sie könnte Anfang vierzig sein oder auch ein Jahrzehnt jünger. Sie riecht stark nach Holzfeuerrauch. Ihr Alter ist genauso schwer einzuschätzen wie ihre Kleidung: eine schlabbrige senfgelbe Cordhose, schwere braune Stiefel und ein riesiger Faire-Isle-Pulli mit einem Loch am Bündchen.

»Hallo! Ich bin Lorna.« Sie lächelt strahlend und rückt ihren Rucksack auf der Schulter zurecht. Die Frau sieht sie nur groß an. »Lorna und Jon.«

»Lorna und Jon?« Die Stimme klingt mädchenhaft, mit einem südwestenglisch im Rachen gerollten »R«. Sie neigt den Kopf und starrt Lorna fragend an. Ihr Fingernagel wandert zu ihren engstehenden Zähnen. »Moment …«

»Wir haben letzte Woche telefoniert? Wegen unserer Hochzeit?« Hat die Frau ihre Verabredung vergessen? Stimmt irgendetwas nicht mit ihr? »Es tut mir leid, dass wir so spät kommen. Ich hoffe, wir machen Ihnen damit keine Umstände.«

»Wir haben uns verfahren. Lorna hat die Karte gelesen«, versucht Jon es mit diesem kleinen Witz.

Die Frau lacht nicht. Aber sie blickt ihn zum ersten Mal an und zuckt sichtlich zusammen bei dieser gut eins achtzig großen Symphonie aus breiten Schultern, sandfarbenem Haar und haselnussbraunen gesprenkelten Augen. Ihre Wangen fangen an zu lodern, und sie senkt den Blick.

»Es stimmt, ich hab keinen Orientierungssinn«, plappert Lorna in dem Versuch, das Gespräch am Laufen zu halten, und beschließt, den kleinen mottenzerfressenen Terrier nicht zu streicheln, der knurrend und geifernd zwischen den schlammverkrusteten Stiefeln der Frau aufgetaucht ist. Nicht gerade der würdevolle Labrador, den sie in einem solchen Hause erwartet hätte.

»Ihr Name war En… Endellion, oder?«

»Dill.« Endlich ein Lächeln, ein ziemlich zaghaftes Lächeln, aber mit einer Ehrlichkeit, die Lorna sofort mit ihr warm werden lässt. Dill ist offensichtlich bloß sehr schüchtern. Ein bisschen Pflege würde ihr auch nicht schaden. Auf dem Land ticken die Uhren eben anders.

»Und das ist Blütenblatt.« Sie hebt den Hund hoch, und seine Krallen verfangen sich in den Wollfäden ihres Pullis. »Ein Männchen. Aber das haben wir erst nicht gemerkt. Leider ein kleiner Beißer, fürchte ich. Sollte eigentlich die Ratten jagen. Aber er zieht Finger vor, stimmt's, Blütenblatt?«

Lorna und Jon lachen ein wenig zu laut.

Dill dreht den Hund auf den Rücken und trägt ihn wie ein Baby. »Tja, äh, ich schätze, dann sag ich mal: Willkommen auf Pencraw Hall.«

Lorna lächelt. »Black Rabbit Hall?«

Dills Augen weiten sich vor Überraschung. »Wer hat Ihnen das erzählt?«

»Ich glaube, er war ein Bauer, oder, Jon?«

»Es war ein Traktor beteiligt.«

»Wir haben ihn auf der Straße getroffen, kurz vor der Auffahrt«, fügt Lorna hinzu. Sie wünschte sich, Dill würde sie endlich hineinbitten. »Er meinte, die Einheimischen würden es Black Rabbit Hall nennen. Stimmt das?«

»Früher war das so«, erwidert Dill leise.

»Warum Black Rabbit Hall?« Lorna erblickt hinter Dills

Hosenbein einen ausgehöhlten Elefantenfuß, vollgestopft mit Regenschirmen. »Das ist ein ziemlich ungewöhnlicher Name.«

»Nun, wenn Sie dort rüberschauen …« Lorna dreht sich um, ihr Blick folgt Dills ausgestrecktem Zeigefinger zu der Rasenfläche, die steil vom Haus abfällt und endlos weiterzugehen scheint, man sieht die weißen Buckel von Schafen und das silberne Schimmern des Baches hinter den Bäumen. »Kaninchen. In der Dämmerung. Dann haben wir so viele Kaninchen auf diesem Rasen. Ihre Baue sind dort am Waldrand, wissen Sie? Hinter den Hortensien.«

»Ah«, seufzt Lorna, denn sie ist ein Stadtkind und findet Kaninchen niedlich.

»Bei Sonnenuntergang – wir sind nach Westen ausgerichtet – zeichnen sich ihre Silhouetten auf dem Rasen ab. Dann sehen die Kaninchen …«, sie hält inne und krault Blütenblatts verfilzten Bauch, »… aus wie Schattenspielfiguren, finde ich immer.«

Lorna wirft Jon ein freudiges Lächeln zu und malt sich bereits die Hochzeitseinladungen aus, das große B, das schwungvolle R, wie alle den Namen reizend finden. »Oh, ich werde von jetzt an nur noch Black Rabbit Hall sagen.«

»Mrs. Alton zieht Pencraw Hall vor«, sagt Dill eilig.

Ein unguter Moment des Schweigens.

»Ich bin mir sicher, dass ich als Kind schon einmal mit meiner Mutter hier war«, platzt Lorna heraus, die es nicht länger für sich behalten kann. »War das Haus auch schon früher für Besucher geöffnet, Dill?«

»Nein.« Dill legt einen Finger an ihre Lippen. »Nein, ich glaube nicht.«

Lorna wird es schwer ums Herz. Hatte sie das Haus am Ende doch verwechselt?

»Aber, wissen Sie, es kamen immer mal Leute die Auffahrt herauf, haben an die Tür geklopft und der Haushälterin ein paar Münzen zugesteckt, damit sie einen schnellen Blick hineinwerfen konnten. So etwas eben. Hin und wieder passiert das übrigens immer noch. Touristen sehen das Schild an der Abzweigung, werden neugierig …«

Klingt ganz nach ihrer Mutter. Lorna erinnert sich noch gut daran, wie sie sich ungeniert unter der roten Seilabsperrung hindurch an ein herrschaftliches Anwesen heranschlich, um einen Blick in ein privates Badezimmer zu erhaschen. Ihre Mutter liebte es, sich über die Bäder feiner Pinkel zu entsetzen: »Stell dir vor, alles so exklusiv und dann eine Klobrille aus Holz!«

»Du liebe Zeit, Sie werden ja ganz nass«, sagt Dill. »Sie kommen besser rein.«

Die Eingangshalle ist so groß wie ihre Wohnung in Bethnal Green, der ramponierte Glanz verschlägt einem die Sprache. Es riecht nach Bienenwachs, Kohle und Feuchtigkeit. »Wow«, seufzt Lorna.

»Genug Treppe für dich, Liebling?«, flüstert Jon ihr ins Ohr. In seinen Augen tanzt der Schalk.

»Oh mein Gott, ja.« Nie hätte sie so etwas Schönes erwartet. Die Treppe erinnert in ihrer Eleganz an einen Hollywoodfilm. Man sieht es förmlich vor sich: asterngraue Satinkleider. Lautlose Schritte in handgefärbten Seidenschuhen.

Ihre entzückten Blicke huschen herum. So viel gibt es zu sehen. Ein riesiger Kronleuchter mit einem Pelz aus Staub schwebt über ihnen wie ein Planet. Die Holzvertäfelung ist dunkel, glänzend wie Kaffeebohnen. Mächtige Hirschköpfe hängen an den Wänden. Eine Palme in einem Messingtopf sieht aus, als wäre sie schon vor einem Jahrhundert gestorben. Über dem offenen Kamin das gewaltige gerahmte Porträt einer aufsehenerregenden Blondine, deren eisblaues Kleid perfekt zu ihren Augen passt. Sie hat das Kinn gehoben und starrt auf die Eingangshalle wie die Galionsfigur eines Schiffes aufs Meer. Doch am faszinierendsten von allem ist die große schwarze Standuhr gegenüber: ein kunstvolles Ziffernblatt mit eingebettetem Mondphasenanzeiger und aufwändigen Bemalungen in Himmelblau und Gold. Lorna streckt die Hand danach aus und berührt sie behutsam. Das Holz ist warm wie menschliche Haut. »Die gefällt mir.«

Auch Jon betrachtet sie näher, wie gebannt von dieser Kunstfertigkeit. »Wundervoll.«

»Oh, das ist Big Bertie«, sagt Dill mit einem scheuen und stolzen Lächeln zugleich. »Aber versuchen Sie nicht, die Zeit davon abzulesen.« Sie setzt Blütenblatt am Boden ab. Der Hund flitzt mit klackernden Krallen davon. »Äh, hatte ich am Telefon erwähnt, dass all das Neuland für Mrs. Alton ist?«

»Haben Sie.« Solche Details spielen jetzt keine Rolle mehr. Lorna blickt erneut zur Treppe hinüber und stellt sich vor, wie es sich wohl anfühlen würde, den abgenutzten roten Läufer hinaufzugehen, die Hand am Geländer, den Kopf hoch erhoben. »Überhaupt kein Problem.«

»Oh, das ist beruhigend. Besser Sie wissen Bescheid.«

Lorna dreht sich um und lächelt Dill an. Sie fragt sich, ob sie wohl bei der Festlegung des Preises für Black Rabbit Hall ein Wörtchen mitgeredet hat. Wenn dem so ist, sollten sie ihr dankbar sein. Zweifellos würde der Preis in die Höhe schnellen, sobald die Buchungen hereinströmen würden. »Wir wären sehr erfreut, die Ersten zu sein, nicht wahr, Jon?«

Jon wirft ihr einen heimlichen Blick zu, der so viel aussagt wie: *»Echt?«*

»Also, wann wollten Sie noch mal heiraten?« Dill sieht sie stirnrunzelnd an, obwohl Lorna es ihr schon zweimal am Telefon gesagt hat. Sie zupft an einem losen Faden am Bündchen ihres Pullis. »Das war nächsten April, oder?«

»Oktober.« Lorna liebt Cornwall im Herbst, wenn die Nebel vom Meer hereinziehen und die Erde Feuchtigkeit verströmt und nach Pilzen riecht. Außerdem ist es außerhalb der Saison günstiger. Sie greift nach Jons Hand. »Ich weiß, das ist kurzfristig.«

»*Diesen* Oktober? Das ist sehr knapp.«

Lorna zuckt zusammen. »Na ja, es muss während der Schulferien sein – ich bin Lehrerin.«

»Wissen Sie, für mich ist all das auch recht neu.« Dills Hände zucken. Es sind kindlich kleine Hände, fällt Lorna auf, Hände, die aussehen, als hätten sie mehr gearbeitet, als gut sein kann, die Haut gerötet, die Nagelbetten schwarz. »Hochzeiten, mich um Gäste kümmern. Wir hatten viele Jahre keine große Anzahl von Besuchern auf dem Anwesen. Normalerweise kümmere ich mich lediglich um Mrs. Alton, helfe den Haushalt zu führen.«

Wenigstens verfolgt sie keine aggressive Verkaufstaktik, um den Preis hochzutreiben wie so viele andere Hochzeitsveranstalter, beschließt Lorna, in der Hoffnung, dass auch Jon es so sehen wird.

»Aber Mrs. Alton ist fest entschlossen, einen Weg zu finden, um die Zukunft des Hauses zu sichern.« Dill kaut jetzt auf der Innenseite ihrer Wange herum. »Wir haben es über die Jahre mit verschiedenen Dingen versucht. Es war schwierig für Mrs. Alton, all das hier am Laufen zu halten, seit Mr. Alton verstorben ist.«

»Oh, das tut mir leid«, sagt Lorna.

»Dieses Haus verschlingt Unsummen, selbst wenn man nur einen Teil davon bewohnt«, fährt Dill fort.

»Allein die Zentralheizung muss ein Vermögen kosten«, sagt Jon.

»Oh, wir benutzen die Zentralheizung nicht!«, ruft Dill aus, als hätte Jon angedeutet, sie würden in Champagner baden.

Jon drückt Lornas Hand. Sie weiß, dass er sich bemüht, nicht zu lachen. Dass sie sich nicht anstecken lassen darf.

»Es ist noch ein System aus der viktorianischen Zeit, mit einem Hang zu den furchtbarsten Launen und Verstopfungen, also heizen wir mit Holz aus dem Wald. Das ist viel einfacher. Aber es gibt ein paar Heizstrahler in der Hochzeitssuite«, fügt sie hastig hinzu und blickt hinunter auf Lornas und Jons ineinander verschlungene Hände, als hätte sie Jons Händedruck bemerkt. »Noch nicht im Ballsaal – ja, da ist noch ein wenig Arbeit erforderlich. Aber bis nächsten April …«

»Oktober«, sagt Jon lächelnd, lässt Lornas Hand los und knöpft seine leichte marineblaue Baumwolljacke zu. Es ist recht kühl, weitaus kälter als draußen. Lorna hofft, dass er später keine lästig praktische Haltung zu dem Anwesen einnimmt. »Im Idealfall.«

»Ups, Entschuldigung.« Dill läuft erneut rot an. »Das hatten Sie ja gesagt, Tom.«

»Jon.«

»Könnten wir uns noch die Zimmer anschauen?«, drängt Lorna sanft.

»Liebling«, Jon senkt die Stimme, seine Lippen streifen ihre Wange, »es wird langsam spät.«

»Es wird nicht lange dauern.« Mit glänzenden Augen wendet sie sich wieder an Dill. »Wo sollen wir anfangen?«

»Anfangen? Oh ja. Das ist eine gute Idee.« Dill stapft in ihren matschigen Schnürstiefeln durch die Halle davon. Ein Schuhband hat sich gelöst und schleift hinter ihrem Fuß her wie ein Rattenschwanz. »Die Eingangshalle hier ist der älteste Teil des Hauses, sie stammt noch aus der normannischen Zeit oder so. Aber das Gebäude ist ein rechter Mischmasch, von jeder Generation wurden Teile gebaut und abgerissen. Der Hauptteil ist georgianisch, glaube ich, aber die Türme wurden eher von prunksüchtigen Viktorianern hinzugefügt. Oder vielleicht auch genau andersherum.« Sie hält, die Finger an den Mund gepresst, inne. »Nein, es ist mir entfallen. Tut mir leid, dass ich es nicht genauer weiß. Ich war noch nie gut, was Daten und Fakten betrifft. Hier entlang, bitte.« Sie stemmt sich gegen eine schwere Eichentür und ächzt vor Anstrengung. »Ich muss Ihnen die Enfilade zeigen.«

»Die was?«, fragt Jon Lorna stumm und verdreht die Augen, wendet sich aber sofort wieder ab und folgt Dill in einen spärlich beleuchteten Flur.

»Eine Reihe von miteinander verbundenen Zimmern, eine Zimmerflucht oder so was«, flüstert Lorna, die neulich in der Mittagspause herrschaftliche Anwesen gegoogelt hat.

»Genau.« Dill hat offensichtlich ein ausgezeichnetes Gehör. »Es verbindet diesen Flügel des Hauses.« Ein Lächeln erhellt ihr Gesicht und macht sie glatt zehn Jahre jünger. »Und wissen Sie was, wenn Sie an einem Ende der Enfilade stehen, dann können Sie einen Ball bis zum anderen Ende durchrollen lassen, bis zur Eingangshalle!«

Der Kommentar lässt Lorna an Kinder denken. Sie kann den Ball fast über die Bodendielen und an den unbezahlbaren Antiquitäten vorbeirollen sehen und muss lächeln.

»Entschuldigen Sie, Dill, Ihr Schnürsenkel …«, macht Jon sie höflich aufmerksam.

»Oh, danke. Vielen Dank.« Dill errötet, bückt sich, stopft das Schuhband eher in den Stiefel, als dass sie es bindet, und stößt dabei mit ihrem Hinterteil eine Tür auf. »Der Salon. Das Lieblingszimmer der Familie Alton, auch wenn es zurzeit nur selten benutzt wird.«

Der Salon ist so dunkel, dass er grenzenlos erscheint. Erst als Dill die schweren Vorhänge an der Flügeltür zur Seite schiebt und er von kristallhellem kornischem Licht erfüllt wird, ergibt es einen Sinn: Seine Wände pulsieren tintenblau – wie die Tiefen der See, stellt Lorna begeistert fest –, und die Bilder an den Wänden stechen hervor. Natürlich sind da die fleischfarbenen Ahnenporträts, doch Lornas Blick wird angezogen von den Meeresansichten – wogende Himmel, die furchterregende Hochsee, Schiffswracks und die zerfurchten Gesichter der Schmuggler, die ihr Beutegut auf dem Rücken den regengepeitschten Strand entlangtragen. Welch ein behaglicher Ort, um Mensch und Natur von ihrer schlimmsten, rauesten Seite zu betrachten, denkt sie. Überlappende abgewetzte Perserteppiche dämpfen ihre Schritte. Ausladende Sessel aus üppigem Samt – blütenrosa und ochsenblutrot – stehen zu geschwätzigen Haufen zusammengedrängt in den Ecken. Am behaglichsten von allem ist der riesige offene Kamin mit dem großen ledergepolsterten Messinggitter und dem Korb für Holzscheite. Lorna stellt sich vor, dass sie mit Jon an einem kühlen Abend an einem solchen Kamin sitzen könnte.

»Mrs. Alton empfiehlt, dass Sie Ihren Gästen hier ein Gläschen anbieten. Perlwein? Oder Cocktails?«

»Perfekt.« Lorna bemerkt einen Globus, der auf einem Messingfuß in der Ecke des Zimmers steht, das Grün und Blau seiner Landschaften ist verblasst, die Kolonien, die darauf abgebildet sind, längst verschwunden. Gedankenverloren stupst sie seine Pergamentoberfläche an und lässt den Globus sich zitternd um seine eigene Achse drehen. »Ups, Entschuldigung. Ich sollte besser nichts anfassen.«

»Oh, keine Sorge.« Dill zuckt mit den Schultern, als wäre all das hier nichts als Nippes. »Drehen Sie ihn nur, wenn Sie mögen. Er summt wirklich schön.«

Lorna zögert.

Jon lächelt. »Mach.«

Oh, dieses Summen! Das Brummen dicker Hummeln über Lavendelbeeten. Lorna schließt die Augen, erfüllt von dem Geräusch, der Zauber des Hauses fängt an, sich zu entspinnen. Als sie die Augen wieder öffnet, starrt Jon sie an, mit einem verwirrten Ausdruck, der an Besorgnis grenzt.

»Vielleicht sollten wir weitergehen, wenn Sie es eilig haben.

Mrs. Alton besteht darauf, dass Sie sich die Hochzeitssuite nicht entgehen lassen.« Dill zupft an einem Faden herum. Das Loch am Bündchen ihres Pullis wird größer.

»Oh ja! Ich will unbedingt diese prächtige Treppe nach oben schreiten.«

»Dann gehen wir über den Flur im oberen Stockwerk.« Dill zeigt aus dem Fenster zu einem der steinernen Türmchen, die in den sich rot färbenden Himmel zu reichen scheinen. »Da müssen wir hin. Dort ist sie.«

Lorna dreht sich strahlend zu Jon um: Noch nie hat sie etwas Schöneres oder Romantischeres gesehen. Doch Jon runzelt die Stirn. Etwas scheint ihn verunsichert zu haben.

»Mrs. Alton meint, die meisten Brautleute würden den Turm einem der größeren Schlafzimmer im Schlaftrakt vorziehen«, erklärt Dill entschuldigend. »Es wird schrecklich kalt, sogar im Sommer. Ich fürchte, die Kamine sind mit toten Möwen verstopft. Da müssen wir jemanden kommen lassen.«

»Mir wäre der Turm tatsächlich sehr viel lieber«, sagt Lorna. »Dir nicht auch, Jon?«

Er zögert.

Dill, die seine Vorbehalte spürt, beißt sich auf die Unterlippe.

»Die Braut entscheidet.« Jon schiebt die Hände in die Vordertaschen seiner Jeans, mit einem jungenhaften Schulterzucken, das in einem entwaffnenden Widerspruch zu seiner imposanten Statur steht. »Es muss Lorna gefallen, das ist die Hauptsache. Ich kann überall schlafen.«

»Wir haben den Turm speziell hergerichtet«, sagt Dill mit einem erleichterten Lächeln.

»Wer war denn früher dort eingesperrt?«, erkundigt sich Jon im Scherz.

Das bringt Dill sichtlich aus dem Konzept. »Ich … ich …«

Lorna kommt Dill zu Hilfe. »Hör auf zu sticheln, Jon.« Sie

blickt erneut hinauf zum Turm. Und da sieht sie es. Das Flattern eines Vorhangs. Ein Gesicht am obersten Fenster. Sie blinzelt, und es ist verschwunden. Das dämmrige Licht hat ihr einen Streich gespielt.

Beim Hinaufgehen lässt Lorna eine Hand über das staubige Treppengeländer gleiten, ihre andere Hand hält die von Jon fest. Sie sagt nichts, doch sie spürt den elektrischen Schlag eines Déjà-vu – so heftig, dass sie die Hand an die Schläfen legen muss. Je höher sie kommen – erster Stock, zweiter, dritter –, desto stiller, dunkler und baufälliger wird das Haus, und desto mehr schmerzt ihr Kopf. Sie nimmt einen Schluck aus der Flasche in ihrer Tasche und fühlt sich ein wenig besser. Vielleicht ist sie bloß dehydriert. Oder es ist der verspätete Schock über den Beinaheunfall. Sie könnte Tee und Kuchen vertragen.

»Alles in Ordnung, Liebling?«, fragt Jon leise.

»Natürlich!« Sie will ihn nicht beunruhigen oder irgendetwas Negatives sagen. Und schon gar nicht will sie, dass er ahnt, dass das Haus etwas in ihr aufwühlt. Er hält sie so schon für aufgewühlt genug, das weiß sie. An einem Tag ist ihre Laune leichtsinnig beschwingt und am nächsten düster und lustlos, während sie versucht, sich in der fremden Welt ohne ihre Mutter zurechtzufinden. Sie erklimmen noch eine weitere Treppe. Der Druck in Lornas Kopf lässt nach.

Jon späht durch eine halb geöffnete taubenblaue Tür im dritten Stock. »Sieht aus, als wäre dieses Zimmer gerade erst von einer Horde Kinder verlassen worden, oder?« Er tritt zur Seite, damit Lorna es auch sehen kann.

»Oh ja, wirklich.« Da sind so viele Kindersachen, scheinbar einfach stehen und liegen gelassen. In der Zimmerecke steht, teilweise von einer Decke verhüllt, ein grau geschecktes Schaukelpferd, so groß wie ein kleines Pony. Zu seinen Vorderhufen eine Puppenwiege. Näher bei der Tür ein stockfleckiger Haufen Bücher: Der *Geheime Garten*, *Jane Eyre*, *Sturmhöhe*, *Milly Molly Mandy*, das *Rupert Annual 1969* ... Sie verspürt ein Kribbeln entlang des Rückens – als Kind hat sie viele dieser Bücher selbst gelesen und geliebt.

»Dieses Stockwerk wird nicht mehr benutzt«, sagt Dill und schließt energisch die Tür. »Mrs. Alton hat keinen Bedarf für so viele Räume.«

»Wer hat das schon?«, meint Jon, und der Ernst seines Kommentars wird durch sein Lächeln abgemildert. Lorna weiß nur zu gut, was er denkt: So viele Menschen, die gar kein Zuhause haben. Es stimmt ja auch, dass zu viele ihrer Schüler in Wohnheimen hausen müssen oder in Bed and Breakfasts in einem Zimmer pro Familie – und dieses riesige Haus wird nur von einer alten Dame und ihrer Haushälterin bewohnt. Im Grunde stimmt sie mit ihm überein. Doch insgeheim ist sie erfreut, dass Anwesen wie Black Rabbit Hall heute noch existieren.

»Wie viele Zimmer gibt es hier, Dill?«, erkundigt sie sich. Man hat das Gefühl, als würde das Haus niemals enden, als befände sich hinter jeder Tür eine weitere, eine Welt in der anderen.

»Wissen Sie, ich glaube nicht, dass sie jemals jemand gezählt hat.«

»Und Schlafzimmer?«

»Hm. Neun, glaube ich. Die alten Dienstbotenzimmer im obersten Stockwerk nicht mit eingeschlossen. Das Haus ist in Wahrheit kleiner, als man denkt. »Oh. Oh nein. Ich piepse!«

Das Geräusch ist schrill und beharrlich. *Piep piep piep piiieep.* Dill tastet hektisch ihren Pulli ab, bis sie eine Art Pager unter den Lagen verfilzter Wolle ausfindig gemacht hat und ihn abstellt. »So ein Lärm. Tut mir sehr leid. Mrs. Alton braucht mich. Ich muss gehen. Tja ... Was machen wir jetzt ...« Sie klopft mit dem Fingernagel gegen einen ihrer Zähne. »Könnten Sie morgen wiederkommen?«

»Heute wäre wirklich besser. Wo wir schon mal da sind.« Und auf dem Weg hierher beinahe von einem Traktor niedergemäht worden wären, ist Lorna versucht hinzuzufügen. »Nur noch ein kurzer Abstecher in die Hochzeitssuite? Wir können das wirklich ganz schnell machen, versprochen.«

Dill sieht hin- und hergerissen aus. Ein weiteres ungeduldiges Piepsen.

»Komm, Lorna. Dill hat zu tun«, sagt Jon und drückt seine warme Hand gegen Lornas Kreuz. »Ich denke, wir haben uns schon einen guten Eindruck von dem Haus verschaffen können.«

Dills Blick hellt sich auf. »Warten Sie! Wie wär's, wenn Sie unten auf mich warten? Mrs. Alton wird sicher sehr aufgebracht sein, wenn Sie die Hochzeitssuite nicht zu Gesicht bekommen. Ich brauche nicht lange.«

»Ich fürchte, wir müssen …«, meint Jon, und das Zucken seines Fußes verrät seine Ungeduld.

»Nur noch ein paar Minuten«, bettelt Lorna. Sie ergreift seine Hände. »Bitte.«

»Wir haben eine Reservierung zum Abendessen, schon vergessen? Und ich muss mir auch noch die Karte anschauen, rausfinden, wie wir am besten zum Bed and Breakfast zurückkommen.«

Da hakt Lorna ein. »Okay, das machst du schon mal, und ich warte. Zehn Minuten, dann bin ich bei dir.«

Als Jon geht, verspürt Lorna einen stechenden Trennungsschmerz. Die ganzen letzten Tage sind sie sich so nah gewesen. Beinahe wäre sie ihm hinterhergelaufen. Aber etwas hält sie zurück. Der Sog des Hauses ist einfach zu stark.

Im ersten Moment begreift Lorna nicht. Das sternförmige Loch in der Stirn. Die Form des Schädels. Dann fügt sich das

Bild, das Tier tritt hervor. Es ist ein Pferdeschädel mit den billardkugelgroßen Augenhöhlen, dem langen geschwungenen Nasenbein, das auf den großen Kiefer trifft – wie ein verlängerter Schnabel. Sie erschaudert. Der Schädel wirkt martialisch, heidnisch, leuchtend in dem schwarzen Kasten. Sie schreitet lautlos über den verschlissenen Teppich und späht in weitere der staubigen Schränke: ausgestopfte Vögel, Eichhörnchen, Rehkitze, Kaninchen, lebendig anmutende Kreaturen, eingenäht in ein zweites Leben als steife Puppen. Sie muss an Jons Bemerkung von vorhin denken. »Diese Leute würden ihre eigenen Vorfahren ausstopfen, wenn sie die Gelegenheit dazu bekämen.« Sie spürt, wie die trüben Glasaugen der Tierpräparate ihr nachblicken, während sie zur Fensterbank geht, das Handy fest in der Hand.

Lornas Suche nach einem Handynetz hat sie in diese weitläufige, düstere Bibliothek geführt – zwei Messingtürknäufe abseits der Enfilade. Meterweise Bücher. Ein alter Eichentisch von der Größe eines kleinen Boots. Eine seltsame Ansammlung museumsartiger Schränke. Irgendwie seltsam …

Sie ist froh, durchs Fenster Jon und das Auto sehen zu können. Er trinkt aus einer Wasserflasche, studiert die Karte, singt ein Lied mit. Sie liebt es, ihn zu beobachten, wenn er es nicht weiß. Er ist der unbefangenste Mann, den sie je kennengelernt hat, so friedlich in sich ruhend, sich seiner selbst und dessen, was er will, bewusst. Sie fragt sich, was wohl aus ihr geworden wäre, wenn sie nicht auf diese Party in Camden gegangen wäre. Wenn sie den blonden Bär von einem Mann nicht bemerkt hätte, der in der überfüllten, verrauchten Küche Getränke ausschenkte, um der gestressten Gastgeberin zu helfen. An der Hand, mit der er Wodka eingoss, hatte er einen üblen Schnitt. Eine weggerutschte Säge, sagte er schulterzuckend, als sie ihn danach fragte, keine große Sache, und ob er ihr einen Drink machen solle. Er war wahnsinnig sexy.

Sie schreibt ihrer Schwester Louise eine SMS: *Der Hammer. Alles Weitere später.* Und sie hat gerade noch genug Zeit, ihren Vater anzurufen. Sie muss ihren Vater anrufen.

»Dad, ich bin's!«

»Hallo, Sonnenschein!« Dougs Stimme hellt sich auf wie immer, wenn sie anruft, was in ihr Schuldgefühle weckt, weil sie sich nicht öfter meldet. »'tschuldigung, eine Sekunde – ich stell mal die Tasse ab. Sonst verbrenne ich mir die Hand. So. Jetzt bin ich ganz bei dir. Alles klar? Ruiniert dir der Jetstream auch die Woche? Kann nicht schlimmer sein als hier. Es hat den ganzen verdammten Tag geregnet. Aber glaub nicht, dass sie das Bewässerungsverbot aufgehoben hätten. Schauen die Kanaillen in Westminster eigentlich jemals aus dem Fenster?«

»Das bezweifle ich.« Lorna setzt sich auf eines der Gobelinkissen auf der Fensterbank.

»Hoffe, du bist gerade in einem gemütlichen kleinen Pub irgendwo.«

»Oh nein, genau genommen sind wir noch immer an einem der möglichen Veranstaltungsorte. Na ja, Jon kümmert sich schon um den Wagen. Ich bin noch in der Bibliothek des Hauses und warte darauf, die Hochzeitssuite anschauen zu können.«

»So spät noch?«

»Ja, na ja, das Anwesen war schwer zu finden.«

»Ha! Ich wette, das hat Jon gar nicht gefallen. Sag ihm mal, er soll aufhören, sich auf sein verdammtes Navi zu verlassen.« Als erst kürzlich in den Ruhestand gegangener Taxifahrer rühmt sich ihr Vater, sich niemals irgendwo zu verfahren, und genießt es ausgiebig, wenn andere Männer es tun.

»Aber wir haben endlich das perfekte Haus gefunden. Tja, ich glaube zumindest, dass es perfekt ist.«

»Und Jon nicht?«

»Hm.«

Doughs Lachen ist immer noch das rasselnde Kiesladerlachen eines Kettenrauchers, obwohl er vor zehn Jahren aufgehört hat und jetzt nur noch raucht, wenn er an Weihnachten betrunken ist. »Irgendetwas sagt mir, dass du ihn schon überreden wirst.«

»Es ist ein wundervolles Haus, Dad, ganz versteckt auf der Roseland-Halbinsel.«

»Oh, die Roseland-Halbinsel, da gibt es einen tollen Campingplatz, gleich am Rand von Portscatho. Winzig. Etwas gehobener. Deiner Mutter hat er sehr gefallen.«

Lorna ist begeistert, die Bestätigung zu bekommen, dass sie ganz in der Nähe gewesen sind. Ihre eigenen Erinnerungen an ihre Familienurlaube sind verblasst: der Klosteingeruch des angeblich topmodernen Wohnwagens, der ständig kaputt war; Louises Matratze, die sich nur Zentimeter über Lornas Gesicht durch das Drahtgeflecht drückte; Mum, die sie über endlose National-Trust-Liegenschaften scheuchte, während Dad und Louise am Strand Sandburgen bauen durften. Komisch, was so von der Kindheit hängenblieb.

»Die besten Duschanlagen in ganz Cornwall«, fährt ihr Vater fort. »Den ganzen Tag heißes Wasser. Kostenlose Seife und so Sachen. Damals waren nicht viele Campingplätze so.« Er ist gesprächiger als sonst. Lorna fürchtet, das liegt daran, dass er viele Stunden alleine verbringt. »Entschuldige, eine Sekunde, Lors.«

Sie hört ein Quietschen und weiß sofort, dass es von dem Korbstuhl im Wintergarten kommt, wo er jeden Morgen sitzt, seine Zeitung ausschüttelt und auf den leeren Platz neben sich starrt, wo ihre Mutter immer gesessen hat und die Kissen unauslöschlich den Abdruck ihres hübschen Hinterteils tragen. »So ist es besser. Steife Hüfte, sagt der Doktor. Neuer Arzt. Sieht aus wie zehn. Hab ihm gesagt, dass er mich nicht von oben herab behandeln muss, ich kenne den Unterschied zwischen Sitzbeinstachel und Iliosakralgelenk.«

Lorna hat Mitleid mit dem Arzt. Ihr Vater hat sich seine unersättliche Neugier für die Welt da draußen bewahrt. Obwohl er die Schule bereits mit vierzehn verlassen hat, behauptet Doug mit einem gewissen Stolz von sich, ein »Autodidakt auf Verrückter-Professor-Niveau« zu sein, der sich durch die Regale aller Bibliotheken der Umgebung arbeitete und dabei etwas ansammelte, was ihre Mutter liebevoll »ein Universum an unnützem Wissen« genannt hat. Seine Fahrgäste stiegen immer irgendwie verändert aus seinem Taxi – und wenn es nur vollkommen erschlagen war –, nachdem sie eine Vorlesung über das Verdauungssystem der Taube oder die physikalischen Hintergründe des Verkehrsflusses rund um den Piccadilly Circus über sich ergehen lassen mussten. Aus diesem Grunde – und ein paar weiteren – sind Lorna und Jon auch beide leicht nervös, was die Rede des Brautvaters angeht.

»Und du errätst nie, wie das Haus heißt, Dad.«

Sie hört, wie er einen Schluck Tee nimmt. Er trinkt ihn zu heiß – alle Taxifahrer stürzen ihren Tee herunter, sagt er, was, wie viele Dinge, die er so von sich gibt, wahr sein kann oder nicht.

»Black Rabbit Hall.« Sie schweigt, hofft auf ein Zeichen des Wiedererkennens.

»Kaninchen können bis zu fünfzig Meilen die Stunde laufen, hast du das gewusst? Sie schlagen Haken, um Fressfeinde zu verwirren. Die sind gar nicht so harmlos, wie sie aussehen.«

»Dad, sagt dir der Name nichts?«

»Nö.«

»Ich bin mir fast sicher, dass Mum mit mir hier war. Es fühlt sich so vertraut an.«

»Möglich. Möglich. Keine Ahnung. Ich bin nie mit diesen muffigen alten Häusern warm geworden. Das war die Sache deiner Mutter, Kulturerbe und all das. Da hatte sie sowieso lieber dich als mich dabei – meinte, ich würde sie bloß aufhalten und peinliche, unerhebliche Fragen stellen.«

»Wie kam es, dass Louise sich drücken konnte?«

»Zu klein, meinte Sheila. Die wenigen Male, die sie sie mitschleppte, fing Louise an, um Eis zu betteln, sie quengelte, dass ihr langweilig war und was weiß ich nicht alles.« Er räuspert sich. »Deine Mutter meinte, du konntest mehr damit anfangen.«

Das hat sie gesagt? Damals fühlte es sich jedenfalls nicht so an. Aber hier war sie nun, viele Jahre später, und schnüffelte ziemlich verzaubert in einem alten Haus herum. »Ich frage mich, ob es da irgendwelche Fotos gibt. Ich würde sie gerne sehen.«

»Warum kommst du nicht mal vorbei und durchstöberst die Kisten auf dem Speicher? Es ist so viel Zeug da oben.«

Die Blackboxes der Dunaways – Lorna gefällt dieser Gedanke –, die eine Familiengeschichte aufzeichnen statt Flugdaten, alles von den kuriosen Jahren ihrer Mutter als platinblondes Teddy Girl in den frühen Sechzigerjahren, das anschließende sich Einordnen in eine konventionelle Ehe, mit Henna-Dauerwelle und sittsamen, leicht zu bügelnden Kleidern, und die späte, langersehnte Mutterschaft. Ein bescheidenes Leben, zusammengetragen von jemandem, der jetzt nur noch eine erstaunlich klobige Urne voll körniger Asche auf einem Regal im Wohnzimmer ist.

Lorna versucht, sich statt der Urne ihre Mutter in den Ferien vor Augen zu rufen – nur im Urlaub schien sie wirklich glücklich und wirklich sie selbst zu sein –, warm eingehüllt in einen Wollmantel, sich leckere, scharfe Essigchips an einem windigen Strand mit Lorna teilend, die sie anlächelte, wenn sich ihre salzigen, fettigen Finger berührten und das Rauschen der Wellen jedes Bedürfnis zu reden aufhob und sie miteinander auf eine Weise entspannen konnten, wie es ihnen auf der Couch zu Hause im Wohnzimmer irgendwie nie möglich war.

»Ich fürchte, ich habe es noch nicht über mich gebracht, diese Kisten durchzugehen«, sagt Doug mit gedämpfter Stimme. »Um ehrlich zu sein, bin ich mir nicht sicher, ob ich das je können werde.«

»Ich mach das, keine Sorge.« Armer Dad. Sie steht wieder vor der Vitrine, ihre Augen angezogen von dem Pferdeschädel, der verstörenden Leerstelle in seiner Mitte.

»Lorna.« Die tränenerstickte Stimme ihres Vaters verblüfft sie, erinnert sie daran, wie frisch der Verlust noch ist. »Tut mir leid, dass ich nicht all deine Fragen über die Vergangenheit so beantworten kann, wie es deine Mutter gekonnt hätte …«

Dougs Worte gehen in ein langes, bedrücktes Schweigen über, das sich um Lorna legt, immer enger und enger, sodass es ihr ebenfalls die Kehle zuschnürt. Draußen auf dem Rasen erhebt sich das Gezwitscher von Staren. Erinnerungen an verpasste Gelegenheiten fliegen fast genauso schnell vorbei. Oh, wie Lorna sich wünschte, sie hätte sich über die Jahre stärker bemüht, mit ihrer Mutter zu reden. Sie hatten sich nie richtig verbunden gefühlt – nicht auf die leichte, unbeschwerte Art wie mit Dad –, und sie fragt sich, ob sie vielleicht Situationen vermieden haben, die das offenbarten. Sie waren immer viel besser darin gewesen, Dinge gemeinsam zu *machen* – eine Samstagsmatinee im Kino, eine Ballettvorstellung an Weihnachten, einen Biskuitkuchen miteinander backen, sich beim Teigumrühren abwechseln, während *Radio 2* plärrte –, anstatt sich vertraulich zu unterhalten. Und wenn gewisse Themen aus der Vergangenheit angeschnitten wurden, die No-Gos, wie Lorna und Louise sie insgeheim nannten, war das immer so schrecklich unbehaglich gewesen, dass ihre Mutter normalerweise aufsprang, um eine Fußleiste abzustauben oder über eine bereits saubere Oberfläche zu wischen und alle Fragen zu vertreiben mit Wolken von *Pledge*-Reinigungsspray. Dann, diesen Mai, ist der Gesprächsfaden endgültig gerissen.

Die Ungerechtigkeit der ganzen Sache quält sie noch immer. Es stellte sich heraus, dass der Stadtrat am Tag darauf das kaputte Pflaster vor dem Supermarkt ausbessern ließ. Ihre Mutter hätte nicht inmitten von reduziertem Obst und Gemüse stolpern und sich den Kopf an dieser wahnsinnig ungünstigen Stelle anschlagen müssen. Sie hätte nicht mit fünfundsechzig sterben müssen: Sie war kerngesund und Teil der drahtigen Nachkriegsgeneration, die mit schneckenzerfressenem Schrebergartenkohl aufgezogen wurden und mit bescheidenen Portionen von Hausmannskost, die eher zum Einkaufen ging, statt zu fahren. Am ungerechtesten fand Lorna, die Fingernägel in die Handfläche ihrer geballten Faust gedrückt, die Tatsache, dass mit dem Abschalten der lebensrettenden Maßnahmen auch jede liebevolle Totenbettbilanz hinfällig wurde und so viel von ihrer eigenen Vergangenheit unwiederbringlich verloren war. Sie verkniff sich blinzelnd die Tränen.

»Oh, *da* sind Sie!«

Lorna dreht sich um und sieht Dill, den Hund im Arm, in der Tür stehen.

»Sind Sie bereit, sich die Hochzeitssuite anzusehen?«

»Dad.« Sie lächelt Dill an, versucht sich zusammenzunehmen. »Ich muss auflegen.«

Sie hört ein vielsagendes Rascheln und ein Schniefen, als auch er seine Gefühle sortiert. »Also dann, verirr dich mal nicht, allein in diesem großen Haus, ja?«

»Red keinen Unsinn. Ich hab dich lieb.«

Doch als Lorna den dunklen, steilen Treppenschacht zum Turm betritt, denkt sie, dass ihr Vater vielleicht nicht ganz falschlag. Es wäre ziemlich einfach, sich in Black Rabbit Hall zu verirren. Zu glauben, man ginge in die eine Richtung, obwohl man in eine vollkommen andere geht.

5

Amber

Boris springt aus dem Unterholz. Er schnüffelt an Mamas Gesicht und jault. Papa schiebt ihn weg und hüllt Mama in seinen Mantel. »Such Barney!«, ruft er mir über die Schulter zu und stürmt, gefolgt von Boris, aus dem Wald. Auf dem Arm hat er Mama, deren Kopf in einem seltsamen Winkel herunterhängt.

Ich weiß nicht, wie lange ich dastehe wie betäubt, mit hämmerndem Herzen. Das baumelnde rote Haar, der Winkel ihres Halses – egal wo ich hinsehe, das Bild von Mamas Kopf ist auf meiner Netzhaut wie der Abdruck einer Glühbirne, nachdem man sie ausgeschaltet hat. Was mache ich? Was soll ich jetzt machen?

Dann fällt es mir wieder ein. Such Barney, hat Papa gesagt. Such Barney.

Die Gewitterwolken lichten sich. Hinter den Bäumen ein knochenweißer Mond. Vollmond. Flut. Der untere Teil des Flusses tritt am frühen Abend oft über die Ufer, besonders nach einem Unwetter. Das Wasser wird durch den Wald neben dem Versteck strömen. Mir bleibt nicht viel Zeit.

Ich renne los, bete, dass alles gut wird. Ein sicherer, glücklicher Ort. Black Rabbit Hall ist unser sicherer, glücklicher Ort.

Barney ist nicht in dem Versteck oder bei den durchweichten Kohleresten des Lagerfeuers. Meine Füße fangen an unter mir zu schmatzen. Das Wasser kommt.

»Barney!«, rufe ich. »Barney, ich bin's! Bist du da? Barney, sei kein Dummkopf! Wo bist du?«

Ich warte, lauschend, das Herz pocht mir in den Ohren. Etwas bewegt sich im Unterholz. Zwei gelbe Augen. Ein Hase? Ein Fuchs?

Ich klettere tiefer in den Wald, rufe seinen Namen, und mir kommt der Gedanke, dass er absichtlich vor mir weglaufen, sich verstecken, ein Spiel spielen könnte – er liebt es, gejagt zu werden –, ohne zu ahnen, was mit Mama geschehen ist. »Barney!«, rufe ich lauter, verzweifelter. Nichts. Hoffnungslosigkeit erfasst mich. Ich bleibe stehen. Unfähig, länger tapfer zu sein, fange ich an zu weinen, die Schluchzer steigen in mir hoch wie das Gluckern eines verstopften Abflusses. Und da taucht Boris auf, mit wedelndem Schwanz. Noch nie war ich so froh, ihn zu sehen. Ich vergrabe mein Gesicht in seinem stinkenden Fell, greife in seine speckigen Hüften. »Barney. Hilf mir, Barney zu finden. Bitte.«

Boris neigt den Kopf, als würde er verstehen, zögert und flitzt dann davon in den Wald. Ich folge ihm, bis er unter einer riesigen Buche stoppt und seine Pfoten einen Brei aus feuchtem Laub aufwirbeln.

Und da ist er. Zusammengekauert auf dem Baum. Mit Eulenaugen. Ich strecke ihm die Arme entgegen. Er rührt sich nicht. Ich zerre an seinem nackten, kalten Fuß und sage ihm, alles sei in Ordnung, und er könne ruhig loslassen, und ganz langsam fängt er an, den Stamm herunterzurutschen. Er schlingt die Arme fest um meinen Hals und vergräbt zitternd sein Gesicht an meiner Schulter. »Was ist passiert, Barney?«

Er sagt nichts. Sein Körper bebt geräuschlos.

»Was ist mit Mama passiert?«, frage ich behutsamer. »Hast du es gesehen?«

Da fängt er an zu schluchzen. Ich ziehe meinen Mantel

aus. Er sträubt sich nicht wie sonst immer, sondern lässt sich von mir wie von einem Butler hineinhelfen. Die Ärmel baumeln über dem Boden. Aber er setzt sich nicht in Bewegung. »Huckepack«, sage ich und knie mich auf den weichen, nassen Boden.

Mit ihm auf dem Rücken renne ich den ganzen Weg zum Haus zurück. Die Angst macht mich stark.

»Mama ist tot«, sagt Toby, an Big Bertie gelehnt, tonlos. Die Hände tief in den Hosentaschen vergraben, das Gesicht weiß wie eine Jakobsmuschel, starrt er hinauf zu dem Porträt von Mama. Die Uhr tickt. Das Gold des Mondphasenanzeigers leuchtet im stürmischen Licht. Es tickt noch zehn Mal. Dann sagt Toby erneut: »Mama ist tot, Amber.«

Bestimmt hat Toby da etwas falsch verstanden. Ich schüttle den Kopf, setze Barney ab, löse seine Finger von meinem Hals. »Lass los, Barney, ja? Geh mal schauen, wo Peggy ist. Sie wird dich aufwärmen.«

»Entschuldigung. Lumpenpüppi kommt zu spät zum Tee!« Kitty wuselt mit ihrem ratternden Puppenwagen an uns vorbei. »Sie hat Appetit auf Scones und Brombeermarmelade!«

»Ist der Doktor hier?«, flüstere ich. Barney legt eine Hand auf mein Bein.

»Zu spät«, murmelt Toby ausdruckslos. Etwas in seinem Gesicht hat sich verändert. In der Vertiefung seiner Kehle schlägt ein wütender Puls.

»Lumpenpüppi ist heute ganz furchtbar beschäftigt.« Kitty seufzt, zerrt die Puppe aus dem Wagen und schleppt sie im Klammergriff die Treppe hinauf. »So viel zu tun und so wenig Zeit.«

Die schwarz-weißen Bodenfliesen fangen an zu flimmern und zu verrutschen, schwitzen den scharfen Geruch von Essig aus, mit dem Annie sie putzt. »Wo ist Mama denn?«

»Im Bett.«

Ich dränge mich an Kitty vorbei, springe die Treppen hinauf, zwei Stufen auf einmal nehmend. Die Treppe scheint sich auszudehnen, länger und länger zu werden, während ich sie erklimme. Ich werde Mama im Bett vorfinden. Ich werde ihr Tee bringen. Ich werde ihr übers Haar streichen, wie sie es bei mir macht, wenn ich krank bin. Ich glaube ganz und gar nicht, dass sie tot ist. Und wenn ich es nicht glaube, ist es auch nicht so.

Ich werfe mich mit der Schulter gegen die Tür des Schlafzimmers. Und sie ist im Bett, genau wie Toby gesagt hat, wie ein krankes Kind eingewickelt in ein weißes Laken, das Haar über die Schulter gekämmt. Die Vorhänge sind zugezogen, das Licht gedämpft, die Blumenschnitzereien an den massiven, dunklen Bettpfosten werden vom flackernden Kerzenlicht hervorgehoben. Mamas verschränkte Hände halten ein Sträußchen aus den blassgelben Osterglocken, die sich heute Morgen noch in der blauen tränenförmigen Vase auf ihrem Nachttisch befunden haben. Ich trete näher heran, weigere mich, mir einzugestehen, dass ihr Kopf überm Ohr eingedrückt ist, eine seltsame Vertiefung, dort, wo sich ihr Haar mit Blut und Knochensplittern vermischt hat.

»Mama.« Ihre Hand ist nicht eiskalt, aber auch nicht warm – wie Milch, die draußen stand. Die Osterglocken fallen auf ihre Brust. Sie zupft sie nicht weg. »Mama, bitte. Wach auf, bitte.«

Und dann höre ich das Schluchzen, das von der anderen Seite des Bettes kommt. Ich spähe hinüber, Mamas Hand noch immer in meiner, und bin geschockt, Papa gekrümmt am Boden hocken zu sehen, sein Gesicht in das Laken vergraben, das von Mama rutscht. »Papa?« Meine Stimme klingt so hoch wie die von Kitty. Ich möchte, dass er mich in den Arm nimmt und mir sagt, dass alles gut wird, dass Mama wieder gesund und heil wird, dass sie wieder von Wärme erfüllt sein wird, wieder zum Leben erwachen, die Osterglocken zurück in die Vase stellen wird. »Papa, ich bin's.«

Er blickt nicht auf. Das Schluchzen wird leiser, bitterlicher.

»Amber«, flüstert Toby plötzlich hinter mir. »Komm weg.«

Er zieht mich an sich. Ich lasse es geschehen. Er fühlt sich heiß an. Ein Junge in Flammen. Durch den Stoff seines Rugbytrikots kann ich seinen Herzschlag spüren. Er hält mich fest und immer fester, sodass wir zu einer Einheit zusammengepresst werden, uns wieder perfekt zusammenfügen – wie zwei Babys, aneinandergeschmiegt in der weichen, warmen Dunkelheit von Mamas Bauch. »Wir haben noch uns. Ich hab dich.«

»Amber, Toby …« Peggy steht an der Tür, die Hand vor dem Mund. »Was macht ihr da? Kommt da raus, bitte.«

»Mama ist tot«, sage ich, nicht sicher, ob Peggy es begriffen hat.

Toby hält mich noch fester. »Sie ist tot, Peggy.«

»Und euer Vater möchte in Ruhe bei ihr sein, Liebling.« Sie kommt zu uns, löst uns voneinander, blickt besorgt auf Papa hinab. »Amber, Toby, bitte. Kommt nach unten.«

»Ich will bei Mama bleiben«, flehe ich.

»Das geht nicht, Schatz. Nicht jetzt.«

Da blickt Papa auf, löst die Hände vom Kopf. Sein Gesicht wirkt geschwollen und verzerrt vor Kummer, seine Augen wie rote Glühbirnen. Er sieht nicht aus wie Papa.

»Kann ich irgendetwas für Sie tun, Mr. Alton?«

Er sieht Peggy verständnislos an.

»Ein Glas …«

»*Raus!*«, brüllt er, dass wir zusammenfahren. »*Raus!*«

Später sitzen wir um den Kamin im Wohnzimmer herum, in den Mama noch gestern eine Handvoll Speisesalz geworfen hatte, damit die Flammen für Kitty blau tanzen. Es liegen noch immer ein paar Körner auf dem Kaminboden.

Trotz der Hitze und unserer ausgestreckten Hände wird uns nicht wärmer. Toby und ich sitzen nebeneinander, zitternd, aneinandergedrängt. Kitty redet Unsinn mit Lumpenpüppi. Barney, die Lippen noch immer blau, starrt ausdruckslos ins Feuer. Er trägt den gestreiften *Bloomingdales*-Pyjama, den Tante Bay jedes Jahr zu Weihnachten schickt. Er hat nichts gesagt, seit wir wieder zu Hause sind. Wir haben keine Ahnung, was er gesehen hat, wenn er überhaupt etwas gesehen hat.

Boris kommt hereingetrottet, lässt sich unter den Globus sinken, legt den Kopf auf die Pfoten und sieht zu uns auf. Der Globus dreht Mamas Amerika zu uns. Ich kann Seattle erkennen, ein Stück von Idaho, Oregon. Orte, zu denen sie versprochen hat, mich mitzunehmen.

Ich kann meine heiße Schokolade nicht anrühren. Heiße Schokolade zu trinken, während Mama reglos oben liegt, ist unmöglich. Nach einer Weile nippt Toby an seiner. Es hat etwas Tapferes, ist der Versuch, normal zu sein. Ich will ihm zulächeln, doch mein Gesicht ist wie gefroren, und ich schaffe es nicht, die Mundwinkel zu heben.

Klick, klick, klick, machen Peggys Stricknadeln. Sie sitzt sehr aufrecht in dem rosa Samtsessel beim Fenster, ihre Finger versuchen, diesen Abend zu einem wie jeden anderen zu machen, ein langer roter Schal bildet eine Lache um ihre Füße.

Kitty unterbricht das Klicken. »Meine Haare müssten mal wieder gebürstet werden.« Sie schüttelt sie mit den Fingern aus, Sand rieselt heraus. »Mama mag nicht, wenn Kitty Sand in den Haaren hat. Kitty will, dass Mama den Sand rausbürstet. Wo ist sie? Wo ist Mama?«

Peggys Stricknadeln verstummen. Sie legt sie in ihren Schoß. »Mama ist jetzt im Himmel, Kitty.«

»Ist sie nicht«, sagt Kitty bestimmt und schmiegt Lumpenpüppi in die Wiege aus ihren gekreuzten Beinen. »Sie ist im Bett, Peggy. Und sie soll aufstehen und Kittycat die Haare flechten.«

Toby und ich wechseln Blicke. Unter seinen Augen sind Schatten, so dunkel wie Flussschlamm.

»Ich flechte dir die Haare, Kitty«, sage ich und strecke die Hand nach ihr aus. »Komm her.«

Kitty schüttelt den Kopf. » Mama soll das machen.«

Toby trinkt seinen Kakao aus und blickt über den Becher hinweg zu mir rüber, wie um zu prüfen, dass ich nicht weggegangen bin, seit er vor einer Sekunde schon einmal geschaut hat. Kakao hat ihm ein Clownslächeln ins Gesicht gemalt. Er stellt den Becher heftig klirrend ab. Wir zucken alle zusammen und sehen zu, wie die braune Milch über den weißen Emailrand tropft. Wir warten.

Klick, klick, klick.

Jetzt müsste die Normalität jeden Moment wieder einsetzen. Mamas Schritte auf der Treppe. Ein Husten. Lauf hinaus in den Flur, und da wird sie sein, das Haar wellig über eine Schulter fallend, die Hand am Geländer, bereit fürs Abendessen und in einem grünen Kleid – »Eine Rothaarige hat keine große Wahl« –, ihre weiße Kaninchenfellstola um die Schultern gelegt, mit blitzender Strassspange. Und kurz nach Mama wird Papa kommen, Barney die Locken tätscheln, Toby spielerisch gegen die Schulter boxen, fragen, wo Mama ist. Wie er immer nach Mama sucht: seine hungrigen Augen, wenn er sie schließlich erblickt, sodass Toby und ich wegsehen müssen. Wir werden das Klingen von Gläsern hören. Kiefernzapfen im Feuer riechen. Gelächter.

Peng! Ein Schuss erschüttert die Nacht.

»Peng«, macht Kitty lächelnd und hebt Lumpenpüppi vor ihr Gesicht. »Peng, peng, peng.«

Peggy wirft ihr Strickzeug hin, stürzt zum Fenster. Der rote Wollstrang verfängt sich in ihrem Absatz, sie zieht das sich abwickelnde Knäuel hinter sich her. »Allmächtiger!«

6

Peggy versucht, alle Spuren von Knight mit der Bürste wegzuschrubben. Aber da ist noch immer ein dunkelroter Fleck auf dem Stein wie eine explodierende Mohnblume, der Geruch von Pferdeschweiß und Blut. Die klumpigen Überreste von Knights Hirn und die braunen Büschel seiner Mähne waren ebenfalls über die Seitenwand des Stalls verteilt. Doch Toby ist behände hinaufgeklettert und hat sie abgekratzt. Er legt die Hirnstücke zum Trocknen auf die Mauer wie kleine rot-weiße Edelsteine, damit er sie aufbewahren und sie zu seiner Sammlung von Dingen hinzufügen kann, die er in den Gärten und auf den Feldern gefunden hat: Fossilien, Kaninchenschädel, Scherben, Patronenhülsen und die schrumpeligen Lämmerschwänze, die im Frühling abfallen. Ich glaube, er würde mit Mama dasselbe machen, wenn er könnte. Und ich denke, es wäre allemal besser, als Mama in der Erde zu vergraben.

Das wird heute geschehen. Es ist der Tag der Beerdigung. Eine seltsame Zeit. Fast eine Woche ist vergangen, seit Mama starb. Es ist unmöglich zu glauben, dass Ostern ist, dass im Wald die Glockenblumen blühen. Der Himmel ist winterlich, schwer und tief wie etwas, das immer weiter herunterkommt, bis es einen zerquetscht. Ein frischer Wind, der die Augen tränen lässt und nach Verwesung riecht, zwingt den Wetterhahn auf dem Kirchturm von St Mary's am alten Hafen, wie verrückt um sich selbst zu tanzen. Die feuchten Steinmauern der Kirche sind übersät von gelben Flechten, die Buntglasfenster von Salz verkrustet. Als säße man unter einem umgekippten Boot fest, hat Mama immer gesagt und uns damit zum Lachen gebracht während unerträglicher Gottesdienste, die Ewigkeiten dauerten, viel länger als je in London. Möwen und Tauben sitzen entlang des Giebeldachs, beäugen den kleinen Friedhof, Mamas beklemmenden Bestimmungsort. Das Loch ist bereits ausgehoben, die freigelegten Würmer winden sich im Tageslicht. Der Friedhof ist wie ein Glas Mixed Pickles – Schichten von Knochen und Leichen übereinander –, lauter tote Altons, Seeleute und ertrunkene Kinder, die als Mutprobe oder vielleicht für eine Brause bei einsetzender Flut über die schlammige Ebene der Bucht gelaufen waren.

Wir versammeln uns draußen vor der Kirche, vermeiden es, den Leuten in die Augen zu blicken, die wir normalerweise bei Hochzeiten oder Taufen sehen, zucken zusammen, wenn sie uns umarmen und uns sagen, dass sie untröstlich sind. Alle sprechen mit diesen flüsternden Stimmen, die Erwachsene in Kinderzimmern immer anschlagen, wenn sie denken, die Kinder schliefen. Die Frauen fassen Papa am Arm, die Köpfe geneigt. Die Männer mit ihren pausbäckigen Babygesichtern klopfen ihm auf die Schulter. Papa nickt höflich, ohne ihnen direkt in die Augen zu sehen. Wenn er es täte, würden sie sehen, dass das Leuchten daraus verschwunden ist. Ich spüre ihre Blicke auch über mich gleiten. Ich höre sie leise murmeln: »Sie hat eine erschreckende Ähnlichkeit mit ihrer Mutter.« Ich lasse meine Haare vors Gesicht fallen und verstecke mich dahinter, bis das Lächeln von ihren Gesichtern rutscht und sie verlegen weitergehen.

»Es wird Zeit, mein Schatz«, sagt Papa, die Hand an meinem Rücken. Er versucht zu lächeln, schafft es aber nicht. Ich muss daran denken, wie er gestern Abend geschluchzt hat wie jede Nacht, seit Mama gestorben ist. Ich glaube nicht, dass es auf der Welt einen schlimmeren Laut geben kann als das Weinen des eigenen Vaters. Er holt tief Luft. »Bereit?«

Ich nicke. Ich weiß, was mich erwartet. Ich war hier schon auf Beerdigungen. Sie sind immer gleich. Wie auch Hochzeiten. Also werde ich so tun, als wäre sie von jemand anderem, nicht von Mama. So, haben wir beschlossen, werden wir es überstehen.

Die schwere Kirchentür öffnet sich mit einem Schweinequieken. Der Pfarrer entschuldigt sich, murmelt etwas von Rost. Als spielte das eine Rolle.

Toby drückt meine Hand. Wir müssen zusammenhalten, tapfer sein, heißt das. Ich erwidere seinen Händedruck, und wir führen Barney und Kitty in die Kirche, verfallen in Gleichschritt wie Soldaten.

In der Kirche riecht es nach abgestandenem Blumenwasser. Es ist feuchtkalt und düster, abgesehen von Mamas Sarg, der mit blassrosa Schleifen und so vielen Frühlingsblumen geschmückt ist – Hyazinthen, Buschwindröschen, Schwertlilien –, dass er aussieht wie ein Garten. Das gefällt mir. Mama liebte Gärten. Sie liebte unseren Garten. Aber es erscheint mir noch immer unmöglich, dass sie sich in dieser Kiste befindet – meine warme, schöne Mama, die uns in kalten, klaren Nächten dick einmummelte und mit hinausnahm, um den Großen Bären oder den Großen Wagen am Himmel funkeln zu sehen. Ich sage mir, es ist unmöglich. Sie kann da nicht drin sein.

Trotzdem müssen wir darauf zugehen, und Kitty, eingeschüchtert weniger von Mamas Sarg als von all den Leuten, sträubt sich, zerrt an meiner Hand. Die Menge folgt uns in feierlichem, hüstelndem Schweigen. Die Kirche hat nicht genug Sitzplätze. Ich bin froh. Es wäre viel schlimmer, wenn Plätze leer blieben. Die Leute recken sich, starren drängend, um durch den Wald aus Hüten hindurch einen Blick auf den Sarg zu erhaschen.

Wir gehen zur ersten Reihe, heiße Blicke im Rücken. Die Kirchentüren quietschen erneut, fallen zu.

»Psst!« Bloß Tante Bays volle Filmstarlippen sind unter dem wagenradgroßen Rand ihres Hutes zu erkennen. Sie sitzt in der Reihe hinter uns und trägt ein schwarzes Minikleid – der Anblick eines Schenkels auf der Kirchenbank erinnert mich daran, warum Mama sie so vergöttert hat und Papa das nicht wirklich guthieß. Sie nimmt meine Hand, die hinterher nach Zigaretten riechen wird. »Wie geht es dir, Kleines?«

Mein Mund öffnet sich, aber es kommt nichts heraus. Tante Bays amerikanischer Akzent ist zu viel für mich, ist Mamas zu ähnlich. Er klingt wie das, was ich hören würde, wenn sie selbst durch diese Kirchentür käme, lachend das Haar über die Schultern zurückwerfen und allen erzählen würde, dass es sich hier bloß um ein dummes Missverständnis handele, mal wieder so ein englisches Theater.

Weder kann ich damit aufhören, mir auszumalen, dass Mama in x-beliebigen Augenblicken wieder zurück ins Leben platzt. Noch kann ich aufhören, jenen Tag in Gedanken zu wiederholen, die Dinge anders ausgehen zu lassen, die Zeit vor- und zurückzudrehen, den Tag des Unwetters ganz herauszuschneiden und Big Berties Ketten und Rädchen einfach vorwärtsrattern zu lassen zum Tag danach, an dem wir dann am Strand sandige Sandwiches äßen.

»Herzchen?« Sie schiebt ihre Hutkrempe hoch, sodass ich ihre freundlichen, geröteten Augen mit den langen Wimpern sehen kann.

»Mir geht es sehr gut, danke, Tante Bay«, sage ich, weil es das ist, was Altons sagen sollten.

»Das ist mein Mädchen«, sagt Bay. Sie hat einen kleinen Klecks Lippenstift an ihrem Schneidezahn. »Nancy wäre so stolz auf dich. Sie hat dich so lieb gehabt, Amber.«

Es schnürt mir die Kehle zu. Ich weiß, dass Mama mich lieb hatte. Aus irgendeinem Grunde möchte ich nicht, dass man mir das sagt, als wäre es womöglich nicht der Fall gewesen.

»Kommst du mich in New York besuchen?«

Ich nicke und muss an Tante Bays Apartment im Hotel denken, wo ein fetter Mann namens Hank hinter einem Tresen steht und man sich an mit unzähligen Koffern ankommenden Gästen vorbeidrängen muss, die Gitarren über der Schulter hängen haben. Daran, wie Tante Bay uns mit Hank Domino spielen ließ, während sie und Mama sich irgendetwas an der zweiundvierzigsten Straße ansahen.

»Bitte erheben Sie sich«, sagt der Pfarrer. Es raschelt. Bays Hut versperrt der Reihe dahinter die Sicht. Es gibt ein oder zwei Äußerungen der Missbilligung.

»Ich nehme dich mit nach Coney Island, aufs Empire State Building«, flüstert sie. »Wenn du jemals einen Zufluchtsort brauchst, dann kommst du zu mir, ja?«

Diesmal nicke ich nicht. Warum sollte ich jemals vor dem flüchten wollen, was von meiner Familie noch übrig ist? Allein beim Gedanken daran, nicht bei ihnen zu sein, wird mir schwindelig.

»Okay, Amber?«

»Schscht, bitte«, flüstert Mildred, eine der hochgewachsenen Großcousinen meines Vaters.

Tante Bay dreht sich um, lächelt Mildred an und redet weiter, bloß lauter, was sehr Tante Bay entspricht. »Du bist ein stilles Mädchen mit einem großen Herzen, Amber. Du musst dafür sorgen, dass es auch ein starkes Herz wird. Du bist jetzt die Dame des Hauses.«

Dame des Hauses? Diese Idee gefällt mir nicht.

»Aber du kannst trotzdem weinen. Du darfst weinen, Herzchen. Wirklich.«

Ich versuche für Tante Bay zu weinen, aber es kommen keine Tränen.

Offene Münder singen. Ich drehe mich um, um sicherzugehen, dass Papa es nicht vermasselt. Er starrt gerade nach vorne, mit ausdruckslosem Gesicht, das Kinn erhoben, doch die Schultern zucken, ein leichtes Zittern, wie es der Motor des Bootes immer gemacht hatte, wenn er und Mama das Flüsschen auf und ab getuckert waren, lachend, sich eine Zigarette teilend.

Reden. Gedichte. Ein Amerikaner. Ein Herzog. Ein Oberst. Sie erzählen davon, wie sich Papa in Mamas Temperament verliebt hat. In ihren »Lebensdurst«. Ihre Liebe für Heimat und Familie und für Pferde. Wie Papa sie aus Amerika hierhergebracht und sie sich in Cornwall verliebt hat. Wie sie den Einheimischen den Genuss von Kürbiskuchen näherbrachte. Dass sie es überhaupt nicht mochte, wenn die Kaninchen getötet wurden. Denn Nancy war ein Mensch, der gern hegte und pflegte, eine Mutter, eine Tierfreundin, ein Joan-Baez-Fan, jemand, der das Gute in jedem und allem sah und gerne am Lagerfeuer sang.

Alle schniefen leise. Doch Tante Bay heult haltlos und sagt nicht gerade leise immer wieder »mein Gott«, obwohl sie gar nicht an Gott glaubt, sondern an einen bärtigen Mann in orangefarbenen Gewändern, der in Indien lebt. Sie sagt: »Meine kleine Schwester. Oh Gott!«

Ich tue so, als wischte ich mir eine Träne weg, konzentriere mich weiter auf die anderen und achte darauf, dass keiner eine Szene macht. Sie haben alle die Anweisung, tapfer zu sein. Kitty fummelt an einem losen Faden an ihrem Knopf, schnipst ihn hin und her. Mamas Tod ist zu unermesslich, als dass sie ihn schon erfassen könnte. Barney starrt auf seine blankpolierten Schuhe, kaut auf seiner Unterlippe und atmet schnell und heftig. Toby starrt geradeaus, unbeweglich, der Nacken feuerrot, er scheint fast zu zerbersten angesichts der Anstrengung, die es ihn kostet, seine Gefühle zurückzuhalten. Wir wollen alle, dass es vorbei ist.

Als Papa aus der Bank tritt, erstarrt die ganze Kirche, und

das Schniefen verstummt. Er wirkt älter und kleiner als noch vor wenigen Tagen. Die Haare an seinen Schläfen haben die Farbe von Besteck angenommen. Als er in die schweigende Kirchengemeinde blickt, sind seine Augen leer und blutunterlaufen und erinnern mich an die Fische, die sich bei Ebbe zappelnd im Schlamm des Baches verfangen, bis sie schließlich reglos liegen bleiben.

Die Stille wird unterbrochen von Knistern.

»Kitty!«, zische ich, als ich merke, dass sie ein kleines Schokoladenei auswickelt.

Ungehalten blickt sie zu mir auf. »Es ist Ostern! Tante Bay hat es mir geschenkt.«

»Du kannst es nachher essen.« Aus dem Augenwinkel sehe ich, dass sich Mildreds Mund missbilligend verzieht.

Kitty lässt das Ei in der Tasche ihres Trägerkleidchens verschwinden. Ich ziehe sie näher an mich. Barney auch. Er fühlt sich schlaff und kalt an, all seiner Energie beraubt. Er hat uns noch immer nicht erzählt, was im Wald geschehen ist, was er gesehen hat, und wenn man ihn drängt, sagt er nur, dass er sich an nichts erinnern kann, bevor er wieder am Kamin saß, Kakao trank und an den Knall der Pistole. Ich bin mir nicht sicher, ob ich ihm glaube.

Ich denke an Mama vor unserer Abreise, als wir in London in dem türkisen Sessel saßen und sie sagte: »Sich Sorgen machen, ist die Aufgabe einer Mutter«, und ich fühle mich, als würde ich in Millionen Stücke zerbersten. Wer wird sich jetzt um uns sorgen? Wer wird sich um uns kümmern?

Die Antwort trifft mich wie ein heftiger Schlag. Das. Werde. Ich. Sein.

Papas Mund öffnet sich. Doch es kommt nichts heraus. Toby und ich tauschen Blicke. Aus dem Nichts überfällt mich das Bedürfnis zu lachen. Ich beiße mir auf die Unterlippe, aus Angst, ich könnte es wirklich tun. Dann beginnt das Blatt

Papier, das Papa in der Hand hält, zu zittern wie die Federn auf den Hüten der schluchzenden Frauen. Und der Drang zu kichern verlässt mich so plötzlich, wie er gekommen ist. Irgendjemand muss Papa helfen. Jemand soll ihm helfen. Nach einer grauenhaft langen Spanne geht der Pfarrer zu ihm, fasst ihn am Ellenbogen und versucht, ihn an seinen Platz zurückzuführen. Doch er weigert sich zu gehen. Der Pfarrer, unsicher, was er tun soll, zieht sich kleinlaut zurück.

»Danke, dass Sie alle gekommen sind«, sagt Papa schließlich und blickt wieder auf. »Ich weiß, dass viele von Ihnen von weit her angereist sind, um hier zu sein.«

Schultern entspannen sich. Beine werden ausgestreckt. Wir atmen wieder. Toby scharrt mit dem Schuh auf dem Kirchenboden.

»Nancy wäre unglaublich gerührt, wenn sie sähe …« Papa unterbricht sich. Er starrt über meine linke Schulter, der Kiefer klappt ihm herunter, das Blatt mit seinen Notizen rutscht ihm aus den Fingern. Alle drehen sich um, wollen sehen, was ihn so erschreckt hat.

Ganz hinten in der Kirche, auf der Nachzüglerbank, sitzt eine Frau mit fast so etwas wie einem Lächeln im Gesicht, einem hochgereckten Kinn und genießt die neugierigen Blicke. Ich schätze, man hätte keine Frisur wie sie, wenn man nicht auffallen wollte: silberblond, hart aus dem Gesicht gekämmt und auf dem Kopf zu üppigen, dicken Locken aufgedreht. Eine Haartracht, die man südlich des Flusses Tamar sonst nie sieht. Sie hat scharfe Gesichtskonturen, ist eher schön als hübsch, mit einer schmalen, leicht gebogenen Nase und eisblauen Augen, die noch blauer wirken durch die geschwungenen Lidstriche, die auch Mama sich anmalte, bevor sie in London auf Partys ging. Über die Schulter ihres pechschwarzen Mantels hat sie wie etwas frisch Getötetes einen roten Fuchspelz geschwungen. In die Stille mischt sich jetzt speichelzischendes Flüstern. Es dauert eine Ewigkeit, bis Papa weiterredet.

»Sie wäre unglaublich gerührt, wenn sie unsere winzige Kirche so voll sehen würde«, sagt Papa schließlich und klingt dabei weniger selbstsicher. »Aber es gibt eben Frauen, die das Leben all derer, denen sie begegnen, einfach verändern müssen …«

Papa hält inne, stottert, starrt die blonde Frau an. Toby und ich sehen uns stirnrunzelnd an und denken das Gleiche: Seltsamerweise klingt es so, als würde Papa von jemand anderem sprechen als von Mama. Und dieses Gefühl hält an, bis Papa hastig sagt: »Nancy Alton war so eine Frau.«

7

Lorna

Eine leberfleckige Hand taucht unter dem ausgefransten Tweedcape auf. »Mrs. Caroline Alton.« Es ist die vornehmste Stimme, die Lorna je gehört hat, angeraut lediglich von einem leichten keuchenden Pfeifen. »Sehr erfreut.«

»Hi«, stammelt Lorna. Die arthritischen Knöchel der Frau sind wie Golfbälle. Aber ihr Händedruck ist fest. Aus dem Augenwinkel sieht Lorna Dill an die Wand zurücktreten. Sie wünschte, Dill hätte sie vorgewarnt, dass Mrs. Alton in der Hochzeitssuite sein würde. »Ich bin Lorna«, sagt sie und versucht, die Frau nicht unhöflich anzustarren. *Knochen altern nicht*, wie ihre Mutter immer zu sagen pflegte. Die von Mrs. Alton gewiss nicht: Sie ist ganz offensichtlich die schöne Frau von dem Porträt in der Eingangshalle. Doch in ihr Gesicht haben sich messerscharfe Falten eingeätzt. Es sind keine Lachfalten, wie sie Lornas verstorbene Oma hatte. Die Linien zu beiden Seiten von Mrs. Altons Mund und das zwischen ihren Augen eingeprägte V deuten eher darauf hin, dass ihr privilegiertes Leben von ständiger Missbilligung geprägt war.

»Also, Sie wollen Ihre Hochzeit auf Pencraw feiern?« Mrs. Alton heftet ihren harten Blick aus blassblauen Augen auf Lorna. »Das freut mich.«

Das ist der Moment, in dem Lorna darauf hinweisen sollte,

dass sie bloß die Möglichkeit in Betracht zieht. Aber sie macht es nicht.

»Sehen Sie sich ruhig um.« Mrs. Alton stützt sich auf einen Holzstock mit Messingknauf und hält den Rücken vollkommen gerade. Die Diamanten an den vielen Ringen, die sie trägt, schimmern matt im Abendlicht. »Sagen Sie mir, was Sie denken. Und bitte keine falsche Höflichkeit.«

Lorna lächelt angestrengt – in Gedanken hört sie die Stimme ihrer Mutter: »Wenn du die Regeln nicht kennst, lächle einfach!« – und sieht sich in dem Raum um. Die Decken sind hier im Turm niedriger als im restlichen Haus, an den Wänden landhausartige Blumentapeten. Das Fehlen jeglicher verstaubter Pracht ist eine Erleichterung, auch wenn das Zimmer mit dem riesigen Bett aus schwarzem Mahagoni und mit in die Pfosten eingeschnitzten Reben und Blumen, die selbst Jon beeindrucken würden, leicht in diese Richtung tendiert. »Es ist herrlich, Mrs. Alton.«

»Freut mich, dass Sie das finden«, antwortet sie auf eine Art, die vor anderen Gedanken warnt. Dass Mrs. Alton fast allein an diesem abgelegenen Fleck lebt, ergibt nun absolut Sinn. Die vielleicht knapp Achtzigjährige ist ganz offensichtlich nicht die Art alte Dame, die man im Seniorenwohnheim an der Strandpromenade in einen bequemen Lehnstuhl setzen und mit Pudding ruhigstellen könnte. »Ich habe mir gedacht, dass es Ihnen gefällt, schon als ich Sie aus dem Auto aussteigen sah.«

Also hatte wirklich jemand sie beobachtet, denkt Lorna, froh, dass sie sich das nicht eingebildet hat.

»Also, Lorna …«, die alte Dame spielt mit den von der Haut polierten Perlen an ihrem Kreppkragen, »erzählen Sie mir ein bisschen was von sich.«

»Ich bin Grundschullehrerin und aus Bethnal Green im Osten von London.«

»Eine Lehrerin? Oh. Mein Beileid.«

Lorna ist sprachlos. Sie wünscht sich, Jon wäre hier, damit sie all das später erschöpfend diskutieren könnten. Außerdem wünschte sie sich einfach, dass Jon jetzt an ihrer Seite wäre.

»Und Ihr Verlobter?«

»Er arbeitet im Bauunternehmen seiner Familie«, stammelt sie und wappnet sich bereits für die Reaktion. »Das Zimmerhandwerk ist seine Leidenschaft«, fügt sie hinzu. Sie hasst sich dafür, dass sie versucht, sich zu rechtfertigen, und wünscht sich gleichzeitig, sie könnte ihr vermitteln, wie talentiert Jon ist; die außergewöhnliche Geschicklichkeit seiner riesigen Hände, die Art, wie seine Fingerspitzen die Maserung des Holzes lesen.

»Ein Zimmermann?« Mrs. Alton pocht mit ihrem Stock auf den Boden und wendet sich an Dill. »Das könnte sich als ausgesprochen nützlich erweisen, Endellion, wirklich ausgesprochen nützlich. Meine Güte, Handwerker werden in einem Haus wie diesem schließlich immer gebraucht.«

Dill lächelt Lorna entschuldigend an.

»Kommen Sie doch mal näher, meine Liebe.« Mrs. Alton lotst Lorna mit ihrem langen, gekrümmten und mit Edelsteinen bestückten Zeigefinger zu sich her.

Lorna zögert einen Moment und macht dann einen Schritt nach vorne. Mrs. Alton hat etwas an sich, das Verweigerung zu einer wenig verlockenden Option macht.

Plötzlich rutscht ihr der Stock weg und fällt scheppernd zu Boden. Lorna bückt sich und händigt ihn ihr mit einem Lächeln aus.

»Verflixtes Ding«, sagt Mrs. Alton, als sie ihn wieder an sich nimmt. »Ich hab eine schlimme Hüfte. Ein Erbe aus meiner Zeit auf den Pisten. Schrecklich lästig. Fahren Sie Ski?«

»Oh nein. Nicht wirklich«, sagt Lorna und traut sich nicht, die Zeit zu erwähnen, die sie vor zwei Jahren auf einer Anfängerpiste in Österreich verbracht hat, wo sie von Dreijährigen überholt wurde.

»Also, dieses Kleid …«, murmelt Mrs. Alton leise und mit geneigtem Kopf das Kleid musternd. Weil sie so nahe steht, streift Lorna der unangenehm süßliche Hauch ihres Atems. »Es erinnert mich an irgendetwas.«

»Na ja, es ist ein Vintagekleid«, erklärt Lorna strahlend, die immer gern über Kleidung redet, und reibt den gelben Stoff zwischen ihren Fingern. Moderne Baumwolle knirscht nicht so. Und sie fällt auch anders. Um heutzutage diese Qualität zu bekommen, muss man ein kleines Vermögen ausgeben, was sie sich niemals leisten könnte. »Späte Sechziger, meinte die Frau aus dem Laden.«

Mrs. Alton schaut amüsiert drein. »Späte Sechziger? Du lieber Himmel! Sie mögen Altkleider?«

»Ich stöbere gern in Wohltätigkeitsläden herum. Ich schätze, ich mag alte Sachen einfach.«

»Tja, das trifft sich ja dann gut, was?«, sagt Mrs. Alton trocken.

»Oh nein …«, Lorna hofft, dass Mrs. Alton bewusst ist, dass sie sich auf das Haus bezogen hat und nicht auf dessen Besitzerin, »… ich meinte, dass …«

»Das Lustige ist ja, dass man immer annimmt, das Leben verliefe linear«, unterbricht Mrs. Alton sie mit einem theatralischen Seufzer. Sie geht zum Fenster – ein ganz leichtes Hinken, ansonsten eine tadellose Haltung –, ihr Stock trifft pochend auf den Boden. »Aber wenn man dann älter wird, so alt wie ich, Lorna, dann merkt man, dass das Leben ganz und gar nicht linear verläuft, sondern im Kreis, dass das Sterben genauso schwer ist wie die Geburt, dass alles wieder an den Punkt zurückkehrt, von dem man gedacht hat, ihn längst hinter sich gelassen zu haben. Wie die Zeiger einer Uhr.«

»Wirklich?« Lorna hat absolut keine Ahnung, wovon

Mrs. Alton spricht. Trotzdem denkt sie, dass alte Menschen oft unterschätzt werden und dass es meist die alten Leute und die Kinder sind, die die Wahrheit sagen. Man muss bloß innehalten und zuhören.

»Moden kehren wieder.« Ihr Blick wandert Lornas Kleid auf und ab. »Ereignisse. Menschen. Und doch halten wir uns alle für einzigartig. Sie tragen dieses Kleid, ohne einen Gedanken an sein früheres Leben zu verschwenden.«

Lorna ist zu höflich, um ihr zu sagen, dass sie sich oft fragt, wo ihre gebrauchten Sachen herkommen, wer sie getragen hat, ob diese Menschen noch leben. Sie fertigt sogar Biografien für sie an, was Jon urkomisch findet.

»Da wir niemals von denjenigen lernen, die vor uns gehen müssen, sind wir dazu verdammt, dieselben Fehler erneut zu machen«, fügt Mrs. Alton müde hinzu. »Wieder und wieder. Wie Mäuse im Käfig eines Wissenschaftlers.« Eine ganze Weile starrt sie aus dem Fenster, als hätte sie vergessen, dass sie nicht allein ist.

Lorna sieht fragend zu Dill hinüber, würde gern gehen. Doch Dill lächelt sie bloß nervös an und wendet den Blick ab.

Die beiden sind wirklich ein seltsames Paar. Und dies ist ein seltsamer Tag, beschließt Lorna. Einer dieser besonders surrealen Tage, die im normalen Leben unerwartet auftauchen, ohne jede Verbindung zu dem, was davor geschehen ist oder danach passieren wird.

»Und wann können wir dann mit der ersten Zahlung rechnen, meine Liebe?« Mrs. Alton fährt herum und lächelt zum ersten Mal richtig, wobei ihre seltsam kleinen elfenbeinfarbenen Zähne zum Vorschein kommen. »In bar.«

»Oh.« Lorna wird nervös. Sie hat immer gedacht, vornehme Leute würden nicht über Geld sprechen.

»Ich hoffe, ich habe Sie nicht in Verlegenheit gebracht, weil ich das Finanzielle anspreche.«

»Nein, nein, gar nicht. Die Sache ist bloß, ich … Ich liebe dieses Haus, Mrs. Alton, wirklich. Es ist wundervoll, ganz anders als alles, wo ich je war. Aber mein Verlobter ist noch nicht überzeugt … Ich muss das erst mit ihm besprechen«, faselt sie und spürt eine Woge der Hitze in ihrem Gesicht aufsteigen.

»Mit ihm *besprechen*?«, wiederholt Mrs. Alton. »Und das von Ihnen, einer modernen Frau?«

»Es geht nur noch um kleine Details.« Lorna holt tief Luft und ermahnt sich dazu, sich nicht einschüchtern zu lassen. »Wir brauchen noch einige Informationen, das ist alles.«

»*Informationen?*«, sagt Mrs. Alton, als wäre allein der Gedanke absurd. »Welche Art von Informationen könnten Sie noch benötigen?«

»Ähm, wo genau wir den Empfang abhalten werden, wo getanzt wird, das Catering.« Sie greift nach einer Haarsträhne, dreht sie ein und spürt, wie sie unter Mrs. Altons stechendem Blick von einer Welle der Verlegenheit erfasst wird. »Solche Dinge eben.«

»Aber hier gibt es so viele Räume! Man könnte vier Hochzeiten gleichzeitig abhalten und würde sich nicht in die Quere kommen.« Sie blickt Dill wütend an. »Wird es je eine Aufgabe geben, die du nicht verpfuschst?«

»Oh, verstehen Sie mich nicht falsch! Dill hat uns bereits eine fantastische Führung gegeben«, sagt Lorna hastig, in der Hoffnung, Dill nicht in Schwierigkeiten gebracht zu haben. Die Begegnung läuft gerade aus dem Ruder. »Aber wir sind doch erst ziemlich spät hier angekommen und hatten kaum Zeit.«

Wie aufs Stichwort erklingt von der Einfahrt unten munter die Autohupe.

Mrs. Alton sieht Dill stirnrunzelnd an. »Wir erwarten doch keine weiteren Besucher. Stehen nun schon die Massen vor dem Tor?«

»Oh nein, das ist Jon.« Lorna ringt die Hände, nicht sicher, wie sie sich elegant aus der Affäre ziehen soll, denn sie hat Angst, dass er erneut hupen könnte, wenn sie sich nicht beeilt. »Vielen Dank, dass Sie sich die Zeit genommen haben, mir die Hochzeitssuite zu zeigen.«

Mrs. Alton, die wohl spürt, dass sie womöglich dabei ist, ihre erste Kundin zu verlieren, ändert rasant ihre Taktik. »Endellion hat mir gesagt, Sie würden gerne mehr über das Haus erfahren.«

Dill nickt begeistert in der Ecke.

»Ich bin bloß neugierig, wirklich«, sagt Lorna, jetzt ein wenig auf der Hut.

»Großartig. Ich mag forschende Geister. Die trifft man hier selten, wie Sie sehen.« Sie legt den Kopf schief, überlegt. Vor dem Fenster kreist kreischend eine Möwe. »Die Antwort liegt auf der Hand. Sie müssen wiederkommen und länger bleiben. Dann können Sie all diese ... *Informationen* sammeln, die Sie zu benötigen scheinen, bevor Sie die Anzahlung machen.« Sie schiebt den Kiefer vor. »Ich brauche diese Anzahlung.«

»Ich weiß nicht, was ich dazu sagen soll. Das ist ... ausgesprochen großzügig von Ihnen, Mrs. Alton. Aber ...«

»Mit Großzügigkeit hat das gar nichts zu tun«, sagt Mrs. Alton mit einer wegwerfenden Handbewegung. »Im Gegenteil. Es ist zwingend erforderlich, dass ich dieses Hochzeitsgeschäft zum Laufen bringe, wenn das Haus in privater Hand bleiben soll, falls es überhaupt irgendeine Zukunft hat. Das ist alles, was mich kümmert. Das Haus. Oh, und der Hund natürlich.«

Lorna lacht nervös.

Mrs. Alton lächelt. »Lorna, Sie sollen mein Versuchskaninchen sein.«

»Ich?« Sie wird von Sekunde zu Sekunde verwirrter. Wurde sie wirklich gerade eingeladen, eine Weile hier zu verbringen?

»Ich bin keine Närrin, Lorna.« Mrs. Alton hebt die nicht ganz gerade nachgezogene Augenbraue. »Mir ist durchaus bewusst, dass die Mietpreise für solche Häuser, trotz seines dekorativen Zustands, eher bescheiden sind.«

Lorna wird rot: Sie hatte angenommen, dass Mrs. Alton und Dill nichts über diesen Markt wüssten.

»Und ich bin mir sicher, dass Ihnen auch klar ist, dass es schwer ist, Buchungen zu bekommen, wenn es noch keine Erfolgsgeschichten gibt. Das ist die leidige Zögerlichkeit der modernen Paare. Dennoch kann ich sehen, dass Sie eine junge Dame mit Vorstellungskraft, Stil und ...«, nun spricht ein gewisser Schalk aus ihrem Blick, »... Courage sind.«

Obwohl sie weiß, dass es sich hier um schamlose Schmeicheleien handelt, ist Lorna ganz begeistert von der Vorstellung, eine junge Dame mit Courage zu sein. Es ist so ein wunderbar altmodisches Wort. Sie nimmt sich vor, es im September mit ihren Schülern zu teilen.

Mrs. Altons Lächeln verhärtet sich. »Ich bin nicht mehr in der Verfassung, um mich auf die Folter spannen zu lassen. Sagen Sie mir, werden Sie meine Gäste sein?«

Der Drang, ja zu sagen, ist beinahe überwältigend.

»Tut mir leid, Liebling, aber es kommt einfach nicht infrage, dass ich diesen Monat noch Zeit auf Kröten Hall verbringe.« Jon beschleunigt die Auffahrt hinauf, sodass die Kiesel unter den Reifen knacken. Der Abend ist jetzt klar, es riecht nach Regen und Gras und nach dem windigen weiten Himmel. »Ich kann mir nicht noch mal freinehmen, nicht mit diesem großen neuen Projekt in Bow ...«

»Mach dir deswegen keine Sorgen.« Lorna seufzt und kramt im Handschuhfach nach Minzbonbons. Sie ist vollkommen ausgehungert. All diese Treppen. »Ich frage meine Schwester.«

Die Atmosphäre im Wagen ist leicht angespannt. Eine Weile fahren sie schweigend weiter. Als sie am Ende der Auffahrt angekommen sind, betrachtet Lorna das verbeulte weiße Emailschild mit dem Namen des Hauses – hängengeblieben im Gebüsch wie ein verlorenes Taschentuch – und verspürt einen Anflug von Sehnsucht und Frustration. Sie ist sich sicher, dass jetzt, da sie Black Rabbit Hall gesehen hat, nichts anderes mehr für sie infrage kommt.

Knirschend biegen sie von der Auffahrt voller Schlaglöcher auf die Landstraße. Hinter der Gischt aus Wiesenkerbel ziehen bewirtschaftete Felder an ihnen vorbei. Strommasten, flirrende Fahrbahnmarkierungen, Steinhäuschen in der Talsenke, alles spiegelt Normalität wider, den Übergang von einer Welt in eine andere. Jon lehnt sich in seinem Sitz zurück. »Ist es mir wenigstens noch erlaubt, dich darauf hinzuweisen, dass dieses Black Rabbit Hall vollkommen schräg ist? Als wäre man in einem Kate-Bush-Song gefangen.«

»Es ist ein wenig exzentrisch«, räumt Lorna ein und wickelt ein klebriges Minzbonbon aus. »Aber ich liebe es.«

An seinen Mundwinkeln zuckt ein Lächeln. »So wie du Flohmärkte und staubige kleine Läden, die nach Pipi riechen, liebst?«

Sie wirft das Bonbonpapier nach ihm. »Vintage-Läden riechen nicht nach Pipi!«

»Wenigstens kann man in so einem Laden ein paar Pfund für etwas rausschmeißen, dessen Nähte sich schon auflösen.« Er wechselt etwas zu entschieden den Gang. Sie kann seine Stimmung immer an der Art ablesen, wie er schaltet. Irgendetwas stört ihn. »Und da wäre auch noch diese Nebensache mit den Ratten, meine Schöne, dieser schmutzige Köter wurde bestimmt bloß angeschafft, um sie zu fangen.«

»Ach, Ratten gibt es auf dem Land überall«, sagt Lorna, obwohl sie keine Ahnung hat, ob das stimmt.

»Das ist ziemlich genau, was ich mir für meine Hochzeit wünsche. Ein bisschen Beulenpest.«

Lorna wickelt ein weiteres Minzbonbon aus, steckt es ihm zwischen die Lippen und streift dabei seine Abendstoppeln. Er schnappt mit dem Mund nach ihren Fingern und erwischt sie. Sie spürt den gezackten Grat seiner Zähne beinahe schmerzlich, aber nur beinahe, die nasse Hitze seiner Zunge, die sich um ihren Finger legt, und etwas in ihr zieht sich zusammen. Ihre Augen treffen sich blitzend im Spiegel, und es ist diese Reibung, diese Spannung, die die Dinge zwischen ihnen von jeher so aufregend gemacht hat. Sie sind zwei so unterschiedliche Menschen – Jon beständig, überlegt, in der Lage, jede Situation zu entschärfen; sie impulsiv, mit dem Hang, alles zu verkomplizieren –, dass sie sich meistens perfekt ausgleichen. Aber manchmal, bei den seltenen Anlässen, wenn sie sich in einer Sache nicht einig sind, dann fühlt es sich an, als könnten diese Gegensätze sie auseinanderbringen.

Ohne ihrem Blick auszuweichen, gibt er ihren Finger wieder frei. Sie wendet sich ab und sieht aus dem Fenster.

»Lorna, ich weiß, wie sehr du dieses Haus liebst.« Ihre Augen treffen sich wieder im Spiegel. »Ich will es auch lieben.«

»Du hast doch schon entschieden, dass du es nicht magst.«

Er macht das Radio an, dreht an dem silbernen Knopf, versucht die Stimmung zu ändern. Aber die Dance-Hymne, die erklingt, ist keine Hilfe. Lorna dreht die Lautstärke herunter.

»Ich sage doch lediglich, dass wir besser damit fahren würden, deinem kleinen Neffen die Verantwortung für die Hochzeit zu überlassen, statt Dill.«

»Das ist nicht fair. Ich mag Dill.«

»Ich auch. Aber sie hat bestimmt die letzten tausend Jahre nichts anderes gemacht, als Mrs. Altons Bettpfannen zu leeren, und scheint kaum je einer anderen Menschenseele begegnet zu sein, geschweige denn, eine Hochzeit ausgerichtet zu haben.«

Er kurbelt das Fenster herunter und lässt die warme, feuchte Abendluft herein. »Wenn du mich fragst, klopft bei denen bloß deshalb nicht das Amt an die Tür, weil sie feine Leute sind.«

»Ach, vergiss doch mal für einen Moment Dill und Mrs. Alton und alles andere!« Sie schließt die Augen, spürt ihr Haar um ihren Hals flattern. »Stell dir doch mal das Haus voller tanzender Leute vor! Der Garten erleuchtet! Kinder ...«

»... die die Antiquitäten zerdeppern. Sich im Wald verirren«, sagt er trocken.

»Das Haus benötigt nur etwas Leben, ein bisschen Liebe, das ist alles, Jon.«

»Und Reparaturen in der Größenordnung von mindestens Fünfhunderttausend. Die Eimer waren nicht gerade dekorativ.«

»Ach, keiner wird sich für so ein doofes Leck interessieren.« Na ja, außer Jons Mutter Lorraine, eine glamouröse Naturgewalt von einer Matriarchin – Botox, BMW Cabrio, großes Herz –, die sich nie scheut, sich bei Restaurant-Managern zu beschweren, wenn Klopapier auf dem Boden der Damentoilette liegt oder das Weinglas einen Fleck hat. Sie ist in Armut und mit Außentoilette aufgewachsen und lehnt nun alles, was nicht luxuriös oder absolut makellos ist, schon aus Prinzip ab.

Er lächelt. »Auf jeden Fall wäre es etwas Besonderes.«

»Jon, es ist das Haus, das ich früher mit meiner Mutter besichtigt habe. Sogar Dad glaubt, dass es das ist«, fügt sie ein wenig beschönigend hinzu.

»Und dein alter Vater, nichts für ungut, ist natürlich eine vollkommen glaubwürdige Quelle.« Er kurbelt das Fenster noch weiter runter und lässt den Ellenbogen in Lastwagenfahrermanier hinaushängen.

»Black Rabbit Hall hat Seele. Das ist alles, was zählt«, sagt Lorna mit Bestimmtheit.

»Es hat auch Hausschwamm«, zieht er sie auf und überholt einen klapprigen Cortina mit angeschalteten Nebelscheinwerfern, der schwarze Abgase ausschnaubt. »Und ich hab auch keine Lust, für das Privileg zu bezahlen, mich den ganzen Tag lang wie ein Schnösel zu fühlen, danke auch.«

Lorna ist den Tränen nahe, auch wenn ihr klar ist, wie albern und unreif es wäre, ausgerechnet wegen einer Hochzeitslocation zu heulen. Außerdem ist sie nicht auf sozialen Aufstieg bedacht, nicht auf diese Weise. Der unangemessene Snobismus ihrer Mutter, ihre Angewohnheit zu erzählen, ihr Mann leite einen Limousinenservice, anstatt zu sagen, dass er Taxifahrer ist, war ihr und ihrer Schwester immer schrecklich unangenehm gewesen.

»Tut mir leid.« Jon streckt die Hand aus und schiebt den Saum ihres gelben Kleids hoch, um die Hand auf ihr nacktes Knie zu legen, den Blick weiter auf die Straße gerichtet. »Ich weiß, Cornwall ist …«, er blickt zu ihr hinüber, zögert, wählt seine Worte sorgfältig, »… ein besonderer Ort für dich.«

»Versuch da nichts hineinzulesen, Jon«, sagt sie warnend. Sie weiß, was er anzudeuten versucht, und möchte nicht darauf eingehen. »Ich finde das Haus einfach wundervoll, der perfekte Ort für eine Hochzeit für uns.«

Sie fahren eine Weile schweigend weiter, die grünen Felder verwischen in der Abenddämmerung zu Grafitquadraten. Nach einer Weile hält Jon an einer Kreuzung, wendet sich ihr zu, und sein Blick ist so warm, dass sie ihm unmöglich ausweichen kann. »Lorna, ich will einfach, dass wir heiraten, das ist alles.« Er knipst einen Cockney-Akzent an, der sie immer zum Schmunzeln bringt. »Dass du meine bessere Hälfte wirst.«

»Klar werd ich das!«

»Und dass es bei dieser Hochzeit um dich und mich geht.«

»Darum ging es doch immer.«

Er schiebt sich das blonde Haar aus dem Gesicht. Die Luft zwischen ihnen verdichtet sich. »Warum werde ich dann das Gefühl nicht los, dass es, seit wir dieses Haus betreten haben, plötzlich um etwas ganz anderes geht?«

»Ich weiß nicht, was du …« Sie unterbricht sich. Da ist wirklich etwas anderes, etwas Irrationales, Unausweichliches, ein Sog, den sie nicht versteht. Sie hat keine Ahnung, wie sie es erklären soll.

»Ist schon okay«, sagt Jon, als lese er ihre Gedanken. »Lass uns einfach fahren, ja?« Er tritt aufs Gas.

Lorna dreht sich auf ihrem Sitz um, hofft noch einen letzten Blick aus der Ferne auf das Haus zu erhaschen. Aber es ist bereits verschwunden. Die Zeit verstreicht. Der Himmel verdunkelt sich. Ein eischaumartig dichter Nebel schiebt sich über die Hecken, wirbelt in den Scheinwerferkegeln. Aber so wie lebhafte Träume die sauberen Ränder der wachen Stunden ausfransen können, so verweilt Black Rabbit Hall bei Lorna in dieser Nacht und in den folgenden Tagen: der Geruch nach Bienenwachs, das Summen des Globusses, der salzige, köstliche Geschmack der Vergangenheit.

8

Amber, August 1968

»Dieses Haus braucht wieder eine weibliche Hand«, sagt Peggy mit gedämpfter Stimme und begibt sich damit auf schwieriges Die-Mutter-ist-tot-Gelände. »Das bräuchte es wirklich. Meine Güte, lassen wir hier mal ein bisschen Luft und Licht herein, ja? Es ist jetzt vier Monate her – Gott hab sie selig – und für Mr. Alton ist Nancys Ankleidezimmer noch immer so etwas wie ein Mausoleum. Das macht mich ganz kirre.«

Vorhänge rattern eine Schiene entlang. Ein dünner Lichtstrahl strömt durch die Ritzen der Schranktür zu mir herein. Ich schmiege mich in einen pelzbesetzten Mantel und drücke mich gegen die Rückwand. Ich habe Mamas Schrank schon immer geliebt, seine riesigen Mahagonitatzen, die aussehen, als könnten sie jeden Moment durchs Zimmer tapsen, seinen aufgeblähten Bauch voller seidiger Kleider und voller Pelze (Zobel, Nerz, Fuchs), die schwankende Säule aus runden Hutschachteln, mottenzerfressener Kaschmir. Der Schrank ist der letzte Ort des gesamten Anwesens, an dem es noch intensiv nach Mama riecht: der wachsartige Duft ihres roten Lippenstifts in seiner goldenen, patronenartigen Hülle, altes Sattelleder, der Brotteiggeruch ihrer Haut am Morgen, bevor sie geduscht hatte. Ich gedenke Mama über ihren Geruch. Sie würde es verstehen: Sie hat selbst ständig an uns geschnüffelt. Aber ich vermute, Peggy und Annie könnten es seltsam finden, und Papa will nicht, dass wir hier sind und seine Erinnerungen durcheinanderbringen, also sitze ich ganz still und versuche keinen Laut zu machen.

»Das Haus fühlt sich in letzter Zeit so düster an«, fährt Peggy fort und saugt ein Seufzen durch die Zähne. »Düster und stickig, egal wie viele Fenster ich aufreiße.«

Das ist mir auch schon aufgefallen. Ohne Mamas Leuchten, ihre luftige Präsenz fühlt sich Black Rabbit Hall schwer und erstarrt an, zu alt und müde, um sich zu regen.

»Tja, die Kinder helfen da auch nicht gerade«, sagt Annie, die glaubt, Peggy würde auf ihr Putzen anspielen. »Aus dem, was sich allein auf dem Treppenläufer befindet, könnte ich eine Sanddüne machen. Und ständig tragen sie Flussschlamm durchs ganze Haus. Ihre Badezimmer sind die reinsten Sümpfe. Dafür bekomme ich nicht genug bezahlt, Peg, wirklich nicht.«

»Komm, Annie …« Jetzt klingt Peggy gereizt. »Das ist jetzt kaum der richtige Zeitpunkt.«

»Ich habe noch nie erlebt, dass Kinder so schnell verwahrlosen. Sie sehen schon ganz verwildert aus. Und das sind sie auch, Peggy. Sie sind wilder, als gottesfürchtige Kinder sein sollten, schon gar nicht, wenn sie zu einer so vornehmen Familie wie den Altons zählen. Das ganze Dorf zerreißt sich schon das Maul.«

»Lass sie doch.« Ich höre das Ächzen von Sprungfedern, was nur bedeuten kann, dass sich Peggy auf Mamas himmelblaue Chaiselongue am Fenster plumpsen lässt. »Wenn sie nichts Besseres zu tun haben, als über diese armen Kinder zu tratschen, die ihre Mutter verloren haben …«

»Ich mein ja nur, dass es nicht mehr dieselben adretten Stadtkinder sind, die am Anfang des Sommers aus dem Zug aus London gestiegen sind, das ist alles«, brummt Annie leise. Das Wischen eines Staublappens auf Holz.

»Nein.« Peggy seufzt. »*Das* sind sie nicht.«

Ich kann mich nur noch vage an diesen Tag Anfang Juli erinnern: Abfahrt am Morgen in Paddington, das rußige Schwingen der Tür am Abend, Toby, der seine Tasche auf den sonnengebürsteten Bahnsteig wirft. Ein Leben lang scheint das her zu sein.

Nach Mamas Beerdigung beschloss Papa, dass es das Beste für uns alle wäre, wenn wir exakt so weitermachten, als wäre nichts passiert. Am nächsten Tag fuhr Toby wie gewohnt ins Internat; Kitty, Barney und ich kehrten an den Fitzroy Square und in die Tagesschule in London zurück. Schnell setzte die alternative Realität dieses Sommersemesters ein, unsere zerbrochenen Leben wurden zusammengehalten von engen weißen Strümpfen mit elastischen Bündchen und den emsigen Routinen unserer ernsten neuen Nanny, Meg, die eine graue Haarsträhne hatte wie ein Dachs und oft »Na, na, es wird schon alles gutgehen« sagte, wenn dem ganz offensichtlich nicht so war.

Wenn ich jetzt auf dieses Schuljahr zurückblicke, bin ich mir nicht sicher, ob das wirklich ich war, die an dem löchrigen Pult saß und die Hand hochriss, um Fragen über Prospero oder Osmose zu beantworten und zu beweisen, dass ich noch immer dieselbe Spitzenschülerin war und sich nichts geändert hatte. Ich debattierte mit Matilda über die Vorzüge der verschiedenen Bonbons aus dem Schulkiosk, als lebte ich noch immer in einem Universum, in dem Bonbons irgendeine Bedeutung zukam. Es war, als spielte mich jemand anderes: Ich selbst hatte mich irgendwo zu einer kleinen Kugel zusammengerollt, den Kopf in den Händen geborgen, und versuchte, mich vor der unerträglichen Trauer zu schützen, die mich ohne Vorwarnung mit blutverschmierten Krallen überfallen konnte.

Alles fühlte sich unbedeutend an, sinnlos, und ich vermisste Toby schrecklich. Im Handumdrehen fand auch schon die Jahresabschlussfeier statt: Union-Jack-Fähnchen, dicke Erdbeeren, Kleckse kühler süßer Sahne, plötzlich ein schrilles Pfeifen und eine wilde Horde Mütter in flatternden Pastellkleidern mit stampfenden nackten Füßen – darunter nicht mehr meine anmutige, flinke Mutter, die das Mütterwettrennen immer gewonnen hatte –, und das Sommersemester war zu Ende. Es war Zeit für die Sommerferien, Zeit, wieder nach Black Rabbit Hall zurückzukehren. Denn das ist es, was die Altons Anfang Juli machten. Und nichts durfte sich ändern.

Ich gestattete mir sogar zu glauben, dass es so sein würde: dass wir alle einfach wieder zu den Tagen vor dem Unwetter zurückkehren würden, dass Mama noch immer da wäre und dass die Perlen ihres Bikinis in ihrem Nacken auf- und abhüpfen würden, wenn sie schreiend ins Wasser rannte.

Während ich die Tage bis zu unserer Abreise nach Cornwall zählte, lag ich in meinem Bett am Fitzroy Square und versuchte alles heraufzubeschwören: das Scheppern der Rohre, die Größe, die Sicherheit. Doch als wir dorthin zurückkamen, war es nicht dasselbe. Es war kein Gefühl der Sicherheit mehr übrig, bloß eine aus den Fugen geratene, rasende Freiheit.

»Ihre Mutter würde das nicht dulden. All das Herumstreunen von früh bis spät«, sagt Annie und rüttelt mich aus meinen Gedanken. »Nicht mal als Amerikanerin, Pegs.«

Ich will schreien, dass Mama überhaupt nichts dagegen hätte. Sie war es schließlich, die uns aufweckte, damit wir den roten Sonnenaufgang sahen. Dann überkommen mich Zweifel: Es wird immer schwerer zu wissen, was sie denken würde. Oder sich an ihr Gesicht zu erinnern, ihr echtes Gesicht, nicht bloß an das Gesicht auf einem Foto. Meine Erinnerung an einige beliebige Dinge ist lebendiger: ein winziger Kekskrümel, der an ihrem Lippenstift klebt, das Muster der Sommersprossen auf ihrer Nase, wie sie lacht. Einmal, als ich schlafe, höre ich ihre Stimme so klar und deutlich – »Herzchen, hilfst du mir heute Morgen im Stall?«; »Pfannkuchen oder Crumpets? Peggy will eine Antwort« –, dass ich mit einem Ruck aufwache, überzeugt, dass sie bei mir im Zimmer steht. Aber das tut sie nicht. Nie.

Vor hundertdreiundzwanzig Tagen hat sie noch gelebt. Und wurde älter. Jetzt würde sie nicht mehr älter werden. Im April wäre ihr einundvierzigster Geburtstag gewesen. (Ich malte mir aus, dass sie ihr bronzefarbenes Kleid anziehen würde, das sie immer mit den Tigerauge-Ohrringen trug und das ihre Haare lodernd rot erscheinen ließ und ihre Augen salatgrün.) Wir pflanzten einen Baum am Fitzroy Square und zündeten eine Kerze an auf einem rosa Kuchen, geschmückt mit einer winzigen amerikanischen Flagge. Als wir gingen, die Münder voller Zuckerguss und Biskuit, fragte ich, wie viele ihrer Geburtstage wir noch feiern würden: die Geburtstage toter Menschen enden nie. Würden wir aufhören, wenn sie in das richtige Alter zum Sterben käme? Wie zum Beispiel achtzig. Oder fünfundsiebzig. Papa sagte nichts darauf.

Toby und ich wurden im Mai fünfzehn. Wir brachten es nicht über uns zu feiern, also nahm uns Papa mit ins Kino am Leicester Square. Hinterher stolperten wir aus dem dunklen, verrauchten Saal, ohne uns erinnern zu können, was wir gesehen hatten. Ich erzählte keinem meiner Freunde, dass ich Geburtstag hatte, außer Matilda. Es ist schon unangenehm genug, das Mädchen zu sein, dessen Mutter gestorben ist – der Direktor hatte deswegen eine außerordentliche Zusammenkunft einberufen –, und ich will nicht noch mehr Blicke auf mich ziehen.

Allerdings errege ich jetzt auch außerhalb der Schule Aufmerksamkeit. Wenn ich die Straße entlanglaufe, starren mich die Männer öfter an als zuvor. Insgeheim gefällt mir das sogar ein wenig. Aber Toby wollte letzte Woche schon einen von ihnen verprügeln, einen drahtigen Jungen mit hervorstehenden Augen, der rauchend an der roten Telefonzelle im Dorf lehnte.

Ich setze mich bequemer hin und merke, wie lang meine Beine geworden sind, Flamingobeine. Ich bin auch gut einen Zentimeter gewachsen – Toby doppelt so viel. Ich trage nun einen BH. (Ich habe Mama nie mehr vermisst als in der stickigen Umkleide von *Rigby & Peller*, wo ich mich unter der Aufsicht der neuen Nanny Meg aus meinem Oberteil schälte.) Es ist eine Erleichterung, endlich einen richtigen Frauenkörper zu haben, denn innerlich fühle ich mich auch nicht mehr wie ein Mädchen. Man kann sich nicht mehr wie ein Kind fühlen, wenn man keine Mutter mehr hat, habe ich zu Matilda gesagt. Die Generationen springen eins weiter. Man muss erwachsen werden.

Barney und Kitty haben auch keine Mutter mehr, bloß eine Lücke, wo sie einmal war. Und als die große Schwester muss ich versuchen, die Lücke auszufüllen.

Ich bin ziemlich schlecht in all diesen Mama-Dingen – Gutenachtgeschichten, auf aufgeschlagene Knie pusten, Knoten aus feinem Kleinkindhaar entwirren –, aber ich versuche, das nachzumachen, was sie gemacht hat, und hoffe, es ist besser als nichts. Ich habe sogar daran gedacht, eine Münze unters Kopfkissen zu legen, als Barney einen Zahn verloren hat. Außerdem habe ich das gescheckte Schaukelpferd mit einem Tuch abgedeckt, weil es ihn an Knight erinnerte und zum Weinen brachte. Ich stopfe die Füllung wieder zurück in Lumpenpüppis Hals, wenn sie an der Naht herausquillt, führe das Ritual fort, die Puppe abends zwischen ihre Spitzenlaken zu legen. Ich mache mir Sorgen, weil Kitty so fröhlich ist. »Sich Sorgen machen, ist die Aufgabe einer Mutter.« Sie begreift die Endgültigkeit des Todes nicht: Gestern habe ich gesehen, wie sie Lumpenpüppi auf der Suche nach Mama durch die Ställe geschoben hat. Ich mache mir Sorgen, wenn Barney ins Bett macht oder heißes Wasser in das Ameisenloch auf der Terrasse schüttet. Ich spreche mit Papa darüber, warum er am Ende des Jahres wohl eines der Schlusslichter der Klasse sein wird, und über all die anderen Bettnässersachen, und Papa murmelt, dass er nicht wüsste, was er ohne mich tun würde. Und das macht mich stolz, aber auch panisch. Am liebsten würde ich meine Geschwister von mir wegstoßen und sie gleichzeitig fest an mich drücken. In solchen Augenblicken, wenn es sich anfühlt, als hätte mir jemand das Herz mit einem Eisportionierer ausgehöhlt, dann schleiche ich mich in diesen Schrank und tue so, als wären die herabhängenden Seidenschals Mamas lange Haare.

Ich bin hergekommen, nachdem Boris mit Mamas Mason-Pearson-Holzbürste zwischen den Zähnen beim Frühstück erschienen war. Darin sind noch immer ihre kupferfarbenen Haare. Ich statte ihr oft einen kurzen Besuch ab nach diesen Nächten, in denen ich aufwache und für ein paar selige Minuten vergessen habe, dass Mama tot ist. Oder wenn ich die Tür zum Salon aufgemacht habe, in der Erwartung, ihre Füße in Strümpfen auf dem Fußhocker zu sehen, und meine Gedanken zurück an den dunkelsten aller Orte geschleudert werden. Wie sehen ihre Füße jetzt wohl aus? Sind es nur noch marmorfarbene Knochen, weiße Gelenke wie die aus Tobys Sammlung?

Am längsten hab ich in der ersten Woche der Sommerferien einmal hier ausgeharrt: Eines Morgens fing Peggy an, fieberhaft alle Sachen aus der Vorratskammer auszuräumen, die noch vom letzten Mal, als wir hier waren – an Ostern – »übrig geblieben« waren, was bedeutete, dass sie die Dinge wegwarf, die wir gegessen hatten, als Mama noch lebte. Auch Toby war wütend darüber. Doch Peggy bestand darauf, dass wir uns damit nur den Magen verderben würden, auch wenn sie normalerweise nicht einmal den Schimmel aus dem Marmeladendeckel kratzt und es hasst, etwas zu verschwenden. Doch hier ging es um etwas anderes.

Glücklicherweise rettete Toby aus dem Mülleimer ein kleines halbleeres Glas *Bovril* für mich, das ich sicher in meiner Wäscheschublade versteckt habe. Manchmal drehe ich den Deckel auf, um den Duft der Sandwiches zu riechen, die Mama und ich immer an faulen, glücklichen Samstagmorgen gegessen haben. Das Mädchen, das ich einmal war – leise selbstbewusst, vertrauensvoll – ist irgendwo in diesem klebrigen, tintenschwarzen Glas.

Auch Toby hat sich verändert. Er wird jetzt oft wütend: wütend auf Mama, dass sie gestorben ist; auf mich, weil ich nicht Mama bin; auf Peggy, weil sie nicht Mama ist; auf Barney, weil er an diesem Tag Kaninchenjagen war; auf Barney, weil er jetzt keine Kaninchen mehr jagt; auf Papa, weil er so unzugänglich ist. Tatsächlich ist es, als wäre Papa der Strom abgestellt worden und als warteten wir noch immer darauf, dass jemand kommt und ihn wieder anschließt. Ich setze mich Tobys Wut nach Möglichkeit nicht zu lange aus, weil sie sonst auch auf mich übergreift.

Aber ich kann den alten Toby manchmal noch erkennen. Ich kann den alten Toby sogar leichter erkennen als mein eigenes altes Ich. Ich glaube, das trifft umgekehrt auch für ihn zu. Und wir lachen noch immer über alberne Sachen. Doch es fühlt sich illoyal an zu lachen, wo Mama tot ist. Aber es nicht zu machen, fühlt sich noch schlimmer an. Uns überfallen diese flüchtigen, unerwarteten Momente von Glück, die wie aus dem Nichts kommen, glühende Asche, die auf feuchten Grund fällt. Alles ist möglich: Das hat Mama immer gesagt. Na ja, fast alles. Ich werde nicht in den Ställen nach ihr suchen wie Kitty.

Ich bekomme einen Krampf im Bein, strecke es aus und stoße dabei einen Schuh herunter, der auf den Schrankboden fällt.

»Was war das?«, fragt Peggy. »Hast du das gerade gehört, Annie?«

Ich erstarre, das Herz schlägt mir bis zum Hals, und ich frage mich, wie um alles in der Welt ich erklären soll, was ich hier mache.

»Ich bin nicht sicher.«

»Wohl diese verfluchten Mäuse.«

Mit der hohlen Hand unterdrücke ich einen Seufzer der Erleichterung.

»Was wollte ich gerade sagen? Ach ja. Ich habe Mr. Alton höflich darauf hingewiesen, dass diese Kinder dringend wieder unter Kontrolle gebracht werden müssen. Besonders Toby. Letzte Woche hat er im Wald übernachtet. Wusstest du das?«

»Lieber er als ich. Was hat Mr. Alton dazu gesagt?«

»Dass Toby ihm in letzter Zeit schon genug Sorgen macht – die ganzen Probleme in der Schule – und wenn er dann mal glücklich ist und keinen Ärger macht, dann sollen wir ihn einfach in Ruhe lassen. Und, ach ja, er hat gefragt, ob ich seine weißen Hemden für seine Reise nach Paris gestärkt hätte.«

»Klingt, als wolle er bloß seine Ruhe vor ihnen, Pegs.«

Ein Brennen durchfährt meinen Magen. Ist das wahr? Das kann nicht sein.

»Tapfere kleine Burschen, diese Kinder.«

»Aber Barney ist ganz still geworden und Toby, nun ja …« Annies Stimme bricht.

»Toby wird sich schon wieder beruhigen«, sagt Peggy bestimmt. »Dafür wird Amber schon sorgen.«

»Sie ist zu jung für all das, Pegs.«

»Die Zeit heilt alle Wunden. Das dürfen wir nicht vergessen.«

Das sagen alle. Oder schlimmer noch: Bald wird es dir besser gehen … Das ist so, als würde man jemandem, der ein Bein verloren hat, versprechen: Bald wird dir ein neues nachwachsen. Ich will sowieso nicht, dass es mir besser geht. Ich möchte Mama niemals vergessen.

»Tja, wollen wir hoffen, dass der Mann so vernünftig ist, wieder zu heiraten«, sagt Annie. »Und das möglichst schnell.«

»Heiraten?« Peggys Stimme klingt schrill.

»Im *Anchor* beim Bier gibt es kein anderes Gesprächsthema, Pegs. Wie will er das mit vier Kindern schaffen ohne Mutter? Der Mann braucht dringend wieder eine Frau.«

Ich knete ein Stück Pelz in der Faust und muss mich bemühen, nicht zu schreien: Papa wird nie wieder heiraten, weil er nie mehr eine Frau wie Mama finden wird! Großmama Esme hat mir oft erzählt, was mittlerweile der Stoff einer Familienlegende ist; dass sie meinem Vater alle möglichen geeigneten Engländerinnen vorgestellt hat, die sich »für die Jagd auf einen Ehemann unwiderstehlich herausgeputzt« hatten. Doch er wollte sich auf keine von ihnen festlegen. »Dein Papa hat so manche zielstrebige junge Dame demoralisiert, der Halunke.« Großmamas Augen fingen immer an zu leuchten, wenn sie zu unserer Lieblingsstelle der Geschichte kam, wie Papa auf einer Party die Tochter eines Grundbesitzers aus Amerika traf, mit mohnblumenrotem Haar und einem völlig unangemessenen, Lachen. Und das war's. »Er war wie ein liebeskranker Welpe«, sagte Großmama und schüttelte den Kopf so sehr, dass ihr Kinn wabbelte. »Weder Großpapa noch ich konnten ihn zur Vernunft bringen. Wir sagten ihm, dass keine Amerikanerin mit dem rauen Landleben in Cornwall zurechtkäme.« An dieser Stelle der Geschichte küsste sie mich immer auf die Stirn und sagte abschließend: »Wie wir uns doch getäuscht haben! Ich bin sehr froh, dass er unseren Einwänden kein bisschen Beachtung geschenkt hat. Wirklich sehr froh.« Wenn ich an Großmama denke, vermisse ich sie schrecklich. Sie ist jetzt zu alt, um so oft nach Black Rabbit Hall zu kommen wie früher.

»Tja«, sagt Peggy und klingt nervös, »das muss aber dann eine mutige Frau sein, die es mit diesem alten Gemäuer aufnimmt.«

»Du wärst doch da nicht so übel, Pegs.«

»*Annie!*«

»Na ja, so eine wie dich könnte er schon gebrauchen, oder nicht? Jemanden, der praktisch veranlagt ist. Mütterlich. Oh Pegs, du wirst ja rot!«

Ich lache in den Zobel. Lächerlich. Die beiden machen sich doch vollkommen lächerlich.

»Ehrlich, Annie. Was redest du da nur.«

»Tja, ich wette, er würde seiner Partnerin beim Tanz im Gemeindesaal nicht auf die Füße treten! Oder nach Sardinen stinken.«

»Schluss damit, Annie.«

»Und er ist bestimmt auch nicht so ein Rohling, der eine junge Frau am Altar stehen lassen würde.«

»Annie, in Herrgotts Namen …« Ich höre die Kränkung und die Wut in ihrer Stimme, und mir wird klar, dass Tobys Geschichte über ihre Vergangenheit wahr ist. Oh, arme Peggy.

»Entschuldige, Pegs. Tut mir leid. Ich will damit doch nur sagen, dass unser Mr. Alton nicht lange in der Witwerauslage liegen wird, denk an meine Worte. Oh … Allmächtiger …«, aus ihrer Stimme klingt Verlegenheit. »… Toby! Wir sind bloß gerade dabei, das Ankleidezimmer deiner Mutter ein bisschen zu lüften …«

»Ich suche Amber.« An dem tiefen Knurren seiner Stimme kann ich hören, dass er das Ende ihrer Unterhaltung auch mitbekommen hat. »Habt ihr meine Schwester gesehen?«

»Ich hab dich ewig gesucht.« Toby steht an meinem Zimmerfenster. Er kratzt sich mit dem Zehennagel die sehnige Wade.

Seine Fußsohle ist verhärtet und schmutzig. Seit Wochen trägt keiner von uns Schuhe. An seinen Knien sind noch immer Spritzer von Flussschlamm zu sehen. »Wo warst du?«

»In der Nähe.« Ich lege mich aufs Bett, ziehe mir Mamas Minikleid aus Käseleinen über die Beine und tue so, als würde ich Tante Bays Brief lesen. (Dabei kenne ich ihn Wort für Wort auswendig, weil ich ihn bereits fünf Mal gelesen habe.)

Ich brauche einen Ort für mich.

Heute wirkt er nervös und grimmig. Mit nacktem Oberkörper und nur mit einer kurzen Hose bekleidet, presst er die Hände gegen den Fensterrahmen und lehnt sich nach vorne, als bereite er sich auf einen Kampf vor, und die Schulterblätter treten aus seinem nussbraunen Rücken hervor. All das Schwimmen und Klettern hat ihn kräftig und schlank gemacht, hat seine einst mageren Schultern und Arme mit Muskeln geformt. Sein Haar ist verfilzt und kraus, sonnengebleicht und hell wie ein Leuchtfeuer. Seine Fingerspitzen sind fleckig vom Blut der Brombeeren. Annie hat recht: Er sieht verwildert aus. »Also, was steht in Tante Bays Brief?«

»Sie hat ein Gemälde verkauft. Und um die Hüften ein bisschen abgespeckt. Oh, und sie hat für die Kätzchen im Chelsea Hotel ein Zuhause gefunden. Schön, oder? So können sie beieinanderbleiben. Es hätte mir überhaupt nicht gefallen, wenn sie getrennt worden wären …«

Toby verdreht die Augen und tut so, als interessiere ihn all das nicht. Aber wir lieben Tante Bays Briefe beide. Sie trudeln wunderbar willkürlich ein, manchmal drei oder vier in einem Monat – hastig, sprudelnd, in geschwungener Schrift, die auf eine seltsame Weise an Tante Bays Sprechen erinnert –, dann verstummt sie für Wochen, was ebenfalls auf beruhigende Weise ihrem Charakter entspricht.

»Sie kommt uns sowieso bald besuchen.«

»Meine Güte, bitte lass sie nicht wieder nackt in der Bucht schwimmen gehen.« Toby ist komisch, wenn es um Nacktheit geht. Eigentlich wir beide. Die Badezimmertür ist nun versperrt, wenn wir ein Bad nehmen. »Wo sind die anderen?«

»Die albern im Ballsaal herum.«

Toby hält sich am Fensterbrett fest, hebt die Füße vom Boden und presst die Sohlen gegen die Wand darunter wie ein Schwimmer, der sich vom Beckenrand abstößt. »Ich möchte, dass wir etwas versuchen, Amber.«

Ich mag es nicht, wenn er »wir« sagt. »Du machst das Fensterbrett kaputt.«

Er springt fast geräuschlos hinunter. »Könntest du mal diesen Brief weglegen, okay? Ich weiß, dass du ihn schon hundert Mal gelesen hast.«

Ich stopfe ihn zwischen Bett und Wand, um ihn später weiter auszukosten.

»Rutsch mal.« Toby legt sich eng neben mich. Seine Haut fühlt sich an meinem Arm heiß und trocken an, und er riecht nach Schweiß und Meer. Er legt ein Bein über meine beiden. Es ist überraschend schwer, und es erinnert mich mal wieder daran, wie die Zeit unsere einst so ähnlichen Körper auseinandergebracht hat.

»Amber«, sagt er, den Kopf auf die Hand gestützt, und starrt mich eindringlich durch seine flammenden Wimpern hindurch an.

»Was?«

»Napfschnecken. Sie roh essen. Von den Felsen.« Er grinst wie ein Verrückter. »Was meinst du?«

»Igitt. Nein danke.«

»Man kann sie wirklich roh essen. Viele Leute machen das.«

»Verrückte Leute.«

Er setzt sich auf die Bettkante. Ich lege einen Fuß auf seinen

Schoß und wackle mit den Zehen im Windhauch, der vom Fenster kommt. Er hält meinen Fuß fest, die Finger legen sich behutsam um meine Ferse. »Wir müssen lernen zu überleben, Amber.«

Nicht das wieder. Genau wie ich mir nun immer vorstelle, dass Leute, die ich kenne, sterben könnten, malt sich Toby irgendwelche Weltuntergangsszenarien aus. Er liest Bücher über Kriegsführung und das Überleben unter widrigsten Bedingungen und wacht jeden Morgen mit der Erwartung auf, dass eine Katastrophe unmittelbar bevorsteht.

»Wir müssen nicht überleben und schon gar nicht mit Hilfe von rohen Napfschnecken. Oder diesen Nesseln, aus denen du auf dem Feuer diese ekelhafte Suppe gekocht hast. Wenn du Hunger hast, warum klaust du dir nicht einfach ein paar Ingwerplätzchen aus der Speisekammer? Oder mach dir eins deiner Sandwiches aus zerstampften *Twiglets* oder irgend so was.«

Er sieht mich an, als wäre ich blöde. »Du raffst es einfach nicht.«

Ich nehme meinen Fuß von seinem Schoß, hänge meine Hand auf den Boden und taste blind nach *Sturmhöhe*. »Was raffe ich nicht?«

»Wir müssen wissen, wie wir uns selbst, Kitty und Barney versorgen können.«

»Und was ist mit Papa?«

»Er könnte sterben.«

»Er wird nicht sterben.« Ich hebe das Buch auf, halte es hoch über meinen Kopf und klappe die Ecke hoch, mit der ich markiert habe, wo ich bin.

»Jeder stirbt. Wir müssen auf das Schlimmste vorbereitet sein. Es passieren schreckliche Dinge.«

»Es *sind* schon schreckliche Dinge passiert.«

Er schüttelt den Kopf. »Ich rede von noch schrecklicheren Dingen.«

Ich blättere um, obwohl ich gar nicht gelesen habe. »Wie um alles auf der Welt könnte etwas *noch* schrecklicher sein?«

»Ich weiß nicht, aber … ich spüre, dass es sein kann. Ich träume ständig davon. Es ist, als …« Ich sehe seinen verschatteten Blick und weiß, dass das, woran auch immer er jetzt denkt, genauso real für ihn ist wie das Buch in meinen Händen. »Es ist wie ein schwarzer Punkt, der größer wird. Ein Loch. Vielleicht ein Meteorit, der uns trifft, oder so was.«

»Ein Meteorit! Wie spannend.« Ich blättere wieder um.

»Du nimmst das nicht ernst.« Er streckt sich auf dem Bett aus, die Arme hinterm Kopf verschränkt, enthüllt jeweils einen feuchten roten Bausch Haare in den Achselhöhlen. »Amber?«

»Was?«

»Versprichst du mir etwas?«

Ich lege mein Buch weg, starre nach oben und drehe im Geiste das Zimmer um, sodass die weiße Decke zum Boden wird und der grüne Lampenschirm ein einzelner Baum auf einem verschneiten Feld.

»Wir halten zusammen, was auch passiert.«

»Das war doch schon immer so.«

»Versprochen?«

»Hab ich doch schon … Igitt, Boris.«

Boris kommt durch die Tür getrottet, verdreckt, nass, ein einziges Schlammwesen. »Sitz«, sage ich, bevor er noch auf die Idee kommt, zu uns aufs Bett zu springen.

»Da wäre noch eine Sache«, sagt Toby und wuschelt mit seinen Zehen Boris' schmutzige Ohren.

»Was?«

Ein Grinsen kräuselt langsam seine Mundwinkel. »Probierst du jetzt eine Napfschnecke?«

»Auf keinen Fall. Niemals.«

Die Napfschnecken sind gar nicht so eklig, wie es sich anhört, bloß ein bisschen zäh, sandig und lebendig. Ich sage »Tut mir leid«, bevor ich sie verschlinge. Das nächste Mal plündere ich definitiv lieber die Speisekammer.

»Zieh nicht so 'n Gesicht.« Toby grinst. Insgeheim ist er beeindruckt. Napfschnecken zu essen ist nichts, was ich getan hätte, solange Mama noch lebte. Aber nach Mamas Tod sind die kleinen Dinge nicht mehr so wichtig. Man spürt den Kratzer am Bein nicht, wenn man sich den Kopf aufgeschlagen hat. Jedenfalls esse ich für Toby auch Napfschnecken.

»Du bist dran.« Ich werfe ihm den scharfen, flachen Stein zu, und er haut ihn fest gegen den Boden einer Napfschnecke, stemmt ihren muskulösen Fuß vom Felsen, bevor sie die Gelegenheit hat, sich zu schließen. Es kommt mir so vor, als wären wir alle ein wenig wie diese Napfschnecken, wir klammern uns an unseren Felsen, an das, was von unserer Familie noch übrig ist, während die Gezeiten versuchen, uns hinauszuziehen.

»Hab's.« Er springt auf, so leichtfüßig, als wäre er schwerelos. Kein Wunder, dass er in der Schule ständig Ärger hat. Er kann nicht länger als dreißig Sekunden still sitzen.

»Amber.« Kitty kommt herübergeschlendert, mit einem klappernden Eimer voller Muschelschalen. Sie sieht Toby fragend an. »Was machst du, Toby?«

»Ich such mir was fürs Mittagessen.« Er kratzt das sehnige Fleisch aus der Schnecke, hält es auf der Fingerspitze hoch, genießt den Anblick des Horrors und lässt es dann beiläufig in seinem Mund verschwinden. »Köstlich.«

Kitty ist entsetzt. »Das ist Kittys Schneckenfreundin.«

»Nicht mehr. Auch eine probieren?«

Sie hält sich Lumpenpüppi vors Gesicht. »Nein!«

Er schlägt noch eine ab. »Hunger, Barney?«

Barney tut so, als würde er nichts hören, und stochert mit einem Stab in einer algigen Pfütze im Felsen, um Fische aufzuscheuchen. Am Strand ist er am wenigsten elend, weit weg von dem Fleck im Wald, an dem seine Mama gestorben ist. Hier ist der einzige Ort, wo man spüren kann, dass sich sein früheres Wesen wieder regt.

»Oder bist du auch ein Mädchen?«, neckt ihn Toby.

Mit Tränen in den Augen zwingt Barney sich, die rohe Napfschnecke zu essen. Er will Tobys Anerkennung gewinnen, weil er richtig vermutet, dass ein Teil von Toby ihn dafür verantwortlich macht, die Kette in Bewegung gesetzt zu haben, die zu Mamas Tod geführt hat.

Toby wuschelt ihm durchs Haar. »Gut gemacht, Barns.«

»Pfui. Das ist so bäh. Lumpenpüppi will wieder zurück nach London und Nettes Zimttoast essen.« Kitty hält die Puppe hoch – zernagt, zerliebt. »Stimmt's, Lumpenpüppi?«

»Ich geh nie wieder nach London zurück«, sagt Barney und zieht sich eilig zu seiner Felsenpfütze zurück, für den Fall, dass ihm noch eine Schnecke angeboten wird.

»Nächste Woche fängt die Schule wieder an«, sage ich, wie um mich selbst daran zu erinnern. Toby und Barney mögen vielleicht weiterhin das freie Leben auf Black Rabbit Hall genießen wollen, doch ich freue mich insgeheim schon darauf, wieder bei meinen Freunden und meinen Büchern zu sein, auf die tröstliche Routine vorgeschriebener Schlafenszeiten, verschiedene Schuhe für drinnen und draußen und das Haarekämmen vor dem Schlafengehen. Und auch auf ein wenig Abstand von Toby freue ich mich, auch wenn ich mir gemein vorkomme.

»Ich verstecke mich hier in der Bucht, damit mich keiner findet«, sagt Barney.

»Du darfst hier nie allein her. Das ist gefährlich, Barney«, erkläre ich ihm zum hundertsten Mal. Wir haben ihn letzte Woche gerade noch rechtzeitig erwischt, wie er unbekümmert mit einem Netz hinaus in den starken Seegang gewatet ist.

»Bei Flut reicht das Wasser bis hoch an die Klippe. Du kannst davon überrascht werden.«

»Ich kann schwimmen!«

»Ja, aber es zieht dich runter. Es gibt vertrackte Strömungen.«

Barney hebt einen kleinen Krebs an der Schere hoch und sieht zu, wie er hilflos in der Luft zappelt. »Tja, ich will aber nicht zurück nach London. Es ist zu …«, er überlegt kurz, »… klein.«

Ich lächle, weil ich genau weiß, was er meint. Dieser Sommer in Black Rabbit Hall war weit, endlos.

Wir sitzen eine Weile in unbefangenem Schweigen da, werfen für Boris einen Stock ins Wasser. Ein schwarzer Kormoran dehnt sich auf einem Felsen mit ausgestreckten Flügeln. Eine Wolke rutscht vor die Sonne. Die Temperatur sinkt, und die Farbe des Meeres verändert sich von einem klaren Blau zu einem trübdunklen Grün wie ein Glas von Kittys Pinselwasser.

»Amber?« Kitty schmiegt sich an meine Beine, sandig und ausgekühlt.

»Ja?«

»Ist London noch da?«

»Ja, natürlich.«

»Und Nette?«

»Nette und Nanny Meg und Großmama Esme. Und dein kleines Zimmer mit dem Blumenfee-Bild an der Wand. Es ist alles noch, wie es war, Kitty«, übertreibe ich ein wenig.

»Ich kann mir nicht zwei Orte auf einmal vorstellen«, sagt sie und schaut besorgt drein. »Ich kann mir London nicht mehr vorstellen.«

Manchmal kommt es einem wirklich unmöglich vor, dass beide Orte, dieser hier und London, nebeneinander bestehen können. Unsere Leben sind jeweils so verschieden. »Beschäftigung ist Medizin«, sagt Daddy und meint damit Schule, Hausaufgaben, Museumsbesuche, Tee bei Matilda und Großmama, Ausflüge in den Londoner Zoo, das Naturhistorische Museum, Anproben für Schuhe und Mäntel. Er hat unser Leben durchgeplant, geordnet, die Tage vollgepackt, damit uns so wenig wie möglich Zeit bleibt, über Mama nachzudenken. Aber hier ist es natürlich eine andere Geschichte. In Black Rabbit Hall ist es immer eine andere Geschichte. Hier spielt sie nämlich.

Die Geister lauern überall, nicht nur der Geist von Mama im Wald, auch die Geister von uns, wie wir waren in diesen langen Sommern, als sie noch da war und nie viel passiert ist: Wir schaufelten Sand auf unsere langen Beine, sahen zu, wie Papa Mama hinter einem fleischduftenden Schleier aus Grillrauch küsste. Wenn es regnet und wenn ich lange genug hinstarre, kann ich diese Miniaturmomente sogar sehen, gefangen in den dicken Tropfen, die das Küchenfenster hinunterrinnen, kurz bevor sie auf der Fensterbank zerlaufen. Mama taucht an den seltsamsten Orten auf.

»Es wird alles da sein, sobald wir aus dem Zug steigen. Hey, du zitterst ja, Kitty. Komm her.« Ich klopfe den schlimmsten Sand von ihrer Haut, wickle sie in meine Strickjacke und lehne mich mit dem Kinn auf ihr Lockenkissen.

Ich liebe es, sie an mich zu drücken – sie ist rundlicher denn je, wegen all der Trostsüßigkeiten. Wenn ich nicht schlafen kann, lege ich mich zu ihr ins Bett, wo sie noch immer schläft wie ein Baby, zusammengerollt, mit hochgerecktem Po. Meistens wache ich irgendwann auf und finde Toby in dem zerschlissenen karierten Lehnstuhl vor dem Bett vor, als hätte er uns betrachtet und sei dabei auch eingeschlafen.

»London ist noch da«, wiederholt Kitty, als ich schon dachte, das Thema wäre erledigt. »Unser Haus ist noch da. Mama ist nicht da.«

»So ist es, Kitty«, sage ich, froh darüber, dass sie es letztendlich verstanden zu haben scheint.

Sie blickt zu mir auf, fragt ernst: »Und wo ist Papa?«

»Papa ist in Paris.«

Ihre Augen sitzen blau und kugelrund in ihrem Gesicht. Sie blinzelt, und es sieht aus, als würden Schmetterlinge mit den Flügeln schlagen. »Warum ist er in Paris? Was ist Paris?«

»Paris ist die Hauptstadt von Deutschland, Dummkopf«, meldet sich Barney zu Wort.

»Paris ist die Hauptstadt von Frankreich, Barns«, Toby gibt ihm mit einem Strang Seetang einen Klaps auf die Beine.

Kitty sieht mich noch immer blinzelnd an.

»Papa ist geschäftlich in Paris«, erkläre ich bedächtiger. »Aber er wird am Wochenende wieder nach Black Rabbit Hall kommen, okay?«

»Aber bis zum Wochenende sind es noch Jahre.«

»Zwei Tage.«

Toby setzt sich neben mich auf den Fels, blass unter seiner Sonnenbräune, und hält sich den Bauch, dort wo sich Muskeln abzeichnen. Boris kommt tropfend aus dem Wasser und schüttelt stinkendes Hundewasser auf uns.

Toby schubst ihn weg. »Bäh, das hat mir noch gefehlt.«

Ich lächle, merke, was los ist. »Noch eine Schnecke. Toby?«

»Lass mich.«

Ich schiebe meine Zehen wackelnd in die warme, pudrige obere Sandschicht, starre hinaus auf das dunkler werdende Meer, behalte aber Barney immer im Blick, genau wie Mama es getan hat zu der Zeit, als ich noch die Freiheit hatte, ein Kind zu sein. Kitty summt leise vor sich hin. Ich erkenne darin die Melodie, die Mama immer gesummt hat, wenn sie Kitty die Haare kämmte.

»Amber«, sagt Toby nach einer Weile und stupst sein Knie gegen meines. Er senkt die Stimme: »Glaubst du, dass es wirklich geschäftlich ist?«

Ich drehe mich zu ihm um und sehe ihn an, plötzlich beunruhigt. »Was?«

Er runzelt die Stirn, seine Augen haben gefährlich goldene Sprenkel. »Papa in Paris.«

»Na ja, was soll es denn sonst sein?«

9

Heiligabend, 1968

»Halt die Luft an!«, schnauft Peggy, als sie die Haken und Ösen an meinem Rücken schließt.

»Dieses Kleid ist viel zu klein.«

»Du passt schon rein. Du Glückliche, für eine Figur wie deine würde ich töten.« Sie dreht mich zu sich herum. Ihre Augen enthalten noch das Feuer vom Tanzabend im Dorf am gestrigen Abend, die Haare sind hübsch gelockt, Reste von Lippenstift an den Mundwinkeln, alles weist auf die unwahrscheinliche Idee hin, dass sie auch noch ein Leben außerhalb von diesem hier haben könnte. »Wunderhübsch.«

»Ich hasse Gelb, Peggy. Ich sehe aus wie eine Osterglocke.« Sofort denke ich an das Sträußchen in Mamas toten weißen Händen, als sie auf ihrem Bett lag.

»Tja, ist doch nichts falsch an einer Osterglocke. Der Farbton unterstreicht deine Haarfarbe. Da. Bildhübsch. Was für einen Unterschied ein schönes Kleid doch macht. Schau mich nicht so an. Wenn du denkst, ich würde euch alle halb nackt rumlaufen lassen, wie ihr das den Sommer über gemacht habt, dann hast du dich geschnitten. Oh, da haart aber jemand.« Sie wischt feine rote Haare von meinem Arm. Am Morgen habe ich Mamas Schrank einen Besuch abgestattet und mich in ihren mit Fuchspelz verbrämten Mantel gehüllt. »So ist es besser.«

»Mein Zopf sitzt zu fest.« Ich zerre an dem wie an meine Kopfhaut genähten französischen Zopf und versuche, ihn zu lockern. Boris blickt mitfühlend zu mir auf.

»Zu fest! Zu locker!«, murmelt Peggy leise. Sie war schon vor zwei Stunden »am Ende ihrer Kräfte«, also weiß ich nicht, wo sie jetzt ist.

»Du scheinst vergessen zu haben, dass ich fünfzehn Jahre alt bin. Nicht fünf. Ich trage eigentlich keine Zöpfe, Peggy.«

»Amber …« Plötzlich sieht ihr Gesicht ganz müde und schlaff aus. »Dein Vater wird dich all seinen piekfeinen Londoner Freunden präsentieren wollen, das weißt du doch.«

Ich mache ein finsteres Gesicht, aufs Neue erzürnt darüber, dass er zwei weitere Familien eingeladen hat, Weihnachten mit uns zu verbringen, vor allem andere Kinder, anscheinend einen Jungen in Tobys und meinem Alter. Wir wollen Papa für uns. Wir wollen uns für uns.

»Ich werde ihm das doch nicht verderben, indem ich ihm eine Meute Schmuddelkinder übergebe, oder? Der Zopf bleibt dran.«

Dinge, die Mama bereits verpasst hat in den acht Monaten, seit sie in ihren Reitstiefeln aus der Küche spaziert ist: die Blüte ihrer babyrosa Lieblingsclematis an der Gartenmauer; kleine süße Erdbeeren aus dem Küchengarten; das knackige Gold der Blätter im Wald; ihre Überraschung zum Hochzeitstag, eine Woche in Venedig; Bonfire Night im Regent's Park, wenn die Luft verbrannt ist von Schießpulver und Rauch und es nach nasser, versengter Wolle riecht; Thanksgiving mit ihren amerikanischen Freunden im Kensington Club, von wo sie nach Zigaretten und dem Parfum anderer Damen riechend nach Hause kommt; die Lichter der Oxford Street; *Harrods*; tanzen; Heiligabend.

Bloß dass es sich nicht wie Heiligabend anfühlt. Als wir morgens aufwachten, war keine Spur von den Efeuranken, die Mama so gern um die Pfosten des Treppengeländers schlang, keine frisch geschnittenen Stechpalmzweige in Marmeladengläsern, keine Papiergirlanden, die wir alle zusammen am Esstisch gebastelt hatten. Genau genommen hat Peggy den alten Familienweihnachtsschmuck dieses Jahr kaum verwendet. »Viel zu verstaubt und muffig«, hatte sie gemurrt, als sie an den Kisten aus dem Keller schnupperte, und in St Austell neuen gekauft, »um alle aufzuheitern«, glänzende rote und grüne Kugeln, feine Lamettafäden in Gold und Lila und neue Lichter, die blinken und an- und ausgehen.

Unter dem Riesenbaum in der Eingangshalle liegt ein mächtiger Stapel Geschenke – Gaben der Dorfbewohner, weil sie uns so bedauern. Und der Geruch ist fast derselbe wie früher – Kiefernnadeln, Holzrauch, Gebäck –, aber nicht ganz, weil Mamas Kerzen nicht brennen. Peggy hat lieber elektrische Lichter. Also riecht es nicht richtig. Es riecht überhaupt nicht richtig.

Barney und Kitty zuliebe (und insgeheim auch für Toby, auch wenn er behauptet, es wäre ihm völlig egal) habe ich heute Morgen versucht, ein paar weihnachtliche Dinge zu machen wie Mama früher immer. Ich habe etwas altes Seidenpapier gefunden – das Zeug, in dem Papas Anzüge verpackt waren – und habe sie von den Kleinen zu Kugeln knüllen, mit Kleber überziehen und in Glitzer wenden lassen, und dann haben wir sie über dem Kamin in der Eingangshalle aufgehängt. Sie sehen lächerlich aus – wie zusammengeknülltes in Glitzer getunktes Papier –, aber Kitty liebt es. Daneben hat Toby an einer Kordel wie ein Windspiel einige von seinen wertvollen Knochen gehängt: Pferdezähne, einen Schafschädel, den er vorher mit einer Socke poliert hat. Peggy hasst all das ganz offensichtlich, besonders die baumelnden Zähne, aber sie weiß, dass Barney und Kitty Zeter und Mordio schreien würden, wenn sie es wagte, etwas davon abzuhängen. Und Papa wird bald wiederkommen, also kann sie es nicht riskieren.

»Nur noch die Schleife, Amber.« Sie zerrt an der Schärpe.

»Zu eng.«

Sie zieht noch einmal daran, fester als nötig. »Wenn ich dran denke, dass du mal so folgsam warst. Was ist nur mit dir passiert …«

Sie hält inne. Wir wissen alle, was passiert ist.

»Da«, sagt sie sanfter und schiebt die Schärpe um meine Taille zurecht, sodass die Schildpattschnalle mittig zwischen den Falten des weiten Rocks sitzt, und nickt zustimmend. »So wird's gehen.«

Ich sehe sie finster an. Ich möchte das gelbe Kleid nicht tragen. Ich will nicht in Black Rabbit Hall sein. Unsere Rückkehr dorthin vor drei Tagen war ein Schock, so wie die Kälte des Meerwassers immer ein Schock ist, selbst wenn man darauf gefasst ist: Sie kriecht einem dennoch bis in jede Pore. Ich hatte mich gerade erst wieder an London gewöhnt, nach dem ziellosen Sommer. Man erwartet von uns, dass wir zwischen unseren Leben hin und her schnellen wie Akrobaten.

Ich habe mich nicht getraut, Toby zu sagen, dass mir London fehlt – er würde es für unverzeihliche Illoyalität halten. Aber ich kann nicht anders, als mich nach den unbeschwerten Nachmittagen in London zu sehnen, wenn ich mit Matilda in ihrem Zimmer *Black-Jack*-Kaugummis kaute und wir uns gegenseitig mit dem Nagellack ihrer Schwester die Zehennägel rot anmalten, die Weihnachtspartys erörterten und Jungs, die wir für unser Leben gern küssen würden. In London kann ich so tun, als wäre ich einfach eine normale Fünfzehnjährige. Als wäre der Unfall nie passiert.

Hier kann ich nicht so tun, als ob. Den matten Fleck auf dem Stein bei den Ställen kann nicht einmal der Winter abwaschen. Knights Schädel liegt jetzt neben all den anderen Schachteln mit Tieren in einer mit Samt ausgekleideten schwarzen Kiste in der Bibliothek – Papas Art, sich dafür zu entschuldigen, Mamas geliebtes Pferd erschossen zu haben, glaube ich. Immer wenn ich ihn sehe, höre ich das *Peng!* Ich stelle mir Innereien wie rote Wolle vor, die sich am Boden ranken. Erinnerungen drängen sich in die Gegenwart wie Körper auf einer belebten Straße.

Aber London in der Weihnachtszeit hilft mir, alles zu vergessen, wenigstens für ein paar Augenblicke. Weihnachtslieder wehen aus Ladentüren. Sternsinger klingeln. Tüten voller gerösteter Nüsse, schwer und heiß in den Händen. Hunderte, Tausende, Millionen schubsender Ellenbogen, das Klappern von Absätzen, das Rascheln von Einkaufstüten. Ein Sog von Leben, der einen zwingt, den Kopf über Wasser zu halten, ob man will oder nicht. Aber wenn wir uns hier ins Dorf wagen, starren uns die Leute an und halten ihre Kinder fest, als könnte unser Unglück ansteckend sein. Vielleicht ist es das.

Londons Lichter leuchten golden, so weit das Auge reicht. Wenn man in Black Rabbit Hall aus dem Fenster blickt, sieht man nichts als bodenloses Schwarz, das nie aufhört – darin ein Stern am anderen wie Dutzende Nagelköpfe in der Stallwand, die vorgeben, da wäre ein Himmel. Nicht dass ich an einen Himmel glaubte oder an einen Gott. Ich tue nur Barney und Kitty zuliebe so. Ich weiß, dass er uns Mama nicht zurückgeben wird, genauso wenig wie er dem toten Delfin am Strand seine von den Möwen ausgepickten Augen zurückgibt.

»Das Auto kommt die Einfahrt herauf!« Peggy zupft sich hektisch das Haar zurecht, bringt sich in Ordnung. »Also denkt daran. Steht gerade. Benehmt euch. Und verschreckt um Himmels willen niemanden mit Geschichten von dem Unfall. Da sind noch andere Kinder. Zeigt ihnen den Tanzsaal oder so was, Toby. Nein, und nicht deine Knochensammlung. Versucht einfach … normal zu sein, bitte. Macht euren Vater stolz. Worauf wartet ihr? Steht nicht da wie die Ölgötzen. *Bewegung.*«

Er ist nicht so, wie ich erwartet hätte.

Dieser »Junge« ist mindestens einen Kopf größer als seine Mutter. Die Hände in den Hosentaschen vergraben, starrt er auf den Boden, schwarze Haare fallen ihm über ein Auge wie die Augenklappe eines Piraten, sodass wir sein Gesicht nicht sehen können. Als er schließlich aufblickt, sieht er mich direkt an. Sein Blick ist so herausfordernd, dass es mir den Atem verschlägt. Wie unter Wasser höre ich Papa sagen: »Caroline, das ist meine Älteste, Amber.«

»Amber?«, wiederholt Papa.

Mein Blick wandert schnell von dem Jungen zu seiner Mutter. Sie zupft sich weiße Ziegenlederhandschuhe von den Fingern und beäugt Mamas Porträt an der Wand über dem Kamin mit dem Anflug eines Stirnrunzelns. Ich erinnere mich, ihre gasflammenblauen Augen auf der Beerdigung gesehen zu haben, die scharfen Züge, die herausfordernde Wölbung ihres Kinns. Ich weiß es, als wäre es erst fünf Minuten her: Papa, der sie während seiner Rede anstarrte, die Beerdigung, die aus dem Ruder zu geraten drohte, bevor mein Vater alles wieder unter Kontrolle hatte. Natürlich ist sie das.

Dann bemerke ich die Unterschiede, und diese erscheinen mir wichtiger. Dass ihre Haare nicht mehr hochgeschoben und zu einem Dutt aufgetürmt sind, sondern wie ein blonder Hauch um ihre Schultern fallen, der sich unterhalb ihrer kleinen, hoch angesetzten Ohren kräuselt und sich mit dem weißen Pelz um ihren Hals vermischt. Der starke Lidstrich ist auch weg. Irgendwie sieht sie älter aus – aus der Nähe betrachtet ist es offensichtlich, dass sie ein gutes Stück älter ist, als Mama war – und insgesamt weniger feurig, vernünftiger, mehr wie eine der Mütter in der Schule. Mir kommt der Gedanke, dass sie das absichtlich gemacht hat.

»Das ist Caroline Shawcross, Amber«, sagt Papa mit künstlicher Fröhlichkeit. Ich merke, dass er nervös ist und drauf und dran, an seinen Ohrläppchen zu zupfen. Er nimmt seinen Filzhut ab und reicht ihn Peggy, die ihn so emsig entgegennimmt wie Boris einen Ball am Strand.

»Guten Abend, Mrs. Shawcross«, sage ich höflich und spüre den heißen Blick ihres Sohnes auf mir. Ich weiß plötzlich, dass ich mich immer an diesen Moment erinnern werde, wie ich da in meinem zu engen zitronengelben Kleid in der Eingangshalle stehe. Dass es sich wie der Anfang von etwas anfühlt, das noch passieren wird.

»Schön, dich kennenzulernen, Amber. Dein Vater hat mir schon so viel von dir erzählt.« Obwohl sie lacht, klingt ihre Stimme metallisch, und ihr Blick flattert argwöhnisch, hastig von Mamas Porträt zu mir und wieder zurück, als würde sie die Ähnlichkeit erkennen, die alle als verblüffend bezeichnen. »Nicht Mrs. Shawcross bitte. Du musst mich unbedingt Caroline nennen.«

Ich nicke und kämpfe gegen den Drang an, ihren Sohn anzustarren.

Papa stellt zügig Toby, Kitty und Barney vor und nimmt so den Druck von mir. Peggy treibt sie jeweils mit einem Schubser in den Rücken nach vorne.

»Was für reizende Kinder, Hugo.« Boris schnüffelt unverschämt an ihrem Rock. Papa muss ihn wegziehen. Sie lacht nervös. »Ich möchte euch meinen Sohn Lucian vorstellen.« Sie wirft einen stechenden Blick in seine Richtung, als wüsste sie bereits, dass er gleich das Falsche tut. »Lucian Shawcross.« Er rührt sich nicht. »Lucian«, wiederholt sie mit einem gezwungenen Lächeln. Widerwillig tritt er vor, an die Stelle, die seine Mutter soeben frei gemacht hat.

Jetzt kann ich ihn mir richtig ansehen.

So ein Exemplar von einem Jungen habe ich noch nie gesehen: groß und schlank, aber unglaublich athletisch, an manchen Stellen breit, seine Schultern dehnen seinen schweren marineblauen Blazer aus Wolle, seine missmutig geduckte Haltung kann seine Größe nicht verbergen. Seine Augen sind schwarz, sehr im Gegensatz zu denen seiner Mutter, sein Gesicht besteht nur aus kantigen Winkeln und Vorsprüngen und erinnert mich an die jungen Männer in abgewetzten Lederjacken, die mit Zigaretten in den Mundwinkeln in der Nähe von Großmamas Haus in Chelsea auf ihren Motorrädern rumlungern. Männer, warnt mich Großmama immer, deren Aufmerksamkeit ich bloß nicht erregen solle: »Welche von der ganz üblen Sorte.« Aufregend.

»Lucian«, raunt Caroline, und ihre Finger drehen an den Perlen um ihren Hals. »Sag Hallo, Liebling.«

»Freut mich«, sagt er auf eine Weise, die nahelegt, dass das Gegenteil der Fall ist. Schweigen macht sich breit.

Peggy lächelt angestrengt gegen die Verlegenheit an, die frisch gebügelte Schürze ein Dreieck an ihrer Hüfte. »Wann werden die Moncrieffs eintreffen, Mr. Alton?«

Die Moncrieffs! Meine Stimmung hebt sich. Ich erinnere mich an die Moncrieffs: Ihr weißes Haus am Holland Park, endlose Treppen, wuchernde Palmen in Töpfen, Kinder und Hunde. Sie haben ein Mädchen in meinem Alter, Emily, sie ist durchscheinend blond und hat ein angenehmes Lachen.

»Die Moncrieffs?«, fragt Papa verdutzt. »Oh Gott, tut mir leid, Peggy. Das hab ich Ihnen gar nicht gesagt, oder?«

»Lady Charlottes Jüngste hat wieder ganz schlimm Krupp«, sagt Caroline. »Jammerschade. Lady Charlotte wollte so gerne kommen, aber ich habe ihr dringend geraten, in der Nähe der Krankenhäuser in London zu bleiben. Sie kann nicht riskieren, unter diesen Umständen in Cornwall festzusitzen. Mit Krupp ist nicht zu spaßen.«

Peggy nickt höflich, auch wenn ich weiß, dass sie denkt, Meeresluft sei die beste Kur gegen Krupp. Peggy glaubt, dass sie alles heilen kann: Husten, Ausschlag, gebrochene Herzen.

»Vernünftiger Rat«, murmelt Papa und zupft an seinem linken Ohrläppchen.

Ich schaue zu Toby hinüber, verwirrt, was das alles zu bedeuten hat. Aber Toby bemerkt mich nicht, er starrt Lucian zornig an und strahlt seine ganz eigenen atmosphärischen Störungen aus. Ich fürchte, es ist bloß eine Frage der Zeit, bis er explodiert.

»Tja, da entgeht den armen Moncrieffs aber etwas, nicht wahr?« Carolines Lächeln enthüllt faszinierend kleine, weiße Zähne, jeder einzelne wie die Spitze einer Tafelkreide. »Das Haus ist ja herrlich. Oh, sieh nur diese Treppe. Sieh sie dir an, Lucian.« Ihre Absätze klappern quer durch die Eingangshalle. Sie legt die Finger auf das Geländer. »Dass man so weit westlich ein so prächtiges Haus findet …«, sagt sie, als wäre es ein Wunder, dass wir nicht alle in Strandhütten wohnen.

Papa wippt auf den Zehenspitzen und wirkt erfreut. »Na ja, zugegebenermaßen ein wenig ungeschliffen. Aber uns gefällt's, oder, Barney?«

»Und Mama auch. Das ist Mama.« Barney zeigt stolz auf das Porträt über dem Kamin, und seine Faust ragt aus dem Ärmel seines zu klein gewordenen Matrosenanzugs. »Sie heißt Nancy. Nancy Kitty Alton. Sie ist Amerikanerin. Aber sie ist jetzt im Himmel, weil ich Kaninchen jagen war, und es gab ein Unwetter, und sie hatte ein schlimmes Bein, und Knight buckelte wie der Teufel, und Mama hatte ein Loch im Kopf, und wir hatten kein Pflaster, das groß genug war.« Er blickt nervös zu Toby, um sich zu versichern, dass er auch alles richtig gesagt hat. »Der Doktor hat ein Laken über ihr Gesicht gelegt.«

Carolines Finger suchen erneut ihre Perlen. »Das tut mir leid, Barney.«

»Papa hat ihr Pferd erschossen. Toby hat die Hirnstücke in seiner Spezialsammlung.«

Caroline verarbeitet diese neue Information mit wiederholtem Augenzwinkern.

»Sie sind ganz brüchig geworden«, sagt Kitty nüchtern. »Wie getrockneter Seetang.«

»Lieber Himmel.« Ein roter Hauch stiehlt sich ihren Hals hinauf.

»Papa hat den Schädel in eine Schachtel gepackt.«

Carolines Augen weiten sich. Peggy wringt hilflos ihre Schürze.

Barney sieht unter seinen dichten Haarbüscheln aus erdbeerblonden Locken zu Caroline Shawcross auf. »Willst du ihn sehen?«

»Sei kein Dummkopf, natürlich möchte sie das nicht«, sagt Peggy mit einem kleinen, schrillen Lachen und gibt Barney einen liebevollen Klaps auf den Kopf.

»Das genügt, kleiner Mann«, sagt Papa und legt Barney die Hand auf die Schulter. »Und jetzt wollen wir weiter Weihnachten genießen, oder?«

»Wir haben nie Gäste auf Black Rabbit Hall«, zischt Toby plötzlich. Dabei funkelt er Lucian wütend an und plustert sich auf wie die Küchenkatze, wenn sie einen Rivalen verscheuchen möchte. »Du sagst doch immer, dass die Familie Alton an Weihnachten unter sich bleibt, Papa.«

»Nun ja, dieses Weihnachten ist eben anders, Toby«, meint Papa müde und schiebt sich die Haare aus dem Gesicht, sodass sichtbar wird, wie die Kahlheit seit Mamas Tod an beiden Seiten seiner Stirn nagt. »Ich wollte die Sache mit etwas Gesellschaft für euch aufheitern. Ich fürchte, Großmama kann dieses Jahr nicht hier sein.«

»Warum kommt sie nicht?«, fragt Barney.

»Es geht ihr leider nicht so gut. Und sie wird langsam ein bisschen zu alt für so eine lange Reise.«

Ich schlucke hart, als ich an meine geliebte Großmama

Esme auf ihrem riesigen Rosenmuster-Sofa in Chelsea denke. Sie ist eine der wenigen Personen, die wirklich mit mir über das sprechen, was passiert ist. »Deinem Vater fällt es nicht leicht, über Gefühle zu reden, mein Schatz. Ich denke, wie den meisten Männern wäre es ihm lieber, wenn überhaupt niemand sie je erwähnen würde«, sagte sie, bevor ich abreiste, und drückte mich an die Brosche an ihrer Brust, sodass mir ein Pfauenabdruck auf der Wange blieb.

»Aber sie hat mich mit so vielen Geschenken bepackt«, fährt Papa fort, »es ist ein Wunder, dass der Rolls überhaupt noch vom Fleck gekommen ist.«

»Ich will Großmama Esme!«, sagt Kitty mit neuem Nachdruck. »Ich will Großmama.«

Caroline fasst sich mit der Hand an den Hals und sagt: »Oooh.« Ich möchte ihr sagen, dass sie weder Großmama noch Kitty kennt und kein Recht hat, auf diese theatralische Art »Oooh« zu sagen und Papa dabei anzuschauen.

»Wo ist Tante Bay?«, fragt Kitty. »Braucht sie auch den Doktor?«

»Tante Bay ist nicht krank, Kitty.« Papa bückt sich mit warmem, gütigem Blick zu Kitty hinunter. »Aber die Stürme auf dem Atlantik machen den Flug zu unsicher.«

Mir wird schwer ums Herz. »In ihrem letzten Brief hat sie geschrieben, dass sie auf jeden Fall kommt.«

Er wendet sich an mich, ohne mir wirklich in die Augen zu blicken. »Ich weiß, ich weiß. Aber es war nicht richtig, sie zu fragen – da hat Caroline schon recht. Nicht bei diesem Wetter. Ich musste darauf bestehen, dass sie das Risiko nicht eingeht.«

Warum hat Caroline in dieser Sache überhaupt mitzureden? Ich verspüre ein schleichendes Gefühl des Unbehagens. Toby, der ebenso empfindet, sieht mich stirnrunzelnd an.

»Aber was ist mit der Erdnussbutter?«, sagt Kitty beharrlich.

Caroline muss denken, wir wären alle besessen vom Essen, was wir auch sind. »Tante Bay bringt immer einen großen Topf Erdnussbutter mit, und es stört sie auch nicht, wenn wir die Finger hineinstecken.«

»Da könnte ich vielleicht einen aus Truro besorgen, Liebes«, sagt Peggy.

Kitty zieht ein Gesicht. Es geht nicht um die Erdnussbutter.

»Brrr.« Papa klatscht die Hände zusammen und versucht, das Thema zu wechseln. »Wir hatten bestimmt schon lange kein so kaltes Weihnachten mehr, oder?«

»Die Kaminfeuer lodern bereits, Sir«, sagt Peggy. Papa hat sie schon immer ein wenig nervös gemacht. Und jetzt erst recht – ich fühle mit ihr, sie will unbedingt einen guten Eindruck machen. »Ich hoffe, Mrs. …« Sie gerät ins Stocken, unsicher, wie sie sie ansprechen soll.

»Mrs. Shawcross.« Caroline lächelt angespannt. Ich frage mich, wo Mr. Shawcross ist. »Ich habe Ihnen schon Feuer in Ihrem Zimmer gemacht, Mrs. Shawcross.«

»Ein Feuer?« Offensichtlich war sie nicht darauf gefasst, dass ihr Schlafzimmer mit Holz beheizt würde. »Das klingt ja wirklich nett, danke.«

»Darf ich Ihre Tasche hinauftragen, Mrs. Shawcross?«

Sie besteht aus toffeefarbenem Leder mit eingeprägten goldenen Buchstaben und ist weitaus eleganter als alle Taschen, die wir besitzen. Wir müssen uns immer auf unsere Koffer setzen, um sie überhaupt zuzubekommen, oder müssen die alte Schiffstruhe voller abblätternder indischer Aufkleber benutzen, die nach Tee riecht.

Peggy müht sich, sie hochzuheben. »Und dürfte ich mir noch erlauben, Ihnen meinen berühmten Mince Pie ans Herz zu legen, Mrs. Shawcross?« Ich wünschte, sie würde aufhören, immer wieder Mrs. Shawcross zu sagen. Vielleicht versucht sie, sich den Namen auf diese Weise einzuprägen.

Caroline blickt zu ihrem Sohn hinüber. »Du liebst doch Mince Pie, nicht wahr, Lucian?«

Lucian sieht sie an, als würde er gerade gar nichts lieben, weder Mince Pie noch sie.

»Ich sage immer, Lucian in den Ferien aus dem Internat zu holen, ist wie Milch aus dem Eisschrank nehmen.« Caroline lacht, ein schriller Laut, der einen Takt zu lange anhält. »Er braucht Zeit, um warm zu werden.«

»Ich könnte auch in Lucians Zimmer Feuer machen?«, schlägt Peggy vor, deren Nervosität sie auf alberne Ideen bringt.

»Papa ...« Kittys Unterlippe fängt an zu zittern.

»Ja, Liebling?« Er sieht es überhaupt nicht kommen.

»Kitty will nicht, dass die Frau da ist.«

Caroline wirkt eher peinlich berührt als verletzt.

»Entschuldige, Caroline«, sagt Papa und hebt Kitty hoch. Sie vergräbt das Gesicht an seinem Hals und späht argwöhnisch zwischen den Fingern hindurch zu Caroline hinüber. »Die Kinder sind noch immer ein bisschen durcheinander, fürchte ich.«

»Ich bitte dich, du brauchst dich doch nicht zu entschuldigen, Hugo. Das verstehe ich doch. Hör zu, Kitty.« Sie redet sanft und beugt sich nahe zu ihr. Kitty weicht zurück. »Ich weiß, ich wirke wie eine Fremde für dich. Aber dein Vater und ich kennen uns schon seit Jahren. Und jetzt hoffe ich, auch euch besser kennenzulernen, nicht wahr, Hugo?« Der Blick, den sie ihm zuwirft, ist keiner, den ich einordnen kann. »Ich will, dass wir alle beste Freunde werden. Du. Ich. Deine kleine Puppe hier.«

Toby stößt ein leises zynisches Schnauben aus, das alle geflissentlich überhören.

Papa nickt und nestelt an seinem Kragen herum, so als wäre er am liebsten woanders. »In der Tat. Wir müssen uns alle kennenlernen.«

Meine Gedanken springen zurück zu der Unterhaltung, die ich diesen Sommer zusammengekauert in Mamas Schrank mitbekommen habe, die gedämpften Stimmen, die durch die Messingscharniere sickerten: »Wollen wir hoffen, dass der Mann so vernünftig ist, wieder zu heiraten. Und das möglichst schnell.« Ich muss an den Strom aus Kuchen und Pasteten denken, der an unserer Tür am Fitzroy Square ankam, an die Frauen, die sich mit vollen, geschminkten Lippen die Hälse verrenkten und Kitty flüsternd »Wie geht es denn Papa, Schätzchen?« fragten, während diese die Bleche mit Kuchen in den Händen wog und versuchte, ihre Geschmacksrichtung zu erraten. Und mich überkommt das unerträgliche Gefühl, dass alles viel zu schnell geht, dass hier heftig stampfende Mechanismen am Werk sind, wie die Kolben unter unseren Sitzen im Zug, der uns vor einigen Tagen aus London hergebracht hat.

Caroline berührt Kitty am Arm. »Vielleicht kannst du mich später ja ein bisschen in Pencraw Hall herumführen.«

»Wir nennen es nicht Pencraw Hall«, knurrt Toby. »*Mama* nennt es Black Rabbit Hall.«

Lucian wirft Toby einen Blick voll widerwilligen Respekts zu.

»Black Rabbit Hall? Lieber Himmel! Wie … reizend.« Caroline lächelt, doch es reicht nicht bis zum eisigen Blau ihrer Augen. »Ich werde es mir merken, Toby.«

Später an diesem Abend höre ich, wie Caroline unser Haus mehrmals Pencraw Hall nennt. Kein einziges Mal korrigiert Papa sie.

»Die denkt wohl, wir sind kaninchenkötteldoof!« Toby versenkt die Klinge seines Taschenmessers im Fleisch der großen alten Eiche. Er geht nirgendwo mehr ohne Messer hin, für den Fall, dass die Welt untergeht und er sich durchschlagen muss. »Diese ganze falsche Freundlichkeit. ›Oh, Hugo, was für reizende Kinder!‹ Da bekomm ich Lust, ihr alle Wimpern einzeln auszureißen wie Spinnenbeine.«

»Außer dass du das einer Spinne nie antun würdest«, sage ich und knöpfe mir mit tauben, unbeholfenen Fingern den Mantel zu. Wir haben uns in den sumpfigeren Teil des Waldes zurückgezogen. Der Himmel ist marmorweiß. Es herrscht Ebbe, und die morastige Fläche wirkt trostlos und unheilvoll zugleich, übersät von Aal- und Flusskrebslöchern, und an den entfernten Rändern züngelt der Nebel: Winter ungeschönt, alles andere als weihnachtlich.

»Nein. Vor Spinnen habe ich Respekt«, sagt er, und sein blasses Gesicht verzieht sich vor Anstrengung, als er die Klinge in die Rinde bohrt. Wie auch bei Mama ändert sich Tobys Hautfarbe mit den Jahreszeiten: Die Sommersprossen verblassen, das leuchtende Rot seiner Haare vom Sommer wird heruntergedimmt.

»Ihre Wimpern sind nicht echt.«

Er blickt auf, voller Neugier. »Woher weißt du das?«

»Wenn man genau hinsieht, kann man vom Kleber eine weißliche Linie erkennen«, erkläre ich, bereits vertraut mit der geheimen Schminkkiste von Matildas älterer Schwester.

»Oh.« Meine Beobachtungsgabe beeindruckt ihn. »Und ist dir aufgefallen, wie sie ständig versucht, Papa zu berühren?«

»Schrecklich.«

»Und sie weigert sich jedes Mal, Mince Pie zu essen.«

»Seltsam. Was kann das bedeuten?«

Ein Reiher stolziert das Ufer entlang und stößt seinen langen Schnabel in den kalten Schlamm, um sich windende Lebewesen herauszupicken, die die Ebbe zurückgelassen hat. Toby verfolgt ihn mit den Augen, lässt die Klinge, einen Moment lang nachdenklich, ruhen. »Selbstbeherrschung.«

»Vielleicht sollten wir ihr stattdessen eine rohe Napfschnecke anbieten. Das würde die Sache vielleicht ein bisschen auflockern.«

»Hast du ihr Gesicht gesehen, als Peggy beim Mittagessen die Sternenguckerpastete aufgetischt hat?«

Als ich mir Carolines Grauen in Erinnerung rufe, fange ich unkontrolliert an zu kichern, eine freudlose Heiterkeit ergreift mich. Die Sternenguckerpastete – eines von Peggys Lieblingsrezepten, das sie von ihrer Mutter hat – enthält sechs verschrumpelte Sardinenköpfe, die aus Schlitzen im Teigdeckel ragen. »Das nächste Mal wünsche ich mir Meeraal.« Ich schnappe prustend nach Luft.

Tobys Gesichtsausdruck ist finster, was mein Lachen ersterben lässt. Er schnitzt das »B« seines Namens. »Ich glaube, sie hat Angst vor uns, vor dir und mir.« Er beugt sich zurück, beäugt sein Werk. »Sie hat Angst, dass wir sie durchschauen können.«

»Tja, können wir ja auch.« Das stimmt nicht ganz. Ich kann noch nicht recht einschätzen, ob Caroline lediglich eine ganz nette, aber nervöse Frau ist, die nur durch ein Missgeschick zu Weihnachten am falschen Ort gelandet ist, oder eine Unruhestifterin, die bloß so tut, als wäre sie ganz nett. Nicht dass es eine große Rolle spielen würde. Sie sollte nicht hier sein. Sie hätte Tante Bay auch nicht nahelegen dürfen, aufgrund des schlechten Wetters nicht zu uns zu kommen. Tante Bay hat keine Angst vor dem Fliegen. Sie meint, sie hätte Pillen dagegen.

»Es ist lächerlich offensichtlich, was Caroline will.« Mit einer Brutalität, die mich zusammenzucken lässt, hackt Toby mehr vom Fleisch des Baumes heraus. Dann sieht er mich an, um meine Reaktion zu verfolgen, als er sagt: »Sie will in Mamas Fußstapfen treten, Amber. Das ist es.«

Ich schließe die Augen und stelle mir vor, wie sich ein hässlicher Fuß in Mamas Reitstiefel schiebt, deren weiches Leder sich der Form ihres hohen Fußgewölbes angepasst hat und dem zweiten Zeh, der etwas länger ist als der große. Ballerinafüße, hat Papa immer gesagt. »Das wird sie nicht. Sie wird nicht reinpassen.«

»Versuchen wird sie es.« Er greift sich mit den Händen um den Hals, drückt so fest zu, dass sein Gesicht rot anläuft, die Klinge in seiner einen Hand ragt nach oben und droht sein Ohr abzurasieren. »Stirb! Stirb!«

»Hör auf, du Depp.« Manchmal macht mir seine Heftigkeit Angst. »Über so was solltest du keine Witze machen.«

Verärgert lässt er seinen Hals los. »Wieso, ich find's lustig.«

Ich spähe angespannt zu der Stelle hinüber, an der Knight buckelte, ein paar Meter tiefer im Wald, neben der mit gelben Ohrlöffelpilzen bewachsenen Buche. Das Gefühl, beobachtet zu werden, ist wieder da. Heute ist etwas im Wald, und das kann nur sie sein. »Mama könnte dich hören.«

»Das hoffe ich«, sagt er fröhlicher und beugt sich wieder über die Rinde. »Sie würde Caroline hassen.«

»Mama hat niemanden gehasst, Toby.« Ich denke an Mamas Lächeln, die Art, wie es einen eingeladen hat … eine offen stehende Tür. Es war ihr natürlicher Ausdruck wie das Stirnrunzeln bei Matildas Mutter. Wenn die Leute ihre Fröhlichkeit kommentierten, sagte sie immer: »Ich habe auch viel Grund zu lächeln«, ohne jede Selbstgefälligkeit, sondern aufrichtig dankbar.

»Na ja, sie würde auch über sie lachen«, beschließt Toby. »Sie würde ganz sicher über Caroline Shawcross lachen.«

Vielleicht. Mama fand die englische Aufgeblasenheit immer amüsant, und Caroline hat jede Menge davon. Ich recke das Kinn hoch, ahme sie nach: »Peggy, das Wasser, das aus meinem Wasserhahn im Bad kommt, ist *rostig*! Es ist braun! Unheimlich braun! Ist das nicht gefährlich? Sind Sie sicher? Lieber Himmel! Nun ja, wenn Sie absolut sicher sind, dass es nicht gefährlich ist, in so einem Wasser zu baden, dann … dann muss man sich wohl nur zusammennehmen.« Es ist keine sehr gute Imitation, aber sie funktioniert. Ich bin zufrieden. Heute ist es nicht leicht, Toby zum Lachen zu bringen. Sein Lachen mildert alles ein wenig ab.

Ich greife träge nach dem Seil, das Toby in dem heißen, langen Sommer vor ein oder zwei Jahren an den oberen Ästen befestigt hat, halte es in meiner Faust und muss daran denken, wie es sich angefühlt hat, daran über den Fluss zu schwingen, leichtsinnig, voll einfacher Freude. Toby starrt auf meine Hand und das Seil. Seine Gedanken wenden sich derselben Sache zu. Das Abendlicht reift und verlischt dann weiß.

Toby, der noch immer meine Hand anstarrt, sagt: »Du magst ihn doch nicht, oder?«

»Wen?« Ich umklammere das Seil fester.

»Lucian. Diese Missgeburt.«

»Bist du verrückt!«

Toby wendet den Blick wieder auf seine Klinge, streicht mit dem Daumen über die Schneide und testet ihre Schärfe. Ich weiß, dass er mit meiner Antwort nicht zufrieden ist. Mit angespanntem Kiefer schlägt er ein weiteres großes Rindenstück heraus. »Vertrau ihm nicht. Lucian und seine Mutter sind aus demselben Holz geschnitzt, Amber.«

Ich muss an seine Größe denken, seine erstaunlich muskulösen Schultern, den Felsvorsprung seines Kinns. Ja, ich kann Caroline in ihm sehen. Aber da ist noch etwas anderes, etwas, das mich dazu veranlasst, ihn anzustarren. Ich verstehe es nicht. Es ist noch nicht mal so, als wäre Lucian gutaussehend, nicht wie Fred Hollywell mit seinem blonden Filmstarhaar, dem lässigen Charme und den ehrenabzeichenblauen Augen. Lucian ist unhöflich, still und düster. Die Luft, die ihn umgibt, ist unruhig.

Toby starrt mich kalt an. »Du denkst gerade an ihn.«

»Du weißt nicht, was ich denke«, sage ich und spüre das verräterische Erröten meiner Wangen.

»Doch.«

»Nicht mehr.« Daraufhin zuckt er zusammen, und sofort wünschte ich, ich könnte es zurücknehmen. Es ist, als würde ich verleugnen, dass wir Zwillinge sind. »Tut mir leid, ich hab es nicht so gemeint …«

»Verpiss dich, Amber.«

Ich springe von dem niedrigen Ast, Zweige brechen unter meinen Lederstiefeln. »Gut. Ich geh nach Hause. Du bist mal wieder in einer deiner seltsamen Stimmungen.«

»Mach, was du willst.«

Ich zögere. Aus irgendeinem Grund möchte ich nicht alleine zurückgehen. Und ich will Toby auch nicht so zurücklassen. »Komm doch mit.«

Er schüttelt den Kopf, die Lippen zusammengepresst. Ich weiß, dass er wütend ist, weil ich an Lucian gedacht habe. Weil ich ihn ausgeschlossen habe, indem ich es nicht zugab.

»Soll ich dir einen Mantel bringen?«

»Wer bist du? Meine Mutter?«, spottet er.

Jetzt bin ich mit dem Zusammenzucken an der Reihe. »Es ist kalt hier draußen. Deine Lippen sind schon ein bisschen blau.«

»Wusstest du, dass man einen Skorpion in einem Eisblock einfrieren kann und dass er, wenn man den Block dann aufschlägt, noch lebt?«

Ich schüttle den Kopf, vergrabe die Hände in meinen Taschen, um sie aufzuwärmen. Mittlerweile hasse ich Tobys seltsame Launen, ihre schwelende Aggressivität.

»Ich bin wie ein Skorpion, Amber.«

»Wenn du meinst. Dann frier eben ein.« Ich marschiere durch das Gestrüpp davon. Nach ein paar Minuten drehe ich mich um, um zu sehen, ob Toby mir folgt. Normalerweise holt er mich ein und legt manchmal sogar zur Entschuldigung den Arm um mich. Aber diesmal nicht. Er sitzt auf dem Baum und sticht immer wieder auf ihn ein. Dann kann ich ihn nicht mehr sehen. Mich überkommt eine Welle des Unbehagens.

Das Kreischen und Aufsteigen Dutzender winziger brauner Vögel aus dem Gebüsch lassen mich zusammenzucken. Irgendetwas hat sie aufgeschreckt. Mit Herzklopfen bleibe ich stehen und lausche angestrengt. Hirsch? Dachs? Fuchs?

Ein Husten.

Lucian steht nur ein paar Meter von mir entfernt ganz ruhig im Schatten eines Baumes, den Fuß auf einer Wurzel abgestellt, gegen den Stamm gelehnt und sieht mich an. Er ist noch größer, als ich ihn in Erinnerung habe, bedrohlicher. Ein Teil des Waldes.

»Was machst du hier?« Ich kämpfe gegen den Drang an zurückzuweichen.

»Dasselbe wie du.« Ich frage mich, ob Toby mich hören könnte, wenn ich schreien würde. Ich frage mich, ob ich Lucian davonlaufen könnte. »Du brauchst nicht gleich so ängstlich zu gucken.«

»Warum sollte ich vor dir Angst haben?«

Er zuckt mit den Schultern. Ein seltsam unruhiger Moment tritt ein, in dem keiner von uns etwas sagt.

Er langt in seine Tasche und zieht eine Packung *Embassy* heraus. »Willst du eine?«

»Nicht vor dem Abendessen«, sage ich in der Hoffnung, dass es für jemanden, der raucht, eine plausible Antwort darstellt. Ich denke gar nicht daran, ihm zu sagen, dass ich noch nie eine Zigarette geraucht habe.

Er unterdrückt ein Lächeln, als wisse er, dass ich bluffe. In diesem Moment fällt mir auf, dass ich ihn noch nie lächeln gesehen habe, nicht wirklich, und dass ein Teil von mir – der Teil, der sich weigert, vor diesem arroganten Rüpel Angst zu haben – sich wünscht, ihm diese ärgerliche selbstgefällige Distanziertheit aus dem Felsengesicht zu wischen. Der andere Teil von mir möchte einfach nur ganz schnell zurück zum Haus gehen. Tritt ihm in die Eier, würde Matildas Schwester sagen. Wenn ein böser Mann dir zu nahe kommt, tritt ihm dorthin, wo es wehtut.

»Wie alt bist du?«

»Fünfzehn.« Mein Herz fühlt sich an, als würde es mir gleich aus der Brust springen.

»Du siehst jünger aus.«

Ich verwünsche meine zarte Gestalt, das sommersprossige Babygesicht und meine dämliche Cornwallgarderobe, die hier in einer mottenverseuchten Truhe aufbewahrt wird und immer zu klein ist. »Und wie alt bist du?«

Er entzündet ein Streichholz. Die Konturen seines Gesichts flackern golden auf. »Wie alt glaubst du denn?«

»Zu jung, um zu rauchen.«

Da bekomme ich noch ein Lächeln, sein Gesichtsausdruck wandelt sich von mürrisch und unausgeglichen in … nun ja etwas ganz anderes. »Siebzehn. Ich bin schon verdammte siebzehn.« Er hockt sich auf die geschwollenen Baumwurzeln, pafft weiße Rauchringe in die Düsterkeit. »Ist es hier unten immer so verdammt trübselig?«

»Unsere Mutter ist Ostern gestorben«, kann ich mir nicht verkneifen zu sagen.

»Dieses Ostern?« Er zeigt kein Anzeichen von Unbehagen oder Erschütterung, sondern zieht bloß nachdenklich an seiner Zigarette, sein Blick, schärfer jetzt, weicht nicht von meinem Gesicht, als verändere diese neue Tatsache leicht die Art, wie er mich sieht. »Mutter hat mir gesagt, dass sie tot ist. Aber ich wusste nicht, dass es erst vor so kurzer Zeit passiert ist.«

»Sie ist vom Pferd gefallen«, füge ich hinzu, in dem Versuch, noch mehr Reaktion in ihm zu wecken. »Bloß ein paar Meter von da, wo du gerade stehst.«

Ein Moment verstreicht. »Was für ein verdammtes Unglück.«

Ich sage nichts, aber insgeheim bin ich froh, dass er den Unfall nicht zu etwas anderem macht, als er ist. Ich hasse es, wenn Leute so tun, als steckte ein größerer Plan dahinter. Als wäre sie uns aus einem bestimmten Grund genommen worden.

»Und jetzt habt ihr mich und Ma zu Weihnachten hier. Kein Wunder, dass ihr alle selbstmordgefährdet wirkt.« Er wirft den nur halb gerauchten Zigarettenstummel auf den Boden, wo er noch ein letztes Mal aufglüht, bevor er der nassen Kälte unterliegt. »Tja, ich schätze, wir müssen einander wohl einfach noch ein paar Tage ertragen, bevor wir wieder nach London entlassen werden.«

»Wenn wir es so lange überleben«, gebe ich scharf zurück, verärgert über seine schlechten Manieren und darüber, dass er sich nicht beeindruckter von Black Rabbit Hall zeigt. Ich habe das Gefühl, es bei all seiner zugigen Feuchtigkeit verteidigen zu müssen. In vielerlei Hinsicht ist es alles, was uns bleibt. »Aber während du Gast in unserem Haus bist, könntest du dich wenigstens um ein bisschen Höflichkeit bemühen.«

Er schnipst sich eine Haarlocke aus dem Gesicht. »Halte ich mich nicht an die Etikette? Ihr seid hier unten wohl dran gewöhnt, dass die Leute sich vor euch verbeugen, was?«

»Du hast doch keine Ahnung. So sind wir nicht.« Das Blut rauscht mir in den Ohren, meine Stimme ist hoch. »Wir sind nicht reich.«

Er schüttelt den Kopf, als wundere er sich über meine Dummheit. »Ich habe nicht von Geld geredet.«

»Ich bin halbe Amerikanerin«, sage ich, weil ich weiß, dass er unterstellt, ich wäre eine versnobte Engländerin der Oberschicht wie so viele Mädchen auf meiner Schule, und das bin ich nicht. Ich bin anders als sie. Mir ist es gleich, ob jemand

»Klo« oder »Toilette« sagt. Mama hat uns beigebracht, dass manche Dinge nur halb so wichtig sind, wie viele denken.

»Ach, ist sie nicht exotisch?« Seine Mundwinkel kräuseln sich und geben einen Schimmer glänzenden rosa Zahnfleischs preis.

»Und du bist ein Idiot.« Da ich das letzte Wort behalten will, trete ich langsam rückwärts den Rückzug an, wobei ich den Blick weiter auf ihn gerichtet halte – wie man vor einem gefährlichen Tier zurückweicht –, und fange erst an zu rennen, als ich von Bäumen verdeckt bin. Zittrig und außer Atem schlittere ich die vereiste Treppe hinauf, stoße mir die Schulter hart an der Haustür und renne in der Eingangshalle direkt in Caroline hinein.

»Himmel!« Ihre Hand springt an ihren Hals. »Ich suche Lucian. Hast du ihn gesehen?«

Ich kann nicht sprechen. Ich traue meinen Augen nicht. Die Eingangshalle wirkt plötzlich sehr, sehr dunkel. Die mit Strass besetzte Spange der Kaninchenfellstola blitzt mich an, ein wütendes Katzenauge.

»Amber, was ist los? Was um Himmels willen hast du?«

10

Lorna

Lorna schwenkt den Kegel der Taschenlampe über den Sperrholzboden des Speichers, zuckt beim Anblick eines einzelnen Schuhs ihrer Mutter zusammen, der mit seinem klobigen Absatz einsam zur Seite gekippt daliegt. Sie erschaudert. Was ist das mit Schuhen? Mehr als ein Kleid, ein Mantel oder irgendetwas anderes passen sie sich ihrem Träger an: beim Rennen zum Bus über unbekannte Bürgersteige oder Spaziergängen mit dem Liebsten abgetretene Sohlen. Aus diesem Grunde kauft sie auch keine gebrauchten Schuhe: Sie sind niemals wirklich die eigenen. Sie streckt die Hand aus und richtet den Schuh ihrer Mutter behutsam auf, das Lackleder fühlt sich hart und brüchig an ihren Fingern an. Dann schwenkt sie die Taschenlampe schnell zur anderen Seite des Dachvorsprungs.

Mehr Kisten. Schatten. Ein dünner Schnitt aus Sonnenlicht an den Rändern der Dachziegel. Kein Wunder, dass sie als Kind Albträume von diesem Speicher hatte und sich vorstellte, dass hier oben alle möglichen Dämonen lauern und nur darauf warten, durch ihre Träume zu geistern.

Während der Rest des Hauses – abgesehen vom Chaos in der Garage – von ihrer Mutter regiert wurde, war dies der einzige Ort, an den nur ihr Vater ging, um prall gefüllte Kisten hinaufzutragen, gefährlich schwankend auf der knarrenden

Metallleiter, bis erst sein Kopf und dann auch sein Körper und die karierten Pantoffeln von der Öffnung verschlungen wurden. Dann wartete sie voller Sorge auf dem sicheren Treppenabsatz auf ihn, mit angehaltenem Atem, bis er wieder zu ihr zurückkehrte, grinsend, die letzten paar Sprossen überspringend, übersät von den gelben Fasern des Dämmstoffes, von denen ihre Mutter behauptete, dass sie Krebs verursachten.

Die Dämonen sind längst verschwunden. Aber es fühlt sich noch immer so an, als würde der Speicher in seinen alten Kisten Familiengeheimnisse bergen, die nur darauf warten, wieder ans Licht geholt zu werden.

Schon seit sie vor zehn Tagen von Black Rabbit Hall zurückgekommen war, wollte sie hier unbedingt herumstöbern. Und da ist auch die Kiste, die sie sucht – mit der Beschriftung »Fotos« in der ordentlichen, stark geneigten Handschrift ihrer Mutter, glücklicherweise nicht weit von der Luke entfernt. Sie trägt sie hinunter, stellt sie auf dem Teppich des Treppenabsatzes ab und bemerkt die Staubflusen auf dem Deckel.

Umgeben von den verspielten Blumenmustern und Quastenbehängen im Wohnzimmer – die Interpretation ihrer Mutter von herrschaftlicher Einrichtung – liegt Lorna auf dem Läufer und plaudert über Lautsprecher mit Louise, während sie sich durch Urlaubsschnappschüsse blättert, die schrecklich und urkomisch zugleich sind. Wie konnte sie nur vergessen, dass sie als Teenager grüne Strähnchen hatte? Wer hätte gedacht, dass ihre Mutter im Bikini einmal so heiß ausgesehen hat?

»Wenn du dieses Wochenende mitkommen würdest, dann könntest du auf einen Schlag all die Stunden wettmachen, die ich in irgendwelchen historischen Lavendelgärten ertragen habe, während du am Strand Eis geschleckt hast«, ruft Lorna ins Telefon und schiebt ein Bündel Fotos von einem Haufen auf einen anderen.

Louise lacht. Sie hat so ein kurzes, prustendes Lachen. »Das kann ich nie wiedergutmachen.«

»Aber du brauchst eine Pause, Lou.« Sie fängt an, sich durch einen Stapel Schwarz-Weiß-Bilder von sich als Kleinkind zu blättern, aus der Zeit, bevor Louise geboren wurde. Sie ist eigentlich ein ziemlich süßes Kind gewesen, stellt sie fest, mit Engelswangen und rabenschwarzen Locken, das sich stets in den Armen seiner Mutter wand und versuchte, aus dem Bild und zu etwas Interessanterem zu flitzen.

»Lorna, ich hab keine Kinderbetreuung, und Chloë hat akute Eiterflechte, also wenn du lebenslanges Hausverbot auf Black Rabbit Hall willst, dann bin ich deine Frau.«

Es stimmt, dass Louise alle Hände voll zu tun hat: Mia, neun Jahre, Chloë, acht, und ihr Jüngster, Alf, sechs Jahre alt mit Downsyndrom. Lorna ist es ein Rätsel, wie sie das alles schafft, und das auch noch so gut gelaunt. »Könnte Will sie dieses Wochenende nicht nehmen?«

»Es ist nicht sein Wochenende.«

»Kann er nicht mal ein *bisschen* flexibel sein?«

»Ich bin mir nicht sicher, ob wir schon das flexible Stadium erreicht haben«, sagt Louise mit einer Niedergeschlagenheit, die Lorna zu Herzen geht. Will und Louise haben sich letztes Jahr scheiden lassen. Und es war keine dieser reibungslosen Scheidungen, von denen man manchmal liest. Eine neunundzwanzigjährige Sekretärin namens Bethany ist in die Sache verwickelt. »Aber wir sind auf einem guten Weg.«

»Warte, könnte Dad sie nicht nehmen?«

»Es würde ihn umbringen.«

»Ein Opfer für eine gute Sache? Ich glaube, du würdest Black Rabbit Hall lieben, Lou.«

»Haben sie da einen Spa-Bereich?«

Lorna prustet los.

»Was ist so lustig?«

»Wenn du es siehst, verstehst du's. Aber wir können im Meer baden.«

»Ich bade nördlich der Bretagne nicht im Meer. Aus Prinzip nicht.«

»Wo ist dein Sinn für Abenteuer geblieben?«

»Hab ich irgendwo im Kreißsaal vergessen. Wieso kann Jon eigentlich nicht noch mal mitfahren?«

»Ich hab ihn an ein anderes Projekt verloren. Irgendein Turm mit Superluxuswohnungen in Bow, die alle ungefähr eine Billion kosten und zu Tode gestylt sind. Das Übliche.« Lorna erwähnt nicht, dass Jon sowieso nicht mehr hinfahren wollte und dass seine Vorbehalte seit ihrer Rückkehr noch gewachsen sind. Sie fängt an, einen weiteren Stapel Fotos zu durchforsten. »Ich wünschte, du könntest diese Fotos sehen, Louise. Mum und Dad sehen darauf so jung aus.«

Kinderkreischen. »Ich muss Schluss machen. Hör zu, Lorna, ich freu mich, dass du endlich eine Hochzeitslocation gefunden hast. Es klingt *très chic*. Und ich bin mir sicher, dass Mama auch begeistert gewesen wäre, besonders wenn es dort die guten Klobrillen aus Holz gibt.«

»Holzklobrillen sind voll im Trend.«

»Gut. Ich hatte schon befürchtet, dass du gar nichts mehr findest, was dir gefällt.«

»Ich habe eben nach Black Rabbit Hall gesucht«, sagt Lorna genauso schnell, wie ihr die Worte in den Sinn kommen.

»Alf, es gibt gleich Tee. Leg die Reiscracker wieder hin. Entschuldige, was hast du gesagt?«

»Black Rabbit Hall war die Blaupause in meinem Kopf. Da konnte nichts anderes mithalten. Das wird mir erst jetzt klar. Deshalb konnte ich mich mit nichts anderem zufriedengeben.«

»Echt? Komisch.« Aus dem Hintergrund sind Handgreiflichkeiten zu hören. »Tja, ich schätze, das war schon ein seltsames Jahr, um eine Hochzeit zu planen. Mia, ich hab gesagt, der Fernseher bleibt aus. Alf, leg die Reiscracker hin!« Das empörte Schluchzen eines Kindes. »Tut mir leid, Lor. Hier ist Geisterstunde angebrochen. Was wollte ich gerade sagen? Ich kann keine klaren Gedanken für länger als dreißig Sekunden fassen. Ach ja, dass ich jung geheiratet habe und du Freigeist hast …«

»Bindungsangst? Immer den falschen Mann ausgesucht?«, witzelt Lorna, ziemlich nah an der Wahrheit. Sie hat jede Menge Frösche geküsst.

»*Nein*, das habe ich nicht gemeint. Ich meinte, du bist gereist, hast ein bisschen gelebt …«

»Ich wusste nicht, was ich wollte, nachdem ich das Studium geschmissen habe, Lou. Sie erinnert sich noch gut an die jähen Höhen und Tiefen dieser Zeit, als sie an dem Second-Hand-Stand am Portobello Market jobbte und mit eisigen Händen in fingerlosen Handschuhen alte Pelze und Cowboystiefel verkaufte, an all die Kellnerjobs, die Arbeit in Bars und als Englischlehrerin in Barcelona. »Eine einzige Dauerkrise.«

»Bis du Jon getroffen hast.«

»Na ja …« Sie lächelt, gibt es aber nur widerstrebend zu. »Es war nicht nur das.«

»Stimmt. Du hast dich auch für das Lehramtsstudium eingeschrieben und hast jetzt im Gegensatz zu mir einen ordentlichen Beruf, in dem du zufälligerweise auch noch ganz hervorragend bist. Und damit wir's nicht vergessen, hast du auch noch einen Pensionsanspruch! Meine coole große Schwester bekommt später mal *Rente*.«

»Cool? Oh, cool ist lange vorbei, Louise.« Lorna macht mit dem Fingernagel die Lasche eines braunen Umschlags auf.

»Als Nächstes ein Baby, Lor.«

»Hör bloß auf.« Sie lacht.

»Jon will doch eindeutig jede Menge Nachwuchs, und das am liebsten gleich.«

Das liebt sie an ihm. Gleichzeitig macht es ihr ein bisschen Angst. Was für eine Mutter würde sie abgeben? Wäre sie ein Naturtalent wie Louise? Sie schiebt diese Gedanken zur Seite und schüttelt ein Foto heraus: schwarz-weiß, eine Ecke abgerissen, ihre Mutter, die mit ihrem verlegenen Fotolächeln ihre geliebte kastenförmige Margaret-Thatcher-Handtasche umklammert. Neben ihr ein gertenschlankes Mädchen in einer Patchwork-Latzhose. Hinter ihnen Bäume, ein Emailschild.

Doug schüttelt die Keksdose neben seinem großen roten Ohr. »Meine Kekse scheinen die Kunst der Schrankflucht zu beherrschen, oder ich habe einen Poltergeist. Tut mir leid, Schatz. Hab keine mehr.«

»Dad, die Kekse sind mir egal. Schaust du dir das jetzt bitte mal an? Black Rabbit Hall.«

»Sekunde.« Dougs Gürtelschnalle schlägt klirrend gegen den Küchentresen, als er sich vorbeugt und die Keksdose wieder aufs Regal stellt.

»Nicht bloß ein Foto, sondern drei! Alle ungefähr am selben Ort. Dasselbe Schild, bloß dass ich auf den Bildern unterschiedlich alt bin. Anfangs sehe ich aus wie ungefähr vier, und am Ende bin ich sieben oder acht. Mann, ich frage mich, ob es in irgendwelchen Kisten noch mehr davon gibt.«

»Okay. Wo ist meine verflixte Brille?« Die nächsten fünf Minuten verbringen sie unerträglicherweise damit, danach zu suchen. Schließlich findet Lorna sie in der Besteckschublade, wo sie von einem Kartoffelschäler zerkratzt wird. »Das Schild …«, murmelt er und wirkt aus dem Konzept gebracht. »Pencraw Hall?«

»Ja, ich Trottel, das hätte ich dazusagen sollen. Das ist der offizielle Name des Hauses.«

Er schweigt einen Moment lang und streicht sich das Kinn. »Ich werd verrückt.«

»Also hast du schon mal davon gehört?« Lornas Stimme überschlägt sich vor Aufregung.

»Ich bin mir nicht sicher. Nein … Nein, ich glaube nicht«, korrigiert er sich. Nachdenklich trägt er die dampfende Teetasse an den Tisch und setzt sich, streckt die behaarten Hände auf der Spitzentischdecke aus.

Lorna ist gerührt, dass es die weiße ist, die von ihrer Mutter nur für »besondere Anlässe« hervorgeholt wurde (was die Besuche ihrer Töchter nicht mit einschloss) und die nun einen ziemlich schmutzigen Grauton angenommen hat, aufgrund der Mühe, die ihr Vater mit dem Konzept von Weißwäsche hat.

Sie fächert die Fotos auf wie ein Kartenspiel. »Warum sind wir immer wieder dorthin gefahren?«

Doug schenkt ein, ohne die Augen von dem dampfenden dunklen Strang Tee zu wenden. Seine Brille rutscht langsam auf einem dünnen Schweißfilm seine Nase entlang. »Deine Mutter hatte immer so ihre Lieblingsorte.«

»Aber warum stehen wir am Ende der Auffahrt wie zwei Trottel?«

Mit dem Daumen schiebt er die Brille wieder hoch. »Lorna, Schatz, lass mich dir etwas erklären.«

Lorna stöhnt innerlich, denn sie fürchtet genau das, was jetzt kommt.

»Männer denken mit den grauen Gehirnzellen, die voller aktiver Neuronen sind.« Er tippt sich an die Schläfe. »Frauen erfassen die Welt mit den weißen Gehirnzellen, die aus lauter Verbindungen *zwischen* den Neuronen bestehen.«

Normalerweise wäre ihre Mutter an dieser Stelle eingeschritten und hätte gesagt: »Ach, um Himmels willen, sei still, Doug.« Lorna wünschte, sie könnte es ebenso machen.

»Ich schätze, was ich zu erklären versuche, ist, dass ich die Hälfte der Zeit keine Ahnung hatte, was deiner Mutter so durch ihren hübschen Kopf ging«, sagt er und kratzt sich am Hals.

Aber Lorna gibt sich damit nicht zufrieden. Kratzen am Hals ist ein Zeichen dafür, dass ihr Vater nervös ist. Ihr kommt der Gedanke, dass er ihr vielleicht nicht alles sagt. Und wenn dem so ist, warum nicht?

Außerdem sind die Fotos verwackelt. Auf einem ist der Schatten eines Fingers des Fotografen zu sehen. Auf einem anderen sind ihre Köpfe oben angeschnitten. Nicht die Art von Fotos, die man für die Nachwelt aufbewahrt. »Weißt du, wer die Fotos aufgenommen hat?«

»Oh, deine Mutter hat sich nie gescheut, Fremde zu bitten, die Pentax zu schwingen.«

»Das hier.« Sie zieht ein Foto heraus und legt es auf den Stapel. »Kannst du es datieren?«

Er beugt sich darüber. »Im Sommer, dem ganzen Laub an den Bäumen nach zu urteilen. Du bist um die acht, würde ich sagen.«

»Was für eine schreckliche Latzhose!«

»Oh, du hast sie *geliebt.*« Sein Blick hinter verschmierten Gläsern verklärt sich, und Lorna hat das Gefühl, dass er gar nicht mehr sie sieht – zweiunddreißig, weißes T-Shirt, Jeansrock, silberne *Converse* –, sondern das kleine Mädchen, das sie einmal war, ganz zappelig in der warmen Latzhose und den Riemchensandalen. »Damals hattest du ziemlich klare Vorstellungen, was Kleidung betraf. Das war jeden Morgen so, als würde man Marie Antoinette ankleiden.«

Ein Strom von Erinnerungen fließt über den Tisch und umspült wirbelnd die Fotografien. Doug starrt auf seine verschränkten Hände, die Daumen umkreisen sich. Resigniert lässt Lorna die Fotos wieder in dem Umschlag verschwinden. Ganz eindeutig wird sie hier keine Antworten bekommen.

Erst da entspannt sich Doug, lehnt sich auf seinem Stuhl

zurück, die Hände vor dem Bauch verschränkt. »Worüber habt ihr zwei Mädchen denn geplaudert?«

»Oh, ich habe versucht, Lou zu überreden, dieses Wochenende mit mir nach Black Rabbit Hall zu fahren.« Beinahe hätte sie ihn direkt gefragt, ob er auf Louises Kinder aufpassen könnte, aber ihr kommt der Gedanke, dass er ja sagen könnte und es Lou nicht wohl dabei wäre, sie Dad aufzuhalsen – Alf kann recht schwierig sein –, also sagt sie nur: »Aber sie hat die Kinder.«

Er beißt nicht an und rührt mit einem schmutzigen Löffel Zuckerwürfel in seinen Tee. Er ist wieder bei dreien pro Tasse. Es gibt keinen mehr, der deswegen an ihm rumnörgelt. »Bist du sicher, dass Jon sich das Wochenende nicht freinehmen und mit dir fahren kann? Ich würde mich wohler fühlen, wenn Jon dich begleiten würde.«

»Der hat einen großen Auftrag.«

Er blickt zu ihr auf, hochgezogene Augenbrauen über seiner Brille, einer dieser Blicke, die einer bohrenden, persönlichen Frage vorausgehen. »Ist zwischen euch beiden alles in Ordnung?«

»Natürlich.« Sie verschränkt die Arme vor der Brust. »Warum?«

»Am Sonntag bei unserem Mittagessen im Pub hab ich ein paar Unstimmigkeiten wahrgenommen. Das sah euch zwei Turteltauben gar nicht ähnlich.«

»Ach das«, sagt sie und versucht, es genauso vor sich herunterzuspielen wie vor ihrem Vater. Mit den Handflächen schiebt sie Salz und Pfeffer in der Mitte des Tisches zusammen. »Er findet es bloß nicht so gut, dass ich noch mal nach Black Rabbit Hall fahre. Er hält es für eine aggressive Verkaufsstrategie, was die da machen.«

»Na ja, ist es das etwa nicht?«

»Vielleicht. Okay, das ist es. Aber wir müssen ja nichts mit unserem Blut unterschreiben. Ich meine, wenn Jon wirklich nicht will, dass …«

»Dann lenkst du einfach ein und akzeptierst es?« Er lacht, sein Bauch hebt und senkt sich, stößt gegen den Tisch. »Komm schon, Lorna. Da kennen wir dich doch alle besser. Du hast dir etwas in den Kopf gesetzt, und damit hat es sich.«

»Aber es ist so ein schönes Anwesen!«

Über den Rand seiner Tasse hinweg sieht er sie prüfend an, ernster. »Ich muss sagen, ich bin da ganz bei Jon. Ich bin nicht sicher, ob mir die Einladung dieser Herzogin gefällt …«

»Sie ist keine Herzogin. Mrs. Alton ist bloß ein etwas eigener Charakter in einem großen alten Haus, die sich nach etwas Gesellschaft sehnt.« Das ist nicht ganz wahr – Caroline Alton hat etwas Versehrtes an sich, da ist etwas Seltsames an der Konstellation mit der nervösen Dill, an der ganzen Einladung, aber sie hütet sich davor, darauf nun genauer einzugehen. Die Hauptsache ist, dass die Schulferien in alarmierender Geschwindigkeit verfliegen. Im September wird sie sich wieder Läuse einfangen, sich vor der Kontrolle durch die Schulbehörde fürchten und durchdrehen, weil sie die Sache mit der Hochzeit noch nicht geklärt hat.

»Noch einen Tee?«

»Danke, aber ich sollte los.« Das passiert ihr immer wieder: Sie freut sich darauf, ihren Vater zu besuchen, und wenn sie dann in ihrem Elternhaus ist, tut er ihr so leid, und die Abwesenheit ihrer Mutter – und der Person, die sie selbst in deren Gegenwart war – beunruhigt sie so sehr, dass sie sich danach sehnt, so schnell wie möglich wieder in ihr Erwachsenenleben zurückzukehren. »Sonst komme ich in den Berufsverkehr«, rechtfertigt sie sich übermäßig und nimmt ihre Tasche.

Er wirkt enttäuscht wie immer, wenn sie geht, fängt sich dann jedoch, schiebt den Stuhl zurück und steht auf. »Danke für all die kleinen, feinen Köstlichkeiten. Diese Salami werde ich mir schmecken lassen.«

»Ruf an, wenn du etwas brauchst.« Sie küsst ihn auf die Wange – riecht Aftershave, Toast, einen nicht mehr ganz frischen Hemdkragen –, wirft noch einen Blick auf den Umschlag auf dem Tisch. »Dad, hast du was dagegen, wenn ich die Fotos mitnehme?«

Er zögert mit gerunzelter Stirn, dann schüttelt er den Kopf. »Du weißt ja, ich finde, dass sie sowieso dir gehören.«

Erst als sie den Schlüssel in der Zündung umdreht, kommt ihr seine letzte Bemerkung seltsam vor. Warum sollten die Fotos ihr gehören? Doch ein Volvo wartet ungeduldig auf ihre Parklücke und blockiert dabei einen weiteren Wagen, der bereits einmal gehupt hat, und außerdem wäre es jetzt albern, zurückzugehen und ihn danach zu fragen.

11

Das Taxi verschwindet hinter den Bäumen, lässt Lorna allein auf dem Kies von Pencraw Halls Auffahrt zurück, die kleine Reisetasche zu ihren Füßen. Abgesehen vom Wind und dem Gelächter der Seemöwen, die sie hören, aber nicht sehen kann, ist es irritierend ruhig. Die steinernen Zwillingsfalken auf dem Eingangstor sehen erschreckend beseelt aus, aber das Haus selbst wirkt in der Spätsommerhitze verschlafen und unbewohnt, erduldet anscheinend seinen eigenen Verfall. Zum ersten Mal überkommen Lorna leise Befürchtungen. Es liegt nicht nur an der Abgeschiedenheit des Anwesens, der Tatsache, dass sie kein Auto hat, um hier problemlos wegzukommen – sie war nicht scharf darauf gewesen, allein die gewundenen engen Straßen zu bewältigen und hatte von Paddington aus den Zug genommen –, sondern auch daran, dass sie London in einer solchen Disharmonie verlassen hat, die bereits zwischen ihr und Jon geherrscht hat, seit sie vor fast drei Wochen von Black Rabbit Hall zurückgekommen sind, und die sich verstärkte, je näher das Wochenende rückte.

Jon schien so still und nachdenklich in den letzten Tagen, als störe ihn etwas Bestimmtes an dem Haus, das er ihr jedoch nicht offenlegen mochte oder konnte. Sie fühlte sich missverstanden, zu scharf verurteilt dafür, dass sie die Feier zum siebenundzwanzigsten Geburtstag seiner kleinen Schwester an diesem Wochenende verpasste. Er hatte sie schon immer gern um sich. Sie liebt ihn dafür – diese männliche Territoriumssache –, aber gleichzeitig weckt es in ihr auch manchmal die Lust, ihn wegzustoßen. Jemanden so sehr zu lieben –

und zurückgeliebt zu werden – macht ihr Angst, gibt ihr das Gefühl, ausgeliefert zu sein. Also lehnt sie sich dagegen auf, gelobt, niemals eine Frau zu sein, die bloß noch für ihre Beziehung lebt.

In jedem Fall ist es keine schlechte Sache, dass sie alleine hier ist, sagt sie sich entschieden. So ist es leichter, das Haus zu erkunden, ein bisschen herumzustöbern, zu sehen, ob sie eine Erklärung für diese seltsamen Fotos von sich und ihrer Mutter an der Auffahrt finden kann, Fotos, die sie sorgsam zwischen den Seiten eines Buches verwahrt hat. Alleine kann sie ganz in Black Rabbit Hall eintauchen. Mit dieser bewussten Absicht schließt sie für einen Moment lang die Augen, genießt die warme Brise, die ihr Kleid flattern lässt, die köstliche Düfte mit sich bringt – Seetang, Geißblatt, Lanolin –, die wie ein Stolperdraht zurück in die Sommer ihrer Kindheit sind, als sie bei Spaziergängen schmierige Fetzen Lammwolle von den Stacheldrahtzäunen zupfte und sie vor ihrer Mutter in ihrer Anoraktasche versteckte.

Der schrille Schrei einer Möwe schreckt sie auf. Sie eilt die Stufen hinauf und klingelt. Nichts. Sie klingelt erneut. Benutzt den Löwentatzenklopfer. Keine Reaktion. Rätselhaft. Sie hat vor ein paar Tagen angerufen, mit Dill gesprochen und ihre Ankunftszeit bestätigt. Hat Dill das vergessen? Sie sieht auf die Uhr. Zwei. Kann es sein, dass Dill und Mrs. Alton noch beim Mittagessen sind? Ja, das leuchtet ein. Sie werden vermutlich gerade Räucherlachs von unbezahlbarem Familienporzellan stochern, taub hinter dicken Steinmauern. Lorna beschließt, dass es das Beste ist, wenn sie ihre Tasche einfach hier stehen lässt und ein wenig das Gelände erkundet, es in zwanzig Minuten noch einmal probiert.

Das prunkvolle schmiedeeiserne Tor am Rande des Waldes hinterlässt blutigen Rost auf ihren Fingern, als wolle es jedem, der hindurchgeht, seinen Stempel aufdrücken. Es ist nicht abgeschlossen, doch es lässt sich auch nicht leicht öffnen, da sich Gestrüpp in seinen Angeln verhakt hat. Das macht Lorna nur noch entschlossener hindurchzukommen. Sie rupft das schlimmste Gestrüpp heraus, ohne sich die Finger zu sehr zu zerschneiden, tritt den Rest mit dem Fuß beiseite und flucht über die dumme Entscheidung, Ballerinas mit dünnen Sohlen angezogen zu haben. Als sie sich mit der Schulter fest gegen das Metall lehnt, ist ein leises Knirschen zu hören – sie ist sich nicht sicher, ob es vom Tor oder ihren Knochen stammt –, und das Tor öffnet sich. Sie tritt hindurch.

Der Pfad durch den Wald ist schmal und gewunden, sodass Lorna, als sie sich ein paar Minuten später umsieht, feststellen muss, dass ihr Rückweg nicht mehr sichtbar ist. Die Bäume werden dichter, während sie voranschreitet. Aus der Nähe betrachtet wirken sie riesig, knorrig, seltsam menschlich. Es ist genau die Art von Bäumen, in denen zu klettern sich Lorna als Kind ausgemalt hat, während sie sich sorgfältig ihren Weg um die säuberlich abgesteckten »Keine Ballspiele«-Chrysanthemengrenzen ihrer Mutter herum gesucht hat.

Wasser? Lorna bleibt stehen. Da ist ganz klar das Flüstern von Wasser. Sie erinnert sich, dass Dill gesagt hatte, man gelange durch den Wald zum Wasser. Doch sie hat jede Orientierung verloren, ohne je über besonders viel davon verfügt zu haben. Ihre Pupillen weiten sich, passen sich den Schatten an. Als sie dem Geräusch folgt, streifen Nesseln ihre Beine. Baumgerippe liegen quer über dem Pfad, vom Blitz versengt. Oje. Anscheinend hat sie sich schon verirrt. Sie läuft jetzt Gefahr, die Besucherin zu sein, die ankam, in den Wald spazierte und noch vor dem Abendessen ein Suchkommando benötigte. In dem Augenblick, als sie beschließt, den Weg zurückzugehen, sieht sie flüchtig ein metallisches Schimmern durch die Zweige hindurch. Der Bach! Das muss er sein. Sie hüpft freudig darauf zu, springt voll neuer Energie über Zweige und erreicht außer Atem und mit zerzausten Haaren sein weiches, sumpfiges Ufer.

Lorna steht da und grinst begeistert und mit offenem Mund auf das gekräuselte Wasser, lupft das Haar aus ihrem Nacken, saugt alles auf, den moorig salzigen Geruch, das leuchtende, von der Strömung geflochtene Wasser. Da ist der Kitzel, alleine zu sein, bald schon verheiratet, niemand Geringeres als ein Gast auf Black Rabbit Hall. All das trifft sie wie im Drogenrausch. Und sie ist erfüllt von der Gewissheit, dass sie ausersehen ist, an diesem bestimmten Augustnachmittag an genau diesem Flussufer zu sein, und dass jeder Ärger, den das verursacht hatte, die Sache wert ist. Sie fühlt sich heiter und lehnt sich an den nächsten Baum, die Rinde drückt sich rau und warm durch den dünnen Baumwollstoff ihres Kleides. Ihr Blick wandert seinen dicken Stamm bis zur Krone hinauf – ein sonniges Gitter aus Laub. Male im Holz springen ihr ins Auge. Erhebungen. Narben. Buchstaben im Fleisch des Baumes. Manche sind schwer zu entziffern, die Ränder verschwommen durch das Wachstum des Baumes, ausgefüllt von schuppigen Flechten. Sicher sind es alte Markierungen, aber wie alt, kann sie überhaupt nicht sagen. Lorna langt nach oben, fährt sie mit den Fingerspitzen nach. Natürlich ist es albern, doch sie kann das Gefühl nicht unterdrücken, dass dieser Baum schon lange auf ihren Besuch gewartet hat.

Seltsame Symbole, Kreuze, Dreiecke, Schlangenlinien … das Gekritzel einer Klingenspitze in der Baumrinde? Ja, definitiv eine Klinge, irgendein kleines Messer. Oh, ein Kaninchen! Eine Kaninchenkarikatur mit langen Ohren und zwei lustig vorstehenden Zähnen. Sie lächelt. Und was ist das? T-O-B-Y. Toby? Ja, ziemlich deutlich: Toby. Wer ist Toby? Sie erkennt die Hand hinter der Schnitzerei, kein kleines Kind, befindet sie, als sie an ihre eigenen Grundschulkritzeleien denkt, sondern ein Teenager vielleicht, aus einer guten Schule. Etwas an den Buchstaben – die offensichtliche Energie und Entschlossenheit der Hand, die sie geschnitzt hat – lässt ihr Herz schneller klopfen. Es kommt ihr vor, als hätte sie Zeichen eines ausgestorbenen Stammes entdeckt.

Bald hat Lorna noch eine weitere Buchstabengruppe entziffert. A-M … nein, mehr kann sie nicht erkennen, der Rest des Wortes ist zu morsch. Aber, oh, sieh mal an. Da ist noch etwas. Direkt am Astansatz. K-I-T. Kit? Also hat hier irgendwann einmal *mehr* als ein Kind gelebt. Der Erbe und die Reserve. Diesen Ausdruck hatte sie schon einmal gehört. Es liegt eine grausame Logik darin.

Lorna zieht eine Spange aus ihrer Tasche und steckt ihre Haare damit hoch, weg von der Hitze ihrer Wangen. In diesem Moment fangen die Buchstaben an zu drängeln, zu springen, stürzen auf sie zu wie kleine Kinder. »Kleiner Bruder Barney«, liest sie mühelos, und ihre Fingerspitze taucht in die tiefste Furche. »R.I.P. 1963 – 1969.« Darunter ist in derselben Handschrift der Name Toby geritzt. Als die Daten in ihr Bewusstsein dringen, schlägt sie die Hand vor den Mund. Oh nein. Der arme kleine Kerl war erst *sechs*. So alt wie die Kinder aus ihrer Klasse 1B. Genauso alt wie ihr Neffe Alf. Ihre Gefühle wechseln in rascher Folge: Traurigkeit, weil sie sechsjährige Jungen so gut kennt, ihre zappeligen Füße, Zahnlücken, grenzenlose Energie; schmerzliches Mitgefühl mit Mrs. Alton, denn es war bestimmt ihr Kind; und dann, unerwartet, ein Gefühl der Verantwortung für diesen armen, vergessenen Jungen. Sie ist keine von den Lehrerinnen, die so tun, als würden sie nicht bemerken, wenn jemand Hilfe braucht, oder die einfach abschalten können, sobald sie von der Arbeit kommen. Sie liegt nachts wach und denkt an diese Kinder. Und sie wird auch an dieses denken.

Sie schluckt schwer. Die Schnitzerei – beinahe verloren,

verschlungen von Zeit und Moos – ist eine Grabinschrift für so ein schrecklich kurzes Leben, und das »Kleiner Bruder« macht es noch herzzerreißender, ergreifender als alles, was auf einem prächtigen Grabstein aus Marmor stehen könnte. Sie spürt Verbundenheit. Ein inneres Ziehen. Sie hätte diesen Baum nicht finden müssen – es muss hier tausende geben, wie stehen da die Chancen? –, aber sie hat ihn gefunden. Irgendetwas hat sie zu diesem kleinen Jungen gezogen – und zu dem älteren Bruder, der seinen Namen so liebevoll geschnitzt hat – und fordert sie auf, mehr über dieses kurze Leben in Erfahrung zu bringen. Dessen ist sie sich sicher. Könnte sie jetzt noch unbekümmert auf Black Rabbit Hall ihre Hochzeit feiern, *ohne* herausgefunden zu haben, was mit ihm passiert war? Nein, das kann sie nicht. Sie muss es verstehen, sich einen Reim darauf machen, genauso wie auf die alten Fotos von sich und ihrer Mutter an der Auffahrt. Die beiden Dinge haben nichts miteinander zu tun, doch als Lorna dort steht – die Finger an der spröden Rinde, Sonnenlicht, das durch die Blätter sprenkelt –, fangen sie an, sich in derselben dunklen Ecke ihres Kopfes zu regen und jagen sich gegenseitig wie zwei verspielte Gespenster.

12

Amber, Heiligabend, 1968

»Beruhige dich, Barney. Es gibt keine Geister. Versprochen.« Barney ist ein zitterndes Rehkitz in meinen Armen, nichts als dünne Gliedmaßen und lange, nasse Wimpern. »Es war nur Caroline in Mamas weißer Pelzstola, das ist alles«, füge ich hinzu und versuche dabei so zu klingen, als wäre das nichts. »Ich bin auch ein bisschen erschrocken.«

»Ist da mein Lieblingsäffchen drin?« Peggy ist an der Zimmertür. »Schau, ich hab dir eine Decke mitgebracht. Wir wollen ja nicht, dass du dir den Tod holst, oder?« Sie legt sie Barney um die Schultern und faltet sie unter seinem Kinn zusammen wie ein Lätzchen. »Schau, was ich da noch für dich habe.« Sie stellt ein Tablett auf meinem Teppich ab. »Kräcker«, sagt sie. »Käse. Und ein leckeres Glas warme Milch mit einem Spritzer süße Kondensmilch aus der Dose. So magst du's doch am liebsten.«

Barneys Arme um meinen Hals lösen sich. Er schiebt sich langsam von meinem Schoß in Richtung Tablett.

»Wenn du Mrs. Shawcross gegenüber nicht Zeter und Mordio geschrien hättest, hätte er sich nicht zu Tode erschreckt, Amber«, zischt Peggy wütend über Barneys Kopf hinweg, während dieser bereits an den Kräckern knabbert. »Er ist gerade mal sechs. Kein Wunder, dass ihn das mitnimmt.«

»Also ist es jetzt meine Schuld?«

»Na ja, diesmal schon. Oh Amber, sieh mich nicht so an. Ich weiß, dass dir deine Mutter fehlt und dass du leidest, aber du kannst es nicht zeigen, indem du Gift und Galle spuckst wie eine Furie, nicht vor einem sensiblen kleinen Jungen wie unserem Barney.« Sie legt ihre Hand auf meine Schulter. »Wir haben im Leben alle unser Kreuz zu tragen.«

»Du hast doch keine Ahnung.« Ich schüttle die Hand ab.

»Tja, vielleicht nicht.« Sie schnaubt. »Aber ich weiß, dass heute Heiligabend ist.« Ihre Finger wandern an ihr Kruzifix. »Und ich weiß, dass Mr. Alton sein Bestes gibt. Und nach einer harten Woche in London braucht er so was nicht. Da will er seine liebe kleine Amber und keinen … durchgedrehten Dämon.«

»*Sie* ist der Dämon!«

»Was ist ein Dämon?«, fragt Barney, die Wangen fettig vom Käse.

»Nichts, worüber du dir Gedanken machen musst, Barney. Iss du einfach deine Kräcker. Damit du wieder zu Kräften kommst«, sagt Peggy schnell und flüstert mir dann über seinen Kopf hinweg zu: »Diese Mrs. Shawcross ist wirklich sehr bemüht, nett zu sein, du und Toby solltet es ihr nicht so schwer machen. Und sie gibt ein kleines Vermögen aus. Hast du gesehen, wie viele Geschenke sie unter dem Baum aufgestapelt hat? Das ist ja schon fast unanständig. So viele hab ich noch nie gesehen. Oder eine Frau, die sich mehr um Sympathie bemüht.«

»Caroline hat uns Birnenbonbons gegeben«, sagt Barney sachlich.

Ich wische ihm mit den Fingern den klebrigen Milchbart ab. »Sie hat dir Süßigkeiten gegeben?«

»Birnenbonbons in Einwickelpapier.«

Peggy dreht ihre Schürze um ihre Flaschenhalstaille und stemmt sich seufzend hoch. »Also, dein Tee macht sich nicht von selbst.«

»Warte! Peggy, woher hat Caroline die Stola?« Allein die Möglichkeit, dass Caroline sich auch nur in die Nähe von Mamas Schrank wagen könnte – den Ort, an dem ich die letzten Atome von ihr einatmen kann –, macht mich krank.

Peggy runzelt die Stirn, bewegt den Mund. »Ich denke, sie wird an der Garderobe gehangen haben.«

Ich schüttle den Kopf. »Nein. Ich habe sie in Mamas Schrank gesehen, neben der Fuchsstola.«

»Ach, jetzt reite doch nicht auf solchen Details herum, Amber. Schieb es auf mich, wenn du willst.«

»Warum?«, frage ich böse, wohl wissend, dass sie bloß um des lieben Friedens willen versucht, die Schuld auf sich zu nehmen.

»Nun ja, ich bin Mrs. Shawcross vorhin begegnet, als sie zitternd von der Terrasse kam. Man würde meinen, sie wäre vernünftiger, als im Dezember so ein Kleid zu tragen, mit splitternackten Schultern, aber na ja. Ich habe ihr nahegelegt, sich wärmer anzuziehen, einen Pelz oder irgendetwas, man will sich ja keine Erkältung einfangen, nicht, wo man jetzt zur Weihnachtszeit weit und breit keinen nüchternen Arzt findet. Und dann erinnere ich mich nur noch …«, Peggys Wangen leuchten rot, sie liebt das Drama, »… dass Mrs. Shawcross mit der Stola deiner Mutter oben an der Treppe steht wie ein Leinwandstar!«

Ein Schauder durchfährt mich. Ich sehe die Spange wieder, blitzend, ein Katzenauge.

»Und sie sah ja wirklich weihnachtlich aus mit all dem weißen Pelz. Ich dachte, das ist ja mal ein Anblick, der Mr. Alton vielleicht ein wenig aufheitern kann«, sagt Peggy und wirkt selbst ein wenig verärgert bei dem Gedanken.

»Aber es ist unser erstes Weihnachten ohne Mama!«

»Ja, Amber. Und deshalb ist Mrs. Shawcross hier, nicht wahr? Um alle ein wenig bei Laune zu halten. Um deinen Vater aufzumuntern.«

Ich vergrabe mein Kinn in Barneys Haaren, allen Kampfgeists beraubt, und frage mich, ob ich am Ende vielleicht vollkommen falschliege und mich abscheulich selbstsüchtig verhalte.

»Schau nicht so traurig drein. Deine Mutter würde doch wollen, dass du an Weihnachten fröhlich bist, oder? Sie würde es hassen, wenn du so ein langes Gesicht machst.«

Meine Augen füllen sich mit Tränen. Ich versuche, sie wegzublinzeln, um Barney nicht zu verunsichern.

»Hey«, sagt Peggy und zieht mich an sich. Der Geruch von Schweiß und Kuchen und Puder strömt aus dem Rüschenkragen ihrer Bluse. »Nicht doch, kleines Fräulein.«

»Aber ich … Ich habe das Gefühl, wir tun so, als wäre alles normal, Peggy.« Ich mache mich von ihr los, wische mir die Tränen mit dem Handrücken weg. »Wie kann Papa von uns verlangen, dass wir Mama vergessen!«

Sie schüttelt den Kopf. »Niemand verlangt von euch, dass ihr sie vergesst, Schatz.«

»Es fühlt sich aber so an.«

»Mr. Alton glaubt, dass man am besten nach vorne blickt, dass man einen Fuß vor den anderen setzt, die Ohren steif hält und all das. Da ist was dran, Amber. Wenn man in der Vergangenheit lebt …«, Peggys Stimme klingt brüchig, »… dann lebt man sein Leben bloß halb.«

Barney hustet ein unterdrücktes Schluchzen. Wir drehen uns beide um, erschrocken, ihn erneut aus der Fassung gebracht zu haben. Er ist so leicht durcheinanderzubringen.

»Hey, kleiner Mann, aber nicht doch. Mach bloß nicht wieder so einen Wirbel, oder du schlägst Mrs. Shawcross noch in die Flucht, und dann bekommen wir alle eins aufs Dach.« Sie wirft mir einen Blick zu und flüstert: »Ich habe den Eindruck, Mrs. Shawcross ist keine Dame, die weinende Kinder mag.«

»Ich glaube, sie mag überhaupt keine Kinder. Wie sie uns ansieht … Sogar Lucian.«

»Nun ja, Lucian scheint mir nicht gerade der umgänglichste Bursche zu sein.«

Ein seltsames Gefühl macht sich in mir breit, als ich an meine Begegnung mit Lucian im Wald denke, wie er da plötzlich wie aus dem Nichts auftauchte. Ich schiebe das Bild weg und versuche, nicht mehr an ihn zu denken. Aber je entschlossener ich bin, nicht an Lucian zu denken, desto weniger klappt es. Wie einen der Wunsch einzuschlafen nur noch wacher werden lässt.

»Du vergisst, dass nicht jeder, wenn es um Kinder geht, so gefühlvoll ist wie deine Mutter, Amber. ›Man sieht sie, aber man hört sie nicht.‹ So war das mit Generationen von Alton-Kindern. Maud Bean aus dem Dorf, die noch das Kindermädchen deines Vaters kannte, sagt, dass dein Vater seine Eltern nur zwischen fünf und sechs Uhr gesehen hat. Es war deine Mutter – Gott hab sie selig –, die die Dinge hier umgekrempelt hat mit ihren amerikanischen Sitten. Das hatte hier so noch niemand erlebt.«

Sie geht in die Hocke. »So ist es brav, Barney. Trink noch die Milch ganz aus. Kleine Jungs brauchen Milch, um groß und stark zu werden. Du willst doch groß und stark werden wie Papa, oder?«

Barney nickt mit großen Augen, seine kleinen blassen Fingerchen um das Glas gelegt.

»Meine Großmutter hat immer gesagt, wenn man ein Glas Milch am Tag trinkt, dann wird man hundert Jahre alt.«

»Ist sie hundert geworden?«, fragt Barney.

»Zweiundneunzig. Aber das ist lange genug für jeden.« Sie zwinkert Barney zu, wuschelt ihm durchs Haar. »Wir wollen doch alle nicht länger bleiben, als wir willkommen sind.«

Die Köpfe der Pusteblumen nicken wie mit Raureif bedeckte Schädel, gefangen in dem hellen Lichtstrahl, der aus dem Küchenfenster fällt. Silberne Brombeersträucher stehlen sich an den Rändern über den Boden. Der Efeu ist dichter denn je, als wollte er sich heimlich über das Haus ranken, wenn wir schlafen, und sich an den Fenstern festsaugen. Nichts im Garten ist dieses Jahr zurückgeschnitten oder gestutzt worden. Mama und ihr Team aus Gärtnern haben das jeden Herbst gemacht – gewöhnlich half ich dabei, hielt den Abfallsack auf, brachte Teller mit warmem Buttergebäck hinaus. Dieses Jahr kam niemand. Ich lege meine Hände gegen das kalte Glas und versuche, hinaus in die Dunkelheit zu blicken.

Noch immer keine Spur von Toby.

Dankbar, dass ich nicht zu einem Erwachsenenabendessen beordert worden bin, versuche ich das Kinderessen auf meinem Zimmer – eine dampfende Ladung Shepherd's Pie, Kohl und Karotten aus dem Küchengarten, die Verheißung von Apfelmus zum Nachtisch, noch einen Mince Pie –, doch seit ich Lucian im Wald getroffen habe, habe ich meinen Appetit verloren.

Fünfzehn Minuten später schleicht sich Toby herein, bedeckt sein Gesicht mit den Händen, ignoriert mich. Ist er noch immer sauer? Ich bemerke einen Riss an seinem Hemdkragen, seine schlammverkrusteten Haare.

»Was ist mit deinem Auge passiert, Toby?«, fragt Kitty fröhlich, während sie Lumpenpüppis schwarze Mundnaht mit einer Karotte füttert.

»Nichts«, schnaubt er.

Ich recke den Hals. »Meine Güte! Was ist mit deinem Auge passiert?«

Toby sticht seine Gabel in die Kartoffel. »Es tut nicht weh.«

Angst krampft sich in meinem Magen zusammen: drei Knöchelabdrücke an seiner Augenbraue. »War das Lucian?«

»Ich will nicht drüber reden.«

»Toby …«

»Vergiss es.«

Es ist stockdunkel, die langen Samtvorhänge sind gegen die stechende Kälte zugezogen. Ich bleibe vor der Tür zum Salon stehen, lausche den Weihnachtsliedern, die auf dem Plattenspieler knistern, Papas Zigarrenhusten und den Geräuschen einer fremden Frau.

Papas Gesicht ist erleuchtet von der Glut seiner Zigarre. Die Platte hängt: »Stille Nacht, hei-ei-ei …« Er beugt sich hinüber, hebt die Nadel hoch und setzt sie wieder in eine Rille. Das Lied springt weiter, der Chor setzt ein.

»Heilige Nacht …«

Verstohlen betrachte ich Caroline. Sie trägt die Stola gerade nicht. Aber sie sitzt auf Mamas Stuhl am Feuer – dem pflaumenfarbenen, Papa gegenüber, auf den sich niemand von uns zu setzen wagt. Sie sitzt da, als wäre es schon immer ihrer gewesen, sehr aufrecht, mit übergeschlagenen Beinen, ein Cocktailglas in der Hand und mit diesem für sie typischen verkrampften Lächeln, als würden unsichtbare Schnüre ihre Mundwinkel hochziehen. Sie trägt ein blutrotes Kleid, das den makellosen Cremeton ihrer Schultern hervorhebt. Ihre Augen haben die Farbe eines klaren Winterhimmels in den trostlos kalten Stunden gleich nach der Morgendämmerung. »Guten Abend, Amber«, sagt sie auf eine Art, die nahelegt, sie hätte Mamas Stola nie getragen und ich hätte ihr nie ins Gesicht geschrien. »Schon aufgeregt wegen Weihnachten?«

Ich rufe mir Peggys Worte in Erinnerung, dass Papa die alte Amber zurückhaben will, also versuche ich es ihm zuliebe. Ich bekomme ein »Ja, danke, Caroline« hin, wobei sich meine Stimme hoch und fremd anhört.

Papa lächelt mich an. Ein erleichtertes, dankbares Lächeln. Ich frage mich, ob er weiß, was passiert ist. Ich hatte noch keine Gelegenheit, es ihm zu sagen, weil ich ihn noch nicht alleine erwischt habe. Vielleicht hat er Carolines Version gehört.

»Oh, sieh nur, die Süßen.« Caroline schaut über meine

Schulter hinweg, die Hand am Hals. »Wie hinreißend sie aussehen, Hugo!«

Barney und Kitty stehen in der Tür und treten schüchtern von einem nackten Fuß auf den anderen, ihr soeben erst gekämmtes Haar ist statisch aufgeladen, die Gesichter gründlich gewaschen. Hinter ihnen steht Peggy wie ein Schatten. Boris wedelt mit dem Schwanz.

»Hast du uns noch mehr Birnenbonbons mitgebracht?«, meldet sich Barney zu Wort und bringt Papa und Caroline damit zum Lachen, als wäre es das Lustigste, was sie je gehört haben.

»Ich bin sicher, ich kann noch eine Kleinigkeit für dich auftreiben. Würde dir das gefallen? Etwas Süßes und Unartiges?«

Barney und Kitty nicken begeistert. Ich möchte Caroline darauf hinweisen, dass sie sich bereits die Zähne geputzt haben, aber Kitty wird toben, wenn ich es mache.

»Oh, und da ist ja auch Master Toby.« Sie wird noch steifer auf ihrem Stuhl. »Guten Abend, junger Mann.«

»Was ist mit deinem Auge passiert?«, fragt Papa leise, als sei er nicht sicher, ob er die Antwort überhaupt wissen will. Bei Toby ist es manchmal besser, man fragt nicht.

»Bin vom Baum gefallen. Gebrochener Ast«, murmelt Toby kaum hörbar.

Papa sagt »Mhm« und tut so, als würde er ihm glauben.

»Ach je, ein ganz schönes Veilchen«, stellt Caroline fest und will noch etwas sagen, unterbricht sich aber, als wäre ihr gerade in den Sinn gekommen, woher er es womöglich hat. Danach erwähnt niemand mehr Tobys Auge oder die offensichtliche Abwesenheit von Lucian.

Nach einem kurzen Moment der Unbehaglichkeit breitet Papa die Arme aus. »Kommt, dann umarmt mich mal.« Barney rennt zu ihm und springt auf sein Knie. Kitty nimmt zusammen mit Lumpenpüppi das andere ein. Boris legt sich zu seinen Füßen hin und sabbert ihm über die Schuhbänder.

Toby steht wie angewurzelt da, wie um Papa für seine Einladung der Shawcross' nach Black Rabbit Hall zu bestrafen.

Ich halte ein, zwei Sekunden stand, kann aber nicht widerstehen und drücke mein Gesicht an Papas Brust – er fühlt sich sicher und verlässlich an, riecht vertraut – und fahre ihm am Hinterkopf mit den Fingern durchs Haar, etwas, das ich normalerweise nicht tue, aber Caroline sieht zu. Ich stecke mein Territorium ab.

»Ich habe euch alle die letzten paar Wochen vermisst«, sagt Papa, vergräbt das Kinn in Kittys Locken und betrachtet Toby aus dem Augenwinkel. »In der Arbeit war einfach schrecklich viel zu tun.«

»Lumpenpüppi hat dich immer noch lieb«, flüstert Kitty. »Sie hat dir einen rosa Strumpf gemacht.«

»Hat sie das?« Papas Blick verklärt sich vor Zuneigung. Wir lachen. Und einen Moment lang vergesse ich Caroline beinahe. »Ich bin sehr stolz auf euch alle. Ich hoffe, das wisst ihr.« Er sieht Toby an, als er das sagt, und ich denke, der Grund dafür ist, dass er Toby wissen lassen möchte, dass er auch damit gemeint ist. Aber Toby schaut weg und dreht mit dem Finger den Globus in der Zimmerecke.

Caroline hustet, setzt sich auf ihrem Stuhl zurecht, verlegen, als wisse sie nicht so recht, wohin mit sich.

»Ihr wart alle so tapfer.« Deutlicher hat Papa Mama, seit er zu Weihnachten nach Hause gekommen ist, nicht erwähnt.

»Nächstes Jahr wird besser«, sagt Caroline ein wenig schrill und beobachtet uns über den Rand ihres Glases hinweg mit stechendem Blick.

»Bestimmt.« Papa lächelt sie über Kittys Kopf hinweg an. Mir gefällt das Lächeln nicht. Mir gefällt nicht daran, dass es von lauter Gesprächen zeugt, die wir nicht mit angehört haben.

»Schwörst du das bei deinem Leben, Papa?« Kittys Blick ist fest auf Carolines Saphirohrringe geheftet. »Dass es besser wird und immer besser?«

»Bei meinem Leben, Kittycat.« Er küsst sie mit geschlossenen Augen auf die Stirn.

Caroline steht abrupt auf, als wäre die Zärtlichkeit zu viel für sie. Ihr Glas trifft mit einem scharfen Klirren auf das Marmorsims des Kamins. »Hat jemand von euch in den letzten paar Minuten nach draußen gesehen?«

Barney und Kitty schütteln die Köpfe. Toby dreht energisch den Globus. So wie er ihn anstößt, denke ich, er könnte sich immer schneller und schneller drehen, bis er sich lösen und durchs Zimmer fliegen würde. Ein bisschen wie Toby.

»Ich muss euch etwas Wunderschönes zeigen.« Caroline hält Barney und Kitty die Hände hin. Sie verharren in der Luft, und die mit Juwelen besetzten Ringe glitzern im Feuerschein. »Kommt, Kinder.«

Kittys und Barneys Blicke sind auf ihre Hände geheftet, dann wandern sie zurück zu Toby, in ihren Loyalitäten erschüttert. Ein Muskel zuckt an Carolines Kinn. Natürlich kann Kitty den Ringen nicht widerstehen. Caroline wirkt erleichtert und lächelt Papa über die Schulter hinweg an. Schau mich an, sagt dieses Lächeln. Schau, Kitty mag mich und hält meine Hand. Sie gehen ans Fenster.

»Amber. Toby. Das Fenster.« In Papas Stimme liegt eine leichte Schärfe, während er sich Whisky aus der Kristallkaraffe nachschenkt. »Ihr bereut es, wenn ihr nicht schaut.«

Unsere Neugier gewinnt die Oberhand. Wir reißen den schweren Samtvorhang auf und staunen atemlos. Dicke, flaumige Schneeflocken fallen im goldenen Licht des Fensters, wirbeln herum, treiben im Wind.

»Wow!« Barney presst die Hände ans Fenster. »Ist der Schnee echt?«

Caroline umfasst seine winzigen Schultern. »So echt wie du und ich, Barney.«

»Aber es schneit nie auf Black Rabbit Hall«, sagt Toby stirnrunzelnd. Irgendetwas daran scheint ihn wirklich zu beunruhigen. »Es schneit nie am Meer.«

»Nun ja, jetzt schon, Toby.« Caroline hebt das Kinn und starrt mit einem Ausdruck unverkennbaren Triumphes aus dem Fenster. »Ist das nicht alles zu perfekt, um es in Worte zu fassen?«

Ich schrecke aus dem Schlaf auf und liege keuchend in der Dunkelheit. Wie kann es Lucian wagen? Was fällt ihm ein, Toby wehzutun? Ich werde nicht zulassen, dass er sich länger versteckt. Ich reiße an der Schnur der Lampe, blinzele in die pfirsichfarbenen Fransen des Schirms, bis ich mich an das Licht gewöhne. Aus meinem warmen Bett heraus trifft mich die Kälte wie ein Schlag. Ich vermeide es, auf das Dielenbrett direkt vor meiner Tür zu treten, das wie ein Kätzchen quietscht, und schließe meine Zimmertür leise, lasse den wohligen Schein der Lampe hinter mir und tappe den Gang entlang zu Tobys Zimmer. Ich verharre davor, lausche aufmerksam – nichts regt sich, gut, er würde durchdrehen, wenn er wüsste, wohin ich gehe – und sehe dann nach Barney und Kitty, wie ich es immer mache, wenn ich nachts aufwache.

Sie liegen beide in Barneys Bett, ein klebriges Knäuel aus Locken und Gliedmaßen, an die Wand gedrückt, an die Barney seine flatternde Sammlung blutiger Pflaster geklebt hat, Trophäen von aufgeschlagenen Knien und Dornen in den Fingern. Ein schwacher Geruch von Pipi liegt in der Luft. Kitty hat den Po in die Luft gestreckt. Barneys Ellenbogen liegt an Kittys Nasenloch. Das Buch, das ich ihnen vor dem Einschlafen vorgelesen habe – *Milly Molly Mandy* –, schaut unterm Kissen hervor. Ich lege Lumpenpüppi neben Kitty, ziehe das

Buch heraus und sehe ihnen einen Moment lang beim Atmen zu. Dann küsse ich sie beide auf die Stirn und schleiche mich auf Zehenspitzen hinaus. Hier drinnen fühlt sich meine Wut falsch an.

Ich verharre zögernd beim Fenster vor ihrem Zimmer, die Bodendielen in Mondlicht getränkt, und hauche auf das Glas. Das Weiß draußen ist so still und glatt wie Milch. Ich muss daran denken, wie sehr es Mama gefallen hätte, Black Rabbit Hall so zu sehen, die Felder, der Wald ganz vereist. Und ich denke daran, wie sehr es sie erzürnt hätte, dass jemand Toby wehtut.

Sie ist nicht hier. Aber ich.

Die Drehung am Ende der Treppe vorwegnehmend, streifen meine Fingerspitzen etwas Festes in der lakritzeschwarzen Dunkelheit. Ich zucke zusammen, balle die Fäuste. Aber es ist bloß die Großvateruhr – Big Berties lärmenden kleinen Bruder hat Mama sie genannt. Ich versuche das perlig schimmernde Ziffernblatt zu lesen: zwei Uhr früh, was bedeutet, dass es wohl eher Richtung drei ist. Spät, viel zu spät, aber Toby hat es unmöglich gemacht, Lucian noch vor dem Zubettgehen zur Rede zu stellen, und ich konnte nicht riskieren, dass Toby sich einmischt. Ich werde Lucian wohl einfach aufwecken müssen.

Doch unter Lucians Tür ist noch ein dünner Lichtstreifen zu sehen. Ich schleiche darauf zu und stehe davor, lege mir Beschimpfungen zurecht.

»Wer ist da?« Die Tür springt auf. Ich weiß nicht, wer erschrockener ist, den anderen zu sehen. Meine Beleidigungen sind noch nicht fertig.

Seine Augen runden sich vor Überraschung. Dann stößt er ein leises, erleichtertes Pfeifen aus. »Ich dachte schon, du wärst Toby.«

Angesichts des Anblicks von ihm in einem blau gestreiften

Pyjama fällt es mir schwer, mich zu konzentrieren. »Ich weiß, was du gemacht hast.«

»Dann komm mal besser rein.« Er hält die Tür für mich auf wie der Gentleman, der er nicht ist.

Über seine Schulter hinweg sehe ich Glut einladend hinterm Kamingitter leuchten. Aber irgendetwas hält mich davon ab, sein Zimmer zu betreten, als gebe es da eine unsichtbare Linie, die ich nicht überschreiten darf. Die Begegnung ist schon jetzt nicht so, wie ich sie mir vorgestellt habe.

»Dann frier eben im Flur ein, wenn dir das lieber ist.«

Ich hebe das Kinn und trete entschlossen ein, als hätte ich es sowieso vorgehabt.

Im Zimmer hängt ein bestimmter Geruch. Rauch. Zigaretten. Irgendetwas anderes. Ein bisschen wie Toby, aber anders. Ich weiß nicht recht, wo ich stehen oder hinsehen soll.

»Hab gerade den letzten Scheit aufgelegt, tut mir leid.« Er setzt sich auf sein Bett, hebt eine Decke an. »Willst du die?«

»Nein danke.« Ich würde mir eher Frostbeulen holen, als eine Decke von Lucian anzunehmen. Trotzdem verfluche ich mich dafür, nicht meinen Morgenmantel angezogen zu haben, dafür, dass ich ein Nachthemd mit Regenbögen drauf anhabe und aussehe wie Wendy aus *Peter Pan*. Mein Nachthemd ist schlimmer als sein Pyjama. Viel schlimmer.

»Du zitterst.«

»Ich bin an die Winter in Black Rabbit Hall gewöhnt.« Meine Stimme klingt abgehackt, wütend zwischen vor Kälte zusammengebissenen Zähnen hervorgepresst. »Aber Idioten wie *dich* bin ich nicht gewöhnt.«

Er sieht mich an, als wäre ich plötzlich interessanter geworden. »Black Rabbit Hall«, wiederholt er, und ein träges Lächeln umspielt seinen Mund. »Ich würde die Schattenrisse auf dem Rasen gerne mal sehen. Würdest du dich morgen, falls kein

Häschen rechtzeitig auftaucht, vor den Sonnenuntergang stellen, damit ich diese Theorie überprüfen kann?«

»Weich nicht aus.« Ich werfe einen verstohlenen Blick durchs Zimmer: ein Stapel Romane – einige auf Französisch! –, am Bett lehnt eine Gitarre. Alles sieht so viel erwachsener aus als in Tobys Zimmer, das übersät ist von einzelnen Socken und alten Ausgaben der *Boy's Own Paper*. Und eine Gitarre habe ich nicht mehr aus der Nähe gesehen, seit ich Tante Bay in New York besucht habe. In der Schule haben wir bloß klassische Instrumente. Gitarren – kein angemessenes Instrument für ein Mädchen – sind verboten. Mein Blick bleibt daran hängen.

Als er mein Interesse bemerkt, greift er übers Bett danach, legt sie sich wie ein Baby auf den Schoß und berührt die Saiten, greift einen lautlosen Akkord. Mir fällt die rosa Prellung an seinen Knöcheln auf. Diese Hand hat Toby geschlagen.

»Was für Musik magst du?« Sein Blick flattert über meine Brust, verharrt dort einen Moment lang, bevor er ihn abwendet.

Ich verschränke die Arme, kämpfe gegen eine Welle der Verlegenheit an. Ich habe keine Ahnung, wie ich seine Frage beantworten soll. Mir kommt der Gedanke, dass die Gitarre zu ihm passt wie ein Buch zu mir, als würden die beiden irgendwie zusammengehören.

»So peinlich?« Jetzt spricht Schalk aus seinem Blick. Ganz offensichtlich genießt er es, wie ich da in meinem Nachthemd stehe, gefangen im Lichtschein einer plötzlich ziemlich grellen Nachttischlampe.

»Klappe.«

Er zupft an einer Gitarrensaite. Sie zittert sanft in der Stille. »Weißt du, ich verbringe Weihnachten normalerweise immer in Hampstead bei meiner Großmutter, was schon verdammt fad ist, aber immer noch besser als hier.«

»Wir wollen euch auch nicht hier haben, Lucian. Dich und deine Mutter.«

»Das beruht auf Gegenseitigkeit«, sagt er milde und zupft wieder an der Seite. »Ma feiert normalerweise auf einer schwarzen Piste in Gstaad. Weiß Gott, warum sie mich hierher geschleift hat.«

»Du meinst, sie feiert Weihnachten nicht mit dir?«, frage ich und vergesse, dass er mich nicht im Geringsten interessiert.

»Offensichtlich kennst du meine Mutter nicht.«

»Und das will ich auch gar nicht.«

Er blickt nicht von der Gitarre auf.

»Du hast Toby im Wald geschlagen, du Idiot«, fauche ich. Meine Achselhöhlen sind nass, trotz der Kälte. »Und schlimmer, danach hast du dich versteckt. Du bist … erbärmlich.«

»Und du traust dich was«, sagt er mit irritierender Bewunderung in der Stimme.

»Ist das alles, was du zu sagen hast?« Meine Stimme zittert. »Keine Entschuldigung? Keine … Erklärung?«

»So ist es.«

»Du kannst froh sein, dass Toby es nicht Papa gemeldet hat. Aber du sollst wissen, dass *ich* das tun werde, Lucian.« Ich greife nach der Türklinke aus Messing, suche daran Halt. »Ich werde Papa morgen früh jedes Detail dieser Unterhaltung berichten! Und dann wird er darauf bestehen, dass du und deine Mutter sofort abreist.«

»Dann hab ich ja etwas, worauf ich mich freuen kann.«

Ich stampfe aus der Tür, bleibe dann aber stehen. Irgendetwas ergibt hier keinen Sinn. »Erklär mir, warum du es gemacht hast«, sage ich, noch immer mit dem Rücken zu ihm gewandt.

»Ich muss dir überhaupt nichts erklären.«

Ich fahre herum. »Toby ist mein Zwillingsbruder.«

Er verdreht die Augen. »Ja, das hab ich schon kapiert.«

»Sag's mir einfach.«

Lucian starrt auf die Gitarre, kratzt sich mit dem Daumen am Hals. Zum ersten Mal sehe ich so etwas wie Verletzlichkeit an ihm, ein Zögern in seinen langen, schlanken Fingern. »Amber, es ist keine große Sache. Das im Wald war bloß ein Geplänkel, das ist alles.«

»Ein Geplänkel?« Ich lehne mich in die Tür, ziehe sie hinter meinem Rücken zu, die zerfurchten Holzpaneele drücken gegen meine Wirbelsäule.

»Nachdem ich dich heute Nachmittag getroffen habe, bin ich runter zum Fluss, und da saß Toby auf einem Baum, auf diesem riesigen alten Baum mit dem runterhängenden Seil. Er ritzte daran herum. Wir haben uns … unterhalten.«

»Worüber?« Meine Kopfhaut fängt an zu kribbeln.

»Na ja, er hat mich sozusagen beschuldigt, dass …«, er räuspert sich, stammelt, »… äh, dass ich dich beim Mittagessen angestarrt hätte.«

»*Mich* angestarrt?«

»Das waren nicht seine genauen Worte. Aber im Wesentlichen war es das, ja.«

»Also, wie … wie gestört …« Ich wickle eine Haarsträhne um meinen Finger, nicht mehr sicher, ob ich das Gespräch im Griff habe. Mein Gesicht steht in Flammen. Hat Lucian mich beim Mittagessen angestarrt? Ich war so bemüht, nicht in seine Richtung zu blicken, dass ich es nicht mal gesehen hätte. »… wie vollkommen bescheuert.«

»Das mit dem Auge deines Bruders tut mir aufrichtig leid.« Seine Augen sind so dunkel, dass sie fast vollkommen schwarz wirken, Glut flackert darin.

»Du siehst aber nicht so aus, als würde es dir besonders leidtun.« Ich rümpfe die Nase und versuche meine Verlegenheit zu verbergen.

»Ich sage nichts, das ich nicht so meine.« Er schiebt die

Gitarre zur Seite und setzt sich seltsam verkrümmt hin, die Füße auf dem Teppich.

Mein Blick wird von einer dunklen Falte in seinem Pyjamaoberteil angezogen. »Was ist das?«

Lucian sieht hinunter, zieht den Stoff von seinem Bauch weg.

»Es sieht aus wie ... Blut.«

»Hab mir einen alten Rugbykratzer angestoßen.«

Noch mehr Blut auf Black Rabbit Hall! Ich presse die Hand an den Mund und frage mich, was ich Caroline sagen soll, wenn er stirbt.

»Schau nicht so verschreckt.« Er zieht sein Pyjamaoberteil hoch. »Es ist nichts, siehst du?«

Ein ungefähr sieben Zentimeter langer, dünner Einschnitt. »Du musst zum Dorfarzt.«

»Nein, muss ich nicht.« Er lacht.

»Deine Mutter. Ich hole sie.«

»Nein! Nicht Ma. Mensch, denk nicht mal dran. Besorg mir einfach irgendein Tuch oder so was, ja?«

Ich versuche, mich an den Erste-Hilfe-Kurs der *St John Ambulance* an der Schule zu erinnern, während ich ins Bad renne, ein Handtuch vom Haken reiße und es mit zitternden Fingern zu einer Kompresse zusammenfalte. Als ich wieder ins Zimmer komme, ist Lucian von der Taille aufwärts nackt. Mir stockt der Atem. Ich gehe in die Hocke, wünschte mir, ich wäre nie in sein Zimmer gekommen, und weil ich nicht weiß, was ich sonst tun soll – er nimmt das Handtuch nicht –, fange ich an, ihm das Blut von seiner glatten, festen Haut zu wischen, und weigere mich, das drahtige V aus rußig schwarzem Haar zu sehen, das von seinem Bauchnabel nach unten verweist, zu einem unbekannten Ort unterhalb seines Hosenbunds. Die Wunde ist oberflächlich, aber gezielt ausgeführt. »Das sieht aber nicht aus wie ein Rugbykratzer«, sage ich steif.

Seine Bauchmuskeln ziehen sich zusammen. Und da weiß ich es. Ich schließe die Augen, wappne mich, wie man es bei einer Achterbahn macht, wenn man immer höher und höher steigt, bereit für den Horrorsturz nach unten. »Toby?« Ich flüstere, bin fast nicht in der Lage, den Namen herauszuhauchen.

»Blödes Taschenmesser.« Seine Stimme ist so leise und beherrscht, dass ich weiß, er will es mir nicht erzählen, genauso wenig wie ich es hören will. Aber wir sind verschanzt in diesem Zimmer, mitten in der Nacht, vor dem Fenster wirbelt der Schnee, und plötzlich scheint es unmöglich, dass einer von uns etwas sagen könnte, das nicht wahr ist.

»Ich glaube nicht, dass er das wollte, Amber«, sagt Lucian mit einer unerwarteten Sanftheit, die mich fast zum Weinen bringt. »Er wollte mir bloß Angst einjagen. Dann ist die Sache aus dem Ruder gelaufen.«

»Toby ist kein schlechter Mensch.« Ich kann nicht verhindern, dass meine Stimme zittert bei der Vorstellung, wie wütend Papa wäre, wenn er es herausfände. »Er … wird nur manchmal so wütend.«

»Ich weiß. Ist schon gut.«

Gegen meine Tränen ankämpfend, lasse ich das Handtuch zu Boden fallen. Die Wunde ist nun trocken. »Warum hast du nichts gesagt?«

»Ich versteh's, das ist alles.«

Alles, was ich von Lucian Shawcross zu wissen meinte, fängt an, unter mir wegzurutschen wie schmelzender Schnee. Aber ich bin mir noch immer nicht sicher, ob ich ihm glauben soll.

Wir sitzen einen Moment lang schweigend da. Die Glut im Kamin lodert noch ein letztes Mal auf und erlischt dann, taucht das Zimmer in eine traumhafte Unterwasserstimmung. »Mein Vater ist gestorben.«

»Oh.« Jetzt glaube ich ihm.

»Damals hat es auch geschneit.«

»Das tut mir leid.«

Er zuckt mit den Schultern. »Es ist nicht so, als wäre es erst an Ostern passiert.«

Nun gibt es nicht mehr viel zu sagen. Wir beide wissen um Dinge, von denen die meisten Leute in unserem Alter keine Ahnung haben.

Verdammtes Pech. Das ist es wirklich.

»Ich geh dann besser.« Ich stehe eilig auf. Ohne mich noch einmal umzusehen, obwohl es mich danach verlangt, erklimme ich im Mondlicht die Treppen und versuche, all das zu begreifen. Eine Nacht, die sich in eine andere Nacht geschoben hat. Ich fühle mich wacher denn je. Als würde ich nie wieder Schlaf finden. Die Standuhr sagt, es sei drei Uhr. Kann wirklich schon eine Stunde vergangen sein? Wohin ist sie verschwunden?

Als ich mich vom Treppenabsatz zurück in mein Zimmer schleiche, merke ich, dass die Tür einen Spalt offen steht und meine Lampe aus ist, obwohl ich sie angelassen habe. In der Dunkelheit bewegt sich etwas, verlagert sich auf den Sprungfedern meines Bettes. »Toby?« Ich schiebe die Tür langsam auf, bloß noch ein paar Sekunden sicher, die Angst wie Motten in meinem Bauch. »Toby, bist du das?«

13

Lorna

»Ja, Lorna, hier hat einmal ein … ein Toby gewohnt, vor langer Zeit«, stottert Dill, den Handrücken gegen die Stirn gelegt. Sie hievt Lornas Reisetasche so schwungvoll auf die lederne Gepäckablage, dass diese wackelt. »Oje, Handtücher. Ich habe Ihre Handtücher vergessen.« Sie schnalzt missbilligend mit der Zunge, auch wenn Lorna spürt, dass sie dankbar für diese Ablenkung ist. »Ich wusste doch, dass ich etwas vergessen habe.«

»Toby ist Mrs. Altons Sohn?«, hakt Lorna beharrlich nach. An ihren Fingerspitzen fühlt sie noch immer die Furchen in der rauen Rinde, die Namen dieser Kinder, und sie kann nicht aufhören, an sie zu denken. Es ist schwer zu glauben, dass sie Jon erst heute Morgen einen Abschiedskuss gegeben hat und dann in den Zug aus London gestiegen ist. Black Rabbit Hall hat sie bereits eingefangen, ihr anderes Leben verdrängt.

»Oh nein, nicht ihr Sohn«, sagt Dill und wirkt erschrocken. »Nein, nein, ihr Stiefsohn. Lassen wir mal ein bisschen Luft hier rein.« Sie zieht die geblümten Vorhänge zurück, macht das Schiebefenster auf, als versuche sie, Lornas Fragen durch eine erfrischende Brise zu vertreiben. »Das ist besser.«

Lorna gesellt sich zu ihr ans Fenster. Der Ausblick ist anders, als sie ihn in Erinnerung hat, weiter. Die Rasenfläche erinnert sie an eine Freilichtbühne, deren Schauspieler längst abgegangen, aber nicht vergessen sind. Kein Kind sollte je vergessen werden. »Also, Dill, dieser Baum im Wald …«

»Wir sind schon ziemlich spät dran. Mrs. Alton wartet im Wintergarten bestimmt bereits auf ihren Tee«, sagt Dill und stiehlt sich bereits aus der Tür. »Sie mag es nicht besonders, den Tee zu spät einzunehmen.«

Falls Mrs. Alton schon ungeduldig auf ihren Tee gewartet hat, hat sie den Anstand, das nicht zu zeigen. Bekleidet mit einer Hose und einer himmelblauen Bouclé-Jacke ohne Kragen, die leicht verfilzt ist – auf der linken Schulter befindet sich ein perfekter Kreis von Mottenlöchern –, aber ansonsten verdächtig aussieht wie jene von Chanel, die in den besseren Vintage-Läden noch immer für ein kleines Vermögen über den Ladentisch gehen, sitzt sie reglos in einem gemütlichen, stieglitzgelben Raum. Sie hat die Fingerspitzen aneinandergelegt und presst sie leicht gegen ihre Lippen. »Wie ich höre, haben Sie sich im Wald verlaufen.«

»Ja, das stimmt«, sagt Lorna. »Es tut mir sehr leid, wenn ich Sie habe warten lassen.«

»Ach, diese Wege sind extra dafür ausgelegt, dass Besucher die Orientierung verlieren. Das ist noch so eine Alton-Dummheit aus der Jahrhundertwende, glaube ich. Nehmen Sie Platz. Sie sind ja ganz rot im Gesicht von Ihrem kleinen Abenteuer.«

Mrs. Altons kühle Distanziertheit würde jeden nervös machen, denkt Lorna, bedacht darauf, sich mit den Ellenbogen nicht auf der Tischdecke abzustützen. Sie ist dankbar dafür, dass ihre Mutter immer auf Tischmanieren geachtet hat.

»Der Tee.« Dill stellt ein orientalisch anmutendes schwarzes Tablett, dessen Lack bereits in langen, gekräuselten Splittern abblättert, vor sie hin. »Ein Stück Ingwerkuchen, Lorna?«

Der Kuchen ist ein glänzender bronzefarbener Barren. »Oh ja, bitte. Er sieht köstlich aus.«

»Ohne Dills Ingwerkuchen funktioniere ich einfach nicht«, sagt Mrs. Alton und schiebt die Kante einer Silberkuchengabel in ihr Kuchenstück.

»Das Rezept meiner Mutter«, erklärt Dill, die überrascht und erfreut wirkt, als sei ein solches Kompliment selten.

»Eines der bekömmlicheren«, ergänzt Mrs. Alton dann auch forsch.

Der Kuchen schmilzt förmlich auf Lornas Zunge. Es ist der beste, den sie je gegessen hat, und sie hat schon viele probiert. Bevor sie es aussprechen kann, verschwindet Dill aus dem Raum, geräuschlos wie eine Küchenkatze.

»Also, das Anwesen ist ganz schön romantisch, oder nicht, Lorna?« Mrs. Alton tupft sich die Mundwinkel mit einer fadenscheinigen Leinenserviette, die so aussieht, als hätte sie seit dem fünfzehnten Jahrhundert täglich eine Kochwäsche gesehen. »Der perfekte Rahmen für eine Hochzeit?«

»Es ist das schönste Anwesen, das ich je gesehen habe.«

Mrs. Alton nimmt ihre Teetasse zwischen Daumen und Zeigefinger, führt sie an die gespitzten Lippen und nippt. »Ausgezeichnet.«

»Mrs. Alton, ich bin da auf diesen Baum am Fluss gestoßen ...«, setzt Lorna behutsam an, denn sie möchte keine alten Wunden aufreißen, aber die Neugier siegt. Das Zimmer mag friedlich sein – alte Räume strahlen immer diesen Frieden aus, ungestört von WiFi-Verbindungen und versteckter Verkabelung oder was auch immer es ist, das die Atmosphäre in modernen Häusern in Unruhe versetzt –, doch in ihrem Kopf rasen die Gedanken in Hochgeschwindigkeit. Selbst jetzt, wo sie hier sitzt, hat sie das Gefühl, in Bewegung zu sein. »... mit diesen Schnitzereien, Namen.«

»Ein solcher Baum ist mir bekannt.« Mrs. Alton seufzt, als

hätte Lorna sie durch seine Erwähnung enttäuscht. Die Pfeilspitze zwischen ihren Augenbrauen vertieft sich, und ihr Blick über den Rand der Tasse hinweg verhärtet sich, warnt Lorna davor, weiter nachzuforschen. »Er ist erkrankt und muss gefällt werden.«

»Oh nein, Sie müssen ihn stehen lassen! Er ist Teil der Geschichte dieses Hauses?«

»Das ist nur *eine* Geschichte, Lorna.« Klirrend stellt sie ihre Tasse auf dem Unterteller ab. »In einer Familie wie meiner gibt es viele, viele Geschichten, die sich meist gegenseitig widersprechen. Wir können nicht jedes Mal rührselig werden. Und jetzt wären Sie so freundlich, mir noch ein Stück Kuchen abzuschneiden? Ich halte es für ziemlich überflüssig, sich in meiner Lebensphase ein zweites Stück zu verkneifen.«

»Ganz Ihrer Meinung.« Mit einem schweren, stumpfen Silbermesser schneidet sie ein dickes Stück ab, vermutlich zu dick, denn Mrs. Altons linke Augenbraue hebt sich. Und obwohl sie gerne selbst noch ein weiteres Stück gegessen hätte, lässt ein Geistesblitz sie innehalten, das Messer noch in der Luft. »Mrs. Alton, ich habe eine Idee, wie Sie vielleicht ein erfolgreiches Hochzeitsbusiness hier auf Ihrem Anwesen aufbauen könnten.«

»Wirklich?« Sie führt einen winzigen Happen Kuchen zu ihrem Mund. »Fahren Sie fort.«

Lorna beugt sich über den Tisch nach vorne und vergisst dabei vollkommen ihre Ellenbogen. »Darf ich offen sein?«

»Ich habe keine Zeit zu verlieren mit Leuten, die das nicht sind.«

»Nun ja, der Internetauftritt ist nicht sehr … attraktiv.« Jetzt ist sie diplomatisch: Die Internetseite besteht aus einem unscharfen Foto, einer schwer nachvollziehbaren Adresse – »Pencraw Hall, Roseland, Cornwall« – und dem Textfetzen: »Website under construction«.

»Verstehe«, sagt Mrs. Alton schroff und legt ihre Gabel auf den Teller. Der grollende Ausdruck auf ihrem Gesicht deutet darauf hin, dass Offenheit ein relatives Prinzip ist. »Glauben Sie mir, Lorna, es ist fast ein kleines Wunder, dass wir überhaupt eine haben.«

»Ich ... meine nur, dass der Internetauftritt dem Haus nicht wirklich gerecht wird.«

»Endellion wird noch weitere Fotos machen. Was ihr an Fähigkeiten abgeht, muss sie eben mit Quantität wettmachen. Das sollte genügen.«

»Was ist mit der Geschichte des Hauses? Daran wird jeder interessiert sein.«

»Ach ja?«

»Mrs. Alton, dies ist ein Ort für Leute wie mich, die Dinge mit Geschichte lieben, für Paare, die nach etwas suchen, das weit entfernt ist vom Modernen und Alltäglichen.« Sie erinnert sich an all die nichtssagenden, anonymen Hochzeitslocations, die sie vollkommen kaltgelassen haben, und versucht zu verstehen, was dort gefehlt hat. »Und nach Authentizität. Einem kurzen Blick in Ihre Welt.«

»Einem Blick in meine Welt? Das geht diese Leute doch gar nichts an.« Ein Ingwerkuchenkrümel aus ihrem Mund schießt wie ein Torpedo über den Tisch und landet auf Lornas Handgelenk.

»Ich meine das aus einem rein kommerziellen Blickwinkel, Mrs. Alton.« So meint sie es natürlich nicht, aber sie lässt es einfach einmal so stehen und fragt sich, wann sie wohl die Gelegenheit hat, diskret den Krümel wegzuwischen.

»Sind Sie sicher, dass es uns mehr Umsatz einbringen würde?«

»Das würde ich schon sagen. Es muss nicht viel Information sein, nichts plump Vertrauliches, nur ein wenig Hintergrund.« Sie holt tief Luft, riskiert es. »Ich würde mich freuen, wenn ich dabei helfen könnte.«

Mrs. Altons Augen werden schmal. »Das wird Ihnen aber keinen Preisnachlass einbringen, wissen Sie.«

»Natürlich nicht! Ich würde es einfach gern machen als Dankeschön für meinen Aufenthalt hier. Mir geht das Schreiben leicht von der Hand. Es würde nicht lange dauern, und es wäre mir wirklich eine Freude. Ich finde solche Dinge faszinierend. In der Schule unterrichte ich Geschichte auch am liebsten«, fügt sie hinzu und fürchtet schon, es damit zu übertreiben.

»Verstehe.« Mrs. Alton unterdrückt nicht die Skepsis in ihrer Stimme.

In der unbehaglichen Stille, die darauf folgt, hört Lorna das Haus knarren und seufzen, als würden die Steine, das Holz und der bröckelnde Kalkzementmörtel ebenfalls versuchen, sich eine Meinung über die Wichtigtuerin aus der Stadt zu bilden.

»Noch Kuchen, meine Damen?«, fragt Dill, die nun die Tür öffnet und sie neugierig beäugt. »Alles zu Ihrer Zufriedenheit?«

Lorna hält den Atem an, wagt nicht aufzublicken. Bestimmt wird sie gleich zum Gehen aufgefordert. Tja, es hat Spaß gemacht. Die ganzen vier Stunden.

Die alte Dame räuspert sich knatternd. »Lorna besaß die Kühnheit vorzuschlagen, dass wir die Familienbettlaken zur öffentlichen Beschau aufschlagen, Endellion.«

Himmel! »Mrs. Alton, ich wollte wirklich nicht …«

»Und ich denke, es ist an der Zeit, nicht wahr?« Mrs. Alton erhebt sich bedächtig, stemmt sich mit den Fingerknöcheln am Tisch hoch. »Aber vorher benötige ich einen ordentlichen Drink im Salon. Sherry bitte, Endellion. Nicht den besten.«

Als sie an der Mondphasenuhr in der Eingangshalle vorbeikommen, zeigt diese Mitternacht an. Aber Lornas Uhr sagt fünf. Keine der beiden Uhrzeiten fühlt sich richtig an. Die Wände des Salons haben ein dunkles Nebelblau, und das zischende Feuer im Kamin, das Dill eilig entzündet hat, verleiht dem Raum eine stickig-schläfrige Atmosphäre, wie gefangen in den unwirklichen späten Stunden einer kalten Winternacht. Dicker grauer Holzkohlerauch schlängelt sich im riesigen Kamin hoch, bevor er es sich anders überlegt und langsam zurück in den Raum wabert wie Nebel über der See und Lorna die Tränen in die Augen treibt und ihr in der Kehle brennt. Der Sherry hilft da auch nicht. Mit einem Gefühl der Orientierungslosigkeit schleckt sie sich den Finger ab – er schmeckt auf unerklärliche Weise nach dem milchigen Saft aus einem Löwenzahnstängel, ein bitter-grasiger Geschmack, den sie noch aus ihrer Kindheit kennt. Sie schlägt ihr Notizbuch auf.

Eine Stunde später ist es vollgekritzelt mit wahllosen Fakten über das Haus, die in der Zeitabfolge hin und her springen wie die Notizen eines verwirrten Studenten: Pencraw, im Besitz der Familie Alton seit fünf Generationen, erworben mit Handelsvermögen – ursprünglich Zucker – von einem Herzog »mit viel zu vielen Häusern und einer vollkommen verwöhnten Frau«; im Ersten Weltkrieg in ein Genesungsheim für verwundete Soldaten umfunktioniert, im Zweiten Zuflucht für mindestens zwanzig evakuierte Kinder; einst beträchtliche landwirtschaftliche Flächen, die mittlerweile größtenteils verkauft sind; ebenso die Mehrzahl der Cottages des Landguts; das Haus selbst wäre in den 1950er Jahren beinahe zerstört worden, da ein Abriss billiger gekommen wäre als seine Erhaltung, genauso wie die berüchtigten Kaninchen beinahe von der Myxomatose dahingerafft worden wären; ein prächtiger Reynolds aus dem Salon, wo heute eine Schmugglerlandschaft hängt, wurde skandalöserweise vom Großvater ihres Mannes Hugo versteigert; Sebastian, ein skrupelloser Erbe, der im Absinthrausch einfach nackt bis auf einen Panamahut von einer Yacht gegangen und ertrunken ist, sehr zur allgemeinen Erleichterung; eine Eibe im Garten, die »älter ist als Amerika«; Prinzessin Margaret, die einst eine Party hier besuchte, die ganze Nacht durchtanzte und einen langen weißen Seidenhandschuh zurückließ, der sich nun in einer Schublade befindet, aber keiner kann sich erinnern, welcher es genau ist, es gibt so viele.

Die jüngere Familiengeschichte ist schwerer aus ihr herauszukitzeln. Andeutungsweise entweicht sie Mrs. Alton in kleinen, salzigen Tropfen, die Lorna jeder für sich nur noch durstiger zurücklassen: Hugos »furchtbar schöne« erste Frau, die »ihr Pferd nicht überleben konnte«, vier Stiefkinder, darunter »gestörte, schwierige Zwillinge«, ihr eigener Sohn Lucian – dessen Namen Mrs. Alton bloß in einem leisen, heiseren Flüstern ausspricht – und das Zugeständnis, dass die Rolle der Stiefmutter »keine war, in der ich mich besonders hervortat«, dahingesagt mit, wenn überhaupt, auffallend wenig Bedauern.

Während sie reden, tickt die Reiseuhr, und die Flammen fangen an salzblau zu knistern. Rauch hängt in den Zimmerecken, gerade außer Reichweite wie die Geschichten, hinter denen Lorna her ist. Lorna merkt, dass sie um Barney kreist, ohne es zu wagen, direkt nach seinem Tod zu fragen. Sie fürchtet Mrs. Altons Trauer und weiß, dass es ihr nicht gelingen würde, die Details wieder aus dem Kopf zu bekommen, wenn sie sie erst einmal eingelassen hätte. Niemand kann den Tod eines Kindes vergessen. Es verstößt gegen die natürliche Ordnung der Dinge. Und Ordnung – Alter, Geschlecht, Status – ist, das begreift sie langsam, in einer herrschaftlichen Familie alles. Sich ihr zu widersetzen ist gefährlich. So ein Widerstand führt dazu, dass alte Frauen alleine in riesigen feuchten Häusern leben, stranguliert von ihren kostbaren, nutzlosen Perlenketten.

»Ich habe Fehler gemacht, Lorna«, sagt Mrs. Alton unvermittelt.

»Jeder macht Fehler, wenn es um Häuser geht, Mrs. Alton.« Lorna wärmt ihr Sherryglas in der Schale ihrer Hand. Die ersten beiden Schlucke waren eine Herausforderung, aber jetzt ist sie beinahe auf den Geschmack gekommen. »Sie sollten mal ein paar Geschichten von Jons Baustellen hören.«

Mrs. Alton, die Lippen fest zusammengepresst, schüttelt den Kopf. »Nicht *diese* Art von Fehlern.«

»Oh.« Die Wendung der Unterhaltung ins Ehrliche lässt sie den Rauch in die falsche Kehle bekommen.

»Ich war wie manche unserer Hennen, Lorna, überhaupt kein Mutterinstinkt. Ich hätte ihn haben müssen, alle Frauen damals verfügten darüber, aber ich nicht. Mir fiel es ziemlich schwer. Und dann noch diese Stiefkinder – Amber, Toby, Barney, Kitty – sie waren …«, sie sucht nach dem richtigen Wort, schüttelt dann den Kopf, »… mir ein Rätsel.«

»Ich bin sicher, Sie haben Ihr Bestes gegeben, Mrs. Alton.« Sie berührt sie sanft am Arm.

Mrs. Alton zuckt zusammen, starrt auf Lornas Hand, erschrocken über die menschliche Berührung. »Selbstverständlich wäre es mir lieber, wenn Sie davon nichts in der Historie erwähnten«, sagt sie kühl.

»Natürlich nicht.« Lorna nimmt ihre Hand wieder weg, zieht sich auf ihr Sherryglas zurück. »Es ist Ihre Geschichte, nicht meine. Sie geben nur preis, wobei Ihnen wohl ist.«

Doch Mrs. Alton sieht nicht so aus, als würde sie sich noch wohlfühlen, ganz und gar nicht. Sie rüttelt mit gekrümmten Fingern an ihren Perlen, und die Furchen auf ihrer Stirn vertiefen sich. »Ich fürchte, ich rede zu viel.«

»Überhaupt nicht!«

»Mit Ihnen redet es sich erschreckend einfach.« Sie lehnt sich auf ihrem Stuhl nach vorne, und ihre Augen verengen sich misstrauisch unter der hängenden Haut ihrer Lider. »Haben Sie so etwas schon öfter gemacht?«

»Noch nie.« Lorna muss lächeln bei der Vorstellung, sie würde es sich zur Gewohnheit machen, vornehme alte Damen in ihren Landhaussalons zu interviewen.

»Tja, dann sind Sie ein Naturtalent. Zu meiner Zeit hatten wir auf jeden Fall keine Lehrerinnen wie Sie. Meine Schulzeit wäre sicher erträglicher verlaufen, wenn dem so gewesen wäre.« Mrs. Altons Lächeln ist reserviert. Ihre Energie scheint zu schwinden. »Ich hoffe, Sie haben nun genügend Informationen.«

»Ähm, noch nicht ganz.« Wenn sie jetzt nicht fragt … Sie wappnet sich, holt tief Luft, spricht so sanft, wie sie kann. »Was ist mit Barney passiert, Mrs. Alton?«

»Barney?« Mrs. Alton greift nach der Karaffe, schenkt sich mit einem sichtbaren Zittern ihrer Hand nach. »Barney musste den Preis zahlen.«

»Den Preis?«, wiederholt Lorna entsetzt. »Den Preis wofür?«

Ein leises Klopfen an der Tür bringt sie um die Antwort. »Entschuldigen Sie die Störung. Es ist Zeit für Ihre Pillen, Mrs. Alton.« Dill kommt mit einem Glas Wasser herein. Der bissige Terrier folgt ihr, Krallen klackern auf dem Holz, der Geruch von nassem Hund ist durchdringend.

»Blütenblatt!« Mrs. Altons Gesichtszüge werden weicher. Sie taucht den Finger in ihren Sherry und lässt ihn von dem Hund abschlecken. »Braver Junge, Blütenblatt. Ja, du bist mein braver Junge.«

»Sie haben heute Ihr Mittagsschläfchen verpasst, Mrs. Alton.« Dill holt eine Handvoll Pillen aus einem schmuddeligen Gefrierbeutel. Sie wirft Lorna ein freundliches Lächeln zu. »Das ist neu.«

»Komischerweise habe ich es nicht mal bemerkt. Die Zeit

verging wie im Flug.« Mrs. Alton weist das Wasserglas mit einer Handbewegung zurück und kippt die Pillen effizient mit dem Sherry hinunter. »Aber ich denke, ich sollte mich jetzt ausruhen, sonst piesackt mich dieser schreckliche Arzt wieder.« Sie greift nach ihrem Stock. »Ja, für heute reicht es wohl. Völlig.«

Lorna wird es schwer ums Herz. Gerade als sie glaubte, sie wäre auf dem richtigen Weg. Doch tatsächlich wirkt Mrs. Alton ziemlich erschöpft hinter der pudrigen Rougeblüte auf ihren Wangen, die ihr das gespenstische Aussehen einer gealterten Porzellanpuppe verleiht.

Als sie sieht, dass Mrs. Alton aufstehen will, springt Lorna auf die Beine und stützt sie sanft am Unterarm, so wie sie es auch immer bei ihrer Großmutter gemacht hat. Nur dass deren Arm sich weich und rundlich angefühlt hat wie mit warmem Sand gefüllte Socken. Mrs. Altons Arme dagegen sind stramm, drahtig, die Sehnen knirschen unter ihrer Wolljacke. Glücklicherweise übernimmt Dill.

»Es wird vielleicht ein Weilchen dauern«, entschuldigt sie sich bei Lorna, als sie Mrs. Alton zur Tür führt. »Bekommen Sie die Zeit bis zum Abendessen auch alleine rum?«

»Absolut«, sagt Lorna. Die Chance, sich etwas von ihrem Sherryrausch und dem ganzen Rauch zu erholen, kommt ihr durchaus gelegen. »Bitte machen Sie sich um mich keine Sorgen. Ich schlendere gerne noch ein wenig herum.«

»Sie können sich die Bibliothek ansehen. Dort gibt es jede Menge Fotos, Unterlagen über das Haus, solche Dinge.« Dill hustet und wedelt sich mit der Hand frische Luft zu. »Wenn es Ihnen recht ist, Mrs. Alton?«

»Mit Recht hat das nichts mehr zu tun, Endellion.« Mrs. Alton hebt den Stock und geht voran. »Hier geht's jetzt ums bloße Überleben.«

Lorna beschließt, das als Ja zu interpretieren.

Lorna schwenkt ihr Handy durch den Fenstererker der Bibliothek wie jemand, der versucht einen Schmetterling zu fangen. Ja! Ein Balken. Verbindung zur Außenwelt. »Jon, kannst du mich hören?«

Sie hört ein entferntes Rauschen, wie wenn jemandem aus Versehen das Handy in der Hosentasche angeht, während er eine belebte Londoner Straße entlanggeht.

»Jon, ich bin's.«

Ein Knacken, ein Zischen, Stille. Sie versucht es erneut. Wieder dasselbe. Lorna kann sich der Frage nicht erwehren, ob dieser Verbindungsabbruch vielleicht das Symbol für etwas anderes ist, etwas, das mit dem Zustand ihrer Beziehung zu tun hat, dem Hickhack, bevor sie nach Cornwall gefahren ist. Schweren Herzens lässt sie das Handy wieder in ihrer Handtasche verschwinden. Sie wird es später noch einmal probieren. Er kann sowieso nicht richtig reden, wenn er gerade auf der Baustelle ist. Zumindest wird ihre Nummer auf seinem Display erscheinen: Er wird wissen, dass sie es versucht hat.

Sie sieht sich in der Bibliothek um, und ihr Blick bleibt an dem Pferdeschädel in der Schachtel hängen. Hat er etwas mit dem Reitunfall der ersten Frau zu tun? Nein, bestimmt nicht. Das wäre viel zu schaurig.

Wenn sie sich ordentlich umsehen will, bevor Dill zurückkommt, muss sie sich ranhalten. Sie sieht hinauf zu den deckenhohen Bücherregalen – vergoldete Buchrücken, so weit das Auge reicht – und fährt, überwältigt von der schieren Fülle an Büchern, ein Regal mit dem Finger ab.

In ihrem Elternhaus gab es auch Bücher, aber die stammten stets aus der Leihbücherei, die Umschläge geschützt von labbrigen Plastikhüllen und mit den klebrigen Fingerabdrücken Fremder an den Seitenrändern. Und es waren immer bloß sechs auf einmal. Bisweilen hat sie Bibliotheken wie diese in historischen Gebäuden zu sehen bekommen, ohne ihnen große Beachtung zu schenken. Ihre Mutter hat sich nicht für Bücher interessiert, außer es waren die Liebesromane, die sie gern in einem brütend heißen Bad las, aufgeschäumt durch einen Spritzer Badezusatz – und die junge Lorna träumte manchmal davon, eine eigene Bibliothek zu haben, Dutzende Bücher, die einfach dastehen und in die man einen Aufkleber mit der Aufschrift »Dieses Buch gehört ...« kleben kann, Bücher, die nicht das Taschengeld verschlingen, wenn man sie nicht rechtzeitig zurückbringt.

Sie macht einen Schritt zurück, bleibt mit dem Absatz in einem Loch im Teppich hängen, als sie versucht, die dicken Wälzer in den oberen Fächern zu betrachten: eine Reihe dicker, in bordeauxfarbenes Leder gebundener Bücher, jedes mit einer blassgoldenen Jahreszahl versehen. Sie beschließt, sich auf die Regalleiter zu wagen, eine langbeinige Vorrichtung, die lautstark protestiert, als sie ihren Fuß darauf setzt. Lorna steigt hinauf, bis sie auf der Höhe des tiefsten Kristalltropfens des Kronleuchters angekommen ist. Hier oben ist die Staubschicht noch dicker, vermischt mit toten Schmeißfliegen und mumifizierten Bienen. Es ist auch merklich kühler – irritierend: Steigt warme Luft nicht eigentlich nach oben? Und als sie hochgreift und das Buch herauszieht, auf dem »1960er« steht, fängt ihre Kopfhaut an zu kribbeln. Den Rindenschnitzereien zufolge sollte dies das Jahrzehnt sein, in dem Barney und seine Geschwister hier lebten.

Sie steigt zurück auf den abgewetzten Teppich und schlägt den schweren Buchdeckel auf, der ein grün marmoriertes Vorsatzblatt offenlegt. Ja, es ist ein Fotoalbum: acht kleine Bilder auf jeder Doppelseite, die Ecken in cremefarbenen Karton geschoben und jede Seite bedeckt von einem Bogen Wachspapier.

Lorna öffnet die Bögen wie Vorhänge, lächelt: »Hallo.«

Vier Kinder, alle erstaunlich hübsch, springen ihr von der Seite entgegen. Die beiden Ältesten – Toby? Amber? – scheinen Zwillinge zu sein und wirken nicht im Geringsten gestört. Die Jüngste – Kitty? –, engelsgleich wie aus einer alten Seifenwerbung, umarmt eine Stoffpuppe. Und da ist er, der kleine Junge, der sie in den Wald gelockt hat. Denn das muss er sein: keckes Lächeln, die Hände tief in den Taschen seiner kurzen Hose vergraben, die Schultern hochgezogen, als habe er Mühe, ein Kichern zu unterdrücken. Barney wirkt so lebhaft, so voller Leben, dass man unmöglich glauben kann, dass er so früh verstorben ist. Sie streicht zärtlich über sein Bild, ein Kloß bildet sich in ihrem Hals, schnell blättert sie um.

Das Auffälligste an den Alton-Kindern als Truppe – und sie wirken wie eine echte Truppe, die Arme lässig gegenseitig um die Schultern gelegt, Hasenohrenfinger hinterm Kopf der anderen – ist ihr Temperament, das über die verblassten Jahre hinweg leuchtet, die in schön geschwungener Handschrift – *Sommer '65*; *Ostern '66* – am unteren Rand jeder Seite stehen. Das Glück von Kindern lässt sich nicht verbergen, weiß Lorna aus Erfahrung. Die, die es haben, zeigen es auch. Sie strahlen und leuchten. Und diese Kinder umfängt es auf jedem Foto wie eine goldene Aura: wie sie sich kreischend ins Meer stürzen, kopfüber von Ästen baumeln, an einem windigen Strand Sandwiches essen, zusammengekuschelt, grinsend und frierend in einem Zelt aus Handtüchern.

Oh. Wer ist das? Die erste Frau? Nein. Sie kann sich nicht vorstellen, dass sich die aktuelle Mrs. Alton von dieser Dame überschattet fühlt. Auf kurvige »das nette Mädchen von nebenan«-Art steht sie im Hintergrund von einigen der Fotos in einer auffällig gestreiften Schürze.

Als sie noch eine Seite umblättert, erkennt Lorna ihren Fehler. Nein, nein, das muss ein Kindermädchen oder eine Haushälterin gewesen sein. *Das* hier ist die Ehefrau und Mutter. Mein lieber Schwan! Was für ein schönes Lächeln. Kein Wunder, dass Mrs. Alton sich schwertat. Ein Foto zeigt die erste Frau lachend am Strand, gertenschlank und modelhaft in einem weißen Bikini, ihr langes Haar nass, die Arme verschränkt, die Schultern zusammengezogen. Auf allen anderen Fotos hängt ein Kind an ihr: klammert sich an ihr Bein, sitzt auf ihren Schultern, schlingt die kleinen Händchen um ihren Hals, liegt am Boden und spielt mit ihren Zehen. Und der mutmaßliche Mr. Alton – auch er ziemlich attraktiv, auf eine vornehme, althergebrachte James-Bond-Art – blickt sie auf fast jedem der Bilder treu ergeben an. Es ist offensichtlich, dass diese Frau das pulsierende Herz der Familie ist. Wie um alles auf der Welt waren sie ohne sie klargekommen?

Die Antwort liegt womöglich auf den folgenden Seiten, nach einer Lücke in den Zeitangaben. Als es ab Ende 1968 wieder Fotos der Familie gibt, ist die Stimmung düster, und die Fotos sind nicht länger beschriftet mit dieser schönen Handschrift. Und natürlich ist die Mutter nirgends mehr zu sehen. Während die früheren Seiten, auf denen die Kinder abgebildet sind, Licht in den Raum zu pumpen schienen, verbreiten diese nun feine Staubwolken, die darauf hindeuten, dass sie seit Jahren nicht mehr aufgeschlagen wurden. Oder es liegt bloß daran, dass die Zeiten sich so deutlich verändert haben.

Mr. Alton wirkt, da wo er überhaupt noch auftaucht, bedrückt, hat eingefallene Wangen, und sein einst glänzendes Haar ist schütter geworden und von Silberfäden durchzogen. Auch die Kinder haben ihr goldenes Strahlen eingebüßt. Sie sind jetzt größer, schlaksig, scheinen der Kamera zu misstrauen. Trotzdem ist Lorna erleichtert, sie noch immer zusammengedrängt zu sehen wie junge Tiere, die beieinander Schutz und Wärme suchen.

Ah, da ist sie: Caroline, die neue Mrs. Alton, hoch aufragend im Hintergrund des Fotos, eine auffallend eisige Blondine in ihren Vierzigern, deren Hand steif auf Kittys Schulter ruht. Diese Frau sieht Mr. Alton nicht an, sein Blick ist abwesend, die Haltung schlaff. Neben ihm steht ein mürrisch dreinblickender, gutaussehender Teenager, der sich in seinem hochaufgeschossenen Körper und seiner Jacke unwohl zu fühlen scheint. Lucian? Er muss es sein. Ja, er hat die schönen scharfen Gesichtszüge von Mrs. Alton. Und noch etwas anderes. In der Tat ein gutaussehender Junge.

Die Zwillinge sind nur noch Schatten ihres früheren Selbst. Auf einem Weihnachtsfoto – ein riesiger Baum, zugeschüttet mit Geschenken – sieht Toby aus, als würde er jeden Moment explodieren. Amber hat die Hand auf seinem Arm, als wolle sie ihn daran hindern, etwas zu tun oder zu sagen.

Die finsteren Gesichter finden sich auch noch auf den Hochzeitsbildern und auf Fotos aus einem glühenden Sommer, der … sich plötzlich verliert. Lorna blättert weiter, sucht nach dem Rest. Aber nichts. Im August 1969 endet das Jahrzehnt vorzeitig in einem Geflatter aus leeren Wachspapierseiten. Erschöpft schlägt sie das Fotoalbum zu, als hätte sie zehn Jahre in ebenso vielen Minuten durchlebt. Keine Fotos mehr. Nicht heute. Sie hat eine Hochzeit zu planen, ruft sie sich in Erinnerung. Sie muss weiterkommen.

Doch Black Rabbit Hall ist kein Haus, das sich dafür eignet weiterzukommen, genauso wenig wie es Telefonate zulässt, wie Lorna bald feststellt. Es offenbart sich in seinem eigenen Tempo: seine Korridore, Vorzimmer und die wiederholten Unterbrechungen seiner Ausblicke, die ein träumerisches Verweilen begünstigen. Liegt es daran, dass es einst für die feine Gesellschaft mit ihrem Leben in Muße gebaut wurde, fragt sie sich, oder ist es etwas anderes?

Immer wenn sie denkt, sie wäre mit einem Raum auf Black Rabbit Hall fertig, und ihn gerade verlassen will, fällt Lorna irgendetwas auf, das sie vorher noch nicht gesehen hat, und das hält sie dort dann noch ein bisschen länger, nicht bloß an dem Ort, sondern auch in dem Gefühl, als würde dieses Haus das Außen und das Innen irgendwie dazu zwingen, miteinander zu verschmelzen.

Der Salon erweist sich als besonders fesselnd. Sie macht den Globus dafür verantwortlich. Der Globus verfügt da über eine Methode: Er summt schöner, wenn man ihn leicht von links anstößt. Je länger man ihn summen lässt, desto tiefer und lauter wird das Geräusch, als würde man auf einen versteckten Bienenstock zugehen. Und ihr ist noch etwas Seltsames aufgefallen: ein kleiner Kringel – wackelig mit grünem Kuli um New York gezogen. Warum?

Lornas Mutter nahm immer an, dass herrschaftliche vergoldete Räume und alte Meister die Geschichte eines würdevollen Hauses erzählen. Aber die wahre Geschichte ist versteckt, irgendwo hingekritzelt von einer Hand, die damit vermutlich etwas tat, was sie nicht sollte. Wie dieser Tintenkreis. Oder der eingeritzte Baum im Wald.

Dann stutzt sie. Was, wenn sie ihre Mutter unterschätzt? Was, wenn ihre Mutter immer von einer anderen Geschichte wusste, die unter Black Rabbit Halls Oberfläche sprudelt wie ein unterirdischer Fluss. Dieser Gedanke bereitet ihr Gänsehaut, die Härchen an ihrem Arm stellen sich auf. Das Schild muss schließlich doch irgendeine Bedeutung für sie gehabt haben. Warum sonst hätte sie mit ihr davor posieren sollen? Noch ergibt das Ganze keinen Sinn. Aber das wird es. Die Antwort muss sich irgendwo hier in diesem Haus befinden. Wohin als Nächstes?

Ärgerlicherweise ist der Tanzsaal abgesperrt. Sie steht davor auf einem weitläufigen, prächtigen Flur mit der Temperatur eines Kühlraums. Vielleicht kann sie von außen einen Blick hinein erhaschen. Sie folgt der bröckeligen roten Ziegelmauer des Küchengartens, bis sie eine lange Reihe Fenster erreicht. Das Fensterglas ist so schmutzig, dass man durch die unteren Scheiben kaum etwas erkennen kann. Doch links von sich, in einem Teppich aus gelbem Hahnenfuß, entdeckt sie einen aufgeplatzten Rattanstuhl, der an einen riesigen alten Korb erinnert. Mit etwas Mühe zerrt sie ihn zu den Fenstern und klettert auf den morschen Sitz.

Die Tanzsaaldecke ist eine blassgrüne Wiese mit vergoldeten Stuckzöpfen, der Boden eine Fläche aus sich lösendem, wackeligem Parkett. Es gibt zwei schwankende Türme aus aufgestapelten weißen Stühlen und das Gerippe eines alten Flügels mit zerbrochenem Deckel. Und … ja! Eine Hortensie! Da wächst tatsächlich eine Hortensie aus dem Boden, drückt ihre blauen Blütenblätter an die Scheibe wie eine Treibhauspflanze. Der Traktorfahrer hat es also nicht erfunden. Sie kann es kaum erwarten, Jon davon zu berichten.

Oder besser nicht?

Es besteht die Möglichkeit, dass er es als Beleg für die Untauglichkeit des Hauses sieht. Sie spürt einen stechenden Ärger und springt vom Stuhl, da sie nicht weiter bei der Frage verweilen will, was der Zustand des Tanzsaals wohl für die Durchführbarkeit der Hochzeit zu bedeuten hat, wie die Gäste bei so einem Boden wohl essen und tanzen sollen. Sie denkt sowieso kaum noch an ihre Hochzeit. Nein, andere Dinge sind in den Vordergrund getreten.

Noch immer keine Spur von Dill oder Mrs. Alton, als sie über die Schachbrettfliesen der Eingangshalle geht und die Treppe hinaufschleicht, mit klopfendem Herzen angesichts ihrer Dreistigkeit. Ihre Schritte werden schneller, als sie an dem Treppenabsatz ankommt, wo sie sich bei ihrem ersten Besuch so eigenartig gefühlt hat. Es gibt ein bestimmtes Zimmer, das sie sich unbedingt noch einmal ansehen möchte. Sie findet es recht problemlos im dritten Stock, die taubenblaue Tür, durch die Jon einen Blick geworfen und gesagt hat, dass es so aussieht, als hätten es die Kinder gerade erst verlassen. Verstohlen öffnet sie die Tür und stolpert sofort über einen Schuh.

Sie hebt einen schmutzigen alten Turnschuh auf, biegt die Sohle in ihrer Hand und fragt sich, wem er wohl gehört hat. Getrockneter Sand rieselt aus seiner Ferse auf den Fußboden – ein Miniaturstrand, eine Sandburg, ein längst vergangener Sommer, bildet sie sich ein. Respektvoll stellt sie den Turnschuh wieder dorthin, wo sie ihn gefunden hat, betritt den Raum und glaubt, sie könnte im Windhauch, der durch die Lücken im Fensterrahmen weht, das Geschnatter von Kindern hören, das unterdrückte Kichern eines Kindes, das sich hinter dem gelben Vorhang versteckt hat und den Stoff bewegt.

Da ist das scheckige graue Schaukelpferd: Es erinnert sie nun an den Schädel in der Bibliothek, also sieht sie schnell weg. Die zerfledderten Bücher, mit Lesezeichen-Eselsohren an so mancher Ecke. Sie kauert sich auf den schmutzigen Boden, kramt sich durch verbeulte Monopolyschachteln, zerbrochene Spielzeugteeservices, Matchboxautos, stumpfe Buntstifte und entdeckt einen klapprigen Puppenwagen, der so aussieht, als hätte er Jahrhunderte von herrischen kleinen Mädchen erduldet. All das muss einmal den Alton-Kindern gehört haben. Sie kann nicht umhin, die Sachen zu ordnen, den Staub abzuwischen, Deckel auf Schachteln zu legen und einen alten, kahl werdenden Teddy in den Puppenwagen zu setzen.

Sie muss daran denken, dass ihre Mutter viele von Louises und ihren Lieblingsspielsachen aufbewahrt hat, sie in alte Geschirrhandtücher gewickelt und in Schachteln auf dem Speicher verstaut hat. Louises wurden mittlerweile wieder heruntergeholt und an ihre eigenen Kinder weitergegeben.

Lornas sind übrig geblieben, warten. Ein wenig schonungslos hatte sie immer angenommen, dass ihre Mutter wohl eher ein leichter Messie war, statt bloß ein sentimentaler Mensch, doch als sie nun diesen Raum sieht, in dem Spielsachen wirklich dem Zerfall überlassen sind, ist sie sich dessen nicht mehr ganz so sicher. Offensichtlich sind Dinge, die sie für selbstverständlich erachtet hat, dies nicht für alle Kinder. Diese Vorstellung macht sie traurig.

Nein, Mrs. Alton ist einfach nicht der Typ dafür, die geliebten Spielsachen eines Kindes zu bewahren. Aber sie weiß alte Kleider zu schätzen, denkt Lorna optimistischer, steht auf und klopft sich Sand von den Knien. Schließlich trägt Mrs. Alton Chanel auch noch, wenn es verschlissen ist. Hier könnte irgendwo ein Schrank voller unbezahlbarer Kleider sein – Hardy Amies, Yves Saint Laurent, Courrèges –, der nur darauf wartet, entdeckt zu werden. Lorna steigt die dunkler werdende Treppe wieder hinunter und wäre in ihrer Eile, zu den Schlafzimmern zu gelangen, beinahe gestolpert. In ihren Fingerspitzen juckt es beim Gedanken an all die fließenden Satin- und Seidenstoffe, die nur darauf warten, von ihr gestreichelt zu werden.

Das größte Schlafzimmer im ersten Stock ist riesig, kalt und staubig, mit abgestandener Luft. Es riecht nicht nach Schlaf, sondern nach Zeit, einer Art toter Modrigkeit. Lorna öffnet die schweren Seidenvorhänge, sodass Sonnenlicht hereinströmt und tiffanyblaue Wände in feuchter Blüte offenbart. Sie erkundet die drei Türen, die vom Zimmer abgehen. Eine führt in ein Badezimmer zu einer frei stehenden, grün angelaufenen Kupferwanne. Daneben befindet sich ein kleiner blassblauer Ankleideraum. Auf der nierenförmigen Frisierkommode eine silberne Haarbürste. Eine tellergroße Puderquaste. Ein kleines Porträt, das unverkennbar Mrs. Alton in ihren jüngeren, blonden Jahren zeigt, in Pose geworfen, beherrscht, perfekt. Enttäuschenderweise befindet sich außer einem Stapel Decken und einem gemeingefährlich aussehenden Fön, aus dem die Kabel sprießen, nichts in dem Schrank, der groß, weiß, mit aufwändigen Schnitzereien versehen, in der Ecke thront. Vielleicht hat Mrs. Alton all ihre wertvollen Habseligkeiten mit in ihren jetzigen Wohnbereich im Ostturm genommen. Ja, das klingt plausibel.

Es bleibt noch eine Tür. Sie klemmt und öffnet sich schließlich mit einem staubigen Seufzer. Lorna hustet, hält die Hand vor den Mund, sieht sich um. Seltsamerweise scheint dies ebenfalls ein Ankleidezimmer zu sein. Es ist gestrichen in einem perlmuttartigen Rosaton, hübscher und größer als das andere, und verfügt über eine eigene Tür direkt hinaus auf den Flur bei der Treppe. An einer Wand steht ein riesiger Schrank, der sie an *Narnia* denken lässt, dunkles Holz, Füße in Form von geschnitzten Tatzen. Außerdem gibt es einen Frisiertisch mit Flügelspiegeln, dessen Silberglas fleckig und milchig geworden ist, und unterm Fenster eine Chaiselongue. Doch es ist die kleine Fotografie an der Wand, die sie anzieht: ein Schwarz-Weiß-Foto einer Familie – glänzende Haartollen, lampenschirmartige Abschlussballkleider, sehr fünfzigerjahremäßig –, die auf der Veranda eines Hauses vor den Stars and Stripes einer amerikanischen Flagge steht. Die verstorbene Frau? Oh Gott. Hat Mr. Alton etwa das Ankleidezimmer seiner ersten Frau bewahrt und seiner neuen Frau nur das kleinere gegenüber zugestanden? Oh, arme Mrs. Alton.

»Lorna?« Dills Stimme dringt zu ihr.

Lorna dreht sich um und sieht Dill im Türrahmen stehen. Aus dem Gegenlicht, das ihr Haar wie eine filigrane Arbeit erscheinen lässt, sieht sie Lorna verblüfft an.

»Ich … ich … ich.« Lorna merkt, wie es aussehen muss, wie sie da durchs Haus schleicht und in den Sachen einer Toten kramt, und ihre Wangen fangen an zu brennen.

»Ihr Verlobter, Tom. Entschuldigung, Jon.«

»Jon?« Sein Name klingt fremd. Als wäre er Teil eines vollkommen anderen Lebens.

»Am Telefon im Büro. Er sagt, es sei dringend.«

14

Amber, Fitzroy Square,
April 1969

»Los, sagt *Cheese!*« Barney macht auf dem Gehsteig einen Schritt rückwärts, über die schief in seinen Händen sitzende Kamera schielend. »Und hört auf zu blinzeln, okay?«

Matilda und ich drücken uns aneinander, Arm in Arm, die Köpfe hochgereckt, ihr glattes braunes Haar vermischt sich mit meinem, das rot und widerspenstig ist.

»Fertig.« Barney hält Matilda ihre Kamera hin und rennt die Stufen hinauf, wieder zurück ins Haus, froh, dass er Matilda behilflich sein konnte.

Barney mag Matilda. Alle, die zählen, mögen Matilda. Die Angebermädchen in der Schule ziehen sie zwar auf, weil sie zu dick und zu groß ist und eine Brille trägt, aber Matilda meint, sie brauche keine weiteren Freunde. Bei jedem anderen würde das wie eine Schutzbehauptung klingen, doch nicht bei Matilda.

Sie leidet nicht so wie wir anderen. Sie wird nicht die ganze Zeit von Gefühlen bombardiert. Auch Selbstzweifel plagen sie nicht. Ich habe nie erlebt, dass Matilda rot geworden wäre, in der Dusche ihren Körper versteckt oder sich für etwas entschuldigt hätte, das nicht ihre Schuld war. Matilda ist einfach Matilda. Sie ändert sich für niemanden. Ich kann es nicht ertragen, sie gehen zu lassen.

»Du solltest mit mir kommen, Amber«, sagt sie, hebt ihre Reisetasche von der Steintreppe auf und schwingt sie sich über die Schulter, sodass die Botschaften, die wir uns gestern Abend gegenseitig an die Innenseiten der Trageriemen gekritzelt haben, nicht mehr zu sehen sind. »Letzte Chance, deine Meinung zu ändern. Ich bin sicher, Mama könnte dir noch immer einen Platz im Flieger besorgen.«

Ich beiße mir auf die Unterlippe, um nicht »Lass uns gehen!« zu sagen und mit ihr die Treppe hinunter und in den glitzernden Frühlingssonnenschein zu rennen, weg von dem Todestag meiner Mutter.

Ostern in Griechenland. Matilda schwärmt, wir werden so braun wie die Budapester unserer Schuluniform, essen salzige schwarze Oliven und schwimmen in einem Meer, in dem man nicht vor Kälte stirbt. Ihre Geschwister Fred und Annabel werden auch dort sein, was besonders aufregend ist, weil Annabel von ihrem Schweizer Mädchenpensionat abgegangen ist, um in einer Boutique in Kensington zu arbeiten und Sex zu haben: Sie sagt, Sex sei wie rauchen, schrecklich beim ersten Mal, aber wenn man nicht aufgibt, fängt es an, sich ganz gut anzufühlen, und dann kann man sich das Leben gar nicht mehr ohne vorstellen.

»Amber? Komm mit. Bitte.«

»Ich kann nicht – wirklich.« Es ist nicht so, als würde Papa mich davon abhalten. Er ist in letzter Zeit so zerstreut, dass er sich fast in jeder Sache überzeugen lässt. Aber ich habe Toby schon seit den letzten Ferien nicht mehr gesehen. Er fehlt mir so sehr, sogar die Dinge, die mich eigentlich an ihm nerven – vor allem fehlt mir seine Art, jeden Augenblick zu einem intensiven Moment zu machen. Es ist schwer, Matilda all das zu erklären, denn sie findet ihren Bruder Fred einfach nur lästig und meidet ihn, wo es geht, also versuche ich es gar nicht erst.

Ein paar Tage nachdem ich Toby im Dunkeln auf meinem Bett sitzend vorgefunden hatte, glühend vor Wut darüber, dass ich mich »in Lucians Zimmer geschlichen« habe, »um Krankenschwester zu spielen«, wurde er der Schule verwiesen und in ein Internat im tiefsten Hertfordshire abgeschoben. Fairerweise muss man sagen, dass er einen berüchtigten Schulhoftyrannen verprügelt hatte, der zufälligerweise der Sohn eines Ministers ist und dadurch einen Zahn verlor. Papa war schrecklich wütend darüber – der Vater des Jungen ist ein Gründungsmitglied seines Clubs in London –, aber noch wütender machte ihn wohl, dass Toby so anders geraten war als er selbst. Toby ist mit seinem rastlosen, genialen Quecksilberhirn – »wie ein Frettchen im Sack«, schrieb ein Lehrer –, seiner Respektlosigkeit der Schule gegenüber und seinem Abscheu gegen Rugby das Gegenteil von Papa. Mama hatte all diese Züge (die damals zugegebenermaßen weniger ausgeprägt waren) charmant gefunden. »Die Welt braucht keinen weiteren langweiligen Krawattenkerl der alten Schule«, sagte sie und riet Toby, sich selbst treu zu bleiben und »die eine wertvolle Sache« zu finden, die ihn glücklich macht – als könnte man das Leben absuchen wie einen Strand und sich die glänzendsten Fundstücke in die Tasche stecken. Sie wollte nie, dass Toby versuchte anders zu sein, als er ist.

»Letzte Chance?«, sagt Matilda und reißt mich damit aus meinen Gedanken.

Ich spüre das Totgewicht von Black Rabbit Hall auf meinen Schultern. »Es ist nicht, dass ich nicht wollte.«

Der Fahrer der Hollywells fährt vor. Matilda wirft mir noch durch die Autoscheibe Luftküsse zu, dann ist sie verschwunden und das sorglose Vergnügen, fünfzehn Jahre alt zu sein, mit ihr.

Der Zug ruckelt Richtung Westen, erst langsam, zwischen den rußigen Backsteinen von Paddington hindurch, dann schneller vorbei an Häusern, die immer kleiner und niedriger und sauberer werden, und an Gärten, die immer ausgedehnter werden, bevor sie sich vollkommen in einer Flut aus Feldern, grün, gelb und wieder grün, auflösen, der Ausblick sich irgendwie an den Geschmack der Bonbons anpasst – Limette, Zitrone, Limette –, die ich mir in die Handfläche schütte.

Toby – der bereits seit einer Woche dort ist, da seine neue Schule früher als unsere aufhört – zieht mich wie ein Magnet nach Black Rabbit Hall. Aber es gibt auch einen entgegengesetzten Pol, das Wissen nämlich, dass diese erneuten Osterferien – ein Jahr später, wie haben wir nur überlebt? – Mama noch weiter in die Vergangenheit zurückdrängen werden, die Kluft zwischen dem Jetzt und dem letzten Moment, als ich das Klappern ihrer Reitstiefel auf dem Küchenboden hörte, noch vergrößern werden. Jemand wird ein Foto von uns allen machen, und sie wird nicht drauf sein. Schlimmer noch, das Haus und die Gartenanlagen werden von Leben erfüllt sein, Goldlack, Glockenblumen, dampfender Tau auf dem Rasen am Morgen, und das liebte sie. Sie wäre bestimmt sehr traurig, das alles zu verpassen. Mamas Freude über den Frühling war eine der Freuden des Frühlings. Ich frage mich, ob alle Kinder die Dinge lieben, die ihre Mütter glücklich machen. Ob es das ist, worauf es in Wahrheit ankommt.

Mama mochte auch Züge, besonders Schlafwägen. Doch die offene Straße lag ihr noch mehr. Bevor wir alle geboren wurden, fuhren sie und Papa in einem grünen Cadillac von Amerikas Ostküste an die Westküste, auch die Fahrt nach Cornwall liebte sie. Letztes Jahr um diese Zeit fuhren wir im Rolls hinunter, nicht ahnend, was passieren würde, Papa am Steuer, Mama lauthals singend, die Rücksitze umgeklappt, Barney und Kitty, die in ihren Schlafsäcken herumrollten, mein Kopf auf Tobys

Schoß, ein Buch schaukelnd über meinem Gesicht, die Fenster weit offen in Erwartung der ersten Meeresbrise.

Ein Jahr später ist all das verschwunden, all die unbedeutenden Teile, von denen man nicht glaubt, dass man sie je vermissen würde, aber man tut es. Papa meint, ich sei alt genug, um mit den anderen auch ohne Toby zurechtzukommen. »Ich wage zu behaupten, dass es ohne deinen Bruder im Zug sogar viel einfacher sein wird wie die meisten Dinge in letzter Zeit.« Wir können nicht länger unser Geld für solchen Luxus wie Autos mit Fahrer verschwenden, da sich die Investitionen nicht so entwickeln, wie sie sollten.

Es fühlt sich aber nicht so einfach an ohne Toby.

Jedes Mal, wenn mein Kopf an die Scheibe sinkt, zieht Kitty mich am Ärmel und möchte, dass ich ihr die Rinde von Nettes Käse-Gurken-Sandwich abschneide oder ihr etwas vorlese (immer wieder *Die Geschichte von Peter Hase*) und wenn nicht, muss Barney aufs Klo. Da ich Kitty nicht alleine zurücklassen will, für den Fall, dass etwas Schreckliches passiert – Nanny Meg lässt gerne ihre Zeitung im Kinderzimmer offen herumliegen, und die ist voll von schrecklichen Dingen, die Kindern an der Hand von Fremden zustoßen können, die genauso aussehen wie die Passagiere vor unserem Abteil –, müssen wir uns alle zügig hinaus in den schmalen Gang schieben, Kitty jammernd, Barney die Hand zwischen die Beine gepresst und Boris schwanzwedelnd.

Als wir schließlich an unserer Station ankommen, sind Barney, Kitty und Boris allesamt eingeschlafen. Ich selbst habe kein Auge zugetan. Die Gedanken an Olivenhaine, griechische Jungs und heiße, von Jasminduft erfüllte weiße Gässchen haben mich auf dem kratzigen Teppichbezug des Sitzes nicht zur Ruhe kommen lassen. Immerhin haben sie mich von der irrationalen Angst abgelenkt, Toby könnte sterben, bevor wir ankommen.

»Aufwachen! Wir sind da!« Ich schüttle sie an den Schultern.

Barney setzt sich auf, reibt sich die Augen, aber ich bekomme Kitty nicht wach. Wir kämpfen uns aus dem Zug hinaus auf den leeren Bahnsteig. Kitty schlaff in meinen Armen, ihr verschwitztes Gesicht an meinem Hals. Barney lässt Teile seines Gepäcks fallen, und Boris kläfft. Der Zug rattert übers Gleis davon und lässt uns allein auf dem Bahnsteig zurück, von Toby getrennt nur noch durch eine Taxifahrt und den Fluss Fal.

»Amber?« Barney schielt zu mir hoch.

»Nicht jetzt, Barns.« Ich schwitze unter Kittys Gewicht, kann das Taxi nirgends sehen und hoffe, Peggy hat nicht vergessen, uns eines zu bestellen.

»Es ist bloß, weil Kitty gerade einpullert.« Er zeigt hinten auf Kittys Rock, von dem es auf den Bahnsteig tropft.

Der Taxifahrer heißt Tel und ist so dick, dass man Angst haben muss, der Wagen kippt zur Seite, aber sehr nett. Die meisten Taxifahrer in Cornwall sind nett, habe ich festgestellt, und sie scheinen immer irgendeinen Cousin zu haben, der früher einmal auf Black Rabbit Hall gearbeitet hat oder Peggys weitläufige Familie kennt. »Dieses Ostern wird es schrecklich heiß.« Er lächelt mich über den Spiegel an. »Hoffe, ihr habt eure Badesachen eingepackt.«

»Haben wir, danke«, antworte ich höflich, starre aus dem Fenster und hoffe, er redet nicht die ganze Fahrt bis Black Rabbit Hall oder beschwert sich über den Pipigeruch, der ziemlich stark ist, obwohl es mir gelungen ist, Kitty noch in neue Unterhosen zu stecken und die nasse in eine leere Sandwichbox zu stopfen.

Aber Tel sagt nichts, entweder weil er das mit Mama weiß und wir ihm leidtun oder weil der Geruch von anderen Gerüchen überdeckt wird wie dem von Boris. Aber er kurbelt sein Fenster herunter. Es klemmt auf halber Höhe. Seeluft dringt herein und weht unsere Gedanken von London nach Black

Rabbit Hall. Langsam fühlen wir uns wieder eher wie wir selbst. Vertraute Orientierungspunkte rauschen vorbei: Teeläden, alte Häuser, das Bestattungsinstitut, die King-Harry-Fähre, die sich an klirrenden Ketten über den glasig grünen Fluss schiebt. Sich windende Straßen. Dann endlich das Schild am Ende der Auffahrt. Mein Herz klopft schneller. Boris' Ohren schießen nach oben.

Black Rabbit Hall erhebt sich auf dem Hügel, warnt uns davor, seine Existenz je wieder anzuzweifeln. Toby sitzt auf der Treppe, wartet.

»Toby!« Ich springe aus dem Taxi, fliege über den Kies.

Wir umarmen uns fest, und es fühlt sich so an, als würden sich alle verstreuten Stücke – die Teile von mir, die ohne ihn nie zur Ruhe kommen – wieder an ihrem rechtmäßigen Platz verankern. Aber schnell bemerke ich eine Veränderung an ihm. Es liegt nicht bloß daran, dass Toby größer geworden ist, dünner, sein Körper härter und geschliffener, als hätte er die letzten Monate mit Faustkämpfen im Ring verbracht, sondern da ist noch etwas anderes: eine Zurückhaltung in seinem Verhalten, als hätte er vergessen, wie es ist, mit jemandem zusammen zu sein, dem er vertraut. Hinter seinen goldgesprenkelten Augen geht etwas vor, das ich nicht lesen kann. Ich will ihn schon fragen, was los ist, was er hier ohne uns getrieben hat, als das letzte unserer Gepäckstücke auf dem Kies landet und Staub aufwirbelt.

»Das wäre dann alles«, ruft Tel und wendet den Wagen wieder in der Einfahrt. Er zwinkert Toby zu. »Hübsche Karre.«

Ich folge Tobys flammendem Blick zu dem libellenblauen Glänzen hinter den Sträuchern, der silbernen Schnauze, mehr Geschoss als Automobil.

»Wow, wem gehört denn das, Toby?«

Sein finsterer Blick ist meine Antwort.

Lucian steht am Waldrand wie ein zum Leben erweckter Toter. Mein Magen zieht sich zusammen. Ich hatte nicht erwartet, ihn wiederzusehen, weshalb es sicher war, all die Monate in der stickigen Dunkelheit meines Zimmers an ihn zu denken, das Kissen zwischen meine Schenkel gepresst, während ich mich an die harte Glätte seines Bauches unter meinen Fingerspitzen erinnerte, an die klebrige Wärme seines Blutes, daran, wie die verschneite Winternacht in seinem Zimmer vor Hitze und Sternen pulsierte.

Und da ist er! Sein Sportwagen in der Auffahrt. Er rauchend in unserem Garten! Es ist so unwirklich, so unerwartet, dass ich bloß dämlich glotzen kann. Sobald er ausgeatmet hat, wandert die Zigarette zurück zu seinem Mund. Er streicht seinen Pony aus dem Gesicht – der länger ist, als ich ihn in Erinnerung habe, wie ein Flügel lag er ihm über dem Auge, tritt die Zigarette mit dem Schuh aus und steckt sich noch eine an.

»Der raucht wie ein armer Irrer.« Peggy taucht hinter mir auf und lässt mich zusammenzucken. »Gehst du bitte und sagst ihm, dass der Tee fertig ist?«

Ich nicke, bleibe aber am Küchenfenster stehen. Die Vorstellung, mich Lucian zu nähern – mit ihm zu sprechen! –, erfüllt mich mit Schrecken. Was, wenn er einen Blick auf mich wirft und Bescheid weiß?

»Er muss hungrig sein. Ist heute Morgen aus London hergekommen, um seine Mutter zu sehen, die natürlich nicht hier war.« Peggy schüttelt den Kopf, schnalzt missbilligend mit der Zunge. »Ich glaube, er hat nicht mal zu Mittag gegessen.«

»Wann kommt sie?« Ich kann das schreckliche Klappern von Carolines Absätzen in der Halle förmlich hören.

»Heute Abend. Mit deinem Vater, denke ich.« Sie schnaubt verstimmt. »Ich habe es erst gestern erfahren. Seitdem hetzte ich wie eine Irre herum, um alles vorzubereiten. Wie es der Teufel will, braut sich da wieder etwas Scheußliches in den

Rohren im ersten Stock zusammen.« Sie unterdrückt ein kleines Grinsen. »Jetzt setz dich mal hin, Amber«, sagt sie und vergisst glücklicherweise, dass ich Lucian holen sollte.

Ich pflanze mich zwischen Barney und Kitty, die Hitze des Herdes im Rücken.

»Ihr seid heute alle so zappelig.« Peggy beäugt mich neugierig. »Ein Stück Früchtekuchen?« Die Tür geht. Sie blickt auf. »Toby, da bist du ja. Ich habe mich schon gefragt, wo du steckst. Oh, sieh dich bloß an. Nur noch Haut und Knochen! Ist die Kantine in der neuen Schule so schlecht? Keine Sorge, ich schneide dir ein schönes dickes Stück ab. Für dich nicht mehr, Kitty, außer du willst dich in Billy Bunter verwandeln.«

Toby schiebt sich herein, seine Füße schlurfen bang über den Boden, und er murmelt, dass wir morgen früh zum Strand müssen, das erste Mal schwimmen in diesem Jahr. Peggy lädt Kuchen auf unsere Teller, plappert auf jeden ein, der zuhört. »Ein *Geburtstags*geschenk war dieses Auto!« Sie senkt die Stimme. »Könnt ihr euch das vorstellen? Komm bloß nicht auf komische Ideen, Toby.«

»Das ist eher unwahrscheinlich«, sagt er, und zum ersten Mal, seit wir zurück sind, lachen wir.

Wir wissen, dass wir uns glücklich schätzen können, wenn wir ein Fahrrad zum Geburtstag bekommen. Meistens bekommen wir Sachen, die wir uns nicht unbedingt wünschen, eine goldene Brosche, vererbt von einer Großtante, an die wir uns nicht erinnern können. Großpapas angeschlagene Glasmurmeln in einer Elfenbeinschatulle. Bloß Tante Bay ist bekannt für ihre großartigen Geschenke, tolle plastikartige Dinge, die nach Amerika riechen, oft essbar.

»Können wir mit dem Auto rumfahren? Mit Lucians Auto?«, fragt Barney, der auf Zehenspitzen versucht, durchs Fenster einen Blick darauf zu erhaschen.

»Auf keinen Fall. Setz dich.« Peggy beugt sich von hinten

über Kitty und drückt ihr die Gabel richtig in die Hand. »Das sieht mir nach einem rechten Todesgeschoss aus. Nicht mal für Geld würde ich da einsteigen.« Sie wischt sich mit dem Handrücken über die Stirn und sieht ungehalten zu mir auf, erinnert sich offenbar an das, was sie mir vor ein paar Minuten aufgetragen hat. »Amber, gehst du jetzt mal *bitte* und holst Lucian zum Tee? Nein, wirklich. Jetzt aber.«

»Tee«, sage ich sachlich, ängstlich, ihm in die Augen zu blicken. Doch ich kann sehen, dass er mich anschaut, durch die Strähnen seines Ponys hindurch. Die Schüchternheit ist überraschend.

»Tut mir leid, dass ich hier wieder aufkreuze.« Er gräbt in den Taschen seines schwarzen Blazers – er ist ganz in Schwarz gekleidet wie ein Wegelagerer –, zieht eine weitere Zigarette heraus und zündet sie mit einem dieser massiven silbernen Armeefeuerzeuge an, für die Toby töten würde. »In ein paar Tagen ist die Party meiner Freundin in Devon. Ma hat darauf bestanden, dass ich sie vorher in Pencraw besuche.« Er zieht an der Zigarette. »Aber sie ist noch nicht hier.«

»Devon?« Das Wort »Freundin« hallt höhnisch in meinem Kopf nach. In diesem schrecklichen Moment merke ich, dass ich die Kleidung, die ich auf der Zugfahrt anhatte, noch gar nicht gewechselt habe und vermutlich nach Kittys Pipi rieche.

»Bigbury Grange.« Er blickt zu Boden, als wünschte er, er hätte es nicht erwähnt.

»Oh.« Bigbury Grange ist eines der vornehmsten Häuser im Südwesten Englands, ein riesiges Anwesen, schneeweiß und vor einigen Jahren ins Gerede geraten, als die Bracewells – »frischgebackene Gefrierkost-Millionäre«, schnaubte Papa abfällig – es von alten Freunden meiner Eltern gekauft hatten, dem verarmten Lord Fraser und seiner Frau, die sich kaum mehr leisten konnten, das Pförtnerhäuschen zu beheizen und

Fasane und den rohen Honig aus den Bienenstöcken zu essen. »Also, es gibt Tee, wenn du möchtest«, sage ich, versuche meine Trauer zu verbergen und wende mich wieder zum Haus.

Er wirft seine Zigarette hin und tritt darauf. »Ich komm mit dir mit.«

Wir gehen den Rasenhang hinauf, seine Hände schwingen ungefähr fünfzehn Zentimeter von meinen entfernt hin und her. Ich werfe ihm einen verstohlenen Seitenblick zu und erröte heftig, als mein Blick seinen kreuzt.

Als wir die Terrasse erreichen, sagt er auf hastige und verworrene Art, die Wörter zusammengezogen: »*Möchtestdumorgenfrüheinbisschenmitmirrumfahren*?«

»Ich …« Ich werfe einen schnellen Blick zum Haus, sehe, dass Toby uns von der Küche aus beobachtet, ein fleischig blasser Punkt, dort, wo sich seine Stirn gegen das Glas drückt.

»Es ist ein Lotus Elan.« Seine Strahlaugen glitzern. »Man kann das Dach aufmachen und so.«

»Ich habe schon ausgemacht, dass ich mit Toby an den Strand gehe«, sage ich, die Worte gegen meinen Willen herauspressend, wie als Matilda mich fragte, ob ich nach Griechenland mitkomme.

»Klar«, sagt er schnell, als spielte es sowieso keine Rolle, und wir betreten das Haus in verlegenem Schweigen.

Der nächste Morgen kommt, flau wie eine abgesagte Party. Von meinem Schlafzimmerfenster aus sehe ich Caroline, die gestern erst spät am Abend eingetroffen, aber schon auf ist und die Blumenrabatten inspiziert, ein fliederfarbenes Kopftuch unterm Kinn gebunden und eine riesige, weiß gerahmte Sonnenbrille auf der Nase. Schlimmer noch, sie kündigt nach dem Frühstück ein »Familien-Ostermittagessen« an, das Kinn erhoben, die Augen eine Kriegserklärung. »Um Punkt eins im Speisezimmer«, fügt sie hinzu und feuert ein erwartungsvolles Lächeln durch den Raum zu Papa, als erwarte sie Lob dafür, die Kontrolle über den Haushalt zu übernehmen, in dem, soweit wir alle zurückdenken können, noch nie etwas um »Punkt« irgendwas passiert ist. »Wer zu spät kommt, zahlt den Preis mit entgangenen Ostereiern.« Sie lacht schrill.

Da Barney und Kitty nicht das Risiko eingehen wollen, dass sie vielleicht nicht gescherzt hat, flitzen sie zwischen Big Bertie und den anderen Uhren von Black Rabbit Hall hin und her und versuchen, die exakte Zeit herauszufinden. Dann beschließen sie klugerweise, dass auf keine Verlass ist, und schleichen von da an um die Sonnenuhr auf der Terrasse herum, voller Ungeduld, dass der Schatten über ihr bronzenes Gesicht kriecht wie ein Stirnrunzeln, und überlassen es mir und Toby, allein zum Strand zu gehen.

»Ohne dich überlebe ich das Essen nicht«, sage ich, als wir vom Strand über den Klippenpfad zurücktrotten, die Taschen schwer von sandigen Handtüchern und nassen Badeklamotten, und nach den Kreuzottern Ausschau halten, die im langen Gras nisten, aufgeweckt von der unerwarteten Frühlingshitze.

Im Gehen fange ich an, meine Finger und Zehen wieder zu spüren. Das Meer – heute von einem schimmernden Eisbergblau – war nur wenige Sekunden erträglich gewesen. Toby war viel länger dringeblieben als ich, seine Haut siedend rot, er keuchte vor Kälte, als genieße er den Schmerz daran. Am Ende habe ich drauf bestanden, dass er herauskommt, ich war halb in Sorge, er könnte erstarren und aufs Meer getrieben werden wie ein Treibholzscheit.

»Ein *Familien*essen!«, schnaubt Toby. »Seit wann gehören diese lächerliche Frau und ihr verwöhnter Sohn zur Familie?«

Ich schwinge mir die schwere Strandtasche über die Schulter und denke, dass Lucian eigentlich verwöhnt sein müsste, es aber irgendwie nicht ist. Seine Freude an dem Sportwagen schien echt. »Es ist alles ein bisschen seltsam, oder?«, sage ich milde, in der Hoffnung, ihn zu beschwichtigen.

»Nein, es ist nicht seltsam! Oder willkürlich oder bloßer Zufall, Amber. Das ist ja der verdammte Punkt! Die Shawcross-Invasion verläuft *exakt* nach Plan. Warum wären sie sonst wieder hier?«

»Du weißt, warum. Du weißt, was Papa gesagt hat.« Die Shawcrosses wollten Ostern eigentlich bei Freunden in Gloucestershire verbringen, doch die Freunde haben ihnen in letzter Minute abgesagt. Also hat Papa getan, »was angemessen ist«, und sie hierher eingeladen, »weil sich alle an Weihnachten so gut verstanden haben«.

»Das ist Blödsinn, und das weißt du.« Toby kickt einen Stein über die Klippe. Er wirft mir einen Seitenblick zu. »Ich habe mir in den letzten Tagen einen Alternativplan überlegt. Seitdem ich hörte, dass sie kommen.«

»Einen was?«, frage ich. Mir gefällt der Ton nicht, in dem er das sagt.

»Es ist eine Überraschung. Im Wald.«

Das gefällt mir noch weniger.

»Aber sie ist noch nicht ganz fertig.«

»Oh, Toby. Komm einfach heute mit zu dem Essen«, sage ich in einem erneuten Versuch, weil ich einen weiteren Streit zwischen ihm und Papa fürchte. Jetzt wird mir bewusst, dass Mama immer die Brücke zwischen ihren aufeinanderprallenden Persönlichkeiten war. Die langen Schulzeiten helfen nicht: Papa betrachtet Toby manchmal, als würde er ihn nicht wiedererkennen. »Bitte.«

»Hör auf, den Friedensstifter zu spielen. Das ist lästig.«

Ich schaue weg, wütend darüber, dass Toby sich jeder Beeinflussung entzieht, selbst wenn es in seinem besten Interesse ist. Es ist fast so, als sehe er die Dinge zu klar wie jemand, der Haut durch eine Lupe betrachtet und nur die hässlichen

Unebenheiten und Haare sieht. »Papa wird ärgerlich sein, wenn du nicht kommst.«

»Tja, *ich* bin ärgerlich, dass er am Jahrestag von Mamas Tod den Antichrist eingeladen hat. Du etwa nicht?« Ohne Vorwarnung springt er an den Klippenrand und hängt sich zu meinem Entsetzen mit einem Arm daran, sodass von einem Augenblick zum anderen bloß noch sein roter Haarschopf zu sehen ist, zwei Fäuste, die sich am Klippengras voller Schlangennester festklammern. Ich hechte vor, greife nach seinen Händen. »Tob…«

Er löst seine Finger. Ein lautes Poltern von Steinen ist zu hören, das Geräusch von etwas Schwerem, das hinunterfällt. Wildes Gelächter.

Vorsichtig spähe ich über die Kante. Er steht auf einem Vorsprung ein Stück weiter unten, ein schmaler Streifen aus glatten Felsen, der aus einer Klippe herausragt. Den Felsvorsprung habe ich schon hundertmal vom Strand aus gesehen, ohne jemals daran gedacht zu haben, ihn zu betreten.

»Schwing die Füße rüber, Schwesterherz! Schau nicht runter!«

Ich zögere. »Nur wenn du mit zu dem Osteressen kommst.«

»Wie langweilig«, sagt er, was ja bedeutet.

Nun muss ich es machen – rückwärts auf Händen und Knien kriechend, ein Fuß baumelt in der Luft.

»Fußloch links. Nein, nein, links, nicht rechts, du Dussel. Ich hab dich. Wirklich, ich hab dich. Lass *los*. Amber, du musst schon das Gras loslassen. Glaub mir, ich hab das geübt. Du kannst da nicht so hängenbleiben. Vertrau mir.«

»Argh.« Ich klammere mich beim Landen an ihm fest – es geht bloß ein paar Zentimeter hinunter, fühlt sich aber viel mehr an – und bringe uns beide gefährlich ins Wackeln. Ich kauere mich hin, verankere mich am Felsboden: Es fühlt sich sicherer an, als zu stehen. »Manchmal machst du mir echt Angst, Toby.«

»Warum? Ich werd dich immer auffangen«, sagt er einfach. Und ich weiß, es stimmt.

»So müssen sich Möwen fühlen.« Der Blick ist atemberaubend, er treibt mir die Tränen in die Augen. »Als würden wir im Himmel sitzen.«

»Das tun wir.« Er grinst – sein charmantes, verrücktes Grinsen – und schält sich aus seinem Hemd, enthüllt einen verblüffend winterweißen Brustkorb und wirbelt es über dem Kopf herum, bevor er es mit einem Jauchzer über die Kante schleudert. Er beugt sich furchtlos vor, sieht zu, wie es auf die Felsen unter uns flattert.

»Du bist in der Zeit, die du alleine hier warst, ziemlich durchgeknallt«, sage ich, verdrehe die Augen und frage mich, was Papa und Caroline wohl sagen werden, wenn er halbnackt zurück ins Haus stolziert.

Er lehnt sich zurück, streckt sich aus, sein Kopf legt sich schwer auf meine überkreuzten Beine, als wäre klar, dass ich jetzt wieder ihm gehöre. Der Abstand, den ich zuvor verspürt habe, verringert sich. Aber ich fühle mich noch immer beklommen.

Eine Weile verharren wir so schweigend. Eine graue Dreizehenmöwe beäugt uns von ihrem Seetangnest in einer nahen Felsspalte aus. Der Wind wird stärker. Mir schlafen die Beine ein. Toby schließt die Augen, seine Lider zucken wie verrückt. Ich schaue ihm beim Atmen zu, schnelle, heftige Atemzüge, als würde er innerlich noch rennen, und denke über die gelblichen Blutergüsse an seinem Bizeps nach, die Überraschung, die im Wald auf mich wartet. Mir kommt der Gedanke, dass die Spritzer feuriger Sommersprossen auf seinen Wangenknochen irgendwie wie Warnzeichen vor den bevorstehenden Tagen aussehen.

15

Toby macht es für mich unmöglich, mich Lucian gegenüber normal zu verhalten. Die banalsten Momente – den Wasserkrug reichen oder auf der Treppe aneinander vorbeigehen – sind seltsam aufgeladen und unbeholfen geworden. Wenn ich in Tobys Gegenwart mit Lucian sprechen muss, klingt meine Stimme immer zu hoch, mein Lachen zu schrill. Selbst wenn Toby gar nicht in der Nähe ist, folgt mir meine Befangenheit, verschlimmert noch durch die Angst davor, dass Toby jede Minute auftauchen könnte, mit schmalen Augen, sein Territorium verteidigend.

Doch an diesem Morgen brauche ich mir darum glücklicherweise keine Sorgen zu machen. Es ist der Tag X: Toby vollendet sein Projekt im Wald. Nachdem er sein Frühstück hinuntergeschlungen hat, ist er davonstolziert, einen Holzhammer lässig in der Hand und ein Zelt aus rostigem Hühnerdraht über der Schulter.

Sobald Toby außer Sichtweite ist, tupft sich Caroline die Mundwinkel mit der Serviette ab und schlägt vor, dass ich Lucian die Bucht zeige: Er und ich sehen uns für den Bruchteil einer Sekunde an und schauen dann verlegen wieder weg. Doch Carolines Vorschlag bleibt bestehen und flimmert über der Schüssel mit kaltem Apfelkompott, die in meiner Reichweite steht.

»Nun? Ihr seid heute Morgen aber sehr schweigsam, muss ich sagen.« Sie nippt vorsichtig an ihrem Tee. »Aber ich denke, du solltest ein wenig Farbe auf deine blassen Wangen bekommen, bevor du morgen zu der Jagdgesellschaft in Bigbury Grange aufbrichst. Die Bracewells sind schreckliche Frischluftfanatiker. Du willst doch nicht, dass Belinda denkt, du wärst bloß ein blasser Stadtjunge, oder?«

Ich versuche meine Enttäuschung darüber, dass er abreist, zu verbergen, indem ich mit einer Gabel spiele.

»Was der Strand an Annehmlichkeiten vermissen lässt, macht er durch seine Abgeschiedenheit wett«, fährt Caroline fort, stellt ihre Tasse behutsam auf dem Unterteller ab, und das Sonnenlicht verfängt sich in ihrem Goldrand. »Es ist ein bisschen so, als wäre man am Ende der Welt gestrandet. Man begegnet keiner Seele.«

»Krebse haben eine Seele«, gibt Barney schüchtern zu bedenken und wirft Boris unterm Tisch eine Brotkruste zu. »Aber Mama meint, dass die Seele wahrscheinlich schon weg ist, wenn man das Krabbensandwich isst, also ist es in Ordnung, es zu essen.«

Carolines Lächeln verschwindet bei der Erwähnung meiner Mutter. »Was für eine kuriose Idee«, presst sie zwischen ihren winzigen Zähnen hindurch. Sie steht abrupt auf, ohne den Tee auszutrinken, und verlässt den Raum.

Ich stelle fest, dass ich mich in Lucians Gegenwart weitaus weniger trottelig benehme, wenn ich in Bewegung bin. Wenn er neben mir geht, kann ich ein unerwartetes Erröten mit der Hand verbergen (und ich muss bloß *eine* hitzige Wange verstecken). Ich muss ihm auch nicht in die Augen blicken, Dinge preisgeben, ohne es zu wollen. Und zu wissen, dass Toby nicht in der Nähe ist, hilft auch.

Wir erklimmen den Klippenpfad, kürzen über Trockenmauern und durch das Gewühl aus windgepeitschten Kiefern ab. Die Frühlingssonne fühlt sich auf den Klippen wärmer an – näher. Wind weht mir böig unter den Rock, versucht ihn umzustülpen wie einen Regenschirm. Ich halte ihn fest und prüfe verstohlen, ob Lucian auf meine Beine schaut. Er schaut.

Aber Kitty versucht seine Aufmerksamkeit auf sich zu ziehen, läuft schlenkernd an seiner Hand, plappernd und kichernd. Falls Lucian sie genauso anstrengend findet wie ich, lässt er sich nichts anmerken. Auch Barneys endlose Fragerei wehrt er nicht ab – »Würde jemand mit fünfzehn Fingern besser Gitarre spielen als jemand mit zehn?« –, sondern beantwortet geduldig jede einzelne davon, sodass wir sehr wenig Zeit haben, über etwas von Bedeutung zu reden. Hin und wieder lächelt er mich an, blickt, wenn ich am wenigsten damit rechne, durch seinen dunklen Pony hindurch zu mir her, während er mit ihnen spricht, und es ist ein lustiges, schüchternes halbes Lächeln, das mich Toby und nistende Kreuzottern vergessen lässt und die Tatsache, dass Lucian eine unglaublich reiche Freundin namens Belinda hat, die in Devon in einem Haus mit Zentralheizung und ohne Blutspritzer vor den Ställen lebt.

Als wir am Rand der Klippe ankommen – direkt oberhalb des Vorsprungs, auf dem Toby und ich am Tag zuvor gelegen haben –, zieht Barney ihn am Arm und zeigt stolz hinunter: »Das ist unser Strand.«

Lucian schielt zu mir her, ein Lächeln umspielt seine Lippen. »Bei dir hat es so geklungen, als wäre er riesig.«

»Wirklich?« Ich weiß nicht, wie ich erklären soll, dass er mir, als ich ein kleines Kind war, riesig vorkam und es irgendwie noch immer tut.

Barney fängt an, die schmalen Steinschwellen hinunterzuspringen. Er kommt vor allen anderen unten an und watet fröhlich im Sand herum, wo sich das unterirdische Flüsschen als sprudelnder Wasserpetticoat ausbreitet. Er ist in seinem Element.

In der Ferne ist das Meer wackelpuddinggrün und die Ebbe

so weit fortgeschritten, dass man die gedrungenen braunen Rippen des kleinen Ruderboots aus den harten Sandrillen herausragen sieht. Ich sage Lucian, dass die Einheimischen erzählen, das seien die Überbleibsel eines alten Schmugglerbootes, und er hört aufmerksam zu, starrt auf meinen Mund, während ich spreche.

Wir setzen uns auf die Steine, die glatt und grau sind wie Seehundrücken, einen knappen Meter voneinander entfernt. Er zieht seine Schuhe aus. Mir fällt unweigerlich auf, dass seine Füße sehr blass und weich aussehen, als wären sie viel zu lange in Socken eingehüllt gewesen und nie frei herumgelaufen. Etwas an ihnen weckt in mir ziemliches Mitgefühl für ihn.

Wir reden über nicht besonders viel – hauptsächlich über das Wetter und darüber, dass die Flut diesen Strand komplett abschneiden kann –, und Kitty spaziert mit ihrem Eimerchen davon und klappert die schaumige Uferlinie nach Muscheln und glattem, grünem Glas ab. Barney krempelt sich die Hosenbeine hoch und patscht den Strand entlang. Ich behalte ihn genau im Blick – am Wasser kann man Barney nie aus den Augen lassen –, schaffe es jedoch trotzdem, gelegentlich einen Blick auf Lucian zu werfen, obwohl ich vorgebe, es nicht zu tun.

»Ihr habt Glück, all das zu haben«, sagt er, zieht ein Bein an sich heran und lässt das andere ausgestreckt baumeln. Mir fällt auf, dass die schwarzen Haare an seinen Beinen wie ein perfekter Fußreif um seinen Knöchel enden, seine ganz eigene Uferlinie.

»Ich weiß.« Ich presse meinen Rock zwischen die Knie, damit er nicht wieder hochfliegt. »Wir brauchen keinen größeren Strand.«

»Ich meine nicht den Strand.«

Ich drehe mich zu ihm, verdutzt, ziehe eine Haarlocke aus meinem Mund. »Was dann?«

Er starrt hinüber zu Kitty, die mit ihrem Muscheleimer klappert. »Geschwister, weißt du?« Er zuckt mit den Schultern.

Ich versuche, mir eine stille Welt vorzustellen, ohne Verantwortlichkeiten, Loyalitätskonflikte und Zankereien über das größte Stück Kuchen. »Es muss auch schön sein, Frieden und Ruhe zu haben.«

»Nicht wirklich«, sagt er und vergräbt seine Zehen im Sand. »Deshalb habe ich angefangen, Gitarre zu spielen.«

»Tja, wenn du lärmende Geschwister hättest, wärst du wahrscheinlich nicht halb so gut.« Mir wird bewusst, dass ich offenbart habe, ihm zugehört zu haben (das Ohr an die Dielen gepresst), und Hitze schießt mir ins Gesicht. Ich bedecke meine Wange mit der Hand.

»Weißt du was?« Er zieht die Ferse durch den Sand, hinterlässt einen Graben, der sich rasch mit Wasser füllt.

»Was?«

»Ich wollte immer einen Zwilling.«

Ich lache.

»Einen Zwillingsbruder. Jemanden, mit dem ich Jungssachen machen kann.«

»Ich mache Jungssachen«, sage ich und denke an Toby.

»Ja, ich weiß.« Ist das Respekt in seinen Augen, oder macht er sich über mich lustig? Ich weiß es nicht.

Die Unsicherheit lässt mich das Falsche sagen: »Ich kann mir dich als Zwilling nicht vorstellen.«

»Warum nicht?« Er sieht verärgert aus.

»Du bist zu …«, ich weiß nicht, wie ich ihm erklären soll, dass er feste Ränder hat und Toby und ich fließende, dass Toby Linkshänder ist und ich Rechtshänderin bin und dass es manchmal so ist, als wäre eine Spiegelreihe zwischen uns, »… vollständig, so wie du bist, denke ich.«

Sein Gelächter entlädt sich über den Strand. Ich habe Lucian noch nie zuvor so lachen hören. Als würde etwas aus ihm herausgeschleudert. Da erkenne ich, was ich bereits in seinem Zimmer an Weihnachten vermutet habe: Man kann ihn unmöglich nicht mögen. Hinter seiner ganzen trockenen Verdrossenheit verbergen sich wie Goldmünzen im Schlamm Wärme und Lachen.

»Hast du das Gefühl, ohne Toby unvollständig zu sein?«, fragt er, als das Gelächter verhallt und sich sein Gesicht wieder verschließt.

»So ist es auch wieder nicht«, sage ich schnell, auch wenn es in vielerlei Hinsicht durchaus so ist.

Er blickt finster zu einer Klippe hinauf. »Wo ist er überhaupt? Ich hab ihn den ganzen Morgen nicht gesehen.«

»Im Wald.« Ich zucke mit den Schultern, auch wenn die Frage mein Herz klopfen lässt. Es ist, als würde er mit dieser Frage die Möglichkeit schaffen, dass Toby gar nicht im Wald ist, sondern bereits wütend über den Klippenweg zu uns klettert. »Er arbeitet an irgendwas. Aber er verrät mir nicht, woran.«

»Interessant.«

Ich geniere mich ein wenig für Toby. Es trifft mich, wie viel erwachsener Lucian ist, viel mehr als die zwei zusätzlichen Jahre. Ich kann mir Lucian auch nicht vorstellen, wie er als Fünfzehnjähriger irgendwelche Sachen im Wald bastelt oder sich jauchzend auf einer Schaukel über den Fluss schwingt. Hat ein Teil von Toby aufgehört sich weiterzuentwickeln, als Mama starb? Ging es uns allen so? Unsere Körper haben sich verändert, doch wir sind noch immer so alt wie damals?

Plötzlich will ich erwachsen werden, und das schnell.

»Wann denkst du, ist er damit fertig?«, fragt er zögernd.

»Oh, er wird vermutlich den ganzen Tag da draußen sein. Wird keine Ruhe geben, bis alles fertig ist.«

»Okay.« Lucian schiebt den Fuß im Sand vor und zurück, als hätte er eine Entscheidung zu fällen. Dann fragt er.

»Schneller!«, rufe ich über den Motorenlärm hinweg und klinge aufregend nicht nach mir selbst.

»Bist du sicher?« Er lacht.

»Ja!« Das Verdeck ist zurückgeklappt wie die Haube eines Kinderwagens. Die Luft schießt in meinen Mund. »Ja, ja, ja!«

»Halt dich fest!«

Der Motor brummt – es ist, als säßen wir auf etwas Lebendigem. Das Auto schneidet die Klippenstraße in zwei Hälften, lässt Möwen und Schmetterlinge auseinanderstieben, wirft mich in den Kurven gegen die Seitenwand. Ich verrenke mich, stütze mich an dem glänzenden Holzarmaturenbrett ab. Black Rabbit Hall ist nur noch ein Puppenhaus in der Ferne.

»Meine Haare!«, kreische ich, denn sie bauschen sich wie Zuckerwatte auf meinem Kopf, verfangen sich in meinem Mund.

»Ich liebe deine Haare.«

Ich liebe deine Haare. Kann er das wirklich gesagt haben? Es ist so schwer, ihn über das Heulen des Motors hinweg zu verstehen. Aber ich muss trotzdem dämlich grinsen. Ich will nie mehr aus seinem tollen kleinen Wagen aussteigen, der einen so schnell von etwas so Großem, Unentrinnbarem forttragen kann, dass es einem innerhalb von Sekunden so vorkommt, als hätte es nie existiert.

»Hast du Spaß?«, fragt er, auch sein schwarzes Haar flattert. »Verdammt …« Eine Gruppe Schafe drängt aus einem Hoftor auf die Fahrbahn. Wir werden in sie hineinkrachen, aber es kommt anders. Bremsen quietschen, und ich werde aus meinem Sitz nach vorne geschleudert, lachend – noch mal am Unglück vorbeigemogelt, die Katastrophe abgewendet. Die Schafe torkeln die Böschung hinauf, drängen sich gegen den Zaun. Lucian setzt den Wagen auf der Fahrbahn zurück, während der Bauer die Faust schwingt.

Wir parken, setzen uns dann auf die weiße Bank am Rande

der Klippe und blicken hinaus auf die lila und grünen Flecken auf dem Ozean, die sich langsam bewegen wie eine Herde Wale unterhalb der Oberfläche. Meine Beine fühlen sich zittrig an, als wäre ich in einem Boot in kabbeligem Gewässer gewesen. Der Rücken meines Kleides ist schweißnass. Lucian sitzt so dicht neben mir, dass ich ihn berühren würde, wenn ich mein Bein bloß ein paar Zentimeter nach rechts bewegte. Und ich kann spüren, wie er mich anstarrt, als wären seine Augen überall auf mir, weich und warm wie Hände. Ich kann mich an kein schöneres Gefühl erinnern. Ich versuche, es mir zu merken, damit ich Matilda davon erzählen kann, wenn ich wieder in London bin.

»Tut mir leid, dass ich dich beinahe umgebracht hätte.«

»Das war eigentlich der beste Teil.« Ich wage es, ihm in die Augen zu schauen. Seine Pupillen haben die schokoladige Iris verfinstert, und ein seltsamer Ausdruck von Ehrfurcht liegt auf seinem Gesicht, als würde er gar nicht mich sehen, sondern jemand Wunderbaren.

Dann ruiniere ich den Moment komplett, indem ich so was Sinnloses sage wie: »Ich habe tote Fliegen in den Haaren.«

Er streckt die Hand aus und zupft quälend langsam eine Mücke heraus, zieht sie am Haarschaft entlang hinunter und schnipst sie am Ende weg. Dann macht er es noch mal. Alles in mir zieht sich fest zusammen. Das ist in meinem Leben bis jetzt der beste Moment.

»Erledigt.«

»Danke.« Ich klinge fast normal. In mir ist alles flüssig.

»Toby wird total wütend sein, oder?«

»Ich werde es ihm nicht erzählen«, sage ich und gerate weniger darüber in Panik, dass Toby mit dem Taschenmesser auf Lucian einstechen könnte, als dass die Fahrt endet. Mein Blick fällt auf seine Lippen, und ich frage mich, wie es wäre, ihn zu küssen, ob der Mund eines Jungen einen bestimmten

Geschmack hat. »Ich liebe den Wagen. Lass uns noch mal ausfahren.«

»Amber …«, sagt er und hält dann inne. Einen stürmischen, magischen Moment lang denke ich, er würde mich küssen. Dass alles – die Nacht in seinem Zimmer an Weihnachten, wir auf dem Stein in der Bucht, wie wir Kitty mit ihrem Muscheleimer beobachten – nur zu diesem Punkt geführt hat. Ich wappne mich, versuche mir in Erinnerung zu rufen, wie sich die Leute in Büchern küssen, voller Angst, es falsch zu machen, mit den Zähnen und Nasen zusammenzustoßen.

Doch er küsst mich nicht. Er steht auf. »Lass uns fahren.«

Meine Stimmung bricht ein und wird sogleich wieder beflügelt, als er mich an den Händen hochzieht. Mein Rock flattert im Wind, und ich bin mir sicher, dass ich, wenn er mich losließe, wie ein Drachen über die Klippe hinausfliegen würde.

»Ich bring dich nach Hause.« Er grinst dieses wundervolle Grinsen. »Und diesmal verspreche ich, dass ich fahre wie ein Pfarrer.«

»Danke«, sage ich und wünsche mir verzweifelt, er würde weder das eine noch das andere tun.

16

Ich hätte wissen müssen, dass Toby uns alle hier heraufführen würde. Nicht zu unserem gewohnten Platz bei der Schaukel, sondern weiter flussaufwärts, wo die Bäume unübersichtlich werden, der Bach sich verengt und gleichzeitig in zwei Richtungen zu fließen scheint, wo das Ufer so steil abfällt, dass es wirklich schwer ist, wieder hinaufzuklettern, wenn man ausrutscht.

Barney hält meine Hand ein bisschen fester. Wir bleiben stehen, nervös in der rastlosen Einsamkeit des tiefen Waldes. Wo ist er hin? Und dann hören wir einen Ruf.

»Das muss er sein.« Toby macht Eulenrufe besser nach als jeder andere.

Und da ist er weit vor uns wieder zu sehen. Als wir ihn schließlich einholen, lehnt er, kaum außer Atem, an einer alten Leiter, die in die Krone eines riesigen Baumes hinaufragt. Dort befindet sich eine Plattform aus alten Brettern, Weidenzweigen und Teilen des Küchengartenzauns, die in die vom Blitzschlag verkohlte Aushöhlung des Baumes führt.

»Hast *du* dieses Baumhaus gebaut?«, frage ich und fange an, das Ausmaß der fieberhaften Arbeit zu begreifen, die in den Tagen, während er auf unsere Rückkehr nach Black Rabbit Hall wartete, vonstattengegangen sein muss.

»Caroline hat ihre Pläne. Ich habe meine.« Toby nickt, seine Augen funkeln, seine Haare sind dichte, schweißfeuchte Locken. »Ich bin immer einen Schritt voraus, Amber.«

»Kitty mag das nicht«, sagt meine kleine Schwester und zerrt an meiner Hand. »Und Lumpenpüppi auch nicht. Es ist zu hoch.«

»Stell dir vor, es ist ein Spielhaus.« Toby geht vor Kitty in die Hocke und versucht, sie zu beruhigen. »Du wolltest doch schon immer ein Spielhaus, oder? Komm, lass uns hochklettern.«

Kitty schüttelt den Kopf. »Ich werd runterfallen.«

»Wirst du nicht. Nicht, wenn du dir sagst, dass du nicht runterfällst.« Toby tippt sich an den Kopf. »Fallen ist reine Kopfsache.«

»Er hat recht, Kitty. Darum gehe ich auch nicht im Meer unter«, sagt Barney sachlich. »Ich sage mir, dass ich nicht untergehe, und dann tu ich es nicht.«

Toby wuschelt ihm durchs Haar. »Guter Mann, Barns.« Er springt die ersten beiden Sprossen der Leiter hinauf und bringt damit die gesamte Konstruktion zum Schwanken.

»Bist du absolut sicher, dass es ungefährlich ist?«, frage ich vor allem wegen Kitty.

»Der sicherste Ort auf dem gesamten Anwesen«, sagt Toby und klingt dabei wieder unheimlich, sodass ich mir wünschte, ich hätte nicht gefragt.

Ich klettere als Letzte hinauf, schiebe mich durch eine Luke aus Hühnerdraht. Ich kann mir den Gedanken nicht verkneifen, dass Toby sie hinter uns zuschlägt und wir hier für immer festsitzen. Als ich hineinkrieche, mir die Knie an den grob zusammengenagelten Brettern aufschürfe, habe ich das Gefühl, in Tobys Kopf hineingekrochen zu sein. Und ich bin mir nicht sicher, ob mir das gefällt.

Das Innere kommt mir stickig vor, als befänden wir uns unter Tage, obwohl wir hoch genug sind, um uns das Rückgrat zu brechen, wenn wir hinunterfallen. Es gibt ein schmales Bett – eine alte Isomatte auf einer Unterlage aus Kiefernnadeln –, eine fein säuberlich aufgestapelte Pyramide aus Konserven und Bierdosen, aus dem Keller gestohlene verstaubte Weinflaschen, eine Blechtasse und an der Wand eine handgezeichnete Karte des Anwesens mit roten Pfeilen, die mit dem Wort »Fluchtweg« versehen sind, was die Haare auf meinen Armen aufstellt. Schlimmer noch, neben dem Bett liegt die Pistole aus der Schublade in der Bibliothek, und an einem Nagel hängt gefährlich das riesige Messer, das Großpapa dazu verwendet hat, Hirsche zu häuten.

Toby knipst eine Taschenlampe an und erweckt damit seltsame Teile seines Gesichts zum Leben: die Tunnel seiner Nasenlöcher, den zornigen Sockel seiner Augenbrauen. »Ich sehe, dass es dir nicht gefällt.«

Ich versuche zu lächeln. »Doch, es ist nur … dieses Messer.« Ich zeige darauf, wie es bedrohlich über Barneys Kopf baumelt. »Das gefällt mir nicht.«

»Aus dem Weg, Barney.« Toby nimmt es vom Haken, stopft es unters Kissen. »Zufrieden?«

»Die Pistole. Es ist uns verboten, die Waffen anzufassen.«

Er zuckt mit den Schultern. »Uns ist alles Mögliche verboten.«

»Ist sie geladen?«

»Hör mit dem Alte-Oma-Gejammer auf, ja?« Er kauert sich vor an die Kante der Plattform und schiebt ein Stück Gartennetz zurück, das er mit Laub getarnt hat. »Barns, komm her.«

Folgsam krabbelt Barney vor. Ich starre auf die Pistole, etwas streicht mir mit kalten Fingern den Rücken rauf und runter, ich überlege, wie ich die Pistole beseitigen könnte, ob ich Lucian warnen soll.

»Wenn man in der Abenddämmerung hier ganz still sitzt, kann man Dachse sehen, Rehe …«

Barney bekommt große Augen. Zur Bestätigung lässt er den Blick zu mir herüberschnellen. »Geister?«

»Keine Geister, noch nicht«, sagt Toby. »Aber es gibt Kaninchen. Viele, viele Kaninchen und Hasen.«

»Ich mag keine Kaninchen.« Barney krabbelt wieder von der Kante weg, drückt sich an mich.

Toby und ich tauschen Blicke aus, und ich weiß, dass wir dasselbe denken: Nichts wird je richtig sein, bis Barney Kaninchen wieder mag.

»Wer möchte Fruchtgummis?«, fragt Toby, weil es bedrückend ist, an Kaninchen zu denken und daran, dass keiner von uns der ist, der er im Begriff war zu werden, als Mama noch lebte. »Ich habe Peggys Geheimvorrat geklaut.«

Kitty fängt an, sich die Süßigkeiten in den Mund zu schieben. Eine Weile ist nichts zu hören außer den Geräuschen der Bäume und Vögel und unserem Kauen, bis sie sagt: »Warum ist Lucian nicht hier?«

Alles verstummt, sogar die Vögel. Kitty erstarrt, die Fruchtgummis ein kleiner Klumpen in ihrer Wange. Nur ihre großen blauen Augen wandern hin und her, von mir zu Toby und wieder zurück.

Ich schweige, aus Angst, dass Toby meine Worte missdeuten oder, schlimmer noch, Kitty eine direkte Bemerkung über unseren Strandausflug machen könnte. Obwohl ich nicht sicher bin, warum er geheim gehalten werden sollte – Caroline hatte vorgeschlagen, dass wir zum Strand gehen, ich habe nichts Falsches getan –, habe ich beschlossen, dass es einfacher ist, nichts davon zu erzählen.

»Ich mag Lucian«, sagt Barney und kommt Kitty damit zu Hilfe. »Und ich mag sein Auto, weil es so glänzt, oder nicht, Amber?«

Ich schlucke schwer. Hat Barney uns nach dem Mittagessen davonfahren sehen? Wie ist das möglich? Ich habe sie extra in den Tanzsaal gebracht, zum Dreiradfahren, damit sie mich nicht ins Auto steigen sehen oder Fragen stellen.

»Aber Lucians Mami mag ich *nicht*«, fügt Kitty hinzu und fängt wieder an, etwas vergnügter zu kauen. »Sie ist wie eine Seemöwe, die einem die Pommes klauen will.«

Toby lacht, ein kurzes, hartes Lachen, das die Anspannung löst. Es ist eigentlich ganz praktisch, einen gemeinsamen Feind zu haben, über den man lachen kann, merke ich. Alles ist gut, solange der Feind jemand anderes ist.

17

Daddy blickt stirnrunzelnd von seinen Papieren auf. Er nimmt die Brille ab und reibt sich die Augen, sie hinterlässt eine Falte auf seiner Nase, die im Morgenlicht, das durch die großen Fenster der Bibliothek dringt, glänzt. »Was kann ich für dich tun, Schatz?«

»Ich hab mich gefragt, ob wir mal reden können, Papa.«

»Reden?«, fragt Papa, als hätte ich etwas Absonderliches vorgeschlagen. »Oh, ich schätze, ich könnte sowieso mal eine Pause von diesem Zeug gebrauchen.« Er schiebt den Stapel Papiere von sich. Steckt sich den silbernen Füllfederhalter in seine Brusttasche.

Ich werfe einen Blick aus dem Fenster und sehe ein Stück von Lucians Wagen, der bereits beladen ist, aus dem offenen Kofferraum ragt der Hals seiner Gitarre. Soll ich hingehen und mich verabschieden? Ich habe keine Ahnung, wann ich ihn wiedersehe. Der heutige Tag – an dem Lucian abreist und alles wieder zur Normalität zurückkehrt – kommt mir schon jetzt grau vor, angefüllt mit alten Problemen.

»Peggy hat das Anwesen in den letzten Monaten hervorragend verwaltet, aber ich fürchte, einige Dinge sind zwangsläufig übersehen worden.« Papa blickt bedrückt hinunter auf die Papiere.

»Welche Dinge?«

»Rechnungen, gottverdammte Rechnungen, Amber. Ich wäre besser dran, wenn ich mein Geld ins Meer schmeißen würde, als es in dieses alte Gemäuer zu stecken. Aber schau nicht so besorgt. Die Altons finden immer einen Weg.« Er atmet aus, streicht durch sein grobes silbernes Haar. »Wir werden das Haus nicht verlieren. Dafür werde ich schon sorgen.«

Diese Kampfparole verunsichert mich noch mehr.

»Aber ich habe den Kopf viel zu lange in den Sand gesteckt.« Er lockert seinen Kragen. »Es wird Zeit, dass ich mich darum kümmere, da hat Caroline schon recht.« Was hatte *sie* ihm überhaupt zu raten? Papa zeigt ungeduldig auf die andere Seite des Tisches. »Setz dich, Schatz.«

Ich schiebe mir den Stuhl zurecht, stütze die Ellenbogen auf die weiche grüne Lederoberfläche des riesigen Tisches – Toby meint, dass Papa uns dort Platz nehmen lässt, damit wir auf eine Größe schrumpfen, mit der er umgehen kann – und versuche, Knight in seiner mit Samt ausgeschlagenen Kiste zu ignorieren.

»Nun?«, sagt Papa, sein Lächeln nicht mehr ganz so offen wie noch vor wenigen Augenblicken.

Ich rutsche auf dem Stuhl herum. »Also, es geht um Toby.«

»Das habe ich schon befürchtet.« Papa schiebt Unterlagen hin und her, klopft sie zu einem glatten Stapel. »Lucian bringt ihn aus dem Konzept, denke ich. Er ist schrecklich unkameradschaftlich. Ich hätte mehr von ihm erwartet.«

»Na ja, das ist es nicht wirklich«, sage ich und frage mich, wer ihm wohl diese Sichtweise auf die Ereignisse nahegelegt hat. Caroline vermutlich. »Papa, er hat da dieses Baumhaus gebaut.«

»Ein Baumhaus? Wirklich? Wo?«

»Am hinteren Ende des Waldes. Flussaufwärts. Er hat Essen dort, ein Messer, ein Bett … eine Pistole. Papa, er hat die Pistole genommen. Die aus der Schublade.«

»Habe ich die nicht eingeschlossen?« Er reibt sich müde das Gesicht, unterdrückt ein Gähnen. »Nein, ich schätze, er sollte die Pistole besser nicht haben, auch wenn ich in seinem Alter bereits eine Waffensammlung hatte, also kann ich den Reiz verstehen.«

»Aber Papa …«, manchmal scheint mein Vater wie aus der Zeit gefallen, »… es ist, als bereite er sich auf den Weltuntergang vor«, sage ich in der Hoffnung, dass er die Verrücktheit daran erkennt. »Er redet ständig von dieser schlimmen Sache, die am Ende der Sommerferien passieren wird. Irgendeine Art von Katastrophe.«

»Wie wieder zurück in die Schule zu gehen? Ich meine, das ist ja auch wirklich eine schwierige Umstellung – ist der September immer nach einem Sommer hier unten.« Er lächelt gütig, und ich schöpfe einen Moment lang Hoffnung, dass er doch bereit sein könnte, richtig zuzuhören. »Aber er hat ja noch ein bisschen Zeit bis dahin.«

»Ich glaube, es ist ernster.«

»Ernster? Amber, mit Toby zurechtzukommen, seit …«, ein kleiner Aussetzer, wo Mamas Tod sein sollte, »… in den letzten paar Monaten, war beinahe unmöglich.« Er schiebt mir eine staubige rosa Schachtel *Turkish Delight* hin. »Recht gut, muss ich sagen. Probier eins. Caroline hat sie aus London mitgebracht.«

Ich schüttele den Kopf. »Es ist nur, dass mit Toby etwas nicht stimmt. Er ist weniger er selbst denn je. Weniger noch als an Weihnachten.«

Papa sieht mit finsterem Blick aus dem Fenster, der optimistische *Turkish-Delight*-Moment ist verflogen. »Nun ja, er hat auf einer neuen Schule angefangen. Ich wage zu behaupten, das erfordert ein wenig Eingewöhnung, vor allem weil er schon mit einem gewissen Ruf dort ankam.«

»Ich glaube nicht, dass es ihm auf der Schule besonders gut gefällt. Aber das ist es nicht.«

Papa zieht unbehaglich an seinem Ohrläppchen. Die Unterlagen auf seinem Tisch flattern im Windzug, der durchs offene Fenster kommt.

»Papa, er ist jetzt schlimmer, als direkt nachdem … es passiert ist.«

Er denkt einen Moment lang nach – das Kinn in die Hände gestützt –, dann setzt er sich aufrecht hin. »Amber, Schatz, ich hoffe, dir ist bewusst, wie sehr ich zu schätzen weiß, was du im vergangenen Jahr für deine Geschwister geleistet hast.«

Aus irgendeinem Grund führt dieses Lob dazu, dass ich mich noch schlechter fühle. Als hätte ich bei alldem irgendeine Wahl gehabt.

»Ich denke, wir müssen uns alle vorwerfen lassen, dass wir dich manchmal für älter halten, als du bist. Aber es gibt viele Dinge, die du noch nicht verstehst, mein Schatz.«

Da wird mir wieder bewusst, dass Papa ein dickes Fell hat – »der ist gelassener als ein Gloucestershire-Old-Spot-Schwein«, wie Goßmama Esme immer sagt –, Toby dagegen nackt und schutzlos in der Welt steht. Er spürt alles viel zu stark, Papa zu wenig. Und das ist Teil des Problems.

»Aber ich verstehe Toby, Papa. Ich verstehe ihn besser als irgendwer sonst.«

Er hustet. »Amber, du bist nicht die Erste, die mich auf diese Sache aufmerksam macht.«

»Hat Großmama etwas gesagt?«

»Tobys frühere Schule hat den Vorschlag gemacht …«, sein Gesicht verdunkelt sich, »… ihn zu so einem Arzt zu schicken. Irgend so einem Scharlatan in der Harley Street. Aber das werde ich Toby nicht zumuten, ihn in irgendeine Kreatur mit toten Augen verwandeln zu lassen, ganz gleich wie schwierig er ist.« Und noch entschiedener fügt er hinzu: »Das würde mir Nancy nie verzeihen.«

Papa erwähnt Mama so selten direkt, dass ihr Name alle Luft aus dem Raum saugt. Selbst er wirkt geschockt.

»Ich möchte, dass er glücklich ist, Papa. Na ja, nicht ganz«, sage ich, als mir das unmögliche Ausmaß meines angestrebten Ziels bewusst wird. »Bloß wieder mehr so, wie er war, schätze ich.«

Da lächelt Papa mich an, zerstreut, voller Liebe, wie er mich angelächelt hat, als ich in Kittys Alter war. Und mich überkommt der schmerzliche Gedanke an jene Zeit, als ich seinem Urteil vollkommen vertraute.

»Amber, vergiss nicht, dass Charakterstärke durch Entbehrung geformt wird, nicht durch Vergnügen. Wenn wir nach Pflichterfüllung und harter Arbeit streben, dann werden wir, *wenn* das Schicksal es will und nur dann, vielleicht auch glücklich.« Er stellt energisch einen Briefbeschwerer oben auf seine Papiere. »Vergnügen ist ein Nebenprodukt, kein verdammtes Recht, wie mein Bruder Sebastian glaubte.«

Ich sitze mit offenem Mund da. Ich spüre meinen ertrunkenen skrupellosen Onkel im Raum. Ich kann ihn beinahe in den sanften Wassern des Mittelmeeres dahintreiben sehen.

»Wenn Toby dieses Anwesen einmal erben soll – wenn er lernen soll, der Hüter dieses Hauses zu sein –, dann muss er sich zusammenreißen, besser heute als morgen.« Ein Muskel zuckt in seinem Gesicht, Schweißperlen bilden sich auf seiner Stirn. »Das ist alles.«

»Aber was, wenn Toby sich nicht zusammenreißen *kann*?«, stottere ich.

»›Ich kann nicht‹, ist kein Ausdruck, der in dieser Familie Verwendung findet.«

»Nein«, sage ich und beiße mir auf die Lippe. »Entschuldige.«

»Also, was, meinst du, sollen wir tun?«, fragt er etwas sanfter.

»Ich weiß nicht.« Ich habe gehofft, er würde es wissen. »Ich schätze, es muss sich etwas ändern. Aber, ähm, ich bin nicht sicher, was.«

Er starrt mich an, hinter seiner Stirn arbeitet es wie die unsichtbaren Ketten, die die King-Harry-Fähre über die glatte Oberfläche des Flusses ziehen. Dann steht er auf und seine Faust schlägt auf die weiche Lederfläche des Schreibtisches. »Danke, Amber. Ich glaube, du hast die Frage, mit der ich mich seit Tagen plage, unwissentlich beantwortet.« Er schiebt den Kiefer vor, als zwinge er sich, etwas Unangenehmes in Betracht zu ziehen. »Es muss sich etwas ändern. Da hast du ganz recht. Und es ist meine Pflicht als Vater, für diese Veränderung zu sorgen.«

»Aber was?«, frage ich und hoffe, es ist nichts zu Drastisches.

»Ich meine, das werdet ihr alle früh genug erfahren.« Er holt den silbernen Füllfederhalter wieder aus seiner Tasche und zieht mit den Zähnen den Deckel ab. »Wenn du mich jetzt entschuldigen würdest, ich habe Rechnungen zu bezahlen.«

18

Lucian hält am Ende der Auffahrt mit schnurrendem Motor und macht mir die Beifahrertür auf. Ich hüpfe aus dem Auto und versuche, meine Freude darüber zu verbergen, dass ich seine Abreise nach Devon verzögert habe. Dass er mich Belinda vorgezogen hat, wenn auch nur für zwanzig Minuten.

Er blickt misstrauisch die Auffahrt hoch. »Ich hoffe, Toby wird nicht zu böse sein.«

»Ach, er wird es nicht erfahren«, sage ich schnell, und mein Herz fängt an zu rasen bei dem Gedanken, erwischt zu werden. »Er ist noch immer im Wald. Die Baumhaussache.«

»Ich wünschte, er würde es mir zeigen.«

Unwahrscheinlich, denke ich. »Eines Tages«, sage ich.

Die Nachmittagssonne taucht ihn in mildes Licht, sodass ich die Toffeefarbe seiner Augen sehen kann, ein Farbwirbel im Inneren einer Murmel.

»Also … bis zum nächsten Mal.«

»Diesen Sommer?«, sage ich unbedacht, als zählte ich die Tage bis zu unseren nächsten Schulferien. Verlegen streiche ich die Blumenköpfchen und den Blütenstaub von meinem Popelinekleid, das ich heute Morgen so sorgfältig ausgewählt habe, weil es das Grün meiner Augen hervorhebt und meine Brüste größer erscheinen lässt.

»Das hoffe ich.«

»Ich dachte, du hasst Black Rabbit Hall.«

»Hab ich auch. Aber ich habe meine Meinung geändert.«

»Oh«, sage ich und kann nicht umhin, dämlich zu grinsen. »Tja, dann tschüss.«

Ich will an ihm vorbeigehen, doch der Platz zwischen uns scheint zu schrumpfen, und wir stoßen unbeholfen zusammen. Aufgeregt weiche ich zurück, und meine Haare verheddern sich in den niedrigen Ästen des Baumes. Er schlägt die Tür zu, und es sollte eigentlich ein Schlussgeräusch sein. Aber das ist es nicht. Das Geräusch durchdringt die Sommerluft wie ein Anpfiff. Wir starren uns an, sehen es in den Augen des jeweils anderen. Etwas ist raus, wurde freigesetzt.

Ich weiß, dass es passieren wird, in dem Bruchteil einer Sekunde, bevor es passiert. Doch der Kuss ist trotzdem ein roher Schock, anders, als ich es mir je vorgestellt hätte. Seine Hände packen meine Taille, ziehen mich ruckartig an ihn, sein Atem heiß an meinem Ohr, meine Haare zerren an einem Zweig, bis er bricht, der Geschmack von Salz, Speichel und Honig. Wir küssen und küssen uns, bis mein Kiefer und meine Zunge schmerzen, ich keine Luft mehr bekomme und er plötzlich zurückweicht und keucht: »Entschuldige. Gott, es tut mir so leid.«

»Mir nicht.« Die Worte platzen einfach so aus mir heraus, bevor ich sie zurückhalten kann. Beschämt, die Hände vor den Mund gepresst, stolpere ich in Richtung Wald davon und höre, wie er meinen Namen ruft, einmal, zweimal. Dann, als ich vom Laub verdeckt bin, lehne ich mich an einen Baum, ringe nach Atem, stütze mich mit den Händen auf den Knien ab und höre das Grollen von Lucians Wagen verklingen. Ich weiß, dass ich mich bewegen muss, dass Toby bald von seinem Baumhaus zurückkehren und sich fragen wird, wo ich bin, und sich die Distanz zwischen uns wieder schließen wird.

Zittrig gehe ich zum Haus zurück, die Luft fährt zwischen meinen Fingern hindurch, sein Geschmack auf meinen Lippen, das Vogelgezwitscher wild und ekstatisch. Als ich an den

Bach gelange, wo sich unter der riesigen Rhabarberstaude das Wasser staut, spähe ich hinein, überprüfe mein Spiegelbild, überzeugt, dass mir die Schuld ins Gesicht geschrieben steht. Doch das Wasser zerschneidet mein glühendes Antlitz in schimmernde Streifen, verwischt mein Haar, mein Lächeln, lässt das Sonnenlicht in meinen Augen tanzen. Wird Toby es merken? Ist es so offensichtlich? Ich lecke meine Finger ab, streiche mir hektisch die Haare glatt, zerre an der klebrigen Feuchtigkeit, wo mein Hinterteil auf dem Ledersitz saß.

Wenn es mir gelingt, nach oben zu rennen, bevor mich irgendwer sieht, ich ein heißes Bad nehme, mir die Haare kämme, mich umziehe, wer wird es dann je erraten? Uns kann unmöglich irgendwer gesehen haben. Und niemand würde es in einer Million Jahren vermuten. Doch als sich Black Rabbit Hall am Rasenkamm erhebt, bin ich mir nicht mehr sicher. Die steinernen Falken starren auf mich herab, als wüssten sie genau, wo ich war. Während ich die graue Steintreppe hochsteige, eine andere als die, die sie vor einer halben Stunde hinuntergelaufen war, vermischt sich die Erregung von dem Kuss mit einem leichten Stechen der Angst.

19

Lorna

Dills kleines Büro versteckt sich über der Treppe zum Weinkeller. Dill murmelt, dass es nur eine vorübergehende Lösung und nicht ideal sei, dass hier früher die Fasane hingen – an den Ziegelwänden befinden sich noch die Metallhaken. Wenn es ein wenig rieche, tue ihr das leid, und wenn das Telefon anfange zu knistern, müsse man den Hörer kräftig schütteln. Doch Lorna hört gar nicht zu. Jon will sie dringend sprechen. Sie ist besorgt. »Jon?«

Dill schließt die Tür leise hinter sich. Wie aus dem Nichts taucht eine Biene beinahe von der Größe einer Maus auf und fängt an, sich gegen das kleine Sprossenfenster zu werfen.

»Ich wollte schon auflegen …« Jons Stimme klingt dumpf, fern, als würde er von einem anderen Planeten aus anrufen. »… und dich retten kommen.«

»Sei nicht albern.« Sie lacht gezwungen.

»Du hättest mich anrufen können.« Er kann die Verletzung in seiner Stimme nicht verbergen. In London sprechen sie normalerweise jeden Tag zwei oder drei Minuten am Telefon. »Ich wusste nicht, ob bei dir alles in Ordnung ist.«

»Ich habe versucht anzurufen. Das Netz ist furchtbar schlecht, das weißt du. Aber mir geht's gut, wirklich. Warum auch nicht?«

Ein Moment verstreicht. Sie stellt sich vor, wie seine große

Hand durch sein goldenes Haar fährt. »Ich mach mir eben Sorgen um dich.«

»Ich bin kein Kind«, sagt sie ein wenig gereizt. Auf dem Drehstuhl sitzend, versucht sie etwas Platz für ihre Ellenbogen zwischen dem Durcheinander auf dem Schreibtisch zu finden: Überfällige Rechnungen quellen aus einem Drahtkorb, daneben ein uralter beiger PC, eine Ausgabe der *Country Life* voller Teeflecken liegt vor Lorna. »Ist es das? Die dringende Sache?«

»Nein, das ist es nicht. Lorna, hör zu, ich hab ein paar Erkundigungen über Black Rabbit Hall eingeholt.«

Dieser Gedanke gefällt ihr nicht. Es ist fast so, als würde er sie kontrollieren. »Äh, warum?«

»Irgendetwas hat sich nicht gut angefühlt, passte nicht zusammen.«

»Ich kann dir nicht ganz folgen.« Lorna versucht, das Fenster zu öffnen, um die Biene hinauszulassen, doch es klemmt. Also zieht sie den Vorhang zu, um die Biene für die Dauer des Telefonats in Schach zu halten, und taucht den Raum noch weiter in Dunkelheit.

»Ich fürchte, ich muss dich enttäuschen. Lorna, die haben keine Hochzeitslizenz.«

Es fühlt sich an wie ein Temperatursturz. »Ich … verstehe nicht.«

»Wir können nicht auf Black Rabbit Hall heiraten. Der Besitzer hat keine Lizenz, es als Veranstaltungsort für Privatleute zu vermieten. Keine Versicherung. Nichts. *Nada*.«

»Aber können sie denn keine bekommen? Das ist doch bestimmt bloß eine Formalität.« Sie verflucht Jons Tendenz, auf jedes Detail zu achten, seinen Respekt vor Regeln, die andere dazu auffordern würden, sie zu brechen.

»Ich denke nicht. Gesundheits- und Sicherheitsvorschriften, Brandschutzbestimmungen, davon sind sie … meilenweit entfernt, Liebling. Und vor diesem Hintergrund ist es ein bisschen suspekt, eine Anzahlung zu fordern.«

Jetzt ist sie sich sicher, dass sie es riechen kann, den metallischen Geruch. Ein leichter Fleischgeruch. Sie fragt sich, was sie machen soll. Endet ihr Traum hier?

»Es tut mir leid. Ich weiß, dass du dein Herz an dieses Haus gehängt hast.«

Sie setzt sich aufrecht hin, voller Entschlossenheit. Nein, er darf nicht enden. »Wir werden trotzdem hier heiraten.«

»Das ist doch nicht dein Ernst?« Er lacht ungläubig.

»Warum nicht? Komm schon. Was soll denn passieren? Wir tun doch niemandem weh. Das letzte Mal, dass ich einen Polizisten gesehen habe, war an der Paddington Station. Es gibt meilenweit keine Nachbarn, die sich über den Lärm oder die Parksituation beschweren könnten.«

»Die ganze Veranstaltung wird aufgelöst werden wie irgendein … illegaler Rave oder so was. Vergiss es bitte einfach.«

»Nein. Das kann ich nicht, Jon. Das kann ich einfach nicht.«

»Was ist nur in dich gefahren?«, sagt Jon leise.

Sie zögert, dann sagt sie ihm die Wahrheit. »Dieses Haus hat es mir angetan. Es geht mir irgendwie unter die Haut.«

Lorna spürt seinen Ärger. Seine Irritation. Die Kluft, die sich zwischen ihnen ausweitet.

»Okay, hör zu. Du musst abreisen. Heute noch. Dieser Ort tut dir nicht gut, Liebling.«

»Sei nicht albern. Ich bin doch gerade erst angekommen.« Sie wickelt sich das Telefonkabel fest um den Finger. »Und ich habe eine wundervolle Zeit.« Sie hat nicht beabsichtigt, dass es so aufgeladen klingt – als würde die wundervolle Zeit ihn ausschließen –, aber irgendwie kommt es so rüber. Sie schließt für einen Moment die Augen, versucht wieder ins Lot zu kommen, sich ihm nahezufühlen, das Richtige zu sagen. Aber es ist, als wären sie schon seit Jahren voneinander getrennt, nicht bloß seit Tagen. »Ich fahre nirgendwohin.«

»Gibt es da irgendeinen Kerl oder etwas, das du mir verschweigst?« Es ist nur teilweise als Witz gemeint.

»Einen *Kerl*? Hier? Den Gärtner eventuell? Einen gut aussehenden jungen Butler? Jon, bitte.«

»Ich weiß nicht mehr, was ich denken soll.« Er ist jetzt kühler. »Du klingst so ... seltsam.«

»Geht es dir darum, dass ich überhaupt hier bin? Dass ich es gewagt habe, übers Wochenende ohne dich wegzufahren? Wenn du nämlich denkst, dass ich mich in irgend so eine Hausfrau aus den Fünfzigern verwandle, bloß weil wir jetzt verlobt sind, tja, dann ... müssen wir dringend reden.«

»Ich wollte nicht, dass du fährst, weil es eine seltsame Einladung war, okay? Und es ist so weit weg. Im Umkreis von Kilometern ist kein Mensch.« Er zögert, ändert die Klangfarbe seiner Stimme in etwas, das schwerer zu übergehen ist. »Du bist zurzeit verletzlich, Lorna. Du bist noch in Trauer, bist durcheinander.«

Durcheinander? Das ist sie überhaupt nicht. Und sie fühlt sich auch nicht verletzlich. Sie hat nicht mal das Gefühl, noch zu trauern. Nein, sie fühlt sich lebendig, zum ersten Mal seit Monaten wieder voll aufgeladen, alles in allem in einer völlig anderen Lage. Sie weiß nur nicht, wie sie Jon das erklären soll, ohne noch durchgeknallter zu klingen als in seinen Ohren sowieso schon.

»Seit wir dieses Haus besichtigt haben, läuft es zwischen uns ... schlecht. Du bekommst immer diesen fiebrigen Blick, wenn du darüber sprichst.«

»Oh, Himmelherrgott, jetzt halt aber mal die Luft an, ja?« Erschrocken über ihre harten Worte, bemüht sie sich um Schadensbegrenzung. »Entschuldige, ich hab's nicht so gemeint ...« Aber ein Teil von ihr hat es sehr wohl so gemeint.

Ihre Worte enden in einem strafenden Schweigen, das nur von den sinnlosen Fluchtversuchen der Biene unterbrochen wird. Einen Moment lang hat sie das Gefühl, sie selbst wäre das da hinter dem Vorhang, sie selbst würde gegen etwas Zähes, Fremdes ankämpfen, etwas, das sie nicht versteht.

»Weißt du was, Lorna? Ich werde nicht die Luft anhalten. Ich denke, es ist an der Zeit, dass du ehrlich zu mir bist – und zu dir selbst. Gesteh dir ein, warum du an nichts anderes mehr denken und von nichts anderem mehr reden kannst als von dieser Halbruine in Cornwall.«

»Ich liebe Black Rabbit Hall.«

»Es ist schon ein bisschen komplizierter als das, oder? Hier geht's doch um deine Mutter.«

Sie schnippt mit dem Finger gegen den rostigen Drahtbriefkorb, versucht den Klumpen herunterzuschlucken, der sich in ihrer Kehle verhärtet hat. »Ich will herausfinden, warum es diese Fotos von mir und Mama an der Auffahrt gibt. Die Sache beschäftigt mich, okay?« Sie beschließt, ihm nicht zu erzählen, dass sie auch unbedingt wissen will, was mit den Alton-Kindern am Ende des Sommers Neunundsechzig passiert ist besonders mit dem kleinen Jungen namens Barney. »Ich weiß, es klingt bescheuert.«

»Überhaupt nicht. Es ist nur natürlich, dass man versucht, die Puzzleteile zusammenzusetzen, nachdem …«, er unterbricht sich, sucht nach den richtigen Worten, »… um dem Furchtbaren Sinn abzutrotzen. Trau mir ruhig ein bisschen mehr zu, ich verstehe das.«

»Tust du nicht«, murmelt sie.

Er übergeht es. »Aber es ist nicht bloß das. Es geht nicht nur um diese Fotos, oder?« Das Telefon fühlt sich heiß und schwer in ihrer Hand an, eine geladene Waffe. »Du kannst nicht immer weiter davonlaufen, Lorna, deine Vergangenheit umkreisen, anstatt dich direkt mit ihr zu konfrontieren, so tun, als würdest du nach einer Sache suchen, wenn du eigentlich nach etwas ganz anderem gräbst.«

Jon zerrt sie in eine Richtung, in die sie nicht gehen will, schiebt sie in den zugemauerten Bereich in ihrem eigenen Kopf. Er versucht schon seit einer Weile, sie dort hinzubekommen: Sie widersetzt sich, er versucht es weiter. Der Drang, den Hörer hinzuknallen, ist beinahe überwältigend.

Jon holt tief Luft. »Lorna, ich habe mich immer gefragt, ob du nicht nach deiner leiblichen Mutter suchen willst, nachdem Sheila tot ist.«

Die gefangene Biene schießt unter dem Vorhang hervor und schraubt sich wie verrückt durch die Luft. Lorna ist erstarrt, ihre Finger krallen sich um den Telefonhörer, und sie kämpft gegen eine aufsteigende Übelkeit an. »Darum geht es hier doch gar nicht«, bekommt sie mit zitternder Stimme heraus. »Ich habe ihren Namen. Ich könnte sie finden, wenn ich wollte. Aber ich habe schon vor langer Zeit beschlossen, sie nicht aufzuspüren, das weißt du.«

»Nein. Sheila hat das entschieden. Sie hat dir Schuldgefühle eingeflößt, wenn du bloß darüber nachgedacht oder gar Fragen gestellt hast. Sie hatte schreckliche Angst, dass du eines Tages losgehen und dir eine andere Mutter suchen und sie zurückweisen könntest. Deshalb konnte sie nicht darüber reden. Deshalb hat sie dir nicht einmal erzählt, dass du adoptiert wurdest, bis du neun Jahre alt warst. Sie konnte die Vorstellung nicht ertragen, oder?«

»Ich leg jetzt besser auf, Jon.« Ihre Stimme ist kaum noch ein Flüstern. Sie verspürt ihrer Mutter gegenüber einen unerwarteten Beschützerinstinkt, obwohl sie die Wahrheit, die in seinen Worten liegt, erkennt.

»Lorna, bitte. Wir können deine leibliche Mutter gemeinsam suchen. Wir wissen, dass sie aus Cornwall stammt, dass du aus Truro adoptiert wurdest. Ich möchte dir helfen. Deshalb habe ich damals im Auto vorgeschlagen, wir könnten dorthin fahren.«

»Ich erinnere mich«, bekommt sie heraus.

»Bitte, lass es uns gemeinsam versuchen. Es gibt bestimmt Hinweise. Vielleicht ist es einfacher, als du denkst.«

»Ich suche nicht nach dieser Frau. Ich will sie nicht finden.« Sie sagt ihm nicht, dass sie niemals riskieren könnte, ein zweites Mal Zurückweisung zu erfahren. Sie weiß, dass sie weinen müsste, wenn sie diese Worte laut aussprechen würde. Also sagt sie noch energischer »Ich wollte sie noch nie finden« und spürt, wie sich ihre Entschlossenheit verfestigt.

»Nicht bewusst.«

Ein scharfes Luftholen. Ihr fällt keine kluge Antwort ein.

»Verdammt, ich wünschte, ich wäre jetzt bei dir. Das ist kein Gespräch, das man am Telefon führen sollte.«

Sie hört Schritte vor der Tür des Büros, leiser werdend, jemand entfernt sich. Ihr kommt der Gedanke, dass jemand mitgehört haben könnte.

»Aber ich sollte es dir sagen … Seit der Beerdigung deiner Mutter hast du einige Male den Namen deiner leiblichen Mutter im Schlaf gemurmelt.«

Sie zuckt zusammen, ein kaltes Gefühl in ihrem Bauch. »Warum … hast du mir das nicht gesagt?«

»Ich habe auf den richtigen Zeitpunkt gewartet. Es gab keinen. Es tut mir leid.«

Sie unterdrückt blinzelnd die Tränen.

»Du lässt mich an allem teilhaben, bloß daran nicht, oder?« Jons Stimme bricht, und sie fühlt sich noch schlechter, weil ihre Vergangenheit die Menschen, die sie liebt, beeinträchtigt, weil sie durchsickert, trotz ihrer Versuche, sie für sich zu behalten. »Ich lag die ganze letzte Nacht wach und habe darüber nachgedacht. Ich habe mich nach dir gesehnt, mich gefragt, warum ich zugelassen habe, dass das schon so lange so geht. Du hast verbotene Räume, Lorna, da lässt du mich einfach nicht rein. Aber ich möchte eine Frau, die alles mit mir teilt.« Seine Stimme klingt wieder erstickt. »Ich will dich ganz oder …«

»Gar nicht?« Sie schluckt.

»Das habe ich nicht gesagt.«

Lorna muss plötzlich an einen Exfreund denken – den vor Jon –, der ihr einmal gesagt hat, dass sie Mauern um sich herum baut, die wahre Intimität unmöglich machen. Die Beziehung zerbrach kurz darauf. Und jetzt versucht Jon, ihr dasselbe zu sagen. Aber sie kann diese Barrieren nicht einreißen, nicht mal für Jon. Sie weiß nicht, wie.

»Liebling, bist du noch da?«

Sie wird ihn deswegen verlieren. Tief drinnen ist sie sich sicher, dass das passieren wird: Es ist das, wovor sie sich immer gefürchtet hat, dass sie den einen Mann, der ihr ein Gefühl des Halts, der Sicherheit und des Geliebtwerdens gibt, verlieren wird. Und wenn man etwas fürchtet, dann malt man es sich aus und kann erkennen, wenn der Prozess ins Rollen gerät. Und genauso fängt es an.

»Sag doch was.«

Die Biene lässt sich auf ihrem nackten Knie nieder, fast schwerelos, ein leichtes, lebendiges Kitzeln. Sie starrt auf sie hinunter, dieses schöne, verängstigte Ding, und sie weiß, dass dies ein Schlüsselmoment ist. Dass es jetzt mehr denn je darauf ankommt. Dass sie vielleicht noch eine Chance hat, ihre Beziehung zu retten. Aber irgendetwas schnürt ihr die Kehle zu. Sie bekommt kein einziges Wort heraus. Und die Biene fliegt wieder hinüber zum Fenster und gerät erneut in die Falle des Vorhangs.

Unter der trüben Wasseroberfläche – das Badewasser wirkt eher wie ein wilder Teich – hält Lorna so lange den Atem an, bis ihr die Lunge wehtut. Es hilft ihr dabei aufzuhören, über die schreckliche Unterhaltung mit Jon nachzudenken, die fehlende Verbindung zwischen ihnen, als wäre jemand gekommen und hätte die Drähte gekappt. Sie hat versucht, ihn noch einmal anzurufen, sobald sie sich wieder gefasst hatte und ihre Hände nicht mehr zitterten, aber auf dem Handy war sie nicht durchgekommen. Als sie es mit Dills Telefon versuchte, ging der Anruf direkt auf die Mailbox. Und zu ihrer Schande war sie ungeheuer erleichtert darüber. Nach dem Krabbensalat-Abendessen mit Dill auf der Terrasse – Mrs. Alton war nicht hungrig – hat sie nicht mehr versucht, ihn anzurufen.

Eine Stimme in ihrem Kopf fragt beharrlich, ob es nicht vielleicht einfacher wäre, jetzt zu gehen, die ganze Sache abzublasen, anstatt die Suche nach Antworten zu riskieren auf schmerzliche Fragen.

Lorna schießt aus dem Wasser hoch, schnappt nach Luft.

Erschrocken über die zunehmende Düsternis ihrer Gedanken, steht sie im Pyjama am Schlafzimmerfenster, die Haare in ein Handtuch gewickelt. Die sternlose Dunkelheit drückt gegen das Glas. An diesem Abend spendet kein Mond Trost, kein leuchtender Punkt eines Flugzeugs, nichts, das darauf hinweisen würde, dass sie nicht so vollkommen in der Hochzeitssuite von Black Rabbit Hall abgeschottet ist wie eine Figur in einer der Schneekugeln, die sie als Kind gesammelt hat. Sie vernimmt das leise Tröpfeln von Regen am Fenster. Mit rasselnden Vorhangringen und schwerem Brokat schließt sie die Nacht aus, sich selbst ein.

Sie klettert in das Bett mit den drohend aufragenden Bettpfosten, legt sich auf die Kissen, die nach ungewohntem Waschmittel riechen, altes Leinen im salzigen Draußen getrocknet. Sie fragt sich, wer wohl schon alles in diesem uralten Bett geschlafen hat, wer schon auf seiner unebenen Matratze gezeugt worden ist, wer auf seinen durchhängenden Sprungfedern schon seinen letzten Atemzug getan hat, bevor ein weißes Leintuch über sein Gesicht gezogen wurde. Sie kann es ganz lebhaft vor sich sehen. Das Leintuch. Das Gesicht. Großer Gott, sie ist so müde.

Sie muss schlafen. Wenn sie schläft, finden die ganzen auseinandertreibenden Teilchen des Tages wieder zusammen wie die Zeitlupe einer zu Boden fallenden Tasse, rückwärts abgespielt. Sie teilt die Seidenfransen der Lampe, schaltet sie aus und wartet darauf, dass der Schlaf sie übermannt. Vergeblich.

Stattdessen kommt der Tag auf sie zugeflogen wie die rasende Biene in Dills Büro: die in die Rinde geritzten Namen, die gequälten Gesichter der Kinder im Fotoalbum, das Spiralkabel des Telefons, Jons seltsam fremde Stimme, die Fehlerhaftigkeit ihres Gesprächs, wie all das eigentlich überhaupt nicht nach ihnen klingt, nach den Menschen, die sie waren, bevor sie nach Black Rabbit Hall kamen.

Sie fragt sich jetzt, ob Black Rabbit Hall und die ganze Hochzeitsplanung ein Test für ihre Beziehung sind, und zwar einer, der die Möglichkeit des Scheiterns beinhaltet. Wie diese Paare, die zur Beratung gehen, in der Erwartung, ihre Beziehung wieder in Ordnung zu bringen, bloß um dann bestätigt zu sehen, dass nichts mehr zu retten ist.

Was, wenn Jon zu freimütig für sie ist? Zu nett? Zu unbekümmert? Als sie sich kennenlernten, fürchtete sie, dass seine Geradlinigkeit, seine Fröhlichkeit, seine entspannte Familie eine Nummer zu groß für sie waren. Dass er seinen Fehler bald bemerken würde. Dass man die emotionalen Macken, die einem von seiner Vergangenheit aufgebürdet wurden, unmöglich ausbügeln kann: Alles andere war unhaltbare Heuchelei. Sie hatte Louise ihre Ängste anvertraut, die einfach nur gesagt hat: »Sei kein Dummkopf.« Jon und sie lieben einander. Und dennoch. Was, wenn diese Sorge damals Intuition war und nicht bloß Paranoia? Was, wenn sie von Anfang an recht gehabt hat?

Lorna versucht, sich zu beruhigen, indem sie Atemübungen macht. Aber das pumpt nur noch mehr Sauerstoff ins Feuer ihrer Gedanken. Sie fühlt sich orientierungslos, aus dem Gleichgewicht. Es ist so dunkel im Zimmer, als hätte sie die Augen geschlossen. Da sind so viele Schattierungen von Schwarz, von schmierigem Kajal bis hin zu etwas, das jenseits von Farbe ist, ein Abgrund in den Schatten unter dem Wurf des Vorhangs. Die Dunkelheit ist auch nicht ohne Regung. Sie bewegt sich, pulsierend, sich zusammenziehend, lebendig. Während sie hineinstarrt und ihr das Herz in den Ohren galoppiert, kann sie flimmernde Ausschnitte aus ihrer Kindheit sehen: ein Filzstiftherz auf dem zarten Handrücken ihrer Schwester, in dem ihr Name steht und daneben »Louise«; dieselbe Hand, größer, die beschützend den neugeborenen Alf hält, wunderschön, noch klebrig von der Geburt, der Schock seiner Downsyndrom-Diagnose noch eine Arztvisite weit entfernt; ihre Adoptionspapiere im Strahl der Taschenlampe unter ihrer Barbiedecke, die Buchstaben, die darüber marschieren wie Ameisen, das Geräusch ihrer Mutter, die ungestüm den Wäscheschrank im Flur umräumt, darauf wartet, dass Lorna mit dem Stück Papier »fertig« ist, damit sie es wieder in der Aktenschachtel im Speicher verstauen und so tun kann, als würde es nicht existieren.

Sie richtet sich ruckartig vom Kissen auf. Hat sie die Ängste ihrer Mutter in Bezug auf die Adoption verinnerlicht? Der Gedanke ist ihr noch nie in den Sinn gekommen. Hat sie sich angewöhnt, ihre eigene Vergangenheit vor Lorna Dunaway – gefangen zwischen dem ersten Schlag ihres winzigen Herzens und dem Moment, als ihre Adoptiveltern sie in ihre Arme schlossen – als eine Schicht aus dünnem, knackendem Eis über gefährlich tiefem Wasser zu sehen? Vorsichtig auftreten, ganz vorsichtig, am besten gar nicht betreten. Ihre Gedanken fangen in der Dunkelheit an zu rasen, Gedanken, die blind herumstürmen wie aus einem Käfig befreite Wesen, bis sich ihre Augen schließen und sie ins tiefste Schwarz sinkt.

Einige Stunden später schwankt blassgelbes Licht unter den Falten des Vorhangs über den Fußboden. Lornas Kopf dröhnt. Sie ist schweißgebadet, ihr Verlobungsring hat sich am Finger verdreht, der Diamant drückt sich in ihre Handfläche. Sie steht auf, um ins Bad zu gehen, sinkt jedoch gleich wieder zurück aufs Himmelbett. Was ist nur los? Hat sie etwas Falsches gegessen? Waren es die Krabben gestern Abend? Dieser klebrige uralte Sherry?

Sie zittert unter den Laken, ihr ist abwechselnd heiß, kalt, heiß. Jemand hämmert ihr von innen gegen den Schädel, versucht herauszugelangen. Oder so ähnlich. Sie kann sich vorstellen, dass sich eine Migräne so anfühlt. Bloß dass sie nicht unter Migräne leidet. Sie bekommt auch nie Kopfschmerzen. Sie ist stark wie ein Bär – gute Gene, ha – und wird nur ganz selten krank.

Das Einzige, was sie tun kann, ist, die Augen zu schließen. Die Augen zu schließen und um Schlaf zu beten.

Ein Klopfen an der Tür. Sie blickt blinzelnd durchs Zimmer. Das gelbe Morgenlicht ist nun fort. Der Raum ist stickig, und rasiermesserscharfes Sonnenlicht dringt durch die Schlitze des Vorhangs.

Eine Stimme kommt durch den Raum zu ihr geschwommen: »Alles in Ordnung?«

Lorna versucht, nicht zu stöhnen. Sie ist hier nur Gast, und ihre Mutter hat ihr beigebracht, dass es sich für Gäste nicht schickt, krank zu sein. Also sagt sie schwach: »Kommen Sie rein.« Das Geräusch ihrer eigenen Stimme wummert unerträglich an ihrem Trommelfell.

»Oh, was ist denn los?«

Lorna kann den Blick nur so weit scharf stellen, dass sie den wuscheligen Haarschopf erkennen kann, eine menschliche Lauchblüte.

»Sie sehen ja furchtbar aus.«

»Mein Kopf ...« Sie fasst sich mit der Hand daran. Fast erwartet sie, ihn irgendwie verändert vorzufinden, länglicher, platt gedrückt, breiig. Er ist feucht und heiß.

»Sie sehen wirklich blass aus. Nein, nein, stehen Sie nicht auf.«

Lorna könnte nicht aufstehen, selbst wenn sie es versuchen würde. »Das muss ein Virus sein. Irgendetwas, das ich mir im Zug eingefangen habe.«

»Oje. Kann ich Ihnen irgendetwas bringen?«

»Paracetamol wäre gut.«

»Ich schaue mal nach.«

Lorna sinkt zurück aufs Bett mit dem Gefühl, vielleicht nie wieder aufstehen zu können. Das Pochen wird stärker. Es spricht. Jons Worte. Fragen, auf die sie keine Antworten will. Es hat auch einen Rhythmus, ein schwindelerregendes Rauschen, das Geräusch von arteriellem Blut, ein Fluss, der über die Ufer tritt.

Schließlich taucht Dill wieder auf. »Ich habe leider keine Paracetamol gefunden.«

Lorna schießen Tränen in die Augen.

»Aber Mrs. Alton hat mir das hier für Sie gegeben.« Dill hält eine harmlos wirkende weiße Pappschachtel hoch. »Schmerzmittel. Sie hat Migräne. Schwört darauf.«

Lorna würde alles tun, um dem Treiben des Vorschlaghammers in ihrem Kopf ein Ende zu bereiten. Schwach schüttelt sie die Schachtel: Zwei Pillen in einer Blisterverpackung fallen auf die Daunendecke. Sie versucht, die Rückseite der Packung zu lesen – sie erkennt den Aufkleber einer Apotheke, sie sind verschreibungspflichtig –, aber die Buchstaben verschwimmen und verwischen. Sie sollte sie nicht einnehmen. Es ist Wahnsinn, die Schmerzmittel von jemand anderem einzunehmen, gegen so etwas wird auf den Verpackungen ausdrücklich gewarnt, wenn sie es nur lesen könnte.

»Soll ich Ihnen ein Glas Wasser bringen?«, erkundigt sich Dill freundlich.

Sie nickt. Sie fragt nicht nach der Dosierungsanleitung.

Welcher Tag ist heute? Wo ist sie? Lorna greift nach einem Bettpfosten und zieht sich hoch. In ihrem Kopf herrscht Nebel, ihr Sichtfeld ist an den Rändern eingetrübt, ihr Magen aufgewühlt. Es dauert ein paar Augenblicke, bis die Erinnerung an den Vortag und die vergangene Nacht in einem unscharfen Brei wieder zurückkommt, die Momente zerfallen, wenn sie nach ihnen greift, die magische Beseitigung von Schmerz, Empfinden, jedem Zeitgefühl. Oh … nein … Sie war doch sicher nicht so dumm und hat Mrs. Altons verschreibungspflichtige Pillen genommen. Aber am Boden liegt die leere weiße Schachtel. Das Bett ist ein einziges Durcheinander, als hätte sie in der Nacht versucht, die Laken zu flechten. Und das Zimmer stinkt. Sie windet sich aus dem verschwitzten Knäuel aus Laken, reißt das Fenster auf und holt tief Luft, taufeuchter Efeu streift ihr Gesicht. Seetang. Wolle. Speck.

Speck? Oh nein, sie kommt zu spät zum Frühstück. Einen Tag zu spät. Sie versucht, Jon zu simsen – »Nachricht nicht gesendet« –, und zieht sich nach einem brutal kalten Spritzer aus dem Duschschlauch im Bad eilig an, hopst, einen Fuß schon im Schuh, über den Teppich und fährt sich kurz mit den Fingern durchs Haar. Sie stolpert die schmale Treppe hinunter, bis sie zu der Tür gelangt, die direkt auf ein Stockwerk führt, auf dem sie nicht sein möchte. Noch eine Etage weiter hinunter. Zwei. Ein weiterer Treppenabsatz. Verwirrend. Drei

Blecheimer, in die klirrend Tropfen platschen. Endlich unten an der Treppe angekommen, sieht sie sich um. Ein ausgestopfter Hirsch starrt sie an, scheinbar leicht überrascht.

Wo ist das Speisezimmer? Das ist überhaupt nicht ersichtlich. Sie betritt einen ihr unbekannten düsteren Flur, stößt auf ein Zimmer voller Besen und Schrubber, daneben eine Bohnermaschine. Ein weiterer Raum voller weiß abgehängter Möbel, Klumpen von ausgebleichtem Deckenputz liegen über den Boden verstreut wie aufgeplatzte Tüten Puderzucker. Sie geht wieder zurück, mit vernebeltem Kopf, leise fluchend, bis sie die Worte »Speisezimmer« in verblassten Goldbuchstaben an einer dunkelgrauen Tür schimmern sieht. Doch die Erleichterung währt nicht lange. Sie hört das Klirren von Besteck. Verflucht. Sie haben bereits angefangen.

»Es tut mir leid, dass ich zu spät komme ...« Sie verstummt. Sie hat nicht erwartet, dass das Speisezimmer so prächtig wäre, so rot, oder der Tisch so wahnsinnig groß. Mrs. Alton gelingt es dennoch, es zu beherrschen. Sie sitzt aufrecht in vollendeter Haltung an einem Ende und balanciert eine Gabel mit Rührei in der Luft. Blütenblatt, der bissige Terrier, sitzt auf ihrem Schoß, eine schmutzige Pfote auf dem Tischtuch mit Spitzenrand, und beäugt gierig die Gabel. Mrs. Altons Lippen zucken, aber sie sagt nichts.

»Mein Wecker hat nicht geklingelt«, murmelt Lorna.

»Oh, das würde er nicht. Nicht in diesem Haus.« Mrs. Alton führt die Gabel zum Mund. »Ich bin nur froh, dass es Ihnen wieder besser geht und dass die Hochzeitssuite sich für einen so tiefen Schlummer als geeignet erwiesen hat, Lorna«, fügt sie hinzu, ohne ihr kleines Geschenk aus katatonischen Pillen, Pferdebetäubungsmittel oder was auch immer es war, zu erwähnen. »Nehmen Sie Platz.«

Lorna setzt sich zwischen eine komplizierte Besteckanordnung. Während sie Platz nimmt, überfällt sie schlagartig die

Erinnerung daran, wie sie aufgewacht war und jemanden in der Tür zum Schlafzimmer hat stehen sehen. Offenbar war sie zugedröhnt gewesen.

»Ich hoffe, Sie sind hungrig.« Mrs. Alton füttert den Hund mit einem dreieckigen Stück Buttertoast und behält Lorna dabei aufmerksam im Auge, ihr Blick messerscharf, als hätte etwas seit gestern ihr Interesse zugespitzt.

»Oh ja«, sagt Lorna, obwohl sie sich nicht sicher ist, dass sie hungrig ist. Ihr Körper fühlt sich noch immer an, als würde er nicht zu ihr gehören. Sie wünschte sich, sie könnte den Hund nicht riechen.

In einem silbernen Toastständer steht eine Reihe Brote in unterschiedlichen Schattierungen der Bräunung. Es gibt eine Früchteschale voller Erdbeeren, und wenn sie nicht halluziniert, dann krabbeln winzige schwarze Ameisen darauf herum. Vier Gläser Marmelade, von denen einige um Jahrzehnte älter aussehen als andere. Pilze, die in Butter schwimmen. Ein entsetzlicher Ast Blutwurst. Ihre Hände schinden auf dem Tisch Zeit, während sie sich fragt, wann sie kundtun soll, dass sie Vegetarierin ist, ob die Etikette vorschreibt, dass sie sich einfach bedient, oder ob sie warten soll, dass sie dazu aufgefordert wird. Fast erwartet sie ein Dienstmädchen in Schwarz-Weiß, das mit einer silbernen Servierzange hinter ihr auftaucht.

Stattdessen erscheint Dill in einem dunkelblauen Arbeitskittel und mit freudig überraschtem Blick. »Sie sind hier!«, trillert sie, als hätte sie erwartet, Lorna würde sich über Nacht aus dem Staub machen. »Wie fühlen Sie sich?«

»Viel besser«, sagt Lorna verlegen, in der Hoffnung, dass Dill sie nicht in ihrem benebeltsten Zustand mitbekommen hat.

»Tee?« Dill gießt ihn durch ein silbernes Sieb in eine ausgesprochen hübsche Porzellantasse mit Goldrand. »Eier mit

Speck? Eins von Bettys Eiern. Fast alle unserer Hühner sind klimakterisch, aber unsere Betty Grable hält durch, nicht wahr, Mrs. Alton?«

»Allerdings. Die gute alte Betty.«

»Wunderbar.« Lorna ist sich nicht sicher, ob sie ein Ei herunterbekommt, wird jedoch das Gefühl nicht los, dass es eine persönliche Beleidigung wäre, wenn sie es ablehnte, da das Huhn sogar einen Namen hat. »Aber bitte keinen Speck für mich.«

»Keinen Speck?« Dill sieht verblüfft aus.

»Ich bin Vegetarierin. Nun ja, ich esse Fisch.«

»Gütiger Himmel!« Mrs. Alton presst sich die Serviette an den Mund.

»Ich hätte es schon früher erwähnen sollen. Tut mir leid.«

»Kein Problem. Die Eier kommen gleich«, sagt Dill.

»Ich muss Sie warnen, dass sie ziemlich kalt sein werden«, sagt Mrs. Alton, die sich wieder erholt zu haben scheint und ihr Frühstück mit Salz bestreut. »Außer Endellion sprintet aus der Küche her, eine Form der Ertüchtigung, zu der sie von Natur aus nicht neigt.«

Dill lächelt, ohne sich ködern zu lassen. »Die Küche liegt nicht gerade günstig, Lorna, zu weit vom Speisezimmer entfernt, weshalb wir normalerweise in der Küche im Ostturm bleiben. Aber dies ist ein besonderes Zimmer, und Sie sind ein besonderer Gast. Wir dachten, es würde Ihnen gefallen.«

»Es ist ein wundervoller Raum. Ich liebe die roten Wände.«

»Anfangs, als ich hierherzog, Lorna, habe ich versucht, dieses Zimmer für jede Mahlzeit zu nutzen, aber am Ende zwang es mich in die Knie. Immer dieses lauwarme Essen.«

Lorna kann sich nur schwer vorstellen, dass irgendetwas Mrs. Alton in die Knie zwingt.

»Pencraw ist wie ein Wildpferd, Lorna.« Mrs. Alton seufzt. »Fast unmöglich unter Kontrolle zu bringen. Ich habe viele

Jahre gebraucht, um das zu akzeptieren. So entschlossen war ich als frischgebackene Ehefrau.«

Ein Wildpferd? Eine unglückliche Formulierung, wenn man bedenkt, wie ihre Vorgängerin ums Leben kam. Lorna fragt sich, ob schon so viel Zeit vergangen ist, dass Mrs. Alton diese Verknüpfung nicht mehr herstellt, oder, was erschreckender wäre, ob sie die Verknüpfung herstellt und es dennoch sagt.

»Ich hoffe, dass die sich ablösende Tapete Ihnen Ihr Essen nicht verdirbt.« Mrs. Alton lächelt. »Sie ist in schlechterem Zustand, als ich in Erinnerung hatte.«

»Mir kommt es vor wie ein Palast.« Lorna greift nach einem Toast, befangen unter Mrs. Altons wachsamem Blick. »Wir bringen nicht mal einen richtigen Esstisch in unserer Wohnung unter.«

Mrs. Alton verschluckt sich an einem Pilz. »Verzeihung?«

»Zu klein«, erklärt Lorna und wünscht sich, sie hätte es nicht erwähnt. »Aber wir hoffen, bald in eine größere Wohnung umzuziehen.«

»Für ein Pärchen am Anfang würde ich nichts über sechs Zimmer empfehlen«, sagt Mrs. Alton und bestreicht ein weiteres dreieckiges Stück Toast für den Hund dick mit Butter. »Alles, was größer ist, kann unglaublich lästig werden, außer man hat das Personal dazu. Endellion, Blütenblatt hat noch immer Hunger.« Mrs. Alton kitzelt den Hund unterm Kinn. Ein Sabberfaden rinnt aus seinem Maul auf den Tisch. »Einen von seinen Hundeküchlein bitte.«

»Kommt sofort.« Dills Espadrilles machen ein platschendes Geräusch. In dem Moment, als die Tür zufällt, ist es, als hätte das letzte Stückchen Normalität den Raum verlassen. Lorna fühlt sich leicht klaustrophobisch, trotz der großzügigen Abmessungen des Zimmers. Das hier ist dem Gefühl nicht unähnlich, das sie im Turm überfiel, nachdem sie die schweren Brokatvorhänge zugezogen hatte. Mrs. Altons Blick bohrt sich noch immer in verschiedene Teile von ihr: Fingernägel, Halsansatz. Noch nie wurde sie unverhohlener gemustert und wünscht sich, sie hätte Zeit gehabt, sich die Haare zu kämmen.

Sie späht über Mrs. Altons Schulter zum Fenster. »Der Rasen wirkt heute Morgen außergewöhnlich saftig und grün«, sagt sie.

»So ist das hier nach einer durchregneten Nacht. Nicht dass Sie bei Ihrer Hochzeit Regen haben werden, natürlich.« Sie verzieht das Gesicht. »Nicht wie ich.«

Bei der Erwähnung der Hochzeit schlägt Lornas Herz schneller: Das Telefongespräch in Dills Büro fühlt sich in ihrem Magen noch immer wie etwas Hartes, Unverdauliches an. Sollte sie die Sache mit der Hochzeitslizenz jetzt erwähnen? Oder ist das die geringste ihrer Sorgen?

»Das Wetter hier unten ist im Herbst ziemlich gut. Die Sonne kommt heraus, sobald die Touristen abgereist sind. Die Natur hat einen heimtückischen Sinn für Humor.« Mrs. Alton beäugt sie kühl über den Goldrand ihrer Teetasse hinweg. »Sie halten immer noch an einem Datum im Herbst fest, hoffe ich?«

Jetzt muss sie es ansprechen. Möglicherweise ist Mrs. Alton überhaupt nicht bewusst, dass eine Lizenz nötig ist. »Na ja, es gibt da ein paar Dinge, die erst noch geklärt werden müssten. Es geht um die Hochzeitslizenz, wissen Sie? Jon konnte keine Unterlagen darüber bei der Gemeinde finden.«

Donnerndes Schweigen. Wutröte macht sich auf Mrs. Altons sehnigem Hals breit.

»Die Eier!«, ruft Dill nichtsahnend und stößt mit ihrem Hinterteil die Tür auf, die beiden gekochten Eier schaukeln in ihren Bechern. Sie stellt das kleine Tablett ab, blickt von Lorna zu Mrs. Alton und wieder zurück. »Alles in Ordnung?«

»Lorna scheint zu denken, dass wir schlecht gerüstet sind für eine Hochzeit«, sagt Mrs. Alton streng.

»Ich habe mir bloß Gedanken gemacht über … die Hochzeitslizenz«, stottert Lorna und wünscht sich, sie hätte nach ihrer Rückkehr nach London einfach eine E-Mail geschickt, anstatt es hier direkt anzusprechen, wo sie sich so labil fühlt.

»Ah ja.« Dill räuspert sich, errötet. »Demnächst. Wir bekommen sie bald.«

»Ist das *noch* so ein Schnitzer, der dir unterlaufen ist, Endellion?«

»Mrs. Alton, ich hatte Ihnen dargelegt, dass es äußerst knifflig werden wird, die Genehmigung zu bekommen, bevor wir die nötigen Reparaturen und Umbauten vorgenommen haben …« Dill krampft ihre Finger um den Gürtel ihres Arbeitskittels.

»Endellion, muss ich es wirklich buchstabieren? Wir können uns keine Reparaturen leisten ohne Einnahmen. Erst muss Geld hereinkommen. Du gehst die Sache mal wieder vollkommen falsch herum an.«

»Aber so funktioniert es nicht, Mrs. Alton«, erwidert Dill auf eine Art, die Lorna sagt, dass sie dieses Gespräch schon viele Male geführt haben.

»Dann *mach*, dass es so funktioniert.« Mrs. Alton erhebt sich zu ihrer vollen Größe, stemmt sich auf ihre arthritischen Knöchel. »Biete diesem lästigen kleinen Prüfer ein bisschen Feuerholz an oder so etwas. Einen kostenlosen Anlegeplatz für ein Jahr. Dafür wird er doch wohl ein Auge zudrücken. Das hat noch immer funktioniert.«

»Die Dinge haben sich geändert, Mrs. Alton«, protestiert Dill.

Lorna starrt in das gelbste Eigelb, das sie je gesehen hat, eine Sonne in einer Schale.

»Tja, dann lass dir etwas *ein*fallen, Endellion!«, bellt Mrs. Alton. »Uns rennt die Zeit davon. *Mir* rennt die Zeit davon. Und mir geht die Geduld aus.« Sie wirft ihre Serviette hin, greift nach ihrem Stock und geht in Richtung Tür. Das Trommeln von Stock und Schritten verklingt den Korridor entlang.

»Meine Güte, das tut mir ja so leid, Dill«, flüstert Lorna. »Ich wollte keine Probleme machen.«

»Seien Sie nicht albern. Das macht gar nichts.« Dill streichelt den Hund, der sie traurig beäugt.

»Oh doch. Ich habe Sie in Schwierigkeiten gebracht.«

»Mrs. Alton ist bloß übermüdet. Wirklich, ich bin das gewöhnt.«

»Es ist, weil ich hier bin, oder?«

Es entsteht bloß eine winzige Pause, bevor Dill erwidert: »Natürlich nicht. Sie ist heute etwas reizbar, das ist alles.«

Lornas Blick sinkt auf den Teller. Sie kann nicht länger bleiben. Erst hat sie zu Hause für Unruhe gesorgt und jetzt auf Black Rabbit Hall. Sie weiß nicht, in welche Richtung sie laufen soll, bloß dass sie nicht bleiben kann. »Dill, ich werde heute Nachmittag den Zug nehmen.«

»Aber Sie mussten doch den ganzen gestrigen Tag im Bett verbringen, Sie armes Ding! Sie haben noch nicht mal die Bucht gesehen. Sie bleiben auf jeden Fall noch eine Nacht.«

»Das würde ich wirklich sehr gern«, sagt sie ehrlich. »Aber … ich kann nicht. Nicht jetzt.«

»Ich wünschte, Sie würden nicht abreisen.« Dill wirkt gequält. »Es ist so schön, einmal ein bisschen Gesellschaft zu haben.« Sie lässt sich auf den Stuhl neben Lorna plumpsen, füllt Lornas Tasse nach und schenkt sich selbst ein. Während sie an ihrem Tee nippen, entspannt Lorna sich. Es fühlt sich an, als hätte Mrs. Altons Ausbruch die Atmosphäre gereinigt. Oder die Pillen sind endlich aus ihrem System heraus.

»Bitte gehen Sie nicht wegen Mrs. Altons Ausbruch, Lorna. So ist sie eben. Auch wenn es nicht den Eindruck macht: Sie hatte es nicht leicht im Leben.«

»Na ja, ich denke, in ihrem Alter würde ich auch nur ungern in so einem großen Haus herumgeistern.« Oder in irgendeinem Alter, denkt Lorna und fragt sich, warum um alles in der Welt Dill dieses Spiel mitspielt. Sie nimmt noch einen Schluck Tee und genießt das Gefühl der warmen Flüssigkeit, die ihre ausgedörrte Kehle hinunterrinnt. »Könnte sie nicht einfach woanders hinziehen … in etwas, das leichter zu heizen ist, vielleicht?«

»Das letzte Mal, als ich vorschlug, sie solle umziehen, hat sie einen Reitstiefel nach mir geworfen.« Dill zeigt auf eine kleine rosa Mondsichel unterhalb ihres Kiefers. »Sie würde Pencraw nie verlassen.«

Lorna setzt sich aufrechter hin. Das ist ihre Chance, ein paar Antworten zu bekommen. »Aber warum? Was hält sie hier, Dill?«

»Tja, das ist eine lange Geschichte.«

»Ich liebe lange Geschichten.« Lorna lächelt, die Tasse in ihre Handflächen gebettet. »Ich wette, Sie können gut erzählen.«

Die Schmeichelei wirkt. Das Gesicht von Dill, die offensichtlich nicht daran gewöhnt ist, hellt sich auf. »Mr. und Mrs. Alton haben sich vor langer Zeit, als sie noch jung waren, geliebt, wissen Sie«, sagt sie mit gedämpfter Stimme und schielt zur Tür. »Aber nachdem er sie für Nancy verlassen hat …«

»Nein! Er hat sie für seine erste Frau sitzen lassen?«

Dills Augen glänzen. »Viele Jahre zuvor. Als sie noch ganz jung waren. Er hat Mrs. Alton das Herz gebrochen.«

»Okay, Moment, Moment … Aber Mrs. Alton hat jemand anderen geheiratet, oder nicht?«

»Zwei Wochen später. Mr. Alfred Shawcross.«

»*Zwei* Wochen?« Vor Überraschung stellt sie ihre Teetasse klirrend auf dem Unterteller ab. »Wow.«

Dill späht wieder zur Tür, diesmal nervöser, und senkt die Stimme noch etwas mehr. »Mr. Shawcross war reich, sehr reich.«

»Aha, Rache ist süß.« Genau wie in einem der Liebesromane, die ihre Mutter immer gelesen hat. Großartig. Sie greift nach einer Scheibe Toast, bestreicht sie mit Marmelade und beißt hinein, fragt sich, warum Marmeladentoasts kalt immer besser schmecken.

»Als Mr. Shawcross, der viel älter war als sie, ein paar Jahre später verstarb, wurde sie zu einer wohlhabenden Witwe.« Dill legt eine dramatische Pause ein und lässt Lorna sich ihren Teil denken.

»Und nachdem Nancy dann auch von der Bildfläche verschwunden war, konnte sie ihre erste große Liebe heiraten.«

»Und hat ein kleines Vermögen mitgebracht. Es war *dieses* Geld, das Pencraw vor dem Verkauf bewahrte.«

»Also hat er sie wegen des Geldes geheiratet? Oh. Wie traurig.«

»Ich glaube eigentlich nicht, dass es bloß das war.« Dill spielt mit der Serviette herum, zögert es hinaus. Lorna hat den Eindruck, dass sie unbedingt reden möchte, es ihr aber untersagt wurde. »Es heißt, dass Mr. Alton eine Mutter für seine Kinder wollte. Anscheinend entglitten sie ihm, waren außer Rand und Band, wenn Sie so wollen, nachdem seine Nancy verstorben war, vor allem der älteste Sohn, den ihr Tod schrecklich hart getroffen hat. Ich glaube, er dachte, eine neue Frau würde das Schiff wieder in ruhigere Gewässer lenken.«

»Und? Hat es funktioniert?«, fragt Lorna skeptisch. Die Gesichter auf den Fotos, die sie gesehen hatte, legen etwas anderes nahe.

Dill schüttelt den Kopf. »Ich glaube nicht, dass die Kinder

sie je akzeptiert haben. Aber sie brachte ihnen finanzielle Sicherheit, was auch nicht zu verachten ist, oder? Sie konnten dieses Haus behalten.«

Lorna sieht sich um, lässt die hohen Decken mit ihren bröckelnden Kranzleisten auf sich wirken, die dunklen Ölgemälde an den Wänden. Alles hat seinen Preis.

»Nach Nancys Tod fehlte es dem Anwesen an jeder Verwaltung, und es heißt, dass Mr. Alton ein paar *sehr* ungünstige Investitionen in London tätigte.« Sie tippt sich leicht an die Schläfe. »Wahrscheinlich stand er völlig neben sich, nach allem, was man so hört. Trank viel zu viel. Mrs. Alton war diejenige, die alles am Laufen hielt. Doch Mr. Alton ist jetzt schon seit gut zwanzig Jahren tot. Das ist eine lange Zeit, um hier alleine zu leben – sie hat sich nie für jemand anderen interessiert – und für alles aufzukommen. Kein Wunder, dass von ihrem Vermögen kaum etwas übrig ist.« Sie wirft erneut einen prüfenden Blick zur Tür. »Auch wenn ich mich manchmal frage, ob sie nicht von vornherein schon weniger hatte, als sie alle glauben machte.«

Lorna beugt sich vor, spürt, dass die wahre Geschichte gleich auf den Tisch kommen wird. »Sicher wäre es an der Zeit, dass die jüngere Generation das Zepter übernimmt.«

»Blütenblatt!« Dill springt auf, als wäre sie von ihrem Stuhl geschleudert worden. »Blütenblatt, du schrecklicher Hund!«

Blütenblatt starrt betreten auf eine gelbliche Pfütze am Boden.

»Du und deine Blasenprobleme. Raus mit dir!« Verärgert scheucht sie den Hund davon, und seine Krallen rutschen über den Boden. »Geh, und such Mami.«

»Was ist mit Nancys und Mr. Altons ältestem Sohn?«, versucht es Lorna erneut und verflucht den Hund dafür, dass er Dill in einem so entscheidenden Moment abgelenkt hat. »Sie wissen schon, der Zwillingsjunge, der Erbe …«

»Toby?«, flüstert Dill. »Toby hat sich schon seit Jahrzehnten nicht mehr blicken lassen.«

»Also lebt er? So wie Mrs. Alton gesprochen hat, nahm ich an …«

Dill schaut weg, kaut auf dem Inneren ihrer Wange herum. »Ich sollte nicht so viel plaudern. Tut mir leid. Ich weiß gar nicht, was in mich gefahren ist. Ich sollte jetzt wirklich besser weitermachen. Die Pfütze aufwischen.«

»Ich helfe Ihnen.« Lorna steht auf und sieht sich um. Ihr ist alles recht, um dieses Gespräch zu verlängern. Warum ist Toby nicht hier? Wo ist Lucian?

»Ich kann Sie das nicht machen lassen!«

»Womit soll ich es aufwischen?«

Stumm staunend, reicht Dill ihr eine Serviette, als hätte ihr noch nie zuvor jemand seine Hilfe angeboten.

Lorna wischt rasch alles auf und vermeidet dabei zu atmen.

»Das ist wirklich nett von Ihnen.«

Lorna lässt die durchnässte Serviette am Boden liegen. Sie nass anzufassen kommt nicht infrage. »Das ist ganz schön viel Arbeit für Sie, Dill. Warum bleiben Sie?«, fragt sie, gerührt von Dills Ergebenheit und Loyalität. Das hat etwas sehr Altmodisches an sich.

»Ich? Oh, das weiß ich nicht, wirklich. Ich kann mir nichts anderes vorstellen. In dieser Gegend gibt es nicht viele Stellen, bei denen man gutes Geld verdienen kann. Nicht mit Kost und Logis inbegriffen.« Sie errötet, wendet den Blick ab. »Um ehrlich zu sein, habe ich nie woanders gearbeitet, Lorna.«

»Nein! Wirklich? Sie träumen doch bestimmt von …«

»Doppelverglasung.« Sie blickt mit einem schüchternen, gewinnenden Lächeln auf. »Ich träume von Doppelverglasung.«

Lorna lacht. Sie will das Gespräch gerade wieder auf die Alton-Kinder lenken, als Dills Gesicht plötzlich ganz ernst wird.

»Lorna, Mrs. Alton ist krank. Ich fürchte, es ist bloß noch eine Frage von Wochen.«

»Nein …« Lorna ist so bestürzt, dass ihr nichts anderes einfällt. Sie denkt an Mrs. Altons kränkliche Blässe, den Hauch von Verfall, der sie umgibt wie der Geruch verwelkender Schnittblumen. »Es tut mir so leid.«

»Sie nennt den Tumor Nancy.«

Kaum zu glauben, aber die Welt hat sie eingeholt, die Textnachrichten laden sich kugelschnell auf der zwölften Stufe der großen Treppe. Lorna starrt mit wachsender Panik darauf, die Freiheit der Unerreichbarkeit ist verloren.

Louise: Jon dreht durch. Was ist los?

Dad: Wollt bloß fragen, ob alles ok? *@$, wie macht man am Bügeleisen Dampffunktion aus?

Jon: Kannst du mich anrufen?

Jon: Mach mir Sorgen.

Jon: Hat sie dich irgendwo eingesperrt?
Soll ich die Polizei rufen?

Lorna tippt eilig eine Nachricht an ihn. Dass sie seine Nachrichten eben erst bekommen hat und krank war, aber dass er sich keine Sorgen zu machen braucht und sie den Nachmittagszug nehmen wird. Aber aus irgendeinem Grund liest es sich wie eine Entschuldigung, wie etwas, was einer ihrer schlimmen Exfreunde ihr in ihrem Leben vor Jon geschickt hätte. Gerade noch rechtzeitig tippt sie auf Senden. Die Balken verschwinden, das Kommunikationsfenster schließt sich.

Noch zwei Stunden bis zu ihrer Abreise, stellt Lorna mit einem schmerzlichen Gefühl fest. Trotz der Befremdlichkeit und der Tragödie, die dem Anwesen anhaften, wird sie Black Rabbit Hall vermissen, so wie man Orte eben vermisst, die einen die eigene Landkarte umschreiben lassen; Orte, an denen man ein bisschen von sich selbst zurücklässt, die einem im Gegenzug aber auch etwas von ihrer Aura mitgeben. Das Gefühl wird noch verstärkt, da eine Hochzeit auf Black Rabbit Hall ihr nun sehr unwahrscheinlich erscheint. Und woanders? Wird sie woanders heiraten? Es ist, als wäre die Tür zu ihrer Zukunft von der Vergangenheit versperrt.

Sie lässt das Handy wieder in ihre Tasche fallen, hört ein dumpfes Schlagen von draußen, ein Teppich wird ausgeklopft. Sie fragt sich, ob es Dill ist. Sie wirkte so niedergeschmettert, als Lorna ihr sagte, dass sie versuchen würde, den Zug um fünf Uhr zu erwischen. Seitdem blieb sie auf höflicher Distanz und hat den Schwall von Geschichten und Offenheit zugedreht wie einen Wasserhahn. Auch Mrs. Alton scheint gekränkt zu sein. Sie ist im dunklen Bauch des Ostturms verschwunden und lässt Lorna alleine eine Tasse Pulverkaffee im Wintergarten trinken, während der Hund gegen die Fußbodenleiste pinkelt. Diesmal rührt sie die Schweinerei nicht an.

Wie soll sie ihre letzten wertvollen Stunden hier verbringen? Sie ist sich sicher, dass es ihr in dem Moment, in dem sie in Paddington aus dem Zug steigt, unmöglich sein wird, Black Rabbit Hall noch einmal heraufzubeschwören, überhaupt zu glauben, dass es existiert. Der Alltag nimmt viel zu schnell seinen Lauf.

Die Bucht, natürlich. Die darf sie nicht verpassen. Dill hat ganz recht.

Lorna zieht ihre Schuhe aus. Es ist ziemlich kindisch, aber sie möchte Black Rabbit Hall zwischen ihren Zehen spüren, barfuß überquert sie den Rasen Richtung Wald, glücklich darüber, draußen an der warmen Sommerluft zu sein. Bewusst geht sie an dem Baum mit den Einkerbungen im Wald vorbei (sie küsst sich auf die Fingerspitzen, drückt sie auf Barneys Namen) und läuft dann weiter durch das hohe, samenschwere Gras am Ufer des Flüsschens, bis sie einen hübschen Fleck im scheckigen Schatten eines Baums findet. Sie wirft einen Stock in die Strömung, beobachtet verträumt, wie er auf dem leuchtend grünen Wasser wippt, und muss daran denken, wie Louise, als sie klein waren, bei ihrem Puder-Bär-Stöckchenspiel an der Ziellinie immer absichtlich ihre Ästchen verwechselte, damit Lorna gewann. Das hatte sie ganz vergessen. Sie hat so viele wertvolle Dinge aus ihrer Kindheit vergessen. Wie sich lange Grashalme anfühlen, die sich zwischen nackten Zehen verfangen haben. Wie Louise ihre Hand hin und her schwang und es »Feenschicksal« nannte, dass sie Schwestern waren. Auch wenn Lorna das Wort »Feenschicksal« weder damals noch heute erklären kann, ergibt es hier und jetzt auf seltsame Weise Sinn. Sie wirft noch ein Stöckchen ins Wasser. Dann zieht sie ihre Schuhe wieder an und nimmt die Abkürzung durch die sonnenpolierten Felder zu den Klippen.

Sie entdeckt eine wackelige weiße Bank, ein wenig zu nah am bröckelnden Klippenrand. Sie stemmt die Füße in die feinen Grashalme, schirmt die Augen mit der Hand ab und bewundert die Bucht unterhalb. Sie sieht aus wie eine Illustration aus einem Kinderbuch aus den 1950er-Jahren, wie ein Lolli geformt, eingebettet zwischen zerklüfteten grauen Felsen, ursprünglich und wild, ihr Zugang über den schmalen Schotterpfad zum Strand erschwert. Sie kann sich vorstellen, wie Schmugglerboote auf den Sand gleiten. Sie kann sich alle möglichen Sachen vorstellen. Es herrscht dort so eine Atmosphäre, sie hat das Gefühl, dass hier schon vieles passiert ist. Und auch die beunruhigende Ahnung, dass hier bald etwas geschehen *wird*. Teilweise aus diesem Grund, teilweise weil sie fürchtet, den letzten Zug nach London zu verpassen, trödelt Lorna nicht länger herum, sondern spaziert eilig davon. Doch die Abdrücke ihrer Füße im Gras bleiben, ein kleiner Teil von ihr, der zurückbleibt und auf ihre Rückkehr wartet.

20

Amber, Juni 1969

Ein Schweißtropfen rinnt mir die Nase hinunter. Ich wische ihn mit einem Seidenschal weg und spähe durch eine Ritze im Schrank hinaus zu Peggy. Mir gefällt die feinfühlige Art, mit der sie Mamas Sachen auf der Frisierkommode abstaubt, ich wünschte nur, sie würde sich beeilen. Peggy ist heute *so* langsam, wischt sich mit dem Handrücken über die Stirn und schwankt ein wenig, als würde ihr von jeder Bewegung übel. Ich hoffe, sie muss sich hier drinnen nicht übergeben wie gestern früh im Garten. Ein Magen-Darm-Infekt, sagt sie. Ich hoffe, ich stecke mich nicht an.

Schließlich lässt Peggy die Tür hinter sich zuschnappen. Ich klettere hinaus ins Zimmer und setze mich auf den Stuhl am Frisiertisch, um durchzuatmen. Im Schrank ist es jetzt sehr stickig, aber es ist der einzige Ort, an dem ich an Lucian denken kann, ohne mir Sorgen machen zu müssen, dass Toby die Bilder in meinem Kopf sehen kann.

Toby hat einen Verdacht, da bin ich mir ziemlich sicher, aber er hat keinen Beweis. Ansonsten hätte er mich bereits damit konfrontiert. Und die Wahrheit ist, dass seit dem Kuss an Ostern *nichts* passiert ist. Papas Ankündigung, die uns am letzten Tag der Osterferien getroffen hat wie eine Kugel einen Haufen Kegel, bedeutet auch, dass niemals mehr etwas passieren kann: »Ihr braucht wieder eine Mutter, Kinder. Ich hoffe, ihr werdet Caroline als solche warm willkommen heißen und Lucian als euren neuen älteren Bruder.«

Bruder. Wie kann er je ein *Bruder* sein?

Matilda meint, ich müsse mir das Verlangen nach Lucian abtrainieren, genauso wie man sich antrainieren könne, den bitteren Geschmack der Oliven zu mögen, die sie in Griechenland gegessen hat. Ich müsse mich einfach in jemand anderen verknallen. Ich sei jetzt sechzehn, das perfekte Alter, um mit jemandem zu gehen. Wie wäre es mit ihrem Bruder, Fred? Könnte ich mich nicht stattdessen einfach in ihn verlieben? Er sei immer ganz vernarrt in mich gewesen, und er sei ein guter Tänzer. Ich kann ihr nicht sagen, dass mir Fred jetzt viel zu langweilig und harmlos vorkommt.

Matilda meint, wenn ich Lucian ausschließlich als Bruder sehen wolle, dann müsse ich daran denken, dass er furzt, in der Nase bohrt und den Toilettensitz anpinkelt. Seine Anziehungskraft wäre sofort verblasst. Aber ich habe genau das getan. Nichts ist verblasst. Es ist ziemlich hoffnungslos.

Schlimmer noch, ich kann nicht aufhören, den Kuss immer und immer wieder in Gedanken durchzuspielen, Teile hinzuzufügen, ihn zu verlängern, ihn an verschiedene Orte zu verlagern: den Strand, den Klippenvorsprung, das lange Gras am Zufluss zur Bucht. Alles erinnert mich an ihn: Ich sehe jemanden mit dunklen Haaren und einem schlingernden Gang auf der Straße, und mein Herz dreht durch. Ich sitze auf einer Bank am Fitzroy Square und denke an das Pärchen, das Mama und ich vom Fenster aus beim Küssen gesehen haben, so versunken in ihren Kuss, dass es ihnen gleich war, wer es sah, und wie ich an diesem wunderbaren Frühlingsnachmittag jemanden genau auf diese Weise küsste.

Ich muss unwillkürlich daran denken, wie nett Lucian zu Barney und Kitty war, an seine ungekünstelte Versöhnlichkeit Toby gegenüber, die stille Freude, die er an Black Rabbit Hall hat. Manchmal, ich schwöre es, kann ich das leise Klimpern seiner Gitarre durch die Holzdielen hören, obwohl es in diesem Haus jetzt gar keine Gitarre mehr gibt.

»Amber?« Die Tür fliegt auf. Toby stolziert in das rosa Zimmer mit einer wütenden, kraftstrotzenden Energie, die kaum von seinem Unterhemd und seiner kurzen Hose gehalten wird. »Was machst du hier?«

»Ich hab gern Mamas Sachen um mich.«

Er steht hinter mir, und unsere Blicke prallen im Spiegel zusammen. »Ich habe einen Kuchen in der Speisekammer gefunden.«

»Einen Kuchen?« Ich fahre mit meinen Fingern über die Eberborsten von Mamas Haarbürste. All die welligen roten Haare sind mittlerweile daraus verschwunden, herausgezupft und von uns an geheimen Orten verstaut. Das erinnert mich an etwas, das Matilda gesagt hat: dass Mama, wenn sie länger gelebt hätte, lästig geworden wäre, da alle Mütter auf lange Sicht lästig werden. Während ich ihre Haarbürste berühre, erscheint es mir unmöglich, das zu glauben. »Was ist mit dem Kuchen?«

»Fünf Kuchen. Verschieden groß.«

»Und?«

»Stell dich nicht doof. Eine *Hochzeits*torte, Amber. Peggys verdammte Hochzeitstorte.«

»Oh.«

Er stößt ein wildes Johlen aus. »Ich habe Boris drauf losgelassen.«

»Das ist so was von kaninchenkötteldoof, Toby.« Ich schüttle den Kopf und versuche, nicht zu lachen. So schrecklich alles ist, er kann mich noch immer zum Lachen bringen wie kein anderer. »Dafür wird Peggy *dich* an den Hund verfüttern.«

Er zupft ein langes weißes Haar von meinem Arm und hält es verdutzt zwischen den Fingern, blickt erst mich an, dann zum Schrank hinüber und wieder weg. Ich kriege kaum Luft. Ich brauche einen Ort, an den er mir nicht folgt.

»Peggy wird einfach einen anderen Kuchen machen.«

»Tja, ich an ihrer Stelle würde das Biskuit mit Rattengift bestreuen. Für sie wird es viel schlimmer werden, wenn sie verheiratet sind. Es wird für uns alle schlimmer.« Er geht neben meinem Stuhl in die Hocke und wippt auf und ab wie auf Sprungfedern. »Sobald Caroline den Ring an den Fingern hat, wird sie noch grässlicher werden, glaub mir.«

Ich wende mein Gesicht ab, versuche, mich selbst im Spiegel zu sehen, wie Lucian mich vielleicht gesehen hat, im Profil, auf dem Beifahrersitz. »Aber dann hat sie doch erreicht, was sie will.«

»So tickt Caroline nicht.«

Ich verdrehe die Augen.

»Was?«

»Mach es nicht noch schlimmer, Toby. Es ist schon schlimm genug.« Ich starre auf mein Bild im Spiegel, die Gedanken drehen sich im Kreis. Ein Moment verstreicht. »Caroline hat uns alle früher aus der Schule gerissen, damit sie eine Hochzeit im Juni haben kann. Sie *muss* sich Sorgen machen, dass Papa es sich anders überlegt, Toby. Vielleicht …«

»Nein, Caroline wird schon dafür sorgen, dass diese Hochzeit stattfindet.« Toby reißt mit den Zähnen an seinem Fingernagel. »Und dann wird sie Black Rabbit Hall ruinieren. Sie wird all unsere Orte zerstören.«

»Nicht den Wald. Den Strand.« Die Festungen aus alten Balken und Hühnerdraht, der kalte nasse Sand und das Himmelsgewölbe – das sind die Orte, an denen er am glücklichsten ist. Es steckt ihm im Blut. In dem Moment wird mir klar, dass Toby auf eigenartige Weise Black Rabbit Hall verkörpert, mehr als jeder andere. »Die kann sie nicht zerstören.«

»Dann eben das Haus. Die Teile mit Leuten drin.«

»Danke.«

»Du weißt, dass ich dich nicht meine.«

Ich stehe vom Stuhl auf, niedergedrückt von der Verantwortung, seine andere, rationalere Hälfte zu sein, und spähe zwischen den Efeutatzen am Fenster hindurch. »Schluss mit der Schwarzmalerei. Mama hat uns gesagt, dass die Welt ein guter Ort ist, schon vergessen?«

»Bloß weil sie nicht wusste, was ihr passieren würde.«

Der Garten draußen steht in voller Blüte, vernachlässigt, überbordend. »Darüber bin ich froh.«

»Warum? Wenn sie es gewusst hätte, wäre sie nicht los, um Barney zu suchen. Sie wäre noch am Leben.«

Aufgebracht wende ich mich ihm zu. »Aber sie *hat* es nicht gewusst. Keiner von uns weiß irgendetwas. Nie. Nicht, bis es passiert!«

»Das Problem ist, ich schon, Amber.« Er bedeckt seine Nase mit den Händen, atmet heftig, als versuche er, Panik zu unterdrücken. »Ich will es nicht. Aber es ist so. Und ich habe eine Grafik, die genau zeigt, wann.«

21

Die Kirche ist nicht annähernd so voll wie zu Mamas Beerdigung. Papa meint, er wolle »keine große Sache« draus machen. Aber dennoch. Gesichter fehlen. Alte Freunde meiner Eltern aus London. Einige Cousins und Cousinen väterlicherseits, diejenigen, die nach Pferden und Hund riechen und die Mama vergöttert haben. Tante Bay, die sich, wie ich zufällig mitbekam, letzte Woche am Telefon mit Papa gestritten hat, woraufhin Papa brüllte: »Und wann ist nicht zu früh? Ich werde nie aufhören, Nancy zu lieben, also gibt es sowieso keinen richtigen Zeitpunkt.« Tatsächlich ist kein einziger Amerikaner hier. Ich vermisse es, Stimmen zu hören, die von fernen Orten stammen, Beweise, dass es noch Welten jenseits von meiner gibt.

Carolines Seite des Gangs ist voller: ein anderes Publikum, lauter, aufgeregter, nicht im Geringsten betreten darüber, so schnell wieder in der Kirche zu sein, in der Mamas Beerdigung stattfand. Die Männer lachen schallend und werfen die Schöße ihrer Cuts so, dass sie aus den Kirchenbänken hängen wie schwarze Zungen. Schweiß perlt ihre dicken roten Hälse entlang. Die Augen ihrer schlanken Frauen prüfen die Kleider und Schuhe der anderen Gäste. Sie falten die Gottesdienstordnung in der Mitte zusammen und fächeln sich in der reglosen unwahrscheinlichen Hitze der Kirche Luft zu. Eine Frau zieht sogar ihre bestrumpften Füße aus den Schuhen, stellt sie auf die Bodenfliesen und hinterlässt Schweißabdrücke auf dem uralten normannischen Stein.

»Grundgütiger.« Großmama Esme zieht die Augenbraue hoch und schielt mit amüsiertem Entsetzen zu den Füßen hinüber. »Ich weiß nicht, ob ich im Juni schon jemals so viel Nylon gesehen habe, du etwa, Liebling?« Sie drückt meine Hand. Ihr Smaragdring bohrt sich in meinen Finger. »Ich fürchte, die Freundinnen der Braut zerlaufen, wenn sich das noch länger hinzieht.«

Papa steht vorne in der Kirche, mit geradem Rücken, die Fäuste geballt, weniger Bräutigam als Soldat, der auf sein Erschießungskommando wartet. Tobys Fingernägel setzen ihr *Kratz, Kratz, Kratz* am Rand der Kirchenbank fort, zupfen an der harten braunen Politur wie an einer Kruste. Barney hat den Arm um sein Bein geschlungen. Anders als Kitty kann er sich noch gut an Mamas Beerdigung erinnern, gut genug, um sich genauso wie damals zu fühlen: die aufdringlichen Umarmungen Fremder, die Blumen, das Schweinequieken der vom Salz zerfressenen Scharniere, als die Kirchentüren aufgingen.

Bei diesem Quietschen drehen sich alle um, verrenken sich lächelnd, fächelnd, flüsternd, um die Braut zu sehen. Der Organist fängt an, ein Lied zu stampfen. Papa erstarrt in seinem Anzug, zupft sich am linken Ohrläppchen. Das Wort »Wunderschön!« wogt hinter vorgehaltenen Händen und unter Hutkrempen von Kirchenbank zu Kirchenbank.

Und das ist er. Er ist so wunderschön, dass ich nach Luft schnappe.

Das Haar mit Öl zurückgekämmt, den Arm seiner Mutter fest in seinem, schreitet Lucian langsam den Mittelgang entlang, die kalten Augen gerade nach vorne gerichtet, das Gesicht ernst, undurchdringlich. Er ist größer und kräftiger, als ich ihn von Ostern her in Erinnerung habe. Mit jedem Schritt, den er näher auf mich zukommt, spannt sich mein gesamter Körper mehr und mehr an. Ich weiß nicht, wie ich es aushalten soll, wenn er gleich kaum dreißig Zentimeter zu meiner Linken an mir vorbeigeht. Der Drang, nach ihm zu greifen, ist beinahe überwältigend. Ich will, dass er *mich* ein letztes Mal sieht, das Mädchen, das er geküsst hat, nicht die Stiefschwester, die er von nun an gezwungenermaßen tolerieren muss. Doch Lucian sieht mich nicht an, er sieht niemanden an, sondern stockt nur einmal kurz, um Kitty zu ermuntern, die schüchtern hinter ihnen herschlurft, eine Puderquaste aus rosa und weißem Tüll, ihren Brautjungfernstrauß fest an die Brust gedrückt wie eine Puppe, und in der Menge nach mir Ausschau hält.

Ein kleines triumphierendes Lächeln liegt auf dem blassen Putz des Gesichtes meiner neuen Stiefmutter. Ihr spitzes Kinn ist erhoben, und in ihrem Gang ist etwas Gekünsteltes und Majestätisches. Ihr Kleid – lang und cremefarben und übersät von winzigen Perlen – wogt. Auch sie blickt keinen von uns an. Vielleicht wagt sie es nicht. Bestimmt weiß sie, dass Toby mit großer Wahrscheinlichkeit explodieren wird, man kann nur noch nicht sagen, wann und in welche Richtung. Besser man riskiert nichts.

Sie kann ja nicht wissen, dass Toby mir versprochen hat, keine Szene zu machen, Kitty und Barney zuliebe. Ich bin so stolz auf seine Beherrschung, wohl wissend, dass es gegen seine Natur ist. Während des Gelübdes kneift er die Augen zusammen und lässt seine seitlich zu Fäusten geballten Hände nur bei dem nervösen Raunen aufschnappen, als der Ring nicht auf den Finger passt. Wir wechseln Blicke voller Entsetzen und Hoffnung – *bitte, lass ihn nicht passen!* – und sehen wie gebannt zu, als Papa sich erneut mit scharlachroten pochenden Ohren nach vorne beugt. Er schiebt mit einem Ruck. Nichts. Carolines Lächeln ist eingefroren, ihr Blick stechend, panisch, der elende Finger ragt in die schwitzende Stille.

»Lieber Himmel«, flüstert Großmama hinter der vorgehaltenen Gottesdienstordnung. »Ihre Finger müssen in der schrecklichen Hitze angeschwollen sein.«

Aber Papa gibt dem Ring noch einen festen, verzweifelten Schub. Und er sitzt, besiegelt unser aller Schicksal mit einem festen Band aus Weißgold.

Ich winke Peggy durch das Wagenfenster zu, als eine Kolonne von Fahrzeugen sich nach der Kirche die Auffahrt von Black Rabbit Hall hinaufwälzt und in der Ferne noch leise die Glocken läuten. Doch ihr Gesichtsausdruck verändert sich nicht. Ich glaube nicht, dass sie mich hinter der Scheibe sehen kann.

Sie steht auf der untersten Treppenstufe neben Annie, die Lippen fest zu einem Lächeln zusammengepresst, und trägt eine neue formelle Uniform: ein schwarzes Kleid, in dem sie wirklich ziemlich dick aussieht, mit einer gerüschten Schürze und einer Haube auf dem krausen Knoten braunen Haars.

Ich kurble das Fenster hinunter, weil ich plötzlich das dringende Bedürfnis habe, eine Verbindung herzustellen zu ihr und zu allem, was gut, warm, verlässlich ist und nach Brot duftet. Da sieht sie mich. Ihr Lächeln wird echt, voller Zähne, und sie lässt den Blick hochschnellen, um mir zu zeigen, ich solle hoch in den Himmel schauen.

Dunkle Wolken schieben sich schwerfällig in Richtung Black Rabbit Hall, es legen sich Schatten über den Wald, den Rasen, bis sie in Windeseile direkt über uns ziehen und ihre Ladung freigeben. Regen! Wilder, heftiger Regen, der spuckt und spritzt, wenn er auf die Kiesel trifft, der die Blumen in den Beeten platt drückt und die Gäste loskreischen und ihre Rocksäume raffen lässt. Ihre Füße sprengen Wasser auf, als sie von den Autos zum Haus rennen.

Toby und ich verlieren uns in dem sich daraus ergebenden Chaos. Die Eingangshalle ist ein einziges Gedränge aus nassen Füßen, triefenden Hüten und Frauen, die sich hektisch die rußschwarzen Make-up-Schlieren von den Augen tupfen. Der durchnässte, stinkende Boris stupst seine Schnauze in ihre

Röcke. Big Bertie verwirrt alle, indem sie laut und wie verrückt zur falschen Stunde läutet und immer weiterläutet, weil sich ein Zahnrädchen verklemmt hat, bis ein aufgedunsener Mann in einem Cut ihr einen beherzten Schlag versetzt.

Peggy und ihre Armee aus in schlecht sitzende schwarz-weiße Uniformen geknöpften Dienstmädchen, ihre Tabletts voller Champagnergläser heil durch den Raum zu bringen, während sie auf dem rutschigen Boden angerempelt und geschubst werden und die Hände von Carolines männlichen Freunden ihre Hinterteile streifen.

Ich interessiere mich nur für einen Menschen.

Lucian steht pflichtbewusst neben seiner Mutter, starrt in die Menge und durch sie hindurch. Etwas sagt mir, dass er meinen Blick spürt, doch er erwidert ihn nicht. Eine Frau in Rosa beugt sich über Carolines weiße Seidenschuhe – streift dabei mit dem Hintern seinen Oberschenkel – und versucht fieberhaft, die Matschspritzer darauf mit einem Taschentuch abzuwischen, während Caroline zischt »Warum zum Teufel regnet es jetzt? Laut Wetterbericht sollte es schön sein ...« und finster hinaus in den blutunterlaufenen Himmel von Cornwall starrt, als regne es absichtlich, was ich für durchaus plausibel halte.

Der Regen gießt weiter in Strömen und bringt, wie Großmama Esme mit dem winzigen Anflug eines Lächelns bemerkt, »Carolines akribische Pläne vollkommen durcheinander«. Nun kann es keinen Sektempfang draußen auf dem Rasen geben, keine dynastischen Hochzeitsfotos, eingerahmt von den hügeligen Fluren des Landsitzes oder der viel beneideten Hortensienpracht. Stattdessen sind die Gäste gefangen hinter den klappernden Fenstern von Black Rabbit Hall und beobachten mit offenen Mündern, wie der Wind an den rosa-weißen Gartenpavillons rüttelt, Haken aus dem Boden reißt, die Wimpel von den Bäumen und einen Turm Servietten hoch hinauf ins Geäst der Bäume fegt, wo sie herumflattern wie Kapitulationsfahnen.

»Totale Verwüstung!« Toby taucht hinter mir auf, mit leuchtenden Augen. »Was für ein blutiges Schauspiel!«

»Vielleicht gibt es doch einen Gott«, flüstere ich, und wir beide schnauben ein freudloses Lachen, zum ersten Mal an diesem Tag nicht mehr ganz so elend.

Peggy eilt geschäftig vorbei – schwitzend, mit geschwollenem Pflaumengesicht, als würde sie gleich platzen. Großmama nimmt sie zur Seite und flüstert ihr etwas ins Ohr, das Peggy die Hand vor den Mund schlagen und noch roter werden lässt. Kurz darauf erscheint ihre Armee aus einheimischen Mädchen mit Blecheimern, die sie unter die Wasserfäden schieben, die sich von der Decke ergießen (der Decke, die Papa versprochen hatte, noch vor der Hochzeit reparieren zu lassen). Carolines Freunde beobachten all das entsetzt und fasziniert und murmeln, dass Caroline »ja alle Hände voll zu tun« habe, als hielte sie selbst einen der Eimer, anstatt Peggy bloß mit einem starren Lächeln herumzukommandieren und dann nach oben zu verschwinden, um sich ein weiteres Mal umzuziehen.

Am schlimmsten regnet es im Tanzsaal herein: Caroline war gewarnt worden, hatte sich jedoch geweigert anzuerkennen, dass es an ihrem Hochzeitstag regnen könnte. Und auch wenn der Boden des Tanzsaals noch nicht unter dem Gewicht all der Leute nachgegeben hat, hält Peggy dies für durchaus möglich, was unsere Laune noch zusätzlich ein wenig hebt. Fürs Erste müssen wir uns aber damit begnügen zuzusehen, wie es vom Deckel des schwarzen Konzertflügels tropft und ein bisschen Putz vom Gesims abbröckelt, was die Hoffnung mit sich bringt, dass vielleicht noch größere Gipsbrocken herabstürzen und die öden Gäste bewusstlos schlagen könnten.

Einmal sieht Großmama Esme so gelangweilt aus, dass man meinen könnte, sie schläft, die Augen halb geschlossen über ihrer unberührten rosa Fleischpastete. Kitty klettert überfordert und erschöpft auf ihren Schoß und sinkt an Großmama

Esmes Busen, der kissenweich ist, ganz wie ihr Sofa in Chelsea. Wenn ich mich auch dort anschmiegen könnte, würde ich es tun.

Lucian vermeidet es noch immer, in meine Richtung zu schauen, was meine Sehnsucht nach ihm und meinen Hass auf ihn gleichermaßen schürt, doch Tobys Blick ist während des Essens stetig auf mich – und nur auf mich – gerichtet –, als wäre dies das Einzige, was ihn davon abhält, die Tischdecke herunterzureißen oder loszustürmen und den Leuten Lachs um die Ohren zu hauen.

Wenn er es nur tun würde. Ich bereue es jetzt, ihn gebeten zu haben, sich zu benehmen.

Nach einer Ewigkeit ist das Mahl vorbei, und die Gäste, die nun unsicher auf den Beinen sind, johlen und verschütten Wein aus ihren Gläsern, als sie in den Salon drängen, wo flackernde Kerzen edle Schals versengen und die bemalten Gesichter der Frauen von unten beleuchten. Stimmen werden lauter, kämpfen gegen die Jazzband an, die mit jedem Stück lärmender und weniger melodisch zu werden scheint.

Fremde befingern die Steinbüsten und Gemälde und hinterlassen fettige Spuren auf Ururgroßvaters Gesicht. Sie betätigen die Dienerglocken an den Wänden, blasen ins Jagdhorn, drehen den Globus zu heftig, lümmeln sich auf die Möbelstücke, die in die äußersten Ecken des Raums geschoben wurden, und schütteln sich vor törichtem Gelächter. Die Musik wechselt, wird lauter, schneller, verwirrender: Es klingt, als würden wir von einer Herde betrunkener Jahrmarktspferde überrannt.

Ich stelle mich in meinen Seidenpumps auf die Zehenspitzen und recke den Kopf über die wippenden Locken, die schwitzenden Glatzen und versuche, meine Geschwister oder Lucian auszumachen, irgendein vertrautes Gesicht. Doch es gelingt mir nicht. Carolines Freunde fangen nun zu tanzen an, legen einen Shimmy aufs Parkett, wedeln dabei mit den

Armen, was eine Flucht quer durch den Raum in Richtung Tür unmöglich macht. Sie packen mich am Arm, versuchen mich zum Tanzen zu animieren. Dicke Bäuche, verhärtet von Champagner und Angeberei, pressen sich an mich, als ich mich vorbeidränge.

Am Ende gebe ich auf und drücke mich eng an eine Wand, warte das Ende des Stückes ab. Ein Mann mit einem Schnurrbart voller Champagnerschaum macht sich, nach Alkohol stinkend, an mich heran und fragt, ob ich meine »fabelhaft reiche, alte Stiefmutter« möge, bevor er schnaubend über seinen eigenen Witz lacht. Eine Frau in einem weißen Minikleid schiebt ihn weg. »Finger weg vom jungen Gemüse, Bradley, du alter Schuft!« Sie stellt sich als Jibby vor und fängt an, mir mit einem erstaunlichen Lispeln zu erzählen, wie mein »schnuckeliger neuer Stiefbruder Lu*sss*ian« ihrer armen Nichte Belinda das Herz gebrochen hat, weil er sich nicht mehr bei ihr meldet: Ob ich ihm wohl einen kleinen Schubs geben und ihn dazu bewegen könnte, das arme Mädchen zu besuchen?

Die Pfauenbrosche! Die Erleichterung, Großmama Esme gefunden zu haben, ist groß – fast so groß, wie zu hören, dass Lucian Belinda das Herz gebrochen hat. Ich breche beinahe in Tränen aus. Die Frau namens Jibby entschuldigt sich und torkelt in ihren silbernen kniehohen Stiefeln davon.

»Oh Liebling, du wirkst erschöpft«, sagt Großmama und ergreift meine Hände. Sie sieht selbst nicht so gut aus, älter, als sie in meiner Vorstellung ist.

»Wo sind die anderen, Großmama? Ich habe sie verloren.«

»Kitty und Barney haben das letzte Mal, als ich nachgesehen habe, gerade fröhlich eine Schale kandierte Nüsse verputzt. Ich habe keine Ahnung, was Toby im Schilde führt. Aber ich denke, angesichts der Umstände hat er sich tadellos benommen, oder nicht? Also lassen wir den armen Kerl einfach.«

Ich hätte beinahe auch nach Lucian gefragt, aber dann überlege ich es mir anders, für den Fall, dass mich etwas in meinem Gesicht verraten könnte.

»Warum schleichst du dich nicht auch davon, Schatz?«, flüstert sie. »Der Haufen hier ist doch viel zu blau, um es zu merken.«

Doch in diesem Moment kommt Papa zurück in den Raum. Er wird sofort von Caroline und ihrem pummeligen Freund in Beschlag genommen, der seinen Arm um Papas Hals legt und ihm so laut ins Ohr schreit, dass er zusammenzuckt. Ich frage mich, ob Großmama gut genug sehen kann, um zu bemerken, wie unwohl er sich zu fühlen scheint, wie er Abstand von dem Mann und Caroline sucht, die darauf reagiert, indem sie ihm noch näher auf die Pelle rückt und sich immer wieder an die Juwelenstecker fasst, die in ihrem Haar glitzern. »Ob Papa das recht wäre? Sollen wir ihnen denn nicht noch alle zuwinken, wenn sie in die Flitterwochen aufbrechen?«

»Überlass deinen Papa mal mir.« Großmama drückt meine Hände. »Ich wage zu behaupten, wenn du nicht gewesen wärst, wäre es während der heutigen, doch recht langatmigen Veranstaltung irgendwann bestimmt etwas bunter zugegangen. Du hast genug getan.«

»Ich habe überhaupt nichts getan«, sage ich ehrlich.

»Du hast *alles* getan. Sie folgen deinem Beispiel, Amber. Du hast dich ruhig verhalten, also waren sie es auch. Du machst sie stark.« Großmama lächelt unter Tränen. »Nancy wäre so stolz auf dich.«

»Danke, Großmama.« Es ist das erste Mal an diesem Tag, dass irgendwer Mama erwähnt.

»Jetzt sieh dich an …«, sie rückt mir schniefend die Schleife um meine Taille zurecht, »… du hältst dich mit einer solchen Würde, anders als die meisten anderen Frauen hier. Und du siehst sehr, sehr hübsch aus in diesem Kleid.«

Ich lächle, unsicher, ob ich es glauben soll. Papas Sekretärin hat das muschelrosa Kleid bei *Harrods* gekauft. Es ist nichts, was ich selbst ausgesucht hätte. Ich hätte lieber etwas Kürzeres und Verrückteres gehabt, mit schwarz-weißen Streifen vielleicht, mit einem breiten Gürtel mit großer Schnalle, etwas von *Biba* oder *Mary Quant* wie die Kleider, die Matildas Schwester immer trägt, aber meines hat ein enges Oberteil und einen üppigen Rock, aufgeplustert von zwei Lagen Petticoats, was mich an die Fotos von Mama aus den 1950er-Jahren in New York erinnert. »Das Kleid ist ein bisschen altmodisch.«

»Ach, das macht seinen Charme aus. Es ist ziemlich perfekt für dich. Kein Wunder, dass du so viel Aufmerksamkeit von all diesen rüpelhaften Wüstlingen auf dich ziehst. Du bist hier schon so etwas wie die Ballkönigin, Liebling.« Mit hochgezogener Augenbraue blickt sie zu Caroline hinüber. »Offen gesagt bin ich überrascht, dass Caroline dich nicht in Sackleinen gesteckt hat.«

»Sie nimmt mich doch kaum wahr. Ich glaube nicht, dass sie überhaupt gemerkt hat, dass ich da bin.«

»Sie hat dich bemerkt, mein Liebling. Da kannst du dir sicher sein.«

»Ich kann sie nicht leiden, Großmama«, sage ich.

In diesem Moment sieht Caroline uns an, als spüre sie, dass wir über sie reden, und ihr Blick verhärtet sich.

Großmama winkt ihr fröhlich zu und flüstert mir aus dem Mundwinkel etwas zu. »Ich vermute, die neue Mrs. Alton ist eine dieser Frauen, die sich erst gemocht fühlen müssen, bevor sie liebenswürdig werden, meine liebe Amber. Es ist an uns, diesen Prozess anzustoßen, ganz gleich wie schwer es fällt.«

»Tja, ich kann das nicht. Und ich glaube auch nicht, dass Papa sie liebt.«

»In Situationen wie dieser müssen wir unser eigenes Urteil hinter das Wohl aller stellen.« Sie hebt das Glas an die Lippen und murmelt gegen seinen Rand: »Du meine Güte, ich fürchte, Caroline beabsichtigt, uns mit ihrer Gesellschaft zu beehren. Wenn du abhauen willst, dann schlage ich vor, du machst es jetzt.«

Ich drücke mich die Wand entlang, stürze aus dem Raum und finde Barney und Kitty in der Eingangshalle, die Fäuste voller gezuckerter Mandeln. Ich muss die erschöpften Kleinen die Treppe hinaufbugsieren. Oben angekommen blicke ich hinunter auf das tosende Meer aus Leuten und gelobe, nicht dorthin zurückzukehren, ehe nicht der Letzte von ihnen verschwunden ist.

Im Kinderzimmer fängt Kitty an zu schluchzen, weil sie ihr Brautjungfernkleid zerrissen hat und sie mit Peggys Haube nicht wie Peggy aussieht. Barney gesteht, dass er ein halbes Glas Champagner getrunken hat und sich ein wenig komisch fühlt und ob ich ihn bitte ins Bett tragen könnte? Ich lasse ihn drei Gläser Wasser trinken und bringe die beiden zu Bett.

Als ich raschelnd die Vorhänge zuziehe, dringt donnernder Applaus von der Auffahrt herauf, dann das Klappern von Dosen auf dem Kies, als ein Wagen davonrauscht. Tja, jetzt sind sie also weg. Und morgen werden auch die Gäste fort sein, und das Haus wird wieder uns gehören, denke ich, um mich aufzumuntern. Das muss ich auch Toby sagen. Ich muss ihn finden, sehen, ob es ihm gutgeht.

Toby ist nicht in seinem Zimmer. Das Fenster steht sperrangelweit offen, und auf dem Boden, dort, wo der Regen hereingepeitscht ist, befindet sich eine schwarze Pfütze, in der der Mond schimmert wie ein Glasauge. Ich beuge mich aus dem Fenster, um nachzusehen, ob er nicht gerade am Efeu hinunterklettert, bekanntermaßen tut er das, wenn er Leuten aus dem Weg gehen will.

»Amber?«

Ich kann mich nicht rühren. Mein Magen schlägt Purzelbäume.

»Alles okay?«

Langsam drehe ich mich zu Lucian um. Plötzlich fühlt sich das Zimmer unglaublich klein und aufgeladen an, voller Dinge, die wir nicht aussprechen können, und unsere beiderseitige Verlegenheit ist geradezu elektrisierend. Ich weiß auch gar nicht, wo ich hinsehen soll.

»Ich … bin auf der Suche nach Toby«, stottere ich. Mein Mund ist trocken, mein Herz schlägt jetzt so schnell, dass ich mir sicher bin, er kann es unter dem Seidenstoff meines Kleides sehen. »Er ist verschwunden.«

»Ich kann es ihm nicht verdenken, wenn er abgehauen ist.« Lucian kommt durchs Zimmer, schließt das Fenster. Er hat seinen Frack ausgezogen, und ich kann seine Schulterblätter unter seinem Hemd erkennen. »Die Leute von meiner Mutter sind nüchtern langweilig und wenn sie was getrunken haben, abscheulich.«

»Ist mir gar nicht aufgefallen.«

Da lacht er, und ich entspanne mich ein wenig. Von unten dringt Musik herauf, das Auf und Ab von Stimmen. Es fühlt sich an wie aus einer anderen Welt, die Distanz zwischen ihr und uns vollkommen unüberbrückbar. Seine Hand holt aus, um seinen fransigen Pony aus dem Gesicht zu schieben, doch sein Haar ist ganz zurückgekämmt, was sein schönes Gesicht offener und seltsam verletzlich erscheinen lässt. »Darf ich dir helfen, Toby zu suchen?«

Aus irgendeinem Grund fühlt es sich an, als würde er etwas anderes fragen, also nicke ich, und ich habe das Gefühl, er könnte mich alles fragen, und ich könnte immer bloß mit Ja antworten.

Er hält mir Tobys Zimmertür auf. »Nach dir.«

Die Petticoats unter meinem Rock streifen sein Bein raschelnd wie Papier. Tief drinnen spüre ich wieder dieses Ziehen. Dasselbe verzweifelte Ziehen, das ich gespürt habe, als er mich am Ende der Auffahrt geküsst hat. Wie kann ich bloß so für einen Stiefbruder empfinden? Wie kann das richtig sein?

Es mag falsch sein. Aber es ist richtig. Und so, sage ich mir entschieden, wird es bleiben, eine Knospe, nie eine volle Blüte.

»Nach oben?«, fragt er und wirft mir einen verstohlenen Blick zu.

Ich erröte und nicke, anstatt vorzuschlagen, dass wir draußen anfangen, wo Toby höchstwahrscheinlich ist: Es kümmert mich nicht länger, was Toby macht.

Am obersten Treppenabsatz wische ich einen Kreis Kondenswasser vom Fenster und spähe hinaus in die Nacht.

»Siehst du irgendwas?«, fragt er.

»Nicht viel.« Der Regen hat aufgehört. Die Feier verlagert sich wieder nach draußen, ein Gestöber aus Sturmlaternen saust wie Glühwürmchen über den Rasen. Aber es ist viel zu dunkel, um etwas über den schwarzen und triefenden Waldrand hinaus erkennen zu können, wo Toby sich zweifelsohne in seinem Baumhaus zusammengerollt hat – er hat diese Woche schon zweimal dort übernachtet –, um erst im Morgengrauen zurückzukommen und wie ein Hund noch einmal auf dem Fußende meines Bettes einzudösen, dreckverkrustet, mit Zweigen in den Haaren und, wenn er aufwacht, einem seltsamen Leuchten in den Augen.

Lucian schiebt den schweren Riegel zurück und macht das Fenster auf. Der metallische Geruch von Regen. »Kannst du was hören?«, fragt er.

»Stimmen im Garten, glaube ich. Die Geräusche hallen irgendwie vom Dach wider. Hier oben werden die Dinge verfälscht.«

»Echt? Das ist das Dach?« Er reckt seinen Kopf gespannt durch das offene Fenster in die Nacht hinaus. »Ist es möglich rauszuklettern?«

»Irgendwie schon«, sage ich zögerlich. Ich mochte diesen Teil des Daches noch nie besonders. Papa klettert manchmal dort hinauf, um Dinge zu reparieren, die Kamine nach Nestern abzusuchen, aber Mama hat uns verboten, auch nur in die Nähe zu gehen. Sie hatte immer schreckliche Angst, dass Barney hinausklettern und hinunterfallen könnte.

»Oh, komm schon. Ich war noch nie auf dem Dach eines Hauses.« Er reicht mir lächelnd die Hand. »Ich verspreche auch, nicht runterzuspringen, wenn du nicht springst.«

Ich nehme seine Hand, unsere Handflächen schlagen Funken, als sie sich berühren.

Das schummrige Treppenlicht dringt nur ein Stückchen zu uns heraus, aber weit genug, damit wir die klobigen Zinnen erkennen können. Wir bewegen uns vorsichtig auf sie zu. Der Wind saugt meinen Rock an meine Beine. Der Himmel ist nun hell erleuchtet, bestickt mit Sternen. Und ich fühle mich lebendig, lebendiger, als ich mich je gefühlt habe.

Lucians Bein ist knapp fünfundzwanzig Zentimeter von meinem entfernt.

»Ich habe mein Bestes getan, um Ma die Hochzeit auszureden«, sagt er leise.

Wir stehen jetzt näher beieinander, obwohl ich nicht wahrgenommen habe, dass sich einer von uns beiden bewegt hätte. Die Verlegenheit zwischen uns in Tobys Zimmer ist etwas anderem gewichen.

»Aber leider hat sie sich noch nie besonders für meine Meinung interessiert.«

Er tut mir ein wenig leid. Mama hat mir immer das Gefühl gegeben, dass meine Meinung zählte.

»Man kann sich seine Eltern eben nicht aussuchen, was?«

»Nein. Nein, das kann man nicht.« Ich bin erschüttert vom schieren Glück, dass ich ausgerechnet meine Mutter aus all den Millionen potenziellen Müttern auf der Welt bekommen habe. Ich habe sie verloren. Aber ich *hatte* sie auch. Das ist mir zuvor gar nicht bewusst gewesen.

»Ma will, dass ich die Welt regiere und all diesen Quatsch.«

»Papa hat früher so etwas in Bezug auf Toby gehofft. Ich vermute, heute ist das ein bisschen anders.«

»Ah, Toby, der Gesetzlose«, sagt Lucian nicht unfreundlich, sodass es sich wie ein Kompliment anhört.

»Was ist mit deinem Vater?«, frage ich. Hier oben kommt es mir so vor, als könnten wir uns alles fragen, alles, was wir wollen, doch in dem Moment, in dem wir wieder ins Haus hinuntergehen, werden aufs Neue all die alten Regeln gelten, und wir werden den anderen fragen, ob er so freundlich wäre, uns das Brombeergelee zu reichen – werden so tun, als wären wir Bruder und Schwester. Außerdem habe ich das Gefühl, dass Lucian direkte Fragen mag.

»Vater? Er war ein guter Mensch.« Er schweigt einen Moment, und als er weiterredet, ist ein Krächzen in seiner Stimme. »Ich vermisse ihn noch. Es ist Jahre her. Bescheuert, oder?«

Ich schüttele den Kopf, aus Angst, dass meine Stimme, wenn ich etwas sagen würde, auch brechen könnte oder ich weinen würde.

»Er war dreiundsiebzig«, sagt er, als versuche er sich selbst daran zu erinnern. »Also hatte er ein recht langes Leben.« Er schweigt einen Moment. »Ich weiß, dass das bei deiner Mutter nicht der Fall war.«

»Vierzig ist ziemlich alt.«

»Bloß nicht alt genug.«

»Nein. Aber sie war glücklich, wirklich glücklich. Immer wenn ich an meine Mutter denke, sehe ich sie lächelnd vor mir. Sie hatte eine Lücke zwischen den Zähnen. Man konnte ein Streichholz dazwischenstecken.«

Über sie zu reden ist weder anstrengend noch unbehaglich wie normalerweise. Seltsamerweise wird sie vor meinen Augen lebendig, wenn ich Lucian von ihr erzähle. »Ich weiß nicht, ob es besser ist, glücklich zu sterben, oder schlimmer, weil man mehr verliert.«

Er denkt darüber nach. »Ich glaube, es macht die Sache besser.«

»Sie war auch schön«, sage ich, ohne den Stolz in meiner Stimme zu verbergen.

»Ich weiß, ich habe ihr Porträt in der Eingangshalle gesehen.«

Ich muss über die Verrücktheit der Nacht grinsen. Ich kann seinen Schuhrücken an meinen Pumps spüren.

»Du siehst genauso aus wie sie«, flüstert er mit einer so leisen Stimme, dass ich mir nicht ganz sicher bin, ob er es auch wirklich gesagt hat.

Wir stehen da, gebeutelt von Wind und Gefühlen, und um die Zinnen tanzen die Fledermäuse in wilden Achten.

Die Band stimmt ein neues Lied an. Der Wind trägt ein paar Klänge zu uns herauf, verschlingt andere. Auch in mir ertönt etwas, eine seltsame, ganz eigene Musik.

»Hör zu, das mit dem Kuss tut mir leid. Wenn ich gewusst hätte, dass die beiden heiraten würden …« Seine Worte verstummen in Verlegenheit. »Aber wir dürfen nicht zulassen, dass es … das hier ruiniert: … unsere Freundschaft.«

Ein lauter Knall, wie ein Schuss, spaltet den Himmel. Ich erschrecke, beiße die Zähne zusammen. Noch einer. Lauter. Ich höre ihn in jeder Zelle meines Körpers. Fühle ihn. Sehe ihn. Blutspritzer auf dem Stallboden. Ein zerborstener Schädel in einer schwarzen Samtkiste. Ich kneife die Augen zusammen, mir ist übel, und ich fühle mich einer Ohnmacht nah, als diese schreckliche Nacht wieder über mich hereinbricht.

»Amber, was ist los?«

»Nichts«, murmle ich und versuche verzweifelt, keine Szene zu machen, kneife die Augen zu.

»Du musst keine Angst haben. Das ist bloß ein Feuerwerk. Wirklich. Vertrau mir. Schau.«

Also vertraue ich ihm und schaue.

Springseile aus bunten Lichtern winden sich am Himmel, immer und immer wieder, bevor sie sich in einem Silberschwall auflösen. Peng. Peng. Peng. Ich zucke jedes Mal zusammen, doch Lucians Arm liegt auf meiner Schulter, und das macht es erträglich. Ich drücke mich an ihn, mein Körper erinnert sich an seine Form, seinen Geruch, und all diese Empfindungen machen die schrecklich verkehrten Gründe und Regeln, warum ich ihn nicht lieben darf, komplett unbedeutend. Es gibt niemanden, mit dem ich lieber hier auf dem Dach wäre. Niemanden, mit dem ich mich so authentisch fühle. Mit gedämpften Stimmen, unsere Münder nah am Ohr des anderen, bestaunen wir die Fledermäuse, reden darüber, dass ein Mann bald seinen Fuß auf den pustelig weißen Mond setzen wird, dass wir auf einem Dach hoch über der Welt sind. Nach einer Weile werden die Feuerwerkskörper leiser, klingen weniger wie Pistolenschüsse, sondern wie Klatschen aus den obersten Rängen, und der Raum zwischen uns schließt sich vollständig – diesen letzten Zentimeter – und wir küssen und küssen uns, als könnten wir einander unter die Haut schlüpfen, und der Himmel zersplittert golden durch die Lücken zwischen meinen Wimpern. Sein Mund stürzt hinunter zu meinem Hals. Flüstert immer wieder meinen Namen.

22

»Amber! Amber!« Tobys Augen sind glasig und gerötet. Seine Hand rüttelt grob an meiner Schulter.

Ich stöhne, ziehe mir die Decke bis übers Kinn. »Was ist los?«

»War irgendwas mit Lucian? Sag's mir, und ich schlage ihn windelweich.«

»Was? Wovon redest du? Hau ab. Ich schlafe.«

»Du bist nicht verletzt? Nichts ist passiert?«

»Himmelherrgott, Toby!«

Er sinkt in meinen Samtsessel, das Gesicht in den Händen, er zappelt herum, als müsste er aufs Klo. Ich spüre seinen Blick auf mir, als ich mich mit rasendem Herzen zur Tapete drehe. Ich denke, er weiß es, tief drinnen in dem Teil seiner selbst, dem man Dinge nicht erst sagen muss.

»Entschuldige. Ich … konnte nicht schlafen, weißt du. Es ging mir nicht aus dem Kopf, dass etwas passiert ist. Dass du beschützt werden musst.«

»Geh wieder schlafen.«

Geheimnisse sind aufregend, aber Betrug ist schrecklich. Die Hochzeit ist zehn Tage her. Mehr als alles andere will ich ehrlich mit Toby sein, aber kann mir nicht denken, wie das möglich sein soll. Ich kann überhaupt nicht denken. Ich fühle mich weniger wie ein menschliches Wesen als eine irisierende Blase, die am Sommerhimmel schwebt. Weniger wie eine Schwester. Weniger von allem, was ich war, und doch mehr ich selbst als je zuvor.

Während Papas und Carolines Flitterwochenabwesenheit ist Black Rabbit Hall abenteuerlich geworden, unkontrolliert, unseres. Peggy ist zu erschöpft, um irgendwelche Einwände zu erheben, und hat Annie aufgetragen, ein nachsichtiges Auge auf Kitty und Barney zu haben, und den Rest von uns dem Schwimmen und Bummeln zu überlassen, den Picknicks und Pasteten, den Erdbeeren und dicken Bohnen, roh aus den Hülsen gegessen, während Lucian und ich uns heimlich zulächeln und uns überlegen, wann wir wieder allein sein können. Normalerweise müssen wir nicht lange darauf warten: Toby, dessen Ehrgeiz für seine Pläne in der Sommerhitze noch angewachsen ist, hat wohl neue Etagen auf sein Baumhaus gehämmert.

In der Nacht der Hochzeit war er natürlich auch auf dem Baum.

Noch im Morgengrauen war sein Zimmer leer gewesen. Ich hatte Lucian erst kurz davor verlassen, konnte jedoch kein Auge zutun, also ging ich hinaus in den Wald, um Toby zu suchen, die kühle Morgenluft liebkoste meine Hand, und ich kam an einem Satinschlüpfer vorbei, der sich in einem Hortensienstrauch verfangen hatte, und ein fetter Mann war, die Champagnerflasche noch in der Hand, auf dem Rasen gestrandet. Es kam mir ewig vor bis zum Baumhaus, und ich war froh darüber, als könnte die Zeit die verräterischen Spuren der Küsse wegwaschen wie Wasser. Schließlich erspähte ich Tobys schmutzigen nackten Fuß durch die Bäume, der oben in der Luft baumelte, sein zerzaustes rotes Haar drang durch die Bretterspalten. Ich wollte ihn schon rufen, damit er mit zurück ins Haus käme, doch ich verlor die Nerven – aus Angst, er würde meine geschwollenen Lippen sehen und es erraten –, also schlich ich mich lautlos wieder über den Teppich aus heruntergefallenen Bucheckern davon und ließ ihn friedlich zwischen Messern, Pistolen und gestohlenem Bier weiterschlafen.

Als ich den Rückzug antrat, schwor ich mir, dass ich Lucian nie wieder küssen würde. Das Risiko war viel zu groß.

Ein paar Stunden später küssten Lucian und ich uns wieder, energischer diesmal, wohl wissend, dass es falsch war, aber nicht in der Lage, es zu lassen.

Jetzt küssen wir uns, wann immer wir können. Am Rande der Klippen. Im hohen, flauschigen Gras hinten auf dem Feld, verborgen hinter den Kühen. Unter der Flussoberfläche, die glitschigen Gliedmaßen ineinander verschlungen. Und im Schrank, unserem Lieblingsort, wo wir uns verstohlen flüsternd über alles unterhalten, was zählt – Musik, Bücher, warum es unmöglich ist, auf Beerdigungen nicht zu kichern –, und uns gegenseitig das Salz von der Haut lecken und uns gegenseitig Zentimeter für Zentimeter entdecken.

Dort haben wir es getan.

Das erste Mal ließ mich der heftig brennende Schmerz aufschreien. Doch jetzt, nach weiterem Herantasten und Üben, stoße ich andere Schreie aus, seltsame Laute, die ich in den Pelzen ersticken muss. Es sind die Laute meines schmelzenden und sich öffnenden Körpers, eine Offenbarung wie ein fremder neuer Planet. Ich weiß, dass »Es« gegen die Regeln verstößt – obwohl mir niemand außer Annabel, Matildas Schwester, je erklärt hat, was »Es« ist –, aber ich persönlich bin der Ansicht, dass die Regeln außer Kraft gesetzt wurden an dem Tag, als Mama von ihrem Pferd fiel. Außerdem fühle ich mich weder schmutzig noch benutzt, nichts von alldem, wie Mädchen in meiner Lage sich eigentlich fühlen sollten. Ich fühle mich … verehrt. Geliebt. Ich bin wieder mit der Welt verbunden und treibe nicht länger benommen in dem kalten, dunklen Ort darunter. Und trotz der Gefahr, entdeckt zu werden, fühle ich mich zum ersten Mal seit Monaten wieder sicher.

Wir sind vorsichtig. Lucian zieht sich immer gerade rechtzeitig aus mir zurück. Und ich bade zweimal am Tag, damit

Toby es nicht an mir riecht, den Schweiß, die Süße, den Verrat. Wenn mein Bruder im Raum ist, versuche ich, nicht in Lucians Richtung zu sehen, und setze mich so weit wie möglich von ihm weg, sonst ist das Verlangen, uns zu berühren – ein sanftes Stupsen mit dem Knie, ein Streifen mit dem Fuß – unwiderstehlich.

Und doch ertappe ich mich manchmal dabei, wie ich gedankenlos leise seinen Namen flüstere. Und es fühlt sich noch immer so an, als hätte Lucian sich in mir ausgebreitet wie eine Farbe.

Das größte Problem ist Folgendes: Ich bin entsetzlich glücklich. Und mehr als alles andere fürchte ich, dass dies die Sache sein wird, die mich verrät. Es gibt so vieles, über das man unglücklich sein müsste – Papa überlistet von Caroline, Mamas Knochen, die unter der Erde abgenagt werden, die vollkommene Unvernunft, *überhaupt* jemanden zu lieben, wenn man nicht muss, wo Leute doch so leicht sterben können – und doch … Es ist, wie wenn man einem Messer beim Schneiden zusieht. Man sieht das Blut und spürt nichts.

23

Ein paar Tage später kehren Caroline und Papa aus Paris zurück, lächelnd, doch ohne sich an den Händen zu halten. Black Rabbit Hall gehört nicht mehr uns. Wird Papa merken, dass etwas anders ist? Wird mich irgendein Grasfleck oder mein wirres Haar verraten? Es ging alles so schnell. Ich habe das Gefühl, sengende Hitze zu verströmen. Aber Papa merkt nichts. Er fragt nur vage, ob wir alle Spaß hatten – und bricht kurz darauf wegen »dringender Geschäfte« nach London auf. *Ohne* Caroline mitzunehmen!

Caroline bemerkt viel mehr. Sie stellt fest, dass Lucian »ziemlich verwildert« wirkt und dass Peggy und Annie in Anbetracht des Zustands des Hauses »wohl unter irgendeiner Krankheit leiden müssen, die sie zum Sitzen zwingt«. Schlimmer noch, sie verspricht, dass sie bis zum Ende der Sommerferien bleiben wird, »um ein Auge auf die Dinge zu haben und das Haus in einen Zustand zu versetzen, der ihm gebührt«. Mir gefriert das Blut in den Adern.

Keiner weiß so recht, was dieser neue »Zustand« für Black Rabbit Hall bedeuten wird. »Wie könnten wir auch, wenn sich ihre Launen so oft ändern, wie andere Leute ihr Bettzeug wechseln?«, murmelt Peggy, die täglich frische Bettwäsche für unchristliche Verschwendung hält. Bis Caroline erwähnt, dass das Haus in der *House & Garden* vorgestellt werden soll. Daraufhin schütteln wir, allen voran Peggy, uns vor Lachen, das schließlich in einer Art hilfloser Resignation in der Hitze verebbt.

Black Rabbit Hall setzt sich scheppernd und leckend zur Wehr, speit sirupartiges braunes Wasser in Carolines Bad aus. Eine Mäusegroßfamilie huscht nachts durch ihr Schlafzimmer (ganz gierig nach den Haferflocken, die Toby unter ihrem Bett verstreut). Selbst als Papa am folgenden Wochenende zurückkehrt, lässt Black Rabbit Hall nicht locker. Nach einer besonders ereignisreichen Nacht, in der die Katze ein Haarknäuel auf Carolines Seidenpantoffeln hustet, die Glühbirnen durchbrennen und eine tote Krähe in ihrem Schlafzimmerkamin vor sich hin verwest, schlägt Papa vor, dass Caroline die restlichen Sommerferien doch besser die Annehmlichkeiten von Fitzrovia genießt, während er die Dinge ein wenig mehr nach ihrem Geschmack herrichtet. Caroline, die offensichtlich vermutet, dass dies nicht passieren wird, womit sie recht behalten soll, steht mit vorgestrecktem Kinn in der Eingangshalle und starrt die Treppe hinauf wie ein Kletterer, der entschlossen einen gefährlichen Berg ins Visier nimmt.

Natürlich will sie auch uns bezwingen und hat dazu eine ganze Reihe von Taktiken in der Hinterhand, die sich alle um die abscheuliche Idee »unserer neuen Familie« drehen. Aus irgendeinem Grund möchte sie das ganze Elend auch noch festhalten. Es gibt unendlich viele unfreiwillige Fotos: Caroline und Papa, die steif Seite an Seite stehen, ich und Lucian mit verdächtig unstetem Blick, den mürrischen Toby, Barney und Kitty wie Puppen drapiert, die es jedoch versäumen, für irgendeinen Schickimicki-Fotografen zu lächeln, der vor ein paar Stunden schwitzend und verwirrt aus dem Bummelzug aus London gestiegen ist. Caroline besteht außerdem auf Familienessen zur rechten Zeit und im Esszimmer (»Nur Personal isst in der Küche«). Ihre Androhung von »Familienaktivitäten« wie Spaziergängen, Segeltörns und Ausflügen nach St Ives hängt fortan über jedem Sommertag wie ein herannahendes

Gewitter und lässt mich, Lucian und Toby aus unterschiedlichen Gründen erschaudern.

Wir lernen schnell, dass der einfachste Weg, solche Vorhaben zu sprengen, darin besteht, ganz beiläufig Mama zu erwähnen. Innerhalb von Sekunden fängt dann eine erstaunlich grüne Vene an Carolines Stirn an zu pochen, und die ganze Scharade zerspringt in Millionen Scherben wie ein Kristallglas, das auf Steinfliesen fällt.

Da es Caroline außerdem auf die Palme bringt, wenn wir uns verspäten, versuchen wir immer, so spät wie möglich dran zu sein, was nicht schwer ist. Nur Kitty, der Essen über alles geht, erscheint bei Tisch, bevor das Essen noch kälter ist als nach seiner langen Wanderung aus der Küche ohnehin schon. Barney mit seiner Aversion gegen Kleider muss für gewöhnlich noch eilig angezogen werden. Caroline beharrt auf »Anstand, der den von Affen übersteigt«, ein Kommentar, der Toby veranlasst, sich hinter ihrem Rücken begeistert unter den Armen zu kratzen, während Lucian, der nur bedingt loyal zu seiner Mutter steht, sich alle Mühe gibt, nicht loszuprusten, womit er beinahe die unbehagliche Waffenruhe zwischen ihnen bricht, die darauf beruht, dass sie sich gegenseitig ignorieren.

Es ist nicht so, dass Lucian nicht bemüht wäre, nett zu sein, aber alle seine Versuche stoßen auf totale Verachtung und Gleichgültigkeit: Das Letzte, was Toby will, ist, dass seine Vorurteile widerlegt werden. In gewisser Weise ist das eine Erleichterung. Wenn sie freundschaftlich miteinander umgingen, würde es die Unehrlichkeit nicht noch schwerer machen?

Caroline wäre wahrscheinlich froh, wenn Toby sie lediglich ignorieren würde, aber er reizt sie bis aufs Blut, angezogen von der Konfrontation wie die Strandräuber vom Lichtsignal. Er weigert sich, mit uns im Speisezimmer zu essen: »Ich werde mich nicht an der Art von gezwungener Konversation beteiligen, bei der ich mir am liebsten die Zunge abschneiden und sie an Boris verfüttern würde. Da esse ich lieber *Twiglets* in meinem gemütlichen Baumhaus.« Als Caroline, das zitternde Sherryglas in der Hand, versuchte, ihre Autorität walten zu lassen – »Mir ist vollkommen einerlei, was du denkst, junger Mann. Wir werden uns *alle* zusammensetzen und wie eine normale glückliche Familie essen« –, stellte Toby spitz klar: »Wir sind aber nicht normal. Wir sind auch keine Familie. Und dank dir sind wir ganz sicher nicht glücklich.« Dann schlenderte er, sich mit dem Taschenmesser den Schmutz unter den Fingernägeln herauskratzend und ihn gegen die frisch polierte Holzvertäfelung schnippend, davon.

Je weniger Caroline uns kontrollieren kann, desto mehr macht sie ihre Autorität über das Haus geltend. Zu unser aller Fassungslosigkeit verkündete sie die Einstellung einer neuen ausgebildeten Köchin von außerhalb – das ist ungefähr so, als würde man die Queen vom Thron stoßen und statt ihrer einen »Profi« anheuern –, was Peggy in blasse, wortlose Wut stürzt, mit allerlei Kupfertopfgeklapper und dem Schlagen von Speisekammertüren.

Die Bartlett fing gestern an.

Es ist alles zu merkwürdig, um es in Worte zu fassen. Während Peggy weich und rund ist und immer runder wird, ist die Bartlett dünn und bucklig, ein bisschen wie ein verbogener Suppenlöffel. Peggy und Annie sind in höchster Alarmbereitschaft – »Traue nie einem dünnen Koch« –, sie beargwöhnen ihre makellos weiße Schürze und murmeln flüsternd etwas davon, dass die Bartlett sich bestimmt nicht beim Zerstückeln von Aalen die Hände schmutzig machen würde und nicht einmal eine Sternenguckerpastete von einem Hog's Pudding unterscheiden könne. Ich habe mich nicht getraut, Peggy zu sagen, dass es meiner Meinung nach genau darum geht: Ich bin mir nicht sicher, ob sich Caroline je vollkommen vom Anblick der aus der Pastete hervorlugenden Sardinenköpfe erholt hat. Wir bekommen keine kornischen Familienspezialitäten mehr, seit die Bartlett angefangen hat. Ich hätte nie gedacht, dass ich sie vermissen würde, aber sie fehlen mir.

Zu Mittag hatten wir heute einen ganzen Lachs, leichenkalt, rosa, übersät von grünen Gurkenmedaillen und viel förmlicher als alles, was wir sonst so essen. Die gekochten Kartoffeln waren glatt und weiß wie Eier, ohne auch nur ein einziges schmutziges Auge. Das Silber wurde sogar poliert – wir schneiden Grimassen und betrachten uns in den gerundeten Löffelspiegeln – und liegt nun glänzend auf einem ungewohnten Tischtuch, irgendetwas Viktorianisches mit Spitze, ausgegraben aus den archäologischen Untiefen des Wäscheschranks. Und auch die Servietten sind verwirrend, in steife Fächerformen gezwungen, die Barney mit den Fingern umschnipst.

Erschreckenderweise hat Papa auch sein Einverständnis zu einer, wie Caroline es nennt, »Modernisierung« des Gartens gegeben, die Toby als »Entweihung« bezeichnet. Nachdem sie verkündet hatte, dass die Beete »ziemlich enthemmt aussehen«, was Lucian und mich am Tisch erblassen ließ, feuerte Caroline sogar die treuen Gärtner von Black Rabbit Hall, die »in der Vergangenheit festhängen und älter sind als die Eibenhecke«, und engagierte einen neuen Trupp, der in einem glänzenden schwarzen Transporter vorfuhr, auf dem in goldenen Lettern »Ted Duckett & Sohn« stand, und der sogleich anfing, an Mamas geliebten wuchernden Rosen herumzuschnippeln.

Caroline hat außerdem einen dicken Mann mit einer Brille aus halbmondförmigen Gläsern engagiert, der die Uhren reparieren soll. Er hat einen fleischigen rosa Stumpen anstelle des kleinen Fingers. »Eine Höllenaufgabe«, schnaubte er und steckte sein teigiges Gesicht zwischen die Gewichte und Zahnräder von Big Bertie, während Barney ihm über die Schulter spähte, vollkommen fasziniert von der herrlichen Grässlichkeit des Fingerstumpens. Auch wenn die Uhren jetzt angeblich richtig gehen, macht es für unsere Zeitmessung kaum einen Unterschied. Wir sind es so gewöhnt, eine gute Stunde hinzuzurechnen, dass es uns bloß verwirrt und wir die Zeit nun wieder nach unserm Magenknurren und dem Verlauf der Sonne bemessen.

Ich bin mir sicher, dass Caroline, wenn sie könnte, auch jemanden engagieren würde, der unsere Einstellung korrigiert, der uns Mama vergessen lässt. Aber das kann sie nicht. Und das hasst sie. Das hasst sie wirklich. Sie hat nacheinander versucht, nett zu uns zu sein und abscheulich. Es ändert rein gar nichts. Sobald sie einen Raum betritt, ziehen die Wände sich zusammen, sodass sich selbst das größte Zimmer hier bald schon anfühlt wie ein stickiger Metallaufzug, der zwischen zwei Stockwerken feststeckt. Wenn Papa nicht in der Nähe ist, macht sie sich nicht die Mühe, so zu tun, als würde sie uns mögen, sondern beäugt uns und sogar Lucian mit unverhohlenem Missfallen, als stelle sie sich vor, ihr Leben wäre um vieles angenehmer, wenn wir nicht existierten und sie Papa für sich hätte.

Papa will nichts gegen sie hören. Stets schließt er sich ihrer Version der Geschehnisse an, vor allem, denke ich, weil er zuerst ihr Gehör schenkt und sie so Vorarbeit leisten kann. Als ich ihm sagte, dass sie sich uns gegenüber ganz anders verhält, wenn er fort ist, seufzte er. »Caroline hat mich schon gewarnt, dass du so etwas sagen würdest, Amber.« Und als ich zugab, ich empfände sie als »säuerlich«, wurde er wütend: »Wie ausgesprochen engherzig von dir, wo sie dich doch so gern mag!«

Seltsamerweise versetzt ihn ihre Anwesenheit in eine seltsam stumme Passivität: Er tapert jetzt oft mit abwesendem Blick und einem Glas Whisky in der Hand über das Anwesen, während Caroline ihm ständig nachgießt und mit der sanften Stimme, mit der sie nur mit ihm spricht, »Mach dir keine Sorgen, ich kümmere mich um alles, mein Schatz« gurrt, als wäre er ein Baby. Und das Schlimme ist, dass es Papa überhaupt nichts auszumachen scheint.

Toby meint, Papa sei einfach erleichtert darüber, nicht mehr die Verantwortung tragen zu müssen. Mamas Tod habe ihn altern lassen, und die Alten seien eben wie Kinder: »Sie wollen geführt werden.«

Wenn ich das Gefühl hätte, dass Papa sie wirklich liebt, würde ich ihn nicht so streng verurteilen. Aber es ist immer Caroline, die seine Hand nimmt, niemals nimmt er ihre; Caroline, die ihre Hand auf den Oberschenkel seiner gelben Cordhose legt; Caroline, die unruhig auf seine Rückkehr wartet, sich zurechtmacht, auf Stöckelschuhen die Treppe hinunterstakst und dann auf der untersten Stufe stehen bleibt und stirnrunzelnd Mamas Porträt betrachtet wie eine Frau, die in den Spiegel schaut und nicht mag, was sie da sieht. Obwohl Papa ihr regelmäßig Komplimente macht – »Hübsches Kleid, Liebling« –, geschieht dies mit wenig Leidenschaft. Es gibt auch kein peinliches Geschmuse wie mit Mama, keine langen Küsse oder heimliches Tanzen im dunklen Wohnzimmer, keinen weicher werdenden Blick, wenn sie den Raum betritt. Ich denke, Caroline ist sich dessen bewusst. Wenn er in London ist, sitzt sie manchmal am Esstisch, das Kinn in ihre mit Cold Cream gepflegten Hände gestützt, und starrt ausdruckslos auf seinen Stuhl, als hätte sie nie erwartet, dass er so leer sein würde.

Auch wegen Lucian und mir wird sie allmählich misstrauisch. Da bin ich mir sicher. Lucian meint, ich mache mir unnötig Sorgen – »Da kommt sie nie und nimmer drauf, Amber«, aber in letzter Zeit bemerke ich, wie ihr Rasiermesserblick von Lucian zu mir wandert. Und sie fühlt Lucian ständig auf den Zahn: Wo warst du? Mit wem? Warum hast du Heustückchen am Hemd?

Ich habe das Gefühl, dass die Dinge Gestalt annehmen, auch wenn ich diese Gestalt noch nicht erkennen kann.

24

Lorna

Sie lehnt an einem der geschnitzten Bettpfosten in der Hochzeitssuite und schiebt seufzend die Fotos in das braune Kuvert zurück. Wird sie jemals herausfinden, warum ihre Mutter Black Rabbit Hall immer wieder besucht hat? Vielleicht spielt es auch gar keine Rolle. Vielleicht liest sie zu viel in diese Fotografien hinein. Versucht, willkürlichen Ereignissen eine narrative Form aufzuzwingen. Immerhin war ihre Mutter in vielerlei Hinsicht eigentümlich, ein zwanghafter Charakter, sie liebte die Geborgenheit der Wiederholung und fühlte sich angezogen von alten Häusern. Vielleicht hat ihr einfach nur die Auffahrt gefallen. Ja, das könnte, wie sie ihre Mutter kennt, schon ein ausreichender Grund gewesen sein.

Sie sollte sich nicht länger damit aufhalten. Sie sollte alles für ihre Heimreise vorbereiten. Sie steht auf, sieht sich prüfend im Zimmer um, dessen Schönheit ein wenig getrübt wird durch ihre Erinnerung an den Tag, den sie betäubt hier verbracht hat. Sie vergisst immer etwas. Diesmal wären es beinahe ihr Selbstbräuner und der Deckel ihres Lippenpflegestifts gewesen, der auf den ausgefransten Rand des Teppichs bei der Tür gekullert ist. Sie greift danach und entdeckt seltsame Punkte im Staub direkt draußen vor der Tür. Ungefähr zwei Zentimeter im Umfang führen sie nur einen großen Schritt entfernt den Flur entlang. Die Spuren von Mrs. Altons Stock, kommt es ihr plötzlich in den Sinn. Vielleicht hat sie sich nicht bloß eingebildet, dass jemand in der Tür stand und sie im Schlaf beobachtet hat. Lorna hebt den Deckel auf und geht ins Bad, um ihre Evianflasche am Wasserhahn aufzufüllen. Es ist so schwül heute, und sie fühlt sich dehydriert, also wird sie es brauchen. Das Wasser, das spuckend aus dem rostigen Hahn spritzt, ist brauner als gestern. Wahrscheinlich durch die Hitze. Da sie auf der langen Heimfahrt keine Übelkeit riskieren will, schüttet sie es wieder aus. Sie wird die Küche suchen. Das Wasser dort wird sicher sauberer sein. So viel Zeit hat sie gerade noch. Und sie kann ihre Tasche schon mal in der Eingangshalle abstellen.

Überraschenderweise findet Lorna den Weg ganz leicht, als würde er gefunden werden wollen. Die Küche ist groß, freundlich und quadratisch, ihre Wände sind in einem abblätternden Himmelblau gestrichen, Sonne strömt durch das Sprossenfenster herein, auf den heimeligen Holztisch, der das Herz des Raums bildet. Gegenüber befindet sich ein alter freistehender Herd, schwarz von Fett und Alter. Kupferpfannen und überdimensionale Emailküchengerätschaften hängen darüber. Schwarz angelaufenes Silberbesteck ragt auf der verzogenen hölzernen Arbeitsfläche aus verschmierten Keramikgefäßen. Lorna sieht jedes Stück von ungeduldigen Kinderfingern herausgezogen. Und Schüsseln, so viele Schüsseln. Hier muss einmal ein begeisterter Koch gewaltet haben. Es gibt auch eine Vorratskammer, in deren Tür runde Luftlöcher in herzförmiger Anordnung gebohrt sind. Sie kann nicht widerstehen.

Ihr steht der Mund offen. Während der übliche Supermarktkaffee, die Teebeutel, der Zucker und die Nudeln sich auf dem am leichtesten zu erreichenden Regalbrett befinden, sind die darüber vollgestopft mit Dingen, die älter aussehen als sie selbst: verblichene uralte Erbsendosen mit altmodischen

Etiketten, eine Konserve Frühstücksfleisch. Als Lorna ein leises Rascheln hört und eine Maus fürchtet, schließt sie schnell wieder die Tür und entfernt sich.

Richtig. Wasser. Kein Herumgestöber mehr. Keine Ablenkung. Sie muss wieder ihren London-Kopf aufsetzen. Nach einem kurzen Gerangel mit dem Kupferhahn über der badewannengroßen Keramikspüle fließt das Wasser schließlich in einer Qualität, die weniger nach einem Gesundheitsrisiko aussieht. Als sie sich darüber beugt und ihre Flasche auffüllt, fällt sie ihr ins Auge, die blau-weiße Schürze, die an einem Messinghaken neben der Spüle hängt. Etwas an ihr verdutzt sie. Sie hat sie schon mal gesehen. Wo?

Lornas Hirn sucht nach dem Zusammenhang, stößt auf die eine oder andere Möglichkeit. Schließlich fällt es ihr ein: die Haushälterin im Hintergrund der Fotos. Ja, denkt sie, das runde, hübsche Gesicht, die gestreifte Schürze, immer in dieser Schürze. Ja, es ist ihre. Sie stellt ihre Wasserflasche ab, nimmt die Schürze vom Haken. Erstaunlich, dass sie noch hier hängt – andererseits, wenn man den Inhalt der Speisekammer betrachtet, vielleicht auch nicht. Sie reibt den Stoff zwischen den Fingern, denn er fühlt sich weich und alt an, und sie liebt alte Stoffe und … ihre Fingerspitzen fahren immer wieder über die blauen eingestickten Buchstaben am Saum, ihre Gedanken verfangen sich im Schleppnetz der Jahre, bis sie wieder unter ihrer Barbiedecke liegt, mit einer flackernden Plastiktaschenlampe, mit den Fingern fährt sie über die »P« auf ihrer Geburtsurkunde, immer wieder, zu viele »P«, um sie je vergessen zu können.

»Das haben Sie in Ihrem Zimmer liegen lassen.« Dill stellt ihren kleinen Drahtkorb mit Eiern ab und zieht aus der Tasche ihres Arbeitskittels das braune Kuvert mit den Fotos und reicht es Lorna. Sie lässt die Tatsache, dass Lorna, das Gesicht in einer alten Schürze vergraben, auf dem Küchenboden hockt, unkommentiert. Sie hat auf Black Rabbit Hall schon viel Seltsameres gesehen.

Lorna gelingt es kaum, ihren Arm zu heben, um den Umschlag entgegenzunehmen. Sie ist auf dem Linoleumboden erstarrt, hat keine Ahnung, wie lange sie schon dort sitzt, nur dass das Sonnenlicht, das auf die Kupferpfannen trifft, golden und dicht ist und dass es nicht so dunkel war, als sie in die Küche kam.

»Ich konnte Sie nirgends finden, Lorna«, sagt Dill höflich. »Wir mussten das Taxi wieder wegschicken.«

»Das Taxi ist weg?« Sie reibt sich die Augen, die rot und trocken sind, aber sie ist viel zu erschüttert, um zu weinen. Eine schwarze Schabe huscht über den Boden, weicht der Wasserpfütze aus, die sich aus der Flasche, die Lorna aus der Hand gerutscht ist, ergossen hat.

»Es ist schon sechs.«

»Mein Zug …«

»Morgen fährt nichts. Feiertag. Aber übermorgen früh.« Sie lächelt zögerlich. »Mrs. Alton wird erfreut sein, dass Sie noch ein oder zwei Nächte bleiben.«

Der Boden fühlt sich unter ihren Oberschenkeln, dort, wo ihr Rock hochgerutscht ist, klebrig an. Sie stellt sich vor, für immer dort festgeklebt zu sein wie ein Insekt auf einem Fliegenfänger. Wie soll sie jemals von hier weg und zu einem Zug kommen, zurück in die Normalität von London, in ihr Leben, wie es war? Es fühlt sich unerreichbar an.

Dill steht zögernd da. »Lorna, ist … ähm … alles in Ordnung?«

Lorna starrt hinunter zu der Schürze auf ihrem Schoß. Ihr breites Band, einst säuberlich gebunden, glänzt. Sie stellt sich vor, wie ihre Mutter es lockerte, als ihr Bauch dicker wurde. Benutzte sie die Schürze, um die Schwangerschaft zu verbergen? Oh nein, bitte. Sie will nicht das Ergebnis einer Vergewaltigung sein. Das war schon immer eine ihrer größten Ängste. Zu erfahren, dass die Gene irgendeines Scheusals in ihr hocken.

»Eine Tasse Tee?«, fragt Dill, die Hand im Haar, unsicher, was sie als Nächstes tun soll.

»Ja, danke … danke.« Wenn Dill bloß die Küche verlassen würde, könnte sie versuchen, all ihre Einzelteile wieder einzusammeln, sich von den Wänden hier zu kratzen und sich in eine erkennbare Form zu bringen.

Dill lächelt scheu, nickt in Richtung des Kuverts in Lornas Händen. »Ich habe einen Blick hineingeworfen, ich hoffe, das macht Ihnen nichts aus.«

»Oh.« Sie blickt hinunter auf das Kuvert. Nein, nichts von alldem ist möglich. Warum sollte ihre Mutter immer wieder an den Ort zurückkehren, an dem ihre biologische Mutter lebte und arbeitete? Das ergibt überhaupt keinen Sinn. Warum das Risiko eingehen, Lorna mitzunehmen?

»Ich glaube, ich habe diese Fotos gemacht.«

»Bitte?« Lorna muss sich verhört haben.

»Ich saß als Kind oft vorne an der Auffahrt, wenn Mama oben im Haus arbeitete. Habe ich schon erwähnt, dass sie hier im Haus gearbeitet hat?«

Lorna schüttelt benommen den Kopf. Sie weiß es nicht. Sie hat nicht so genau hingehört.

»Habe mich in den Baum gepflanzt und gewartet, dass meine Freunde vorbeikamen. Mrs. Alton sah es nicht gern, wenn die Kinder aus dem Dorf auf dem Anwesen waren, wissen Sie, also wartete ich am Ende der Auffahrt auf sie.«

Irgendetwas verknüpft sich irgendwie: die baumelnden Füße eines kleinen Mädchens im Baum; abgewetzte braune Riemchenschuhe – »Sag cheese!«.

»Ihre Mutter war hübsch, erinnere ich mich … ihr senfgelber Mantel, aus irgendeinem Grund erinnere ich mich an diesen Mantel.«

Der senfgelbe Mantel. Bis zu diesem Augenblick hatte sie ihn vergessen, aber jetzt erinnert sie sich genau, die Knötchen auf der Wolle, die glänzenden großen braunen Knöpfe. Ihre Mutter hatte ihn das ganze Jahr über getragen: Ihr war ständig kalt.

»Sie stand an dieser Auffahrt und starrte hoch zum Haus, als wäre es … ich weiß nicht … Buckingham Palace oder so was. Hat immer gefragt, ob ich ein Foto für sie machen kann. Schenkte mir eine Tüte Karamellbonbons als Dankeschön.«

Auf Lornas Arm stellen sich die Haare auf, als sie sich an die bunt gestreifte Papiertüte Karamellbonbons in ihrer Hand erinnert. Der Neid und die Enttäuschung, als ihre Mutter sie aufforderte, sie einem anderen Mädchen zu geben. Dem Mädchen mit den Schuhen. Der Kamera.

»Sie waren in meinem Alter, nur dass Sie besser gekleidet waren und so exotisch klangen, weil Sie aus London kamen. Erinnern Sie sich daran? An mich?« Dill strahlt vor Aufregung.

»Ich … denke schon. Ja, ich erinnere mich.«

Dill schüttelt voller Erstaunen den Kopf. »Tja, das ist doch was, oder nicht? Sie hatten von Anfang an recht, Lorna. Sie waren auf jeden Fall schon mal hier.«

Lorna verbirgt das Gesicht in der Schürze.

»Hab ich was Falsches gesagt?«

»Es liegt nicht an Ihnen. Entschuldigung. Wissen Sie, es ist diese Schürze …« Lorna versucht schniefend, es zu erklären. »Der Name auf der Schürze.« Sie hält sie für Dill hoch. »Sehen Sie.«

»Peggy, ja«, sagt Dill verwirrt. »Peggy Mary Popple. Diese Schürze gehörte meiner Mutter.«

Lorna hört Dill rufen. Aber sie rennt jetzt immer schneller in die blendende Abendsonne. Sie durchbricht die Wäsche an der Leine, wehrt die Laken mit den Händen ab, läuft hinein in den Küchengarten und stößt gegen die Tomatenpflanzen. Sie verliert einen ihrer Flip-Flops. Das Türchen des Küchengartens schlägt hinter ihr zu. Der Boden unter ihren Füßen verändert sich. Die Terrasse, blechheiß. Trockenes, stacheliges Gras. Spitze Kiesel beißen ihr in die Fußsohlen. Sie verliert den zweiten Flip-Flop. Rennt weiter. Sie muss weiterrennen. Sie muss Dills stotternder Erklärung davonrennen: Das hier ist ihr ganz eigener Urknall, und er ist genauso katastrophal, wie sie insgeheim befürchtet hat.

Ein Tanztee. Ein beschwipstes Stelldichein im Gemeindesaal. Eine alleinstehende Haushälterin, begeistert von einem skandinavischen Fischer – »Vater unbekannt« –, der sich schon wieder zu einem neuen Hafen aufgemacht hatte, bevor sie auch nur seinen vollen Namen oder den seines Fangschiffs erfahren konnte.

Keine naive junge Frau, sondern eine reife Frau, eine, die es eigentlich besser hätte wissen müssen, die zur Kirche ging und von einer Heirat mit dem Bäcker träumte, aber stattdessen einen Bauch voll vaterloser Zwillinge bekam. Und nur einen davon behielt.

Sie hat nur eine behalten. Das war nicht sie.

Sie wurde nicht auserwählt.

Lorna rennt schneller. Aber vor dieser Zurückweisung kann sie nicht davonlaufen. Sie weint so heftig, dass sie nichts mehr sehen kann. Sie will sich bloß noch in die Dunkelheit des Waldes flüchten, will bloß noch verschwinden.

»Hoppla! Stopp!«

Die Stimme klingt vertraut, stammt aus einem anderen Leben. Aber Lorna bleibt nicht stehen. Sie sieht verschwommen ein Auto – kompakt, schmutzig, silbern – und hört das

Surren des Motors, als es auf der Auffahrt zurücksetzt. Das Quietschen von Bremsen. Das Zuknallen der Wagentür.

»Lorna!«

Sie wird gepackt, umfangen von Parfüm und Shampoo. Sie schluchzt an Louises Hals wie ein Baby.

Louise erklärt ihr, dass Jon völlig durchdreht, weil sie nicht im Zug war und niemand sie erreichen konnte und er auf der Baustelle festhängt und »Verdammt noch mal, Lorna, was zum Teufel ist passiert? Kein Wunder, dass ich so ein schlechtes Gefühl bei der ganzen Sache hatte. Soll ich die Polizei rufen? Einen Arzt?«.

Nein, nein, nein. Lorna versucht zu erklären. Sie versucht es wirklich. Aber es ergibt keinen Sinn. Und sie merkt, dass Louise ihr nicht glaubt. Dass Louise die beruhigenden Mm-hm-Laute macht wie bei Alf, wenn er Unfug redet. Aber dann ist da ein Moment: Louise schaut stirnrunzelnd hinunter auf Lornas blutende, schmutzige Füße, als würden diese Füße eine Wahrheit offenbaren, und etwas zwischen ihnen ändert sich. Sie nimmt Lornas Hände in ihre. »*Ich* bin deine Schwester«, sagt sie sanft. »Lou und Lor, unzertrennlich, schon vergessen? Lou und Lor. Das ist alles, was zählt.« Sie drückt Lornas Hand. »Feenschicksal.«

Feenschicksal. Lorna fragt sich, wie sie Louise je erklären könnte, dass das früher einfach war – bevor sie die Schürze gesehen hat –, aber dass es nie mehr so einfach sein würde. Weil sie es sich ausgemalt, die Lücken gefüllt hat. Es gibt jetzt eine Geschichte zu ihrer Person. Keine große Liebesgeschichte. Bloß einen kleinen schändlichen Fehltritt. Eine Zurückweisung. Eine echte Zwillingsschwester, mit der sie wenig verbindet.

»Bist du traurig, Tante Lorna?« Kleine Finger liegen auf ihrem Knie. »Hast du das Kaninchen verloren?«

Der Anblick von Alf, sein breites Grinsen, seine schlichte

Erwartung, dass es erwidert wird, bewirkt, dass Lorna wieder Luft bekommt. Sie wischt sich die Tränen weg, denn sie weiß, dass er es hasst, wenn Leute weinen, außer es gibt eine Verletzung, die die Sache erklärt und auf die er ein Pflaster kleben kann. »Ich kann gar nicht glauben, dass du hier bist, Alf.«

»Papi sagt, es sind zu viele Kinder, auf mich kann er nicht aufpassen.«

Louise verdreht über seinem Kopf die Augen.

»Also hat Mami mir Käseflips gegeben. Opa hat keine Karte benutzt, Taxifahrer brauchen keine Karten. Aber Opa hat sich verfahren.«

Lorna schlägt die Hand vor den Mund. »Dad ist doch nicht hier? Bitte sag mir, dass Dad nicht hier ist.«

»Er hat drauf bestanden. Hat gesagt, er kann sich vielleicht denken, worum es hier geht.« Louise zuckt zusammen, die Augen schnellen zum Wagen. »Ich konnte ihn nicht abwimmeln, tut mir leid.«

Die Beifahrertür des Wagens wird aufgerissen, und Doug taumelt in einem grellen Hawaiihemd heraus in die staubige Abendsonne und reibt sich die müden Augen hinter den Brillengläsern. »Wow!«

Lorna ist so verblüfft über den komischen Anblick ihres Vaters in seinem lächerlichen Hemd, dass es ihr zunächst die Sprache verschlägt. Dann fängt sie sich wieder und ist einfach nur noch wütend. »Du wusstest es, oder? Du wusstest es die ganze Zeit.«

»Dad, ich denke, du und Lorna solltet euch vielleicht ein bisschen unterhalten.« Louise wirft ihm einen eindringlichen Blick zu. »Komm, Alf. Wir gehen spazieren und schauen mal, ob wir ein Abenteuer erleben.«

Alfs rundes Gesicht wird ernst. »Aber ich will das schwarze Kaninchen sehen.«

»Das ist doch bloß der Name des Anwesens, Alf. Das können wir bei unserem Spaziergang besprechen, ja?« Louise nimmt seine Hand und zieht ihn vom Wagen weg. Aber er macht sich los, rennt zurück zu Lorna und klammert sich fest an ihre Beine. »Ich werde das schwarze Kaninchen finden«, verspricht er ihr.

25

Amber, August 1969

»Du nimmst dieses schmutzige Vieh nicht mit ins Haus!« Carolines Stimme springt von den Ziegelmauern des Küchengartens zurück wie eine Handvoll Reißzwecken.

Toby und ich hören auf zu streiten und recken die Hälse. Im Küchengarten steht Caroline in einem roten Kleid, das von den Holzlatten des Gartentors in vier Teile zerschnitten wird wie bei einem Zaubertrick. Sie hat die Hände in die Hüften gestemmt und beugt sich drohend über Barney, der etwas an sich drückt.

»Was hat die alte Pike denn jetzt schon wieder?« Toby strafft kampfbereit die Schultern.

»Weiß der Kuckuck«, sage ich knapp. Wir haben darüber gestritten, wer das letzte trockene Handtuch bekommt, das nicht nach nassem Hund stinkt, aber in Wahrheit streiten wir uns darüber, dass er mit mir zum Schwimmen kommen will. Ich weiß, dass er bloß sichergehen will, dass ich mich nicht hinter seinem Rücken mit Lucian treffe – was ich ihm gewaltig übelnehme, besonders weil ich genau das vorhatte –, dabei wäre er eigentlich viel lieber in seinem Baumhaus und würde mit seiner Pistole auf Eichhörnchen schießen.

Das Baumhaus hat mittlerweile drei oder vier Etagen, wenngleich das schwer zu sagen ist, und er hat einen Kalender an eines der morschen Bretter genagelt, mit dessen Hilfe er die

Tage zählt, bis ein Meteorit oder etwas ähnlich Schlimmes in Cornwall einschlägt. Gerade ist es für die letzte Augustwoche vorgesehen, unseren letzten Tag auf Black Rabbit Hall. Er hat die statistische Wahrscheinlichkeit für dieses Ereignis errechnet – sie ist nicht besonders hoch, aber möglich ist es allemal –, akribisch und mit einem Eifer, den er in der Schule nie an den Tag legt, und jetzt wartet er genüsslich auf die drohende Katastrophe.

Ich glaube nicht, dass irgendetwas passieren wird – das ist bloß wieder so eine von Tobys verhängnisvollen Prophezeiungen –, aber trotzdem trägt es noch zur Überreiztheit und Melodramatik dieser letzten Ferientage bei. Alles fühlt sich aufgeladen an, als würde jede Stunde zählen.

Die kürzer werdenden sonnigen Tage werden zusätzlich überschattet von dem Wissen, dass Lucian im September nach Oxford gehen wird: Der Gedanke, von ihm getrennt zu sein, ist beinahe unerträglich. Alles, was wir tun können, ist, uns an unsere vagen Fluchtpläne zu klammern, die sich darum drehen, gemeinsam nach New York abzuhauen, im »richtigen Moment«, der aber offenkundig niemals kommen wird, und bei Tante Bay aufzuschlagen. Heute Morgen ertappte ich mich dabei, wie ich auf dem Globus mit einem kratzigen grünen Stift verträumt einen Kreis um New York kritzelte. Doch sosehr ich auch gehen will, kann ich den Gedanken kaum ertragen, alle anderen zurückzulassen. Könnte ich wirklich Toby das Herz brechen, um mein eigenes zu retten? Kitty und Barney in Carolines Hand zurücklassen? Was würde Mama davon halten, wenn ich sie im Stich lassen würde? Würde sie mir verzeihen?

Da ich auf all diese Fragen keine Antwort weiß, bleibt mir nur, darauf zu warten, hier an Weihnachten wieder mit Lucian vereint zu sein, und zu beten, dass wir bis dahin nicht auffliegen. Alleine das wäre ein kleines Wunder. Selbst hier auf der

Terrasse, mit Gänsehaut, in meinem Badeanzug, habe ich das Gefühl, jederzeit etwas sagen oder tun zu können, das mich verrät.

»Da kommt sie.«

Caroline marschiert über die Terrasse und an uns vorbei, schleudert uns die Worte »Abendessen um sieben« vor die nackten Füße.

»Dann weiß ich ja jetzt wenigstens, wann ich mich rarmachen muss«, erwidert Toby noch in Hörweite, als wir in Richtung Küchengarten gehen.

Es ist ein seltsamer Anblick: Barney sitzt auf dem Erdbeerhochbeet und beugt sich über etwas, das ein bisschen so aussieht wie ein schwarzes Kissen. Er blickt zu uns auf mit einem Lächeln, dessen Existenz ich bereits vergessen hatte, rein und so breit, dass der schiefe Milchzahn sichtbar wird, der schon seit Tagen herauszufallen droht.

»Was ist denn das?«, fragt Toby argwöhnisch, obwohl wir sehen können, was es ist. Wir glauben es bloß nicht. Ich halte Boris an seinem Halsband zurück.

»Ein Kaninchen«, sagt Barney strahlend. »Schaut.«

»Ein Kaninchen?« Wir beugen uns weiter vor, um noch einmal zu überprüfen, ob das Fellknäuel wirklich lebt, und die Nase, die über Barneys Arm herauslugt, zuckt. »Ein wildes?«

Barney schüttelt den Kopf. »Lucian hat es mir geschenkt.«

Tobys Lippen verziehen sich angewidert. »*Lucian?*«

Barney senkt das Kinn und beschnuppert sanft den Kopf des Häschens. »Ja, in einem Karton. Aus der Tierhandlung.«

»Aber ich dachte, du magst keine Kaninchen mehr«, sage ich und begreife, wohin Lucian heute Morgen so heimlich gefahren ist.

»Ich wollte ihn gar nicht anfassen. Aber dann hat mich Lucian dazu überredet … Er hat meine Finger an seine Ohren gehalten, und es fühlte sich komisch an, und ich mochte es nicht, und ich musste ganz komisch atmen, aber dann hat er es immer wieder gemacht, bis es sich gut anfühlte.« Barney sieht mich mit strahlenden Honigaugen an. »Fühl mal, wie weich es ist, Amber. Fühl.«

Ich kraule das Häschen hinter den Schlappohren, mit Ehrfurcht vor Lucian, der mit einem netten, einfühlsamen Schritt Barney von seiner irrationalen Kaninchenangst geheilt hat. Selbst Toby muss ihm das zugutehalten.

»Ich wollte ihn Lucian nennen …«

»Oh Mann«, stöhnt Toby und verbirgt das Gesicht in den Händen. Ich versuche, nicht zu lachen.

»Aber Lucian meinte, das sei wahrscheinlich keine gute Idee. Also nenne ich ihn jetzt Old Harry wie die Fähre. Lucian meint, er wächst schon noch in den Namen hinein. Auch Kaninchen werden alt.«

»Willkommen auf Black Rabbit Hall, Old Harry.« Meine Finger ziehen eine Bahn in seinem glänzenden Fell.

»Die Bartlett steckt dich sofort in einen Kochtopf«, sagt Toby, hebt eines von Old Harrys lustigen Ohren an und linst in das rosarote Innere. »Lecker.«

»Hör auf damit«, sage ich barsch.

Barneys Lächeln gerät bereits ins Wanken. »Magst du ihn nicht?«

»Ich bin nicht so sentimental, was Tiere betrifft.« Toby zuckt mit den Schultern. Und es stimmt, das ist er nicht. Er liebt Tiere, aber nicht so. Er würde alles essen, was sich bewegt.

»Ich wollte ihn nicht lieb haben, Toby«, platzt Barney entschuldigend heraus. »Ich dachte, etwas Schlimmes würde passieren, wenn ich es tue.«

»Aus Liebe passieren keine schlimmen Dinge, Barney«, sage ich und ziehe ihn an mich.

Toby sieht mich grimmig an. »Was macht *dich* denn da so sicher?«

Mit hilflosem Entsetzen spüre ich, dass ich rot werde, und dann laufe ich noch mehr an, weil ich weiß, was er in mein Erröten hineinlesen wird.

»Willst du mir etwas sagen?« Der Morgen hat einen Riss: erst der Streit über das Handtuch, dann Lucians Kaninchen, Tobys geballte Faust. Er bricht entzwei. »Also, gibt es da was?«

»Sei nicht albern, Toby.« Ich düse davon, mein Geheimnis hängt nur noch an einem verdammten Faden. Wie Barneys Milchzahn: Ein winziger Ruck, und er ist raus.

Ich habe festgestellt, dass sich das Leben nicht immer nur um die offensichtlichen Dinge dreht – Tod, Hochzeiten, all die Dinge, die auf die Grabsteine gemeißelt werden –, sondern auch um kleine Dinge, die undokumentiert bleiben. Küsse. Kaninchen.

In den letzten paar Wochen hat sich Old Harry von einem Häschen in einen kleinen Gott verwandelt, mit wundersamen Barney-Heilkünsten. Wie es sich für ein Tier wie ihn gehört, schläft er nachts auf einer alten Seidendaunendecke im Hühnerstall. Tagsüber ist die Enfilade seine Rennpiste. Kitty schiebt ihn in ihrem Puppenwagen durch die Eingangshalle und nennt ihn Kleine Harriet, wenn Barney es nicht hört. Selbst Peggy, die Kaninchen für eine Plage hält und die noch immer unter einem grässlichen Virus leidet und sich morgens übergeben muss, füttert ihn eigenhändig mit ihren süßesten Karotten.

Caroline hat den Erfolg natürlich für sich allein beansprucht: Old Harry ist der lebende Beweis für Lucians liebenswürdigen Charakter (im Gegensatz zu Tobys rohem) und somit auch für ihre Mutterqualitäten. Sie benutzt Old Harry, um Lucian gegen Toby auszuspielen, Toby gegen Papa und die Vergangenheit gegen die Zukunft. (Kein Wunder, dass Toby

Old Harry hasst, der immer verängstigt aus dem Zimmer hoppelt, wenn er es betritt.) Vor ein paar Tagen hörte ich zufällig, wie Caroline süßlich säuselte: »Hugo, Schatz, Lucian erinnert mich so sehr an dich, weißt du. Ist es nicht verblüffend, dass ihr beide euch so ähnlich seid, du und Toby dagegen so verschieden?« Sie verharrte in einem Schweigen, das wohl von Papas Nippen am Whiskyglas oder seinem ratlosen Lächeln unterstrichen wurde. »Es sollte uns trösten, dass jetzt ein junger Mann in der Familie ist, der Pencraw leiten könnte … sollte irgendetwas geschehen.«

Schlimmer noch, Papa hat angefangen, Lucian zum gemeinsamen Jazzhören in die Bibliothek einzuladen. Es macht mich wirklich wütend, dass Papa sich bemüht, Gemeinsamkeiten mit Lucian zu finden, aber nie versucht, Toby besser kennenzulernen. Vielleicht hat er Angst vor dem, was er dann finden könnte. Vielleicht denkt er auch, dass er Toby bereits kennt. Tja, das tut er nicht. Papa kennt Toby nicht, genauso wenig wie er mich jetzt kennt. Er hat keine Ahnung, dass wir beide andere Menschen sind als noch am Anfang der Ferien, dass sich alles geändert hat.

Ich glaube, dass Erwachsene sich mit der Zeit irgendwie abschleifen müssen wie Steine im Meer, aber trotzdem die bleiben, die sie sind, nur langsamer und grauer mit diesen lustigen senkrechten Falten vor ihren Ohren. Aber die Jungen ändern von einer Woche zur anderen ihre Form. Um uns kennen zu können, muss man neben uns herrennen wie jemand, der versucht, durchs Fenster eines fahrenden Zugs zu rufen.

Caroline klopft nicht an. »Noch immer nicht angezogen, Mädchen?«

Ich bedecke meinen Nacken mit der Hand, wo Lucians Mund rosa Flecken hinterlassen hat. Kitty, die quer über meinem Kissen liegt, lächelt milde und baut dann weiter ihren Wigwam aus Haarnadeln.

Caroline starrt wütend auf die Bücherstapel und die auf dem Teppich herumliegenden Schuhe, die Schlüpfer über dem Stuhlrücken. »Dieses Zimmer ist liederlich. Räum es auf, Amber. Räum sofort hier auf. Peggy soll sich jetzt hauptsächlich um die öffentlichen Bereiche des Hauses kümmern. Ich will nicht, dass sie ihre Arbeitszeit damit verschwendet, euch zu bemuttern, vor allem jetzt, wo sich ihre Verdauungsprobleme als so große Beeinträchtigung erweisen.«

Ich fange an, die Romane aufzustapeln. Arme Peggy. Es ist nicht ihre Schuld, dass sie sich scheußlich fühlt.

»Ich habe dir ein paar neue Kleider mitgebracht.« Caroline wirft ein Bündel Kleidung auf mein Bett, das noch nach Laden riecht.

»Ich kriege nie neue Sachen«, seufzt Kitty und fügt dem Wigwam noch eine Haarklammer zu. Er fällt in sich zusammen.

Probeweise halte ich ein wadenlanges, schilfrohrbraunes, hochgeschlossenes Schürzenkleid hoch, so ziemlich das hässlichste Kleid, das ich je gesehen habe.

»Igitt«, sagt Kitty mitfühlend.

Das nächste Kleid ist noch schlimmer, blassgelb und aus einem Stoff, so rau wie ein Jutesack.

»Ein Danke wäre höflich und angebracht, Amber«, sagt Caroline spitz.

»Kitty würde das auch nicht anziehen wollen«, stellt Kitty sachlich klar. »Und Lumpenpüppi auch nicht.«

»Halt den Mund, Kitty.« Caroline presst die Lippen zusammen. Das Morgenlicht, das durch den Efeu schimmert, lässt sie beinahe krank vor Ärger wirken.

»Das ist … schrecklich großzügig von dir, Caroline …«

»Ich will, dass du ordentlich gekleidet bist. Schick. Für morgen habe ich einen Friseur herbestellt.«

»Einen Friseur?« Lucian liebt mein Haar, so wie es ist. Ich musste ihm versprechen, es nie abzuschneiden.

Meine Bemerkung ignorierend, reißt sie meine Schranktüren auf und sieht verächtlich meine Lieblingskleider an der Stange durch. »Diese alten Dinger werde ich entsorgen.«

»Oh nein! Nicht die.« Ich kann ihr nicht sagen, dass ich diesen Sommer alle meine Lieblingskleider aus London in einen Koffer gestopft habe, denn weil ich wusste, dass Lucian hier sein würde, wollte ich nicht auf die schäbige Black-Rabbit-Hall-Garderobe angewiesen sein. »An denen ist nichts auszusetzen.«

»Nichts auszusetzen?« Sie schnaubt verächtlich und wirft sie sich über den Arm. »Nur deinem Vater kann entgangen sein, dass deine Kleider alle viel zu eng und lächerlich kurz sind, Amber. Sie sind einfach nicht mehr angemessen für ein Mädchen deines Alters. Du bist zu …« Ihr Blick zielt auf meine Brüste. Beschämt verschränke ich die Arme über meinem Nachthemd. Sie starrt mich eine Ewigkeit an, während sie gedankenverloren an den Perlen an ihrem Hals herumfingert. Dann dreht sie sich auf dem Absatz um und schnauzt: »Zieht euch an, Mädchen, und kommt runter zum Frühstück, bevor ein Mittagessen daraus wird.«

Ich kann die Vorstellung nicht ertragen, dass Lucian mich in etwas so Hässlichem sehen könnte, also werfe ich das braune Kleid zur Seite und schlüpfe in eines, das ich zusammen mit Matilda in Chelsea gekauft habe – pfirsichfarben, knielang und mit großen weißen Knöpfen –, und trage es trotzig zum Frühstück.

Carolines Blick schneidet in das Kleid wie eine Schere. Aber sie sagt nichts. Stattdessen legt sie ihr Messer ruhig auf dem schneeweißen Tischtuch ab und wendet sich kühl an Lucian. »Liebling, ich habe mir gedacht, wir könnten dieses Wochenende doch Belinda einladen. Bevor du nach Oxford gehst. Es wird langsam knapp.«

Ein trockenes Stück Brot verfängt sich in meiner Kehle. Ich huste und röchle und nehme mein Wasserglas zu abrupt zur Hand, sodass ich es mir über die Brust schütte.

»Das ist hier nicht wirklich ein Ort für Belinda, Ma«, sagt er bemüht beiläufig.

»Unsinn. Belinda wird Pencraw lieben.« Caroline nimmt ihr Messer wieder zur Hand, schabt eine dünne Schicht Butter auf ihren Toast. »Jibby Somerville-Rourke, Belindas Tante – erinnerst du dich an Jibby? Von der Hochzeit. Bedauerliches Lispeln.«

Lucian nickt, wirft mir einen besorgten Blick zu. Plötzlich bin ich sehr froh, dass Toby sich nicht die Mühe gemacht hat, zum Frühstück herunterzukommen. Er hätte unser Unbehagen sofort bemerkt.

»Nun ja, die arme Frau hat wieder geschrieben und mich *bekniet* wegen einer Einladung für Belinda … und für sich natürlich als Begleitperson. Sie meinte, Belinda hoffe schon den ganzen Sommer darauf, aber aus unerklärlichen Gründen sei sie ausgeblieben.« Sie beugt sich zu Lucian vor, der zurückweicht. »Ich glaube, sie sehnt sich nach dir, mein Schatz.«

Ich spiele mit einem Knopf an meinem Kleid, mit brennenden Wangen, die Kehle wie zugeschnürt. Belinda. Die reiche, schöne Belinda.

»Ich wollte dieses Wochenende schon Toby helfen.« Lucian klingt jetzt außer Atem. »Er hat sich da irgendeine Konstruktion über den Fluss in den Kopf gesetzt, oder, Barns?«

»Eine Seilbrücke.« Barney lutscht Pflaumenmarmelade vom Löffelrücken. Er grinst. »Das ist so gruselig. Ohne Geländer.«

»Das sind die Besten«, sagt Lucian in dem Versuch, unbeschwert zu klingen, ohne dass es ihm gelingt.

»Aber Toby will bestimmt nicht, dass du ihm hilfst, Lucian«, gibt Kitty vergnügt zu bedenken. »Er will nicht, dass du mitmachst, schon vergessen?«

Caroline lächelt in sich hinein, froh darüber, noch mehr Beweise für Tobys Feindseligkeit zu bekommen. Ich weiß, dass sie später meinem Vater davon berichten wird.

»Ich möchte Belinda so gerne kennenlernen. Ich liebe den Namen Belinda«, fährt Kitty wie zum Verrücktwerden fort. Lumpenpüppi hängt schlaff vornüber auf ihrem Schoß. »An meiner Schule ist ein Mädchen, das Belinda heißt. Sie hat den längsten Zopf der Klasse. Freitags bindet ihre Nanny ihn mit einer rosa Schleife zusammen.«

»Diese schmuddelige kleine Puppe hängt in der Marmelade, Kitty. Bitte leg sie weg.« Caroline wendet sich wieder an Lucian und redet nun strenger mit ihm. »Du hast seit Wochen niemanden mehr aus deinem Kreis gesehen, Lucian. Ich denke, eine kleine Erinnerung an die zivilisierte Gesellschaft könnte dir nicht schaden, bevor du in sie zurückkehrst. Und du hast jedes Recht, sie hierher einzuladen. Das ist jetzt auch *dein* Zuhause.« Sie wirft einen flüchtigen Blick auf Tobys leeren Platz. »Lass dir da von niemandem etwas anderes einreden.«

»Dann mache ich von meinem Recht Gebrauch, indem ich sie nicht hierher einlade«, verkündet Lucian. »Nicht Belinda. Keinen von ihnen.«

Es entsteht eine schreckliche Pause. Die Wände des Speisezimmers werden noch röter.

»Verstehe«, sagt Caroline scharf. Die Ader an ihrer Schläfe pocht. »Also, vertagen wir diese Diskussion fürs Erste. So viel Erregung kann ich vor neun Uhr morgens noch nicht vertragen. Wirklich nicht.«

Am nächsten Tag kommt die Friseurin, eine dicke, wütend aussehende Frau mit einem kompakten, topfdeckelartigen Pony. Sie hat eine braune Ledertasche in der Hand und stampft mit wild entschlossenem Blick die Treppe hinauf. »Wie eine Ärztin, die eine Amputation vornehmen will«, witzelt Toby und verschwindet in den Wald, um über Meteoritenstürme nachzudenken.

Die Friseurin – »Betty«, sagt sie verkrampft, als würde sie lieber anonym bleiben – installiert sich in der Küche, um den Handwerkern aus dem Weg zu gehen, die schon früher am Morgen vor der Tür standen und jetzt oben herumklappern und wer weiß was machen. Sie legt sich mit fetten Metzgerfingern ihre Werkzeuge – Kamm, Schere, einen blauen Glastiegel mit Pomade – auf dem Holztisch zurecht.

Die Bartlett bietet ihr Tee und Kuchen an, den sie mit ihrem Kiefer hin- und herschiebt, während sie drauflosschnippelt.

Ich bestehe darauf, als Letzte dranzukommen, setze mich auf einen Stuhl und sehe mit Sorge zu.

Die Friseurin ist nicht so brutal, wie sie aussieht. Lucian sieht mit kurzem Nacken und gestutzten Seiten sogar noch besser aus. (Ich hebe eine glänzende dunkle Locke vom Boden auf und lasse sie heimlich in meiner Tasche verschwinden.) Kittys süße Locken werden nicht massakriert, und Barney muss nicht mehr durch seinen zu langen Pony blinzeln. Er saust davon, das Kaninchen über der Schulter, und winkt mir hinterm Rücken zu, als würde er mit dem Schwanz wedeln.

»Dann wollen wir mal, Schätzchen.« Die Friseurin zeigt auf den Küchenstuhl und schiebt mit dem Fuß den Haarhaufen aus dem Weg.

Ich sitze ganz aufrecht da, die Hände fest auf die Knie gestützt, und betone standhaft, dass ich nur zwei Zentimeter abgeschnitten haben möchte. Ihre flinken Finger riechen nach Kopfhaut, als sie mit dem Kamm und der kalten Metallschere hantiert. Es dauert ewig. »Fertig«, sagt die Friseurin schließlich und verstaut ihre Utensilien eilig wieder in der Tasche.

Mein Kopf fühlt sich ganz schwerelos an, als würde er gleich wegschweben wie ein Luftballon. Lange rote Haarzungen liegen auf dem Steinboden. Ich greife nach hinten, dorthin, wo eigentlich meine Haare baumeln sollten, es aber nicht tun: Sie gehen mir nur noch bis zum Hals.

Voller Entsetzen renne ich los, auf der Suche nach einem Spiegel. Lucian, der sich vor der Garderobe herumdrückt, ist der Erste, dem ich begegne, als hätte er die ganze Zeit auf mich gewartet.

»Sieh mich nicht an!« Ich halte meinen Kopf in den Händen und spüre brennende Tränen in meinen Augen. »Sieh nicht hin!«

Er zieht mich in die Garderobe, schließt die Tür und küsst mich den ganzen Hals hinauf, in den er jetzt beißen könne wie ein Vampir, sagt er und bringt mich damit trotz allem zum Lächeln. Dann hören wir Schritte auf der Treppe und hechten auseinander.

Ich fühle mich ein bisschen besser. Bis ich in Tobys Zimmer komme. Er liegt auf dem Boden, die nackten Füße an die Wand gelehnt, und schält mit seinem Taschenmesser einen harten Spätsommerapfel. »Schau«, sage ich, in der Hoffnung, dass er mir sagt, es sei okay. Ich brauche noch immer seine Bestätigung. »Schau, was die Friseurin gemacht hat!«

»Tja, sie hat Mama ganz aus dir rausgeschnitten, Schwesterherz«, sagt er leichthin und richtet seine Aufmerksamkeit wieder auf den Apfel. »Ich wusste, dass sie das machen würde.«

»Dann hättest du mich schon warnen können!«, schreie ich und marschiere türenknallend davon.

»Hab ich doch«, höre ich ihn noch rufen.

»Toby, es ist etwas passiert«, weine ich atemlos, als ich seine Tür ein paar Minuten später wieder aufreiße. Er liegt noch immer genauso da wie vorher, die Apfelschale ist jetzt eine lange Spirale, und das weißliche grüne Fruchtfleisch ist entblößt.

»Du hast mir deine Haare schon gezeigt.« Eine letzte gekonnte Drehung des Messers, und die Schale fällt zu Boden. »Das wächst wieder nach.«

»Nein, nicht meine Haare. Vergiss meine Haare. Etwas viel Schlimmeres.«

Er sieht mich verwirrt an. »Aber vor dem letzten Ferientag sollte eigentlich nichts passieren.«

»Keine von deinen bescheuerten Weltuntergangsfantasien. Etwas wirklich Schreckliches. In der Eingangshalle. Komm, und sieh's dir an.«

Das Porträt, das Mamas ersetzt hat, ist weitaus größer. Nicht bloß im Umfang. Eine um Jahre jünger wirkende Caroline scheint geradezu aus dem Gemälde mit seinem ausladenden, kunstvoll verschnörkelten Goldrahmen herauszuquellen, das seine ganz eigene spezielle Kälte in der Halle verströmt. Es fängt nicht bloß Carolines Abbild ein, sondern irgendwie auch das Ausmaß ihrer Ambitionen.

»*Miststück*«, zischt Toby, ohne die Lippen zu bewegen. »Blödes Miststück.« Er lässt den geschälten Apfel auf die Bodenfliesen fallen und holt sein Taschenmesser hervor. »Ich nehm es aus wie einen Fisch.«

Ich packe ihn am Arm, das Messer schwankt in der Luft. »Nicht. Wenn Papa nachher wiederkommt, nimmt er es ab.«

»Papa! Warum hast du noch Vertrauen in ihn?« Er reißt sich aus meinem Griff los. »Kapierst du nicht, was hier vor sich geht?«

»Er liebt dieses Gemälde von Mama. Er würde nie zulassen, dass es jemand aus der Halle entfernt.«

»Würde er nicht? Schnallst du's nicht, Amber? Hier geht's nicht mehr um Liebe, sondern um Macht. Um Geld.«

»Was?«

»Caroline ist reich. Wir sind arm.«

»Sei nicht albern.«

»Papa hat's vergeigt, Amber. Seit Mamas Tod hat er alles verpulvert, und es war vorher schon nicht mehr viel da, jedenfalls nicht genug, um dieses Haus am Laufen zu halten. Ungelogen, ich habe all die unbezahlten Rechnungen gesehen, die er in seinen Schreibtischschubladen versteckt.«

»Black Rabbit Hall war nie in bestem Zustand. Das kümmert keinen.«

»*Caroline* schon. Und sie wird so lange in das Haus investieren, bis es ihr gehört.«

»Es gehört noch immer Papa. Uns. Dir.«

Tobys Gesicht ist kalt und gleichgültig. »Den Menschen, den du für Papa hältst, gibt es nicht mehr.«

»Nein«, beharre ich und weigere mich, es zu glauben. »Sag das nicht.«

»Keiner von uns ist noch derjenige, der er war, oder?«, sagt er eindringlich. »Und daran sind allein Caroline und Lucian schuld.«

»Nichts von alldem hat etwas mit Lucian zu tun«, platzt es aus mir heraus, bevor ich denken kann. Der Impuls, ihn zu verteidigen, kommt instinktiv.

»Es hat nichts mit Lucian zu tun«, äfft er mich mit Mädchenstimme nach. »Lucian, der Kaninchenfreund. Lucian, der perfekte Sohn. Wann wachst du verdammt noch mal endlich *auf*, Amber?«

Ich zittere. Ich kann nicht darauf vertrauen, jetzt nichts Falsches zu sagen. Ich will weggehen, doch Toby lässt mich nicht.

»Schau genau hin.« Er packt mich am Arm, gestikuliert mit seinem Messer wild in Richtung des Porträts. »Das ist noch gar nichts. Das ist nicht mal der Anfang. Das ist bloß das Aufwärmtraining. Alle Spuren unserer Familie werden bald ausgelöscht sein, aus diesem Ort herausgerissen. Und weil wir ein Teil von Mama sind, werden auch wir am Ende ausradiert. Vor allem du, Amber. In ihren Augen *bist* du Mama. Du siehst jeden Tag mehr wie Mama aus. Deshalb hat sie dir die Haare abschneiden lassen. Deshalb steckt sie dich in diese abscheulichen Klamotten! Siehst du das nicht?«, schreit er, als wäre all das irgendwie meine Schuld. »Sie kann Mama nur wirklich loswerden, wenn sie *dich* loswird!«

Ich wage es nicht anzudeuten, dass ich glaube, sie versucht, mich so unattraktiv wie möglich zu machen, weil sie etwas von mir und Lucian ahnt. Ich kann denselben Verdacht nicht auch noch in Tobys Kopf träufeln, die dunkle Saat, die nur auf ihren Moment wartet, um ans Licht zu drängen wie ein dorniger Brombeerstrauch durch den harten Boden.

»In einer Generation wird Black Rabbit Hall nichts mehr mit den Altons zu tun haben.« Toby starrt hinauf zu dem Porträt, das ihn zwergenhaft erscheinen lässt. »Höchstwahrscheinlich bin ich dann gar nicht mehr hier. Sie wird es verkaufen. Sie werden es in ein Apartmenthaus verwandeln, ein Altersheim oder irgend so was.«

»Quatsch«, sage ich mit zitternder Stimme. »Du bist der älteste Sohn, der Erbe.«

Toby stößt ein seltsames dumpfes Lachen aus. »Caroline bringt Lucian bereits in Position, und das weißt du.«

»Lucian würde nie zustimmen …«

Er fährt zu mir herum. »Woher willst du das wissen? Woher weißt *du* verdammt noch mal, was *er* tun oder lassen würde?« Sein Atem trifft mich süß und Ekel erregend im Gesicht.

»Weil …« Mir bleiben die Worte auf der Zunge hängen.

»Weil *was*, Amber?« Seine Augen werden schmal, kaltes Licht funkelt zwischen den roten Widerhaken seiner Wimpern.

»Er ist auf unserer Seite.«

»Erzählt er dir das? Bist du so leichtgläubig?«

»Nichts von alldem ist seine Schuld.« Ich weiß, ich sollte den Mund halten. Aber ich kann nicht. Wenn ich es ihm nur begreiflich machen könnte.

»Hör auf! Verteidige ihn nicht!« Er sagt es ganz leise, mit einem Knurren. Aus seinen Augen blickt Wahnsinn, die Pupillen sind geweitet. »Nicht, wenn ich ein Messer in der Hand habe.«

»Was willst du machen? Mich erstechen?« Ich halte meinen nackten Arm hoch, drücke ihn an die Klinge, fordere ihn heraus, es in meine blasse Haut zu stoßen. Irgendetwas in mir – Wut, Frustration, Liebe – löst sich. »Dann hast du mich für immer für dich, oder? Dann gibt es nur noch uns beide, und du kannst mich in deinem Zimmer aufbewahren«, schreie ich zurück, »auf den Samtsessel setzen und … mich dort sitzen lassen, bis ich verwese, und dann kannst du meine Knochen mit deinem Speziallappen putzen und mich in deine Gerippesammlung packen!«

Toby sieht verletzt aus. Er nimmt das Messer von mir weg. »Was? Wovon zur Hölle redest du?«

»Du. Lässt. Mich. Nicht. Los«, schluchze ich, und alle Tränen steigen auf einmal in mir hoch.

»Ich würde dir nie wehtun. Nie und nimmer.« Er schleudert das Messer zu Boden, packt mich an den Schultern und schüttelt mich. Ich brabble und weine weiter, und Toby sagt »stopp, stopp, stopp«, bis ich aufhöre.

»Erinnerst du dich noch an unser Versprechen nach Mamas Tod?« Ich schließe die Augen, um ihn auszusperren. Aber er ist auch in mir drin, also gelingt es mir nicht. »Weißt du noch?«

Ich will ja sagen. Doch Schuld lässt das Wort gerinnen.

»Sieh mich an.« Er sucht in meinen Augen nach etwas. Ich will nicht, dass er es findet, und sehe weg, aber er schiebt grob mein Kinn hoch und zwingt mich, ihm in die Augen zu blicken. »Du. Ich. Wir. Für immer. Das haben wir uns geschworen. Weißt du noch? Sag mir, dass du es noch weißt. Sag es. Sprich es laut aus.«

»Wir«, flüstere ich, und das einfache Wort treibt mir die Tränen in die Augen.

26

Lorna

»Du kannst dir nicht bloß die Rosinen aus deinen Erinnerungen herauspicken, Dad. Nicht mehr.« Lorna wendet sich wütend ab. Aber sie spürt ihren Vater noch immer hinter sich, sieht ihn noch immer zusammengesunken auf dem ausgedörrten Rasen, seine Brust hebt und senkt sich in dem Hawaiihemd, und er hält sich mit den Händen den Kopf. Sie zögert einen Moment und setzt sich dann über die Auffahrt in Bewegung Richtung Black Rabbit Hall, das im Dunst der Spätsommerhitze flimmert wie etwas, das aus Luft ist, nicht aus Stein.

»Vielleicht hat Sheila mal ein großes Anwesen erwähnt«, ruft er ihr kraftlos hinterher.

Lorna fährt wieder herum. »*Was?*«

Doug fährt sich mit der Hand übers Gesicht. Er hat seine ganze Ehe über versucht, dieses Thema sorgfältig zu umgehen: Es ist schwer, das abzulegen, selbst jetzt, wo es mehr denn je darauf ankommt. Lornas konfuse Geschichte – irgendetwas von einem auf eine alte Schürze gestickten Namen, einer unbekannten Zwillingsschwester – hat ihn kalt erwischt. »Sie … Sie meinte, dass die Dame von der Adoptionsagentur so etwas erwähnt hätte …«

Lorna rennt zurück, kniet sich ins Gras, das Gesicht nur Millimeter von seinem, sodass sie jedes Zucken der Wahrheit in seinen sanften braunen Augen lesen kann. »Hat Mama Pencraw Hall erwähnt?«

»Ich bin mir nicht hundert Prozent sicher. Aber wahrscheinlich schon.« Er starrt kleinlaut hinunter auf seine Hände. »Oder etwas in der Art. Die Namen dieser Häuser klingen doch alle irgendwie gleich.«

»Also deshalb wolltest du nicht, dass wir die Hochzeit hier feiern?« Sie wünschte sich, Louise wäre nicht mit Alf im Wald verschwunden. Ihre Schwester hätte ihren Vater nicht so leicht davonkommen lassen.

Er nickt und löst den Hemdkragen von seinem schwitzenden Hals. »Ich wusste, es würde allerlei ungute Dinge aufwirbeln, falls es sich um diesen Ort handelt. Und ich hatte recht, oder?« Er sieht sehr müde aus, als würde er vor ihren Augen altern. »Sieh dich doch nur an. Es bricht mir einfach das Herz. Es bricht mir das Herz.« Er hat Tränen in den Augen. Er wischt sie mit dem Fingerknöchel weg. »Dein Leben ist jetzt bei Jon, Liebes. Nicht hier.«

»Aber es ist hier, Dad. Ich glaube, ein Teil von mir wusste es in dem Moment, als ich das Haus betreten habe. Auf der Treppe. Dieser Moment auf der Treppe.«

»Es tut mir leid. Es tut mir so leid, Liebling.«

Sie schüttelt den Kopf, unterdrückt ihre Tränen. »Und jetzt weiß ich, dass ich verkorkst bin, nicht nur vielleicht«, sagt sie leidenschaftlich. »Ich bin es.«

»Lorna, hör auf damit. Du bist nicht verkorkst, überhaupt nicht.«

»Die verschmähte Zwillingsschwester! Wie könnte ich da normal sein?«

»Du bist aus ganz anderem Holz geschnitzt, Lorna, und das weißt du.«

»Nein, das weiß ich nicht, Dad. Ich weiß bloß, dass Jon aus einer netten, normalen Familie stammt und so was bestimmt nicht in seinem Leben haben will. Wer wollte das auch? Die Mutter seiner Kinder, die ihre eigenen seltsamen Probleme weitergibt, ich glaube nicht …« Ihre Stimme versagt.

»Warum sollte Jon so denken? Jon liebt dich. Und du bist toll im Umgang mit Kindern. Das warst du schon immer.«

»Aber was, wenn ich wie meine biologische Mutter bin? Eine Frau, die einen ihrer Zwillinge dem anderen vorzieht. Was für eine Frau kann so was tun? Das wird er denken. Das ist … was ich denke«, sagt sie verzweifelt und vergräbt das Gesicht in den Händen.

»Ach, Liebes, komm her.« Er zieht sie an seine Brust, und sie hört das *Ba-bumm* seines Herzens, riecht Tee, Waschmittel und Schweiß. »Jetzt übertreibst du.«

Aber sie übertreibt keineswegs. Etwas ist ihr grausam klar geworden. Sie macht sich von ihm los. »Ich kann Jon nicht heiraten. Ich werde ihn anrufen und es ihm sagen.« Sie fängt an, in ihrer Tasche nach dem Handy zu wühlen. »Ich kann ihm all das nicht zumuten.«

Doug hält sie an den Schultern fest. »Halt mal. Weißt du noch, was Oma immer gesagt hat? Triff niemals Lebensentscheidungen, wenn du durcheinander bist oder nichts im Magen hast.« Er nickt in Richtung des Handys in ihrer zitternden Hand. »Pack das wieder in deine Tasche. Frag mich, was du möchtest. Ich werde dir alles erzählen, was ich weiß.«

Sie wischt sich die Augen, steckt das Handy wieder ein. »Ich brauche die ganze Geschichte, Dad.« Wenn man den Anfang seiner Geschichte nicht kennt, wird ihr bewusst, kann man die Mitte nicht verstehen und schon gar nicht das Ende. »Lass nichts aus.«

Er atmet geräuschvoll aus. »Also, zuallererst musst du wissen, dass einem die Adoptionsagenturen damals nicht viel mitgeteilt haben. Und deine Mutter hat so vieles für sich behalten.«

»Versuchst du mir gerade zu sagen, dass du zwar weißt, wie schwer ein Pottwal ist und was im März 1952 in den Top Ten war, diesen ganzen *Mist*, aber nichts über die Herkunft deiner eigenen Tochter?«

Er zuckt zusammen. »Na ja, so ungefähr.«

»Verdammte Scheiße.«

»Ich hab mir nie auch nur das Geringste daraus gemacht, ob du nun aus der Ursuppe stammst oder aus dem Buckingham Palace, verstehst du nicht?« Er schiebt ihr eine feuchte Locke hinters Ohr. »Du warst immer meine wundervolle Lorna. Und das wirst du immer sein. Mir ist egal, woher du kommst. Es machte damals keinen Unterschied für mich und heute auch nicht.«

Ihre Augen blitzen. »Aber für *mich* macht es einen Unterschied.«

Doug wirkt aufrichtig verwirrt. »Aber du hast doch immer gesagt, es sei dir egal. Du hast mir und Sheila gesagt, du willst deine leiblichen Eltern gar nicht ausfindig machen. Wenn du das gewollt hättest, hätten wir dich doch dabei unterstützt.«

»Wie hätte Mum mich bitte unterstützen sollen, wo sie doch das Wort ›Adoption‹ kaum über die Lippen bekommen hat, ohne ein Gesicht zu machen, als wäre sie von einer Hornisse gestochen worden? Warum hat keiner von euch je darüber *gesprochen*?«

»Das klingt jetzt ziemlich schwach, aber deine Mutter hat so viele Fehlgeburten gehabt – fünf insgesamt –, bevor du zu uns gekommen bist. Sie hat so viele Verluste und so viel Kummer erleiden müssen, Lorna. Sie dachte nicht, jemals noch ein eigenes Kind bekommen zu können. Und ich glaube, der Gedanke, dass du vielleicht eines Tages nach deiner richtigen Mutter suchen willst, war zu schmerzvoll für sie.«

»Und was war mit meinen Gefühlen? Ich hatte doch auch ein Recht darauf«, flüstert Lorna. Sie wusste von den Fehlgeburten, aber nicht, dass es so viele waren. Arme Mum. Kein Wunder, dass ihre Mutter in ihrer Kindheitserinnerung, als sie mit Louise schwanger war, endlose angstvolle Monate im Bett lag, aus Furcht, das Wunderbaby zu verlieren.

»Die Siebziger und Achtziger, das war eine andere Zeit. Damals redete niemand mit seinen Kindern über solche Dinge, nicht wie das heute üblich ist.« Doug runzelt die Stirn. »Manchen Kindern wurde überhaupt nicht gesagt, dass sie adoptiert wurden. Man hielt es für das Beste. So wollte man Verwirrung vermeiden.«

»Warum sind wir dann nach Cornwall gefahren?«

Dougs Gesichtszüge werden weicher. »Sie liebte Cornwall, schon immer. Als Kind war sie selbst oft hier. Und ich glaube, sie hatte das Gefühl, dass Cornwall dich ihr geschenkt hat. Es war der glücklichste Tag, Lorna, der Tag, an dem man dich ihr in die Arme gelegt hat, wirklich. Alles ging so schnell. Wir haben den Anruf bloß ein paar Tage zuvor bekommen. Ein Baby aus Cornwall, haben sie gesagt, ob wir interessiert seien? Sheila hielt es für Schicksal.«

»Aber ich verstehe noch immer nicht, warum sie mich zu diesem Haus geschleppt hat. Das ergibt keinen Sinn, Dad. Überhaupt keinen.«

»Da geb ich dir recht.« Er schüttelt den Kopf. »Aber in diesen Dingen war sie eigen. Hat den Kopf immer in diese albernen historischen Kitschromane gesteckt.«

»Das hätte sie gar nicht tun müssen. Sie hatte ihre eigenen Geheimnisse und Melodramen, oder? Nur dass sie die nicht preisgegeben hat.«

Er greift nach ihrer Hand. »Lorna, ich bin mir sicher, sie hätte dir eines Tages alles erzählt.«

»Eines Tages? Dad, ich bin zweiunddreißig!«

»Sie wusste doch nicht, dass sie so schlimm stürzen würde, oder?« Seine geröteten Augen flehen um Verständnis. »Keiner weiß genau, wann er sterben wird. Wenn wir das wüssten, würden wir uns alle rechtzeitig offenbaren, Lorna.«

»Oh mein Gott.« Sie schlägt die Hand vor den Mund, und ihr Herz setzt einen Schlag lang aus. »Dad, du hast recht.« Sie hat keine Zeit zu verlieren. Sie reißt sich aus seinen Armen los und wirbelt eine Wolke Kieselstaub auf. Wenn sie schnell genug rennt, kann sie vielleicht in der Zeit zurücklaufen, denkt sie, ein winziges Lichtloch in die Dunkelheit stoßen.

Im Salon weiten sich Dills Augen unter ihrer Flaumwolke aus Haaren. Schaufel und Besen rutschen ihr aus der Hand. Lorna keucht, die Hände auf die Knie gestützt, blickt auf, sucht nach einer Verbindung, dem Wiedererkennen des Blutes. Aber sie findet bloß pulsierende Ungläubigkeit, leises Unbehagen.

»Hi.« Dill lächelt verlegen.

Was sollten lang verlorene Schwestern machen? Sich umarmen? Dafür ist Lorna noch nicht bereit. Also stottert sie etwas Unverständliches über ihren Vater, ihre Schwester und ihren Neffen, die gerade auf Black Rabbit Hall eingetroffen seien – das Wort »Schwester« hallt unangenehm nach wie kratziger Rauch – und dass sie dringend Mrs. Alton finden müsse, bevor es zu spät sei.

Dill fragt nicht, warum. Ob sie es ahnt? Sie rät Lorna lediglich, zu der weißen Bank auf den Klippen zu gehen. Nach dem blauen Sportwagen Ausschau zu halten. Dill wirft einen Blick auf Lornas nackte Füße. Ob sie sich Schuhe ausleihen wolle? Es gebe im Moment viele Wespen am Boden. Das ganze Fallobst.

Ja, denkt Lorna, ihre Gedanken rasen. Der mostige Herbst drängt heran. Und nach der Ernte warten Verfall und Tod. Mrs. Alton könnte in diesem Moment sterben. Das ist immerhin mit ihrer Mutter passiert. Sie starb und nahm alle Geheimnisse mit. Das würde sie nicht noch einmal zulassen.

In klobigen Gummistiefeln stapft sie schwerfällig aus dem Haus. Erst am Waldrand hält sie atemlos inne, legt die Finger ans abblätternde Tor: Hier fing alles an, wird ihr mit einem scharfen Atemzug bewusst, der sirupartige Geruch von Kiefern. Der Wald und der eine besondere Baum darin waren das Tor zu allem.

Sie vernimmt das Jauchzen eines Kindes. Lorna zuckt zusammen, unsicher, ob sie es nur im Brausen ihres eigenen Blutes gehört hat, bis Alfs freudiges Lachen zwischen den Bäumen hindurchdringt. So könnte auch Barney geklungen haben, denkt sie, und das erfüllt sie mit einer seltsamen Art von Kraft.

Lorna überquert das Feld, nicht mehr ängstlich wegen der gehörnten Kühe, die schwerfällig auf sie zutrotten. Die Klippenstraße macht drei Biegungen, bevor sie ein Flattern hört und das zerfetzte Autoverdeck durch das Strauchwerk erkennen kann. Dahinter hockt Mrs. Alton auf der weißen Bank, den Stock ausgestreckt, und starrt hinaus auf ein Meer, dessen Farbe sich langsam von Papageienblau in Grün verwandelt. Eine Brise weht böig über die Klippe und spielt mit ihrem grauen Umhang und den grauen Locken.

Lorna zögert und hätte beinahe den Rückzug angetreten. Will sie die Antworten wirklich wissen? Wäre es für sie und Jon denkbar, nie wieder auf Black Rabbit Hall zu sprechen zu kommen? So zu tun, als hätte es diesen Sommer nie gegeben? Einen Moment lang glaubt sie fast, es würde funktionieren, dass sie sich einfach umdrehen und gehen, die Vergangenheit in eine Kiste packen könnte, so wie es ihre Mutter getan hat. Dann stellt sie sich vor, wie Peggy Popple vor über drei Jahrzehnten auf dieser Bank sitzt, und ihre rauen Haushälterinnenfinger lösen ihre Schürze, die auf der warmen Wölbung ihres Bauches ruht, in dem ihre Babys in ihrem eigenen dunklen Gewässer schweben. Nun weiß Lorna, dass sie nicht umkehren kann. Dass es dazu schon zu spät ist. »Mrs. Alton?«, ruft sie zaghaft.

Obwohl ein Beben durch die alte Dame fährt, dreht sie sich nicht um.

»Darf ich?« Lorna geht zu ihr und setzt sich hin. Das Holz fühlt sich feucht und kühl durch ihr Baumwollkleid an, die Gummistiefel sind schwer an ihren Füßen.

»Natürlich.«

Im unerbittlichen Meereslicht erkennt Lorna, dass die Spitzen ihrer Wimpern mit einem Reif aus Gesichtspuder überzogen sind. Ihre hermelinartigen Gesichtszüge sind verkniffen. Das schwere Make-up kann die geschwollenen lila Schatten unter ihren Augen nicht verbergen. Sie sieht gar nicht gut aus.

»Mrs. Alton, ich muss mit Ihnen sprechen.«

»Gewiss«, erwidert Mrs. Alton mit der resignierten Miene von jemandem, der weiß, dass ein Verhör unumgänglich ist. Der Wind lässt ihr Haar hochflattern und enthüllt einen verstörenden Fleck weißer Kopfhaut.

»Es geht um meine …«, die Worte bleiben in ihrem Mund hängen, »… meine Mutter.«

»Ja, Dill hat mich bereits vorgewarnt. Sie konnte sich kaum artikulieren. Ich wusste gar nicht, was in sie gefahren ist.«

»Sie … kannten meine Mutter?«, stammelt Lorna. In ihrem Kopf ist ein Rauschen aus Angst, Aufregung, Blut.

»Nur allzu gut.« Ihr Gesicht bleibt undurchdringlich.

»Wie war meine … Wie war sie?« Ein Brachvogel taucht die Klippe hinab, die Federn vom Wind zerzaust.

»Wie Ihre Mutter war?«, lässt Mrs. Alton die Frage prosaischer klingen, als angemessen ist. »Das, meine Liebe, hängt wie alles davon ab, wen man fragt.«

»Ich frage *Sie*«, sagt Lorna hastig. Heute würde sie Mrs. Alton ihre Gerissenheit nicht durchgehen lassen.

»Ich will diplomatisch sein.« Mrs. Alton starrt verbissen hinunter aufs Meer mit seinen weißen Kämmen. »Sie haben ihr Lächeln.«

Oh. Erfasst von einer Welle der Erleichterung, schließt Lorna die Augen. Allein dieser winzige Brocken Wissen fühlt sich unerwartet und unaussprechlich kostbar an. Wie oft hatte sie in den vergangenen Jahren schon in den Spiegel geschaut und sich das gefragt?

»Wenn Sie schlafen …«, Mrs. Alton hustet in ein Taschentuch, »… schlafen Sie mit Hingabe, die Arme über dem Kopf ausgestreckt. Genauso hat sie auch geschlafen.«

Also *hatte* Mrs. Alton Lorna beim Schlafen beobachtet. Es waren die Spuren ihres Stockes vor der Tür der Hochzeitssuite. Hatte sie auch nach ihr gesehen, als sie von diesen Tabletten vollkommen weggetreten war? Hatte sie ihr diese Tabletten vielleicht sogar genau zu diesem Zweck gegeben? Lorna erschaudert, und kleine Finger des Unbehagens wandern ihre Wirbelsäule hinunter.

»Lorna, meine Liebe.« Mrs. Alton rückt näher, ihr Gesicht eine öde Landschaft aus gepuderten Poren. »Schon an dem Abend, als Sie mich unter dem Vorwand, diesen Text für die Webseite zu schreiben, befragt haben, wusste ich, dass da noch andere Kräfte am Werk sind.«

»Kräfte?« Die Haare auf Lornas Armen regen sich. »Ich … verstehe nicht.«

»Oh, das werden Sie noch«, sagt Mrs. Alton kühl und wendet den Blick wieder aufs Meer hinaus. »Über die Jahre habe ich gelernt, Pencraw nicht zu unterschätzen.«

Eine Möwenschar kreischt wild, fliegt wirbelnd auf, als wären sie von etwas auf den Felsen gestört worden. Plötzlich wünscht sich Lorna, sie könnte auch einfach abheben. So töricht es ist, aber sie fühlt sich sehr verwundbar.

»Ihre Mutter hat mich natürlich gehasst. Ich werde nicht behaupten, dass es anders war.«

»Aber wieso?«

»Ich war nicht Nancy. Ich war kein amerikanischer Hohlkopf, perfekt und tot. Das war das Problem, das nie verschwand.« Ihr Kiefer verhärtet sich. »Ich war von Anfang an zum Scheitern verurteilt.«

Lorna zuckt unter der unbarmherzigen Beschreibung der ersten Frau zusammen. Oder hat das Alter etwas Abstoßendes, wenn man dem Ende so nah ist und nicht im Reinen mit sich?

»Es war vom ersten Tag an ein Kampf.« Der Stock fängt in seinem Nest aus gekrümmten Fingern an zu zittern. »Ein Kampf auf Leben und Tod, wie sich herausstellte.«

Der Wind wird stärker, fährt ihr ins Gesicht, zerrt an den Haaren, als hätten Mrs. Altons Worte die Atmosphäre selbst aufgebracht. Lorna rutscht ein Stück von ihr ab.

»Ich kehre immer wieder an den Anfang zurück, versuche schlau daraus zu werden.« Sie schüttelt den Kopf. »Dieser schreckliche Moment im Ankleidezimmer.«

»Was ist im Ankleidezimmer passiert?«, fragt Lorna mit schriller Stimme, ihre Hände umklammern die Kante der Bank.

»Ich wurde zu dem Monster, für das mich alle hielten. *Ich wurde zu dieser Frau*, Lorna«, sagt sie und wendet sich ihr mit erbitterter Heftigkeit zu. »Sehen Sie das nicht? Sie können das sehen, oder nicht?«

»Es tut mir leid, aber ich verstehe nicht recht …« Etwas Dunkles, Ungestümes zerrt jetzt an ihnen. Sie stemmt die Füße in die Stiefel, macht sich bereit aufzustehen.

»Es war eine Lüge, eine dumme, verzweifelte Lüge, aber sie wuchs sich aus … Sie wurde übermächtig.« Mrs. Alton kneift die Augen zusammen. Der Wind lässt ihren Umhang flattern wie Flügel. Sie sieht sonderbar aus, wie sie auf der Bank hin- und herschwankt. Lorna ist sich nicht mehr sicher, ob sie glaubwürdig ist, ob ihr Geisteszustand ein Gespräch erlaubt. »Es war der perfekte Augustabend«, murmelt sie. »Blauer Himmel. Keineswegs ein Tag, an dem jemand sterben könnte.«

Lorna ist sich nun sicher, dass Mrs. Alton etwas Furchtbares getan hat. »Sie müssen mir das nicht erzählen.«

»Oh doch, das muss ich.« Sie öffnet die Augen, lächelt. »Endellion hat Sie in Kenntnis gesetzt, dass meine Zeit bald gekommen ist?«

»Es tut mir leid.«

»Das muss es nicht«, sagt sie wegwerfend. »Ich habe länger ausgeharrt, als irgendjemand gedacht hätte – oder sich erhofft hat. Bleib dem Krankenhaus fern, und der Tod bleibt dir fern. Denken Sie daran.«

Lorna steht auf, denn sie möchte nichts lieber, als diesem seltsamen Gespräch über Lügen und Tod entfliehen. »Vielleicht sollte ich Dill holen. Möchten Sie das, Mrs. Alton? Damit sie Ihnen zurück ins Haus hilft?«

»Es war nun völlig unmöglich, das Kind zu behalten, wissen Sie.«

Lorna lässt sich die Worte noch einmal durch den Kopf gehen, tastet sich behutsam von allen Seiten um jedes davon herum, untersucht sie auf Fehler, auf Fehlinterpretationen. »Mrs. Alton, heißt das, dass meine Mutter mich eigentlich …« Etwas hält sie davon ab, die Frage zu beenden. Sie fürchtet sich zu sehr vor der Antwort.

»Oh ja, sie wollte Sie behalten«, antwortet Mrs. Alton nüchtern. »Sehr sogar.« Sie hebt die Hand und hält sie in die Luft gestreckt, bis Lorna sie ergreift und der gebrechlichen Gestalt von der Bank aufhilft. »Kommen Sie. Ich möchte Ihnen das Zimmer zeigen, in dem Sie geboren wurden. Wenn Sie mich bitte zum Auto führen könnten, ich sehe nicht mehr so gut wie früher.«

»Verfluchte Steuerung!« Mrs. Alton schlägt mit der Hand auf das Lederlenkrad. »Ist schon seit 1975 nicht mehr in Ordnung.«

»Warten Sie. Nicht … bewegen …« Lorna hält sich den Bauch, richtet den Blick zögerlich auf den schwindelerregenden Abgrund: Der Bug des blauen Wagens ragt unwirklich geradewegs in den Himmel, wie die Tragfläche eines Flugzeugs vom Fluggastfenster aus betrachtet. Aus dem Augenwinkel sieht sie, wie sich Mrs. Altons linker Fuß hebt.

»Nicht!« Lorna greift hastig nach dem Schaltknüppel, stellt den Rückwärtsgang ein, eine Sekunde bevor Mrs. Alton aufs Gas treten und sie über die Klippe befördern kann.

Der Wagen ruckelt, spuckt Staub und Gras und rast dann rückwärts in die Ginsterhecke, wo der Motor abstirbt und eine Wolke Meisen hochflattert.

Doch Mrs. Alton lässt sich noch immer nicht überreden, die Plätze zu tauschen. »Seien Sie nicht albern. Ich könnte diese Strecke mit geschlossenen Augen fahren.« Sie beugt sich vor, Perlen stoßen gegen das Lenkrad, die Nase nur Millimeter von der dreckverspritzten Windschutzscheibe entfernt, und schon heizt sie wieder die kurvenreiche Klippenstraße in Richtung Black Rabbit Hall entlang.

Lorna krallt sich am Türgriff fest, doch er bricht in ihrer Hand ab. Über ihrem Kopf flattert das Dach, Luft peitscht stoßweise in den stickigen Innenraum des Wagens. Unter ihren Füßen befindet sich ein beunruhigender Spalt, durch den sie die Straße sehen kann. Die Erleichterung darüber, nicht über die Klippe in den sicheren Tod gerast zu sein, wird schnell abgelöst von der Angst, dass sich das Auto um einen der Bäume an der Auffahrt wickeln könnte.

Vor den Falken kommt es schließlich bockend zum Stehen. Mrs. Alton klopft ihre Locken fest. »So ein Auto bringt einem die Haare immer vollkommen durcheinander.«

Zittrig hilft Lorna Mrs. Alton beim Aussteigen. Es ist beunruhigend still in der Abendhitze. Sie fragt sich, wo die anderen sind, ob sie im Haus nach ihr suchen.

»Turm«, bellt Mrs. Alton, schirmt ihre Augen mit der Hand vor der Sonne ab und nickt mit unergründlichem Gesichtsausdruck hinauf zum düsteren, von Efeu strangulierten Ostturm – ihrem Wohnbereich.

In der Eingangshalle hört Lorna Alfs Plappern irgendwo aus der Zimmerflucht kommen. Mrs. Alton bemerkt ihr Zögern. »Hier entlang. Halten wir uns nicht auf.«

Der Zugang zum Ostturm führt von der prächtigen Halle aus durch einen marmornen Spitzbogen. Sie muss in den letzten Tagen unzählige Male daran vorbeigegangen sein, ohne die Tür zu bemerken. Mrs. Alton dreht den Messingknauf erst in die eine Richtung, dann in die andere. »Nach Ihnen«, sagt sie, als Lorna sich nicht rührt. »Meine Güte. Schauen Sie nicht so verschreckt. Ich werde die Tür schon nicht hinter uns verriegeln.«

Da Lorna dieses Szenario gar nicht erwogen hatte, stößt sie ein spitzes, nervöses Lachen aus und zwingt sich, eine weitere, viel kleinere Halle zu betreten. Darin ist es dunkel und stickig. Die Wände haben ein raues Stiefelbraun. Der Geruch ist markant, denkt Lorna, anders als im restlichen Haus. Nasse Mäntel. Lavendel. Hund. Und dazu der Geruch, den man nie wieder aus Kleidung bekommt, die zu lange auf dem Dachboden verstaut wurde.

Kurzerhand schiebt Mrs. Alton mit der Stockspitze eine weitere Tür auf. »Dies, meine Liebe, nenne ich mein Zuhause.«

Es ist die kleinbürgerliche Normalität von Mrs. Altons Wohnzimmer, die Lorna sprachlos macht: die putzigen Porzellantierchen, die aussehen, als stammten sie von irgendeinem Marktstand; der gefährlich wirkende vorsintflutliche Heizstrahler; die rosa Velourssamtpantoffeln mit abgetretenen Absätzen.

Das Merkwürdigste ist, dass das Ganze Lorna ziemlich an das Haus ihrer Großmutter erinnert. Der Unterschied besteht bloß darin, dass das Haus ihrer Oma – ein zweistöckiges Häuschen in Hounslow – immer so sauber war, dass man vom Boden hätte essen können, dies hier jedoch eine ausgesprochen klebrige Patina aufweist. Und während das Haus ihrer Großmutter geradezu tapeziert war mit Fotos ihrer Nichten, Neffen und Enkelkinder, steht hier nur einsam auf der Anrichte die ausgeblichene Fotografie eines gutaussehenden Jungen im Teenageralter, mit einem weich fallenden Sechzigerjahre-Haarschnitt, ein bisschen wie von den frühen Beatles. Mrs. Altons Sessel und Pantoffeln stehen direkt vor dieser Fotografie, nicht vor dem Fernseher, als würde sie Stunden damit verbringen, sie zu betrachten.

»Ich finde, ein kleinerer Wohnbereich ist viel leichter zu handhaben«, sagt Mrs. Alton energisch, als könnte sie Lornas Gedanken lesen. »Und anders als das restliche Haus ist es nicht so kalt, dass einem ab Oktober das Blut in den Adern gefriert. Aber keine Sorge, hier haben Sie nicht das Licht der Welt erblickt.«

Lorna versucht, nicht erleichtert auszusehen.

»Nach oben.« Sie zeigt auf eine Tür neben ein paar Bücherregalen.

Mit rasendem Herzen folgt Lorna Mrs. Alton eine schmale, nüchterne Holztreppe immer weiter hinauf, vorbei an zahlreichen anderen Türen, die, laut Mrs. Alton, zu den Treppenfluren der oberen Stockwerke des Haupthauses führen. An einigen, die offen stehen, erkennt Lorna Riegel. Sie erschaudert. Wie muss sich eine Schwangere wohl gefühlt haben, wenn sie sich diese Steinröhre hinaufquält und weiß, dass sie dahinter eingesperrt werden könnte?

Das Treppenhaus wird immer enger und dunkler. Tote, blanke Glühbirnen baumeln von ausgefransten Kabeln herab.

Die Akustik ist eigentümlich, ihre Schritte hallen vom harten blanken Holz wider, sodass es wie ein ganzes Gewühl an Füßen klingt, als wären ihnen alle bisherigen Bewohner des Hauses dicht auf den Fersen.

Schließlich eine einfache weiße Tür. Ein schwarzer Türknauf. Kein anderer Ausweg.

Lorna starrt darauf mit weichen Knien. Die Tür kommt ihr vor wie ein Stein, der den Eingang zu einem Grabmal versperrt. Sie ist sich nicht sicher, ob sie hindurchgehen kann. Sie ist sich nicht sicher, ob sie all das kann.

»Hier war einmal der Schlafraum der Dienstmädchen, früher, als die Familie es sich noch leisten konnte.«

Lorna nickt, schluckt. Dienstbotenunterkünfte: Das leuchtet irgendwie ein.

»Ein perfektes kleines Refugium mit einem spektakulären Ausblick.« Mrs. Alton rüttelt am Türknauf. »Sie hatte keinen Grund, so einen entsetzlichen Wirbel zu machen, überhaupt keinen.«

27

Amber, eine Woche vor dem Ende der Sommerferien, August 1969

»Es ist vorbei«, flüstert Toby und kaut auf einem Fingernagel. »Es hat begonnen.«

Nichts hat begonnen. Nichts ist vorbei, sage ich ihm. Zugegebenermaßen stehen die Dinge ziemlich schlecht, aber wir waren auch vorher schon an dunklen Orten, und dann passieren plötzlich wieder gute Dinge, und Licht dringt durch die Risse. Ich denke an Lucian, als ich das sage, also korrigiere ich mich schnell und sage ihm, dass das Leben seltsam und unvorhersehbar ist und alles passieren kann, und eines Tages wird Black Rabbit Hall Toby gehören, und dann kann er machen, was er will: *Twiglet*-Sandwiches zum Abendessen servieren und Mamas Porträt wieder in der Eingangshalle aufhängen.

Toby starrt mich verständnislos an, sein gehetzter Blick genau wie der von Papas Cousin Rupert, wenn man ihn nach dem Krieg fragte.

Nichts ist gut. Seit Mamas Porträt abgehängt wurde, ist Tobys Stimmung massiv eingebrochen. Sein Blick versetzt mich in Panik, kein Kampfgeist ist mehr darin, keine Hoffnung. Diesmal werde ich ihm nicht helfen können, ahne ich.

Am Ende war es Papa, der Toby verraten hat, nicht Caroline. Obwohl Toby sagte, er habe damit gerechnet, traf die Verletzung ihn am Ende zu tief.

Sobald Papa aus London zurück war, stürmte ich in die Bibliothek, bloß um festzustellen, dass Caroline schon dort war. Ich presste das Ohr an die Tür und hörte ihre hitzigen Stimmen. Papa brüllte, es sei schrecklich unsensibel und dass sie das verdammte Porträt morgen abhängen müsse. Dann veränderten sich die Töne in andere Geräusche, Ächzen und Stöhnen, das Rumsen von Möbeln gegen die Wand, ein langer hoher Schrei. Carolines Porträt blieb.

In dieser Nacht schlief Toby im Baumhaus, und nachdem er am nächsten Tag zurückgekehrt war, lag er mit dem Kopf auf Peggys Schoß, die Füße in ihr Strickzeug verwickelt. Peggy zupfte ihm Zweige und Blättchen aus dem Haar, versuchte, ihn mit ihrem Ingwerkuchen zu füttern, indem sie kleine Stückchen abbrach und sie ihm in den Mund fallen ließ: Es war ein merkwürdiger Anblick, wie der hochgewachsene Teenager den Mund für Peggys winzige Finger öffnete. Ich denke, das war alles, was er gegessen hat. Man konnte die Knochen durch sein Hemd sehen.

Caroline hat Toby gewarnt, er müsse sich zusammennehmen, damit er nicht »noch weiter in der Gunst seines Vaters sinkt«. Aber ich glaube nicht, dass sie wirklich will, dass er sich zusammennimmt. Zu offensichtlich genießt sie sein Leiden, und ihre eigene Laune hebt sich, während Tobys immer weiter sinkt. Papa wiederum hat versucht, behutsam »von Mann zu Mann« mit Toby zu reden, aber aus der behutsamen Unterhaltung wurde bald Geschrei. Türen wurden zugeschlagen. Verwünschungen ausgestoßen. Papas Londoner Terminkalender wurde deutlich voller. Heute Morgen ist er dorthin zurückgekehrt.

Wir anderen versuchen zu helfen. Lucian – beschämt vom Verhalten seiner Mutter – hat sich für sie entschuldigt: Toby schien es gar nicht zu hören, blickte direkt durch ihn hindurch. Ich sitze mit Toby oben auf den Klippen oder im Baumhaus, meistens schweigend, weil er nicht viel reden möchte. Boris wartet treu an seinem Bett auf seine Rückkehr aus dem Wald, beschnüffelt ihn, wenn er tränenüberströmt aus dem Fenster starrt. Kitty stiehlt in der Küche Fruchtgummis für ihn und schlingt ihm Lumpenpüppis schlaffe Arme um den Hals. Barney bietet ihm sogar Old Harry zum Kuscheln an – »Er hat so weiche Ohren, die machen alles besser, Toby« –, wird aber immer grimmig abgewiesen. Manchmal habe ich das Gefühl, Toby macht dieses Kaninchen für alles verantwortlich.

28

Zwei Tage vor dem Ende der Sommerferien

»Lucian, Schatz, eine Einladung nach Bigbury Grange.« Caroline presst die blassrosa Karte an ihr mit Röte überzogenes Schlüsselbein. »Jibby hat mir deutlich zu verstehen gegeben, dass eine Ablehnung unseren prompten, schmerzvollen sozialen Tod in Südwestengland bedeuten würde. Was sagst du?«

Lucian und ich kommen mit einem Blick überein, dass er so viel Anstand haben muss hinzufahren. Carolines Nachfragen bei ihm haben sich in den letzten Tagen intensiviert, ihre Blicke auf mich – meine scheußlichen Kleider, mein Hals, meine Brust – wurden immer unverhohlener. Wir werden nervös.

Jetzt ist Lucian seit sechs Stunden fort. Das »leichte Mittagessen« wurde zu einem frühen Abendessen. Big Berties lange, dünne Messingzeiger springen zitternd und mit quälender Behäbigkeit von einer Minute zur nächsten. Wird Lucian morgen, am letzten Tag der Ferien, überhaupt zurück sein? Dass er nicht kommt, scheint denkbar. Alle möglichen schlimmen Ereignisse scheinen denkbar.

Ich versuche, mich vom Gegenteil zu überzeugen. Abgesehen von allem anderen, würde er die Flut doch sicher nicht verpassen wollen, oder? Die Einheimischen sagen, es wird die höchste des Sommers, eine Flut, die gegen den knochentrockenen Fuß der Klippe schlagen und Schätze aus der Tiefe hervorbringen wird. Nein, nein. Das wird er nicht verpassen wollen.

Im nächsten Moment plagen mich wieder Zweifel. Natürlich interessiert sich Lucian nicht für den Vollmond und die Flut! Wie komme ich bloß darauf? Er ist doch nicht Toby! Er ist in das nobelste Haus der Gegend eingeladen, wird mit kaltem Champagner und Hummer abgefüllt und von der wunderschönen Belinda mit Aufmerksamkeit überschüttet.

Oder er ist tot. Oder die Uhr tickt hinunter, bis der Unfall geschieht. Ich stelle mir den Wagen auf dem Dach liegend vor wie einen zappelnden Käfer, die Räder drehen sich in der Luft. Ich bete zu Gott, er möge ihn unversehrt sein lassen, ihn aus dem winzigen Fenster ziehen, bevor die Flammen das Innere des Wagens erfassen. Wenn er denn jemanden zu sich holen muss, dann bitte, bitte, lass es Caroline sein. Wirklich, nimm sie.

Aber Gott holt Caroline nicht zu sich. Später am Nachmittag ist sie am Telefon, um Peggy zu sagen, dass das Wetter umgeschlagen sei – die Lügnerin, der Himmel ist strahlend blau! –, also würden sie dort übernachten. Alle hätten eine wundervolle Zeit.

Als der Abend anbricht, ist auch nicht mehr die geringste Erfüllung im Schluchzen zu finden. Alles, was ich tun kann, ist, mich auf meinen gepackten Koffer zu setzen, das Kinn auf das abblätternde Fensterbrett gestützt, und auf das kleine blaue Auto zu warten, das nie die Auffahrt heraufkommt.

Ein Husten.

Ich drehe mich um, und da steht Toby, ausgemergelt und mit wildem Blick lehnt er an der Wand. Seit heute redet er wieder mehr, was hoffentlich ein Zeichen dafür ist, dass seine düstere Trübsal sich langsam legt.

»Hi. Wie fühlst du dich?«, frage ich, versuche unbeschwert

zu klingen und hoffe, dass ich keine geschwollenen Augen habe.

Er spricht durch den Mundwinkel, bewegt kaum die Lippen. »Du kannst dich schon mal dran gewöhnen.«

»Was?«

»Lucian ist ein streunender Kater, Amber. Es ist ihm schnurzegal, wer ihn füttert, umso besser, wenn es Belinda Bracewell ist.«

»Ich habe gar nicht an Lucian gedacht«, sage ich hastig. Ich dachte, Toby wäre viel zu sehr mit sich selbst beschäftigt, als dass er überhaupt mitbekäme, wo Lucian hingefahren ist. Ich habe mich getäuscht. Heute funkeln seine Augen wieder unnachgiebig und wissend. Es könnte beruhigend sein – immerhin ist er wieder ansprechbar –, aber das ist es nicht.

»Er geht jetzt nach Oxford, ein neues goldenes Leben. Er wird dich bald vergessen haben, uns, Black Rabbit Hall. Das weißt du, oder? Dass dieser Sommer bloß ein eigenartiges Intermezzo in seinem Leben gewesen sein wird.«

Ich beiße mir von innen in die Wange, kämpfe erneut gegen einen Strom aus Tränen an. Ich weiß, wenn ich jetzt reagiere, wird Toby all seine Vermutungen bestätigt sehen.

Dabei muss ich nicht mehr lange aushalten. Toby wird schon bald ins Internat aufbrechen, ich nach London, Lucian nach Oxford, und unser Geheimnis wird hier auf Black Rabbit Hall zurückbleiben, mit leise klopfendem Herzen bis zu den Weihnachtsferien schlummern, wenn Lucian und ich zurückkehren und es wieder wachküssen werden.

29

Der letzte Tag der Sommerferien

Im Morgengrauen krieche ich zu Kitty ins Bett, lasse mich trösten von dem süßen, rundlichen Klumpen, der Kitty im Schlaf ist. Barney gesellt sich zu uns, mit erhitzten ruhelosen Gliedmaßen und benutzt meine Brust als Kissen. Das Bett ist eng und riecht muffig, aber dem schlaflosen Alleinsein in meinem Zimmer ist es allemal vorzuziehen, wo ich mich bloß mit Tobys Worten quäle. Trotzdem bin ich, als die Sonne schließlich durch die geblümten Vorhänge des Kinderzimmers dringt, überzeugt, dass Lucian mich nicht nur vergessen, sondern auch Belinda Bracewell heiraten wird. Natürlich wird er sich da nicht die Mühe machen, heute noch nach Black Rabbit Hall zurückzukehren, um sich zu verabschieden! Dessen bin ich mir sehr sicher, bis ich nach dem Mittagessen den Motor die Auffahrt heraufstottern höre.

Das Herz schlägt mir bis zum Halse, und ich beobachte Peggy, die von oben aus betrachtet kreisrund aussieht, wie sie sich die Steintreppe hinunterschleppt und die Beifahrertür öffnet. Caroline kommt hervor, ein türkisfarbener Schal umflattert ihren Hals. Ich warte und warte. Dann … Lucians Budapester betreten den Kies. Alleine das ist aufregender als die Schritte des ersten Mannes auf dem Mond.

Ich kann nicht atmen. Ich habe es mir in den letzten Stunden eine Million Mal ausgemalt – wie ich hinunterlaufe, um ihn zu begrüßen, das leise, verstohlene Lächeln, das sagt »Ich liebe dich«, die flüchtige Berührung unserer Finger, wenn wir in der Eingangshalle aneinander vorbeigehen –, aber jetzt, wo der Moment gekommen ist, kann ich mich nicht bewegen, bin wie gelähmt von der Gewissheit, dass ich allein an seinem Blick sofort alles erkennen werde. Falls zwischen ihm und Belinda etwas war, wird es so sein, wie wenn man einen toten Körper am Grund eines Teichs liegen sieht. Also setze ich mich auf die Bettkante – vor Nervosität ist mir speiübel – und zwicke mir in die Wangen, kämme mir hektisch die Haare und wünsche mir verzweifelt, ich hätte ein schönes Kleid. Nach gefühlten Wochen höre ich seine Schritte auf der Treppe, das Plumpsen einer Tasche auf den Boden.

Dreimal leises Pochen: unser Klopfzeichen.

Sobald die Schranktür klackend hinter uns zufällt, sinken wir in die Pelze, mit dem verzweifelten Bedürfnis, uns in die Arme zu schließen. Er fühlt sich so fest und warm an, so sehr mein, dass ich vor Erleichterung und Glück weine. Sein Oberschenkel drängt sich unnachgiebig zwischen meine Beine, stoßweiser Atem an meinem Ohr. Er drängt weiter, ein anschwellender, sich verschärfender Rhythmus. In der knisternden Hitze reißt eine Naht. Ich werfe den Kopf zurück und schreie auf. Die Grenzen sind aufgehoben.

Wir kuscheln und flüstern uns auf die Erde zurück, als ich ein Schnüffeln höre, etwas bewegt sich vor der Schranktür. Boris?

»Schsch …« Ich löse mich von Lucian, warte darauf, es noch mal zu hören.

»Da ist nichts«, sagt er, beugt sich über mich und küsst mich.

Es passiert alles so schnell. Das bleiche Sonnenlicht. Das Bellen von Boris. Carolines Schreien. Ich schnappe mir einen

Pelzmantel, um mich zu bedecken, ducke mich hinter die Hutschachteln.

»Du kleines Luder!«, kreischt Caroline mit knallroten Augen.

»Herrgott.« Lucian versucht, sich die Hose hochzuziehen.

»Komm raus!« Bevor ich irgendetwas tun kann, schnellt Carolines Hand vor, zerrt mich hoch und aus dem Schrank, ihre Ringe bohren sich in meinen Arm. Zu meinem Entsetzen entreißt sie mir den Pelzmantel. Und ich stehe nackt vor ihr, offen und ohne Haut und zittere so heftig, dass mir die Zähne klappern. »Oh, sieh dich an! Du dummes, dummes Gör.« Sie fängt an, mich wie besessen zu schütteln, dass mir die Brüste schmerzen. Bestürzt fange ich an, brennende Tränen zu weinen.

»Hör auf!«, schreit Lucian aus dem Schrank. Er stützt sich mit den Händen an den Seiten ab und schiebt sich heraus. »Um Gottes willen, hör auf. Mutter, wir lieben uns.«

»Liebe?« Sie hört auf, mich zu schütteln, doch die Atempause ist trügerisch. »Stiefbruder und Stiefschwester«, flüstert sie mit hochgezogener Oberlippe. »Ihr *könnt* euch nicht lieben. Nicht so.«

Ich senke den Kopf, verschränke die Arme, um meine Brüste zu verbergen. Das rosa Ankleidezimmer fängt an, sich zu drehen wie ein alptraumhaftes Karussell. Ich schmecke Salz in meiner Kehle, Tränen, Blut, Angst. Ohne Vorwarnung beugt sich Caroline vor und schlägt mir hart auf die Wange. Es ist so ein Schock, dass es nicht wehtut.

Lucian packt sie grob am Arm. Das Zimmer steht zitternd am Rande der Gewalt. »Schlag. Sie. Nie. Wieder.«

Caroline starrt auf die Hand ihres Sohnes und dann mit verändertem Blick wieder hoch zu ihm, ihr Zorn abgekühlt auf etwas anderes, Berechnenderes, Verhängnisvolleres. »Du hast mich schrecklich enttäuscht, Lucian.«

»Ich habe mich verliebt, das ist alles.«

Sie reißt sich los, schließt die Augen, die Lider beben und zucken, als würden winzige Insekten darunter herumkrabbeln. Als sie sie wieder öffnet, ist ihr Blick entschieden. »Jetzt muss ich es dir wohl sagen, oder?«

»Mir was sagen?«, fragt Lucian argwöhnisch.

Ich hebe den Pelzmantel vom Boden auf, bedecke mich zitternd wieder, höre ihre Stimme im pulsierenden Rauschen meines Blutes, ohne ihre Bedeutung zu erfassen.

»Alfred war nicht dein Vater, Lucian.«

»Was? Wovon zum Teufel sprichst du?« Lucian macht einen Schritt zurück. Eine entsetzliche Traurigkeit kriecht über sein schönes Gesicht wie ein Schatten, zieht seine Mundwinkel herab, lässt seine Augenhöhlen dunkel erscheinen.

»Hast du dich nie gefragt, woher du dein zigeunerschwarzes Haar hast? Deine Größe? Dein gutes Aussehen?«

»In Daddys Familie steckt indisches Blut.«

Caroline schüttelt bedächtig den Kopf und hält uns – das Zimmer, die Zeit selbst – in angewidertem Bann. »Hugo ist dein echter Vater. Hugo *Alton*.«

Ich höre mich nach Luft schnappen. Sehe den blutbefleckten Namen meines Vaters in dem niedergestochenen Schweigen hängen. Lucian ist bleich, wie erstarrt, seine Lippen sind in einem stillen Schrei geöffnet.

»Du lügst«, bekommt er heraus, seine Stimme bloß eine Hülle. »Du lügst, Ma.«

»Ich wusste nicht, dass ich schwanger war, als Hugo mich vor all den Jahren für Nancy verließ, mein Schatz.«

»Nein.« Lucian schüttelt grimmig den Kopf.

»Ich heiratete Alfred, und der gute Mann hat dich wie sein eigenes Kind großgezogen. Er hat es nie erfahren. Niemand wusste es, Lucian.« Sie senkt den Blick, demütig wie eine Frau in der Kirche. »Aber jetzt weißt du es.«

Ein merkwürdiger Laut dringt aus Lucians Kehle. Ich fasse ihn am Arm, doch er reagiert nicht, scheint direkt durch mich hindurchzublicken. Und ich spüre seinen großen Mut schwinden, spüre, wie sich sein Herz immer kleiner zusammenfaltet, bis es den Anschluss an meines verliert.

»Das ist nicht wahr, Lucian!«, rufe ich. »Glaub ihr nicht.«

Caroline beugt sich zu ihrem Sohn und lässt ihr Gift in sein Ohr fließen. »Lucian, du bist der rechtmäßige Erbe von Pencraw. Und diese kleine Hure ist deine Schwester.«

Ein Krachen draußen vor der Ankleidezimmertür. Ein Schlurfen, heftiges Schnaufen. Boris. Bitte lass es Boris sein.

»Wer ist da?« Caroline richtet sich ruckartig kerzengerade auf, die Ader an ihrer Stirn pocht. »Ich habe gefragt, wer da ist.«

30

Caroline wirft Lucians Gitarre auf den Rücksitz des Wagens, zusammen mit seiner Tasche voll Kleidung. »Fahr!«, ruft sie und pocht gegen die Stoßstange. »*Jetzt.* Du kannst keine Minute länger hierbleiben. Ich schwöre dir, Toby wird dich umbringen. Bitte. Fahr jetzt, ich flehe dich an, Lucian.«

Lucian sieht zu mir, oben ans Zimmerfenster gepresst, hoch. Ich nicke. *Fahr.*

Der Wagen rast die Auffahrt hinunter, das Dröhnen dringt durch die Bäume herauf. Ich stehe da und starre noch eine Weile zu diesen Bäumen hinüber, wie betäubt und ohne aus dem, was uns gerade gesagt wurde, schlau zu werden. Ich weiß bloß zwei Dinge mit Gewissheit: Ich kann die Zeit nicht zurückdrehen und meine Liebe für Lucian ungeschehen machen, genauso wenig wie ich Mamas Sturz vom Pferd rückgängig machen kann – und ich muss Toby finden.

Ja, das werde ich tun. Toby suchen. Ihm alles erklären. Mit ihm reden, was ich schon seit Wochen hätte tun sollen. Wenn er es versteht, wird er uns auch vergeben können. Da bin ich mir so gut wie sicher. Und er wird Carolines Lüge keinen Moment glauben. Was bedeutet es schon, dass Lucian so dunkel ist wie mein Vater? Wir sind schließlich alle hellhäutig und rothaarig, und wir sind sicher Papas Kinder.

Ich nehme all meinen Mut zusammen – ich kann mir Tobys blanke Wut nur vorstellen –, spritze mir Wasser ins Gesicht, streiche mein wirres Haar mit den Fingern glatt und hole unsicher Luft, voller Angst vor dem, was mich unten erwartet. Hat Caroline es bereits allen erzählt? Weiß es Peggy schon? Oh bitte, lass es Peggy nicht erfahren.

Aber unten geht es verstörend alltäglich zu, die Welt, wie sie noch vor einer Stunde war. Das leise Quietschen und Mahlen von Annies Mangel. Die rotbraune Katze huscht mit eingezogenem Schwanz durch die Halle. Caroline ist nirgends zu sehen. Auch die Bartlett nicht.

Klick, klick, klick.

Ich folge dem leisen Geräusch der Stricknadeln in den Wintergarten. Kitty hängt zufrieden über Peggys Knien und gießt Wasser aus einer Spielzeugteekanne in eine Plastikpuppentasse, während Peggys kleine, starke Finger grünes Garn über ihre Nadeln winden und zurren.

»Hast du Toby gesehen?« Meine Stimme klingt fast normal.

Peggy schüttelt den Kopf, den Blick auf ihr Strickzeug gerichtet. »Nehme mal an, er ist bald zurück. Regen ist unterwegs. Ich spüre es. Wenn du ihn findest, Amber, sag ihm, dass es mit der Decke für sein Baumhaus hübsch vorangeht, ja?« Sie hält sie hoch, sie ist bereits halb fertig, in verschiedenen Grüntönen: Moos, Fluss, Laub. »Spätestens in den Weihnachtsferien kann er sie benutzen. Dann friert er nicht da oben in den Zweigen.«

Weihnachten: Wie sollen wir es je bis dahin schaffen? Selbst morgen fühlt sich jetzt wie schrecklich unbekanntes Terrain an. Es ist, als wäre ich von den Rändern der Landkarte gefallen.

Peggy lässt das Strickzeug in den Schoß sinken und sieht mich stirnrunzelnd an. »Du bist ja kreidebleich. Was ist denn los?«

»Nichts«, murmle ich und eile davon.

Draußen sind die Wolken angeschwollen, die Luft ist schwer und feucht. Ich bleibe bei den Falken stehen, frage mich, wo ich zuerst nachsehen soll. Im Wald natürlich. Toby wird im Wald sein. Ich versuche zu rennen. Aber meine Beine gehorchen mir nicht, sie sind schwer wie Blei.

Bald fängt es an zu regnen – warme Tränen, die mich in Sekundenschnelle durchnässen. Ich pflüge noch ein paar Minuten weiter, und mein Kleid klebt mir an den Oberschenkeln, bevor ich von einer knochentiefen Erschöpfung erfasst werde. Ich kann durch den Regen nichts mehr erkennen, kann nicht mehr weiter.

Ich werde im Salon auf Toby warten, beschließe ich entkräftet, ihn abfangen, sobald er die Eingangshalle betritt.

Also mache ich das, kehre um, sinke auf den Teppich neben dem Globus, schubse ihn mit der kalten Fingerspitze an, drehe ihn, bis ich New York sehen kann, in glücklicheren Zeiten eingekringelt. Und ich drehe ihn weiter, auf der Suche nach seinem tröstlichen Bienensummen. Aber heute klingt der Globus anders. Weniger nach Biene, eher nach einem aufgescheuchten Wespennest.

»Hast du Old Harry gesehen?« Ich blicke auf und sehe Barney. Er hat einen Lutscher in der Backe, ein weißer Tennisball liegt vor seinen nackten Füßen, und er lässt irgendeinen Käfer von einem Finger auf den anderen krabbeln. »Ich habe ihn in der Eingangshalle herumhoppeln lassen und er hat sich aus dem Staub gemacht. Ich will ihm seinen neuen Reisekorb zeigen.«

»Er läuft doch nie weit weg«, bekomme ich in dem mühsamen Versuch, mich an einem Tag wie heute für ein Kaninchen zu interessieren, heraus. »Vielleicht hat Kitty ihn in ihren Kinderwagen gesteckt.«

»Nein, da hab ich schon nachgeschaut.« Er kommt, den Ball behutsam vor sich herkickend, zu mir herüber. »Willst du mal sehen?« Er hält die Hand hoch. Der Käfer ist edelsteinlila wie eine von Großmama Esmes Broschen, die sich bewegt.

»Hübsch.«

»Pff. Er ist ein Junge.«

»Furchterregend?«

»Ja, furchterregend.« Er lacht und schnipst den Käfer vom Handgelenk in seine Handfläche. »Hilfst du mir, Old Harry zu suchen?«

»Im Moment kann ich gerade nicht. Tut mir leid.«

»Wann dann?«

»Nicht jetzt, Barns.« Ich seufze. »Ich muss ... Toby finden.«

»Das Kaninchen ist wichtiger. Ohne Old Harry fahre ich nicht nach London.« Barney steckt sich seinen Lolli wieder in den Mund und dribbelt den Tennisball aus dem Zimmer. Kurz darauf höre ich die Haustür zuschlagen. Obwohl ich weiß, dass es vermutlich Barney ist, der da das Haus verlässt, besteht auch eine geringe Chance, dass es doch Toby ist, der hereinkommt, also raffe ich mich auf.

Die Eingangshalle ist leer, abgekühlt von einer Böe Regenluft, die durch die soeben geöffnete Tür hereinkam. Ich schaue die Treppe hinauf: nichts. Lausche angestrengt nach Schritten: nichts. Ich sehe flüchtig zu Big Bertie hinüber: fast vier. Ich werde noch ein bisschen warten. Ich fühle mich noch immer so müde und eigenartig schwer. Zurück im Salon, nehme ich mir ein Kissen von einem Stuhl, werfe es auf den Teppich und lege mich hin, nicht in der Lage, den Vorhang meiner sich schließenden Augenlider aufzuhalten.

»Kommt jemand mit an den Strand?«

Ihre Stimme weckt mich, rein wie eine Glocke. Ich reibe mir die verklebten Augen. Und da ist sie, bloß Zentimeter entfernt: Mama in ihrem grünen Seidenkleid. Sie sitzt, den Kopf geneigt, leicht wie ein Grashüpfer auf der Kante des rosa Samtsessels und lächelt mich an.

»Mama?« Verwirrt von Glück und Schlaf krabble ich auf allen vieren wie ein Baby über den Teppich zu ihr und greife nach dem Saum ihres Kleides. Als sich meine Finger darum schließen, wird er zu dem Fransenrand eines grünen Kissens. Der Sessel ist leer, und doch ist sie da, ihre Konturen lösen sich nur langsam auf.

Ich weiß nicht, wie lange ich benommen auf den Sessel starre und darauf warte, dass Mama wieder erscheint, obwohl ich weiß, dass ich wohl im Halbschlaf war und sie mir bloß eingebildet habe, doch genauso sicher bin ich mir, dass sie vollkommen real war. *Kommt jemand mit an den Strand?* Ich weiß, was ich zu tun habe.

»Oh hallo, junge Dame, ich habe mich schon gefragt, wo du hin bist.« Peggy, die fette Küchenkatze in der Armbeuge haltend, fängt mich ab. »Du siehst verschlafen aus.«

»Ich … bin eingenickt.«

»Das sieht dir gar nicht ähnlich. Du brütest doch was aus. Du bist noch immer schrecklich blass.«

Eine Pause entsteht. Ein Windhauch pendelt rastlos über den schwarz-weißen Fliesen. Wie lange wird es noch dauern, bis sie es erfährt, frage ich mich erneut. Bis sie jemand vollkommen anderen in mir sieht, jemand Schockierenden und Schändlichen?

Peggy schmiegt das Kinn an die Katze, nickt zur geschlossenen Wohnzimmertür hinüber. »Ist die Affenhorde da drin?«

»Nein.« Die Katze fängt laut zu schnurren an. »Ich habe Toby noch nicht gefunden, und Barney ist los, um Old Harry zu suchen.«

»Ständig bergauf und bergab hinter diesem dummen Vieh her! Ausgerechnet heute. Ich will, dass sich Toby und Barney hinsetzen und vor der Reise noch etwas halbwegs Vernünftiges in den Magen bekommen. *Ich* werde es kochen. Mrs. Alton hat Migräne und will nicht gestört werden. Hat die Bartlett früher nach Hause geschickt.« Peggy kann ihre Freude darüber nicht verbergen. »Ich sollte mir Barney schnappen. Wie müssen noch seinen linken Schuh und seinen Kulturbeutel ausfindig machen. Wohin ist er denn?«

»Ich weiß nicht, tut mir leid.«

»Wann ist er weg?«

»Äh, so um vier.«

»Oh, gerade erst. Ich lass ihm noch ein wenig Zeit.«

Ich bin schon fast aus der Haustüre, als sie ruft: »Und wohin willst du jetzt?«

»Zum Strand. Ich glaube, Toby ist vielleicht dort. Ich bringe ihn dann mit.«

»Nicht, wenn du kränkelst, Amber.«

»Ich war nur müde. Jetzt geht's mir gut.«

Sie sieht wenig überzeugt aus. »Bist du sicher, dass du schon alles für morgen gepackt hast? Ihr müsst ganz früh am Bahnhof sein, weißt du. Keine Trödelei.«

Ich flitze zur Tür hinaus.

»Sei vorsichtig«, ruft sie mir hinterher. »Es ist Flut. Lass dich nicht vom Wasser abschneiden oder irgend so was Dummes. Und du kannst den anderen sagen, dass die Sternenguckerpastete in der Küche serviert wird. Wie in guten alten Zeiten.«

31

»Das Baby ist tot!«, schreit Kitty, die Augen weit aufgerissen, stahlblau, als sie die Eingangstreppe heraufgelaufen kommt. »Das Baby ist tot!«

»Was?« Ich packe sie an den Schultern, knie mich hinunter auf den nassen Stein. »Beruhige dich, Kitty. Welches Baby? Wovon redest du?«

»Im Wald – im Wald!« Sie zeigt mit dem Finger hin. »Ich hab es gesehen. Bei der Schaukel. Ich hab's gesehen, Amber. Ich hab's gesehen.«

Peggy und Annie kommen herausgeeilt, können Kitty aber auch nichts Vernünftiges abringen.

»Ein Baby? Ach komm, Kitty«, sagt Annie kopfschüttelnd.

»Doch«, schluchzt Kitty und vergräbt ihr Gesicht in Lumpenpüppi.

»Annie, du bringst Kitty rein«, sagt Peggy, die plötzlich besorgt aussieht.

»Pegs …«, Annie hebt Kitty hoch und senkt ihre Stimme zu einem Flüstern, »… weißt du noch, das Findelkind von St Mawes letztes Jahr? Glaubst du, es könnte das Kleine von irgendeinem einheimischen Mädchen sein?«

Peggy runzelt die Stirn. »Ich weiß nicht.«

»Ach herrje! Dass es in unserem Dorf solche Mädchen geben soll!«

»Wir sollten sie nicht verurteilen«, sagt Peggy. »Man darf die Verzweifelten nie verurteilen.«

»Vermutlich nicht«, sagt Annie skeptisch. »Aber nicht jeder ist so großherzig, Pegs. Stell dir nur die Schande vor.«

»Annie, bitte sei still«, sagt Peggy jetzt gereizt. »Ich bin sicher, da ist nichts, aber ich nehme eine Decke mit, bloß für den Fall.« Sie wendet sich mit geröteten Wangen an mich. »Amber, du läufst schon mal vor. Wir treffen uns dort. Drück es fest an deine Brust. Halt es warm, was du auch machst, bis ich komme.«

Froh, ihnen allen zu entkommen, stürme ich los, wieder etwas federnder nach meinem Nickerchen. Ich sorge mich nicht um ein Baby – wie könnte da auch ein Baby im Wald sein? –, sondern um Toby. Wo ist er hin? Was denkt er sich bloß? Alle paar Meter bleibe ich stehen, spähe zwischen den Baumstämmen hindurch, rufe seinen Namen. Nur die Vögel antworten. Keine Spur von Toby. Oder von dem Baby.

Als ich mich der Baumschaukel nähere, gehe ich langsamer. Noch ein paar Schritte, ich bleibe stehen. Blinzle.

Da *ist* etwas.

Ich schleiche mich näher heran, mein Herz klopft, ich versuche zu erkennen, was genau es ist. Was es nicht ist.

Das Wesen ist an den Beinen aufgehängt, das Fell abgezogen, es ist rosa, kahl und klebrig wie ein Neugeborenes. Aber es ist kein Baby. Es ist ein Kaninchen. Wie etwas, das im Schaufenster des Metzgers hängt. Und unter dem Kadaver umklammert ein schwarzer Pelz die hervortretenden Baumwurzeln, blutleer, so fachmännisch aufgeschlitzt wie die Stoffe eines Schneiders. Ich halte mir die Hände vor den Mund. Ich kenne nur eine Person, die ein Tier so häuten kann.

»Wilderer?« Peggy tritt keuchend hinter mich, eine Karodecke auf dem Arm. »Irgendein abscheulicher …« Sie verstummt. Und sie weiß es, wie ich es ohne Zweifel weiß, denn wir beide haben ein paar Meter entfernt Großpapas Messer entdeckt, das im nassen, grünen Herzen des Farns schimmert.

Ich weiche zurück, benommen, angewidert: Indem er das Kaninchen aufgeschlitzt hat, hat Toby uns alle auseinandergeschnitten, unsere zähen Fäden und Bande zertrennt, alte Loyalitäten, den weichen Stoff unserer Vergangenheit. Er hat sich vollkommen losgeschnitten.

»Ach, du meine Güte«, murmelt Peggy und bemüht sich dann wieder um ihre tüchtige Haushälterinnenstimme »Gut. Holen wir das arme Ding da runter. Wir wollen doch nicht, dass Barney es sieht.«

Sie reicht mir die Decke, reibt sich die Hände und nimmt das Kaninchen an den zusammengebundenen Pfoten vom Baum ab. Sie könnte es genauso gut für den Kochtopf ausgewählt haben, wenn ihr nicht die Tränen in den Augen stehen würden. Sie zögert, das Kaninchen baumelt in ihrer Hand.

»Was ist los, Peggy?«

»Es ist kalt. Ganz steif. Es muss schon eine Weile hier hängen.« Ihr Gesicht hat einen seltsamen Ausdruck. Sie wickelt das Kaninchen in die Decke – ein erbärmlich ädriges Öhrchen schaut heraus – und blickt zu mir auf. »Amber, Liebes, wann meintest du, ist Barney los?«

Wir verstauen das tote Kaninchen in dem kleinen, muffigen Raum überm Keller, wo die Fasanen hängen, einem Ort, den Barney niemals betreten würde. Drinnen, mit dem Rücken an die Tür gelehnt und mit verschwitzter Stirn, feuert Peggy Dutzende Fragen auf mich ab: Warum sollte Toby so etwas mit dem Kaninchen machen? Hat es etwas mit Lucians überstürzter Abreise zu tun? Gibt es da etwas, was du mir nicht erzählt hast? Ich beantworte alle ihre Fragen mit stotternden, unzureichenden Beteuerungen des Nichtwissens. Ich bin drauf und dran, ihr alles zu erzählen, als Peggy meint, das Kaninchen fange zu stinken an, und wir die Tür hinter uns zumachen und gehen.

Wir finden Kitty ruhiger vor, in der Küche auf Annies Schoß sitzend und Doppelkekse essend. Kitty zuliebe erzählen wir, es wäre nichts gewesen, bloß ein totes Eichhörnchen, das sich an einem Ast verfangen hat. Aber ich spüre, wie Kittys Blicke uns verfolgen, als wir die Küche wieder verlassen, und ihre kindlichen Antennen eine andere Geschichte wittern.

Peggy und ich suchen die offensichtlichsten Stellen im Haus ab. Toby ist nirgends zu finden: kein Wunder, nach dem, was er getan hat. Aber auch Barney ist verschwunden. Wir kehren in die Eingangshalle zurück, wo wir mit der Suche begonnen haben. Mir ist schwindelig, mein Mund trocken, und seltsamerweise schmecke ich Tinte. Peggy macht die Haustür auf, sucht mit den Augen den Rasen ab, wirft einen Blick über die Schulter auf Big Bertie. »Na ja, es ist noch nicht mal fünf. Zumindest ist Barney noch nicht lange weg.«

»Oh, die Uhr hängt schon auf kurz vor fünf, seit Kitty und ich reingegangen sind«, sagt Annie, über eine riesige Vase voller Blumen spähend, die sie krachend auf dem Marmorbord abstellt. »Big Bertie geht wieder zu langsam – ist euch das nicht aufgefallen? Bleibt immer kurz vor der vollen Stunde hängen. So viel zu der Herumbastelei dieses dusseligen Mannes! Ich wette, er hat ein Vermögen dafür berechnet.« Sie schüttelt den Kopf, zupft an einer großen blauen Blume herum. »Mrs. Altons ständiges Auf-die-Uhr-Schauen führt doch nur zu Verwirrung. Hier ist es wirklich viel leichter, sich nach der Sonne zu richten. Das habe ich schon immer gesagt.«

Unbehagen stockt in meinem Bauch. Plötzlich ist es alles andere als klar, wie lange Barney schon weg ist, wie lange ich geschlafen habe, ob er gegen vier aufgebrochen ist, ob er Zeit hatte, das Kaninchen zu finden. Müsste er nicht längst zurück sein? Ich kann keinen klaren Gedanken fassen. Ich kann nicht mehr unterscheiden, was von Bedeutung ist und was nicht.

»Wenn er aufgeregt wäre, würde er doch nach Hause zurückkommen, oder nicht? Und jetzt gibt es im Wald sowieso nichts mehr zu sehen, also müssen wir uns darum wenigstens keine Sorgen mehr machen«, murmelt Peggy vor sich hin.

»Ich suche ihn.«

»Wirklich? Moment …« Peggy zögert, ein nachdenkliches Stirnrunzeln. »Erzähl Barney nicht, was mit dem Kaninchen passiert ist.«

»Pegs, du hast doch gesagt, es war ein Eichhörnchen?«, meint Annie und kommt neugierig näher.

»Was soll ich ihm denn erzählen?«, frage ich, ohne Annie Beachtung zu schenken.

»Nichts. Aber lasst euch Zeit beim Zurückkommen. Ich habe einen Freund im Dorf, der in seinen Ställen Dutzende von Kaninchen für Pasteten hat. Ich schau gleich bei ihm vorbei und hole Ersatz für Old Harry.« Sie bindet ihre gestreifte Schürze auf, drückt sie Annie in die Hand. »Gut, ich geh los. Ich werde das arme Kaninchen wieder auferstehen lassen und wenn es das Letzte ist, was ich tue.«

Ich stehe mit verschränkten Armen auf dem nassen Gras und zittere im Sonnenschein, der die Regenwolken durchbrochen hat. Es fällt mir schwer, meine Sinne zusammenzunehmen, Carolines Worte aus meinem Kopf zu verbannen, außerdem sehe ich, wo ich hinblicke, das nackte rosa Kaninchen. Aber mir bleibt keine Zeit für Selbstmitleid oder Ablenkung. Ich muss Barney finden. Das ist alles, was im Moment zählt.

Ich hole tief Luft, frage mich, wo ich anfangen soll. Mir kommt in den Sinn, dass Barney womöglich gehofft hat, das Kaninchen hier auf dem Rasen zu finden. Old Harry ist zuvor schon so weit gekommen und dann zitternd vor der Möglichkeit der Freiheit und dem Geruch der Füchse zurückgeschreckt und brav umgekehrt. Aber Barney fand Old Harry nicht hier auf dem Rasen. Konnte ihn hier nicht finden. Also ist er wohl weitergegangen. Hat ihn weiter gesucht. Aber wo?

Das Eisentor am Waldrand steht einen Spaltbreit offen. Nicht weit. Ungefähr so breit, dass ein kleiner Junge hindurch passt. Oder haben Peggy und ich es nicht ganz zugemacht? Möglich.

Nervös folge ich dem schmalen, sich windenden Weg zwischen den Bäumen hindurch, eilig, aber leise auf den Gummisohlen meiner Turnschuhe, die Augen und Ohren aufgesperrt, auf der Suche nach meinen Brüdern. Zuerst zum Versteck bei der Schaukel, beschließe ich, dann flussaufwärts zum Baumhaus, wo sich sehr wahrscheinlich zumindest Toby versteckt.

Ein paar Minuten später bleibe ich stehen. Nachdem er zunächst das Erdgeschoss des Hauses abgesucht hat, würde Barney die Hintertür nehmen. Der Küchengarten. Das Gemüsebeet. Die Nebengebäude. Warum haben Peggy und ich nicht an diese Orte gedacht? Ich werde umkehren.

Aber ich kehre nicht um. Weil mein Blick an etwas Rundem, Weißem auf dem Weg haftet: ein Tennisball, dessen gelbe Nähte sich hell gegen die Rindenstückchen abzeichnen. Der Tennisball, den Barney vorhin im Salon vor sich hergekickt hat?

Mein Herz hämmert gegen die Knöpfe meines Kleides. Der Baum, an dem wir Old Harry hängend gefunden haben, ist bloß einen kurzen Fußmarsch von hier entfernt. Angenommen, Barney hat das Kaninchen gesehen, wo würde er in seinem blinden Entsetzen wohl hinrennen? Wo in aller Welt würde er hinrennen, wenn nicht nach Hause?

Kommt jemand mit an den Strand? Ein Geräusch, wie wenn jemand in eine Glasflasche bläst. Das Rascheln von Laub. *Kommt jemand mit an den Strand?*

Plötzlich habe ich das Gefühl zu fliegen, meine Füße berühren kaum noch den Boden. Und ich gelange schneller an die

Küste als je zuvor, mit heftigem Seitenstechen. Doch zu meinem Entsetzen ist Barney nicht am Strand. Es ist auch nicht mehr viel Strand übrig, die Flut kommt schnell herein. Ich steige die Felsen wieder hinauf, laufe dann den steinigen Küstenweg entlang und rufe seinen Namen. Ich sehe unter dem Ginster nach, scheitle das hohe Gras, den Wiesenkerbel und das Mädesüß, rufe oben von den Zaunübertritten aus nach ihm, schlängle mich zwischen den Rindern hindurch bis an die Weidehecken. Doch er ist nirgends, absolut nirgends.

Wie lange habe ich noch? Der Himmel färbt sich langsam rosa, ist aber noch hell. Der Klippenvorsprung. Ja, ich gehe zu dem Klippenvorsprung. Von nirgendwo sonst habe ich einen besseren Ausblick auf die Felsen gegenüber oder den Küstenweg. Wenn Barney oder Toby irgendwo in der Nähe sind, werde ich sie leicht entdecken.

Aber oben auf der Klippe – wo Büschel aus kräftigem, spitzem Gras durch eine Felsspalte dringen – zögere ich. Ich weiß nicht, warum. Vielleicht eine Art Vorahnung. Vielleicht liegt es daran, dass Toby nicht bei mir ist. Diesmal muss ich mich zwingen, meine Füße über die Kante zu hängen. Nicht hinunterzublicken. Schau nicht runter, und du fällst nicht, sagt Toby immer. Ich kann an nichts anderes als ans Fallen denken.

Ich falle nicht.

Ich drücke mich an den Fels, schirme meine Augen ab und lasse den Blick über die grünen Klippenkämme schweifen. Niemand ist zu sehen. Ist Barney vielleicht mittlerweile zurück ins Haus gegangen? Ich stelle mir vor, wie wir in unterschiedliche Richtungen laufen, unsere Wege sich ein paar Sekunden zu spät kreuzen, wir uns knapp verpassen. Also setze ich mich, mein Atem beruhigt sich langsam, und ich verliere mich allmählich im weiten rosa Himmel, in Fluchtplänen. Welche Loyalitäten halten mich schließlich jetzt noch hier?

… ein riesiger, schwarzer Vogel schießt über die Klippe in meine

Gedanken, so nah, dass sich seine Krallen beinahe in meinem Haar verfangen. Ich ducke mich instinktiv unter dem Luftzug seines Flügelschlags weg, und meine Nase berührt die kühle Haut meiner Knie. Als ich wieder emporschaue, richtet sich mein Blick nicht länger in den Himmel, sondern auf Treibgut, das unten in der Flut auf den Wogen tanzt.

Nein, kein Treibgut. Etwas Lebendiges. Ein Delfin? Oder sind es die Quallen, die schon die ganze Woche lang in unsere Bucht gespült werden wie eine verlorene Ladung grauer Glasschüsseln? Vielleicht. Ich beuge mich vor, neige den Kopf über die Kante, um besser sehen zu können. Meine Haare flattern wie wild, mein Herz schlägt schneller, und ich fange an, das Schreckliche, das sich da dicht unter der schimmernden blauen Oberfläche bewegt, zu ahnen, ohne es schon wirklich zu erkennen.

Ein Moment vergeht. Noch einer.

Dann erhebt sich eine dunkle Gestalt, bricht durch die Oberfläche. Was ist es? Ein luftgefülltes T-Shirt. Haare, schwarz-rote Locken voller Seetang …

In heller Panik klettere ich unbeholfen von dem Vorsprung, stochere mit den Füßen an der Felswand herum, nicht in der Lage, die mir vertrauten Einbuchtungen zu finden, rutsche am Felsen ab, in dem verzweifelten Versuch, endlich nach unten zu gelangen, ins Meer zu waten und Toby zu retten. Doch als ich im Sand aufkomme, ist er bereits aus dem Wasser heraus, kauert triefend über einer kleinen, zusammengerollten Gestalt, am letzten Rest des Strands, den die hungrige Flut noch übrig gelassen hat. Ich kneife immer wieder die Augen zusammen, aber es bleibt Barney, und Toby küsst ihn, bläst Luft in seinen Mund. Wasser quillt aus Barneys Mundwinkel. Toby sieht mich an und fängt an zu schluchzen. »Es tut mir leid, es tut mir leid, es tut mir leid«, er stammelt, dass Lucian das Kaninchen finden sollte und dass er nicht wusste, was er tat, bis es schon geschehen war und er sah, dass das Messer blutverschmiert war und das Fell am Boden lag … *Atme, Barney, atme!* Immer wieder drückt er fest auf Barneys Brust – drückt und drückt und drückt, sodass sein kleiner Körper am Boden auf- und abhüpft, dass ich nicht mehr hinsehen kann, also halte ich bloß seine schlaffe, nasse Hand, während das Meer an unseren Knöcheln zerrt und der Sandfleck am Fuße der Klippe immer kleiner und kleiner wird, bis wir uns an die Klippenwand drängen müssen, um Barney über Wasser zu halten, unsere Arme um seine Knöchel, unter seinen Achseln, sein Kopf hängt schlaff nach hinten, und plötzlich hustet er, spuckt Wasser, und er lebt! »Komm schon, Barns!«, schreit Toby, aber einen Moment später hört das Husten auf, sein Körper hängt wieder schlaff in unseren Armen, und alles, was uns je passiert ist, strebt zu diesem Silberstreif aus Sand, bis das Wasser herandrängt und auch er fortgespült wird.

32

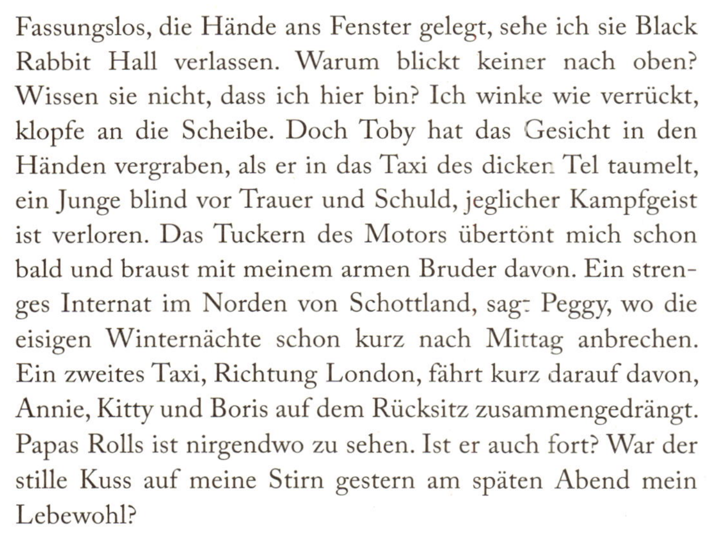

Fassungslos, die Hände ans Fenster gelegt, sehe ich sie Black Rabbit Hall verlassen. Warum blickt keiner nach oben? Wissen sie nicht, dass ich hier bin? Ich winke wie verrückt, klopfe an die Scheibe. Doch Toby hat das Gesicht in den Händen vergraben, als er in das Taxi des dicken Tel taumelt, ein Junge blind vor Trauer und Schuld, jeglicher Kampfgeist ist verloren. Das Tuckern des Motors übertönt mich schon bald und braust mit meinem armen Bruder davon. Ein strenges Internat im Norden von Schottland, sagt Peggy, wo die eisigen Winternächte schon kurz nach Mittag anbrechen. Ein zweites Taxi, Richtung London, fährt kurz darauf davon, Annie, Kitty und Boris auf dem Rücksitz zusammengedrängt. Papas Rolls ist nirgendwo zu sehen. Ist er auch fort? War der stille Kuss auf meine Stirn gestern am späten Abend mein Lebewohl?

Und wo ist mein lieber kleiner Bruder? Wo *ist* er? Ich weigere mich zu glauben, dass er für immer in diesen verlorenen Minuten gefangen ist, den klemmenden Zahnrädern in einem hohen Uhrenkasten. Ich weigere mich, die große Schwester zu sein, die nicht nach seinem Kaninchen suchte, weil sie es für belanglos hielt. Die bin ich nicht. Und er ist nicht tot. Denn wie kann es möglich sein, dass man seiner Schwester einen Käfer auf der Hand zeigt und man bloß ein paar Stunden später nicht mehr existiert? Ich kann es nicht begreifen.

Schritte. Ich springe auf. Peggy. Lass es Peggy sein. Doch

als die Schritte näher kommen, höre ich das harte Picken von Absätzen. Es ist nicht Peggy.

Der Schlüssel dreht sich im Schloss. Caroline sieht mich nicht an, schiebt ein Tablett mit Essen – Suppe, Brot, Wasser – auf den Tisch bei der Tür, stößt es gegen den Teller mit dem unberührten Toast. Ich habe noch immer mein Nachthemd an, sie dagegen ist tadellos gekleidet, perfekt zurechtgemacht. Ich stelle mir vor, wie ihre Hand einen pudrigen Bausch in ein verspiegeltes Glastöpfchen eintaucht, die Lippen mit einem rosa Stift nachzieht und dann nach dem schmutzigen Schlüsselbund greift, den sie nun fest mit der Faust umklammert hält.

»Iss etwas.« Sie zeigt mit einem Kopfnicken zum Tablett.

»Ich habe keinen Hunger.«

»Du musst bei Kräften bleiben.«

»Ich muss bei Kitty sein. Kitty braucht mich jetzt mehr denn je.« Meine Stimme ist ein Flüstern, krächzend vom Weinen. »Bitte lass mich mit den anderen fahren.«

Sie zögert keinen Moment. »Unmöglich.«

»Was bringt es, wenn ich hier oben eingesperrt bin? Ich halte das nicht aus.«

»Das hättest du dir überlegen sollen, bevor du es mit deinem Bruder getrieben hast.«

Ich zucke nicht zusammen. Ich weiche ihrem Blick nicht aus. Sie lügt. Da bin ich mir jetzt noch sicherer. Toby hat mich vor ihr gewarnt. Damals habe ich ihm nicht geglaubt. Jetzt tue ich es. Er hat mich auch gewarnt, dass etwas Schlimmes passieren würde. Es war kein Meteorit. Doch es ist genauso über uns hereingebrochen.

»Und hör auf, an die Tür zu hämmern wie so ein Rowdy. Es hört dich sowieso keiner.«

»Peggy wird mich hören«, erwidere ich schwach.

»Peggy weiß, was sein muss, Amber.« Caroline dreht sich

um, greift nach dem Türknauf, ihr Seidenärmel schwingt an ihrem Arm.

»Ich verlange, Papa zu sehen.« Ohne den Blick vom Türknauf zu nehmen, frage ich mich, wie schnell ich ihn erreichen, ob ich sie beiseitedrängen könnte.

»Dein Vater ist heute Morgen in einem schrecklichen Zustand. Er wird dich eine Weile nicht besuchen kommen. Niemand wird kommen.« Ihre Stimme senkt sich ohne Milde, und ihre bleichen Augen glühen wie Winterlicht in Rissen im Eis. »Und schon gar nicht Lucian.«

»Wo ist er?«

»Oxford. Sein Leben leben.«

Ich sehne mich nach ihm, der Schmerz ist körperlich. Ich muss all meine Kraft aufwenden, um nicht zu weinen, um standzuhalten, als sich das kleine, klaustrophobische Zimmer zusammenzieht und mir die Luft aus der Brust presst. »Ich weigere mich, hier weggesperrt zu werden wie eine Kriminelle. Ich werde fliehen.«

»Amber«, sagt sie warnend. »Ich will dich nicht brechen müssen.«

»Das würde dir nie gelingen.«

Die Schlüssel klimpern am Bund. »Fordere mich nicht heraus.«

»Ich hasse dich. Ich hasse dich so sehr.«

Sie schnaubt. »Ich wage zu behaupten, dass du schon lernen wirst, dich selbst noch mehr zu hassen.«

Ich denke an Mama, die uns immer sagte, wie wertvoll wir seien, ganz gleich was wir taten, ungeachtet aller Fehler, die wir machten. Ich versuche, sie mir in dieses Zimmer zu wünschen. Es funktioniert nicht. Tränen steigen mir in die Augen.

»Hör zu, Amber.« Ihre Stimme wird ein wenig milder. »Du hast Glück, sehr viel Glück, dass du zu Hause bleiben darfst, dass dein Vater so ein sentimentaler Mann ist. Es gibt Orte, an die man Mädchen wie dich eigentlich schickt und, glaub mir, dort ist es viel schlimmer als hier.« Sie öffnet die Tür ein Stück. Das Flurlicht funkelt durch den Spalt. Ich schätze die Schritte ab. Vier? Fünf? »Und es ist ja nicht für immer.«

Sie nimmt den Toastteller vom Tisch. Ich mache einen kleinen Schritt nach vorn, die nackten Füße geräuschlos auf dem Boden. Ihre Augen schnellen hoch, fragen sich, ob ich mich bewegt habe. Ochs am Berg. Ohne den Blick noch einmal von mir zu wenden, greift sie nun schnell nach dem Teller und versperrt mit dem anderen Arm den Ausgang.

Ich stürze mich mit allem, was ich noch in mir habe, auf die Tür. Es geschieht wie in Zeitlupe. Die geschockte Öffnung ihres Mundes. Der krachende Teller. Der Toast und das Porzellan, die über den Boden purzeln. Caroline, die es gerade noch hinausschafft und die Tür hinter sich zuschlägt. Ich rüttle erbittert am Türknauf. Doch sie dreht bereits den Schlüssel im Schloss um. Und ich höre ihren Atem, laut und erleichtert. Absätze, die die Treppe hinunterstöckeln. Ich hämmere gegen die Tür, schreie immer und immer wieder Barneys Namen.

Ich weiß nicht, wie lange ich gegen die Tür schlage und schreie, aber als ich aufhöre, fühlen sich meine Hände und meine Kehle wund an. Ich sehe den Raum durch ein Tränenkaleidoskop. Aber plötzlich habe ich das Gefühl, dass auch Mama da ist, die am Ärmel meines Nachthemds zupft und mich an den kostbaren Ort zieht, den ich schon verloren wähnte – weggerissen wie das weiche Fell des Kaninchens –, hin zu einem kühlen, sonnigen Frühlingstag und einem noch harmlosen Strand, einer Sandburg, deren Bau mich und Toby Stunden gekostet hat. Die Flut umspielt unsere Knöchel, sprudelt um die Eimerzinnen, nagt daran. Unsere kurzen Hosen sind pitschnass, vom Sand ganz kratzig. Wir haben Hunger, Durst und blaue Zehen. Mama lächelt. Winkt uns hinauf ans Ufer für ein paar Schinkensandwiches. Wir schenken ihr keine Beachtung, fest entschlossen, dass wir diesmal – anders als die unzähligen anderen Male – die Flut besiegen können und unsere Burg halten wird. Toby gräbt wie wild mit der linken Hand, ich mit der rechten. Sand fliegt in hohem Bogen durch die Luft. Wir bauen weiter, stützen ab. Ein Turm zerfließt. Dann noch einer. Schließlich fängt alles an einzustürzen, und Barney und Kitty klatschen und kichern am Strand, und wir klammern uns auf dem Sandhaufen aneinander fest, schwankend und taumelnd, bis eine wütende weiße Wand aus Schaum über uns hereinbricht, den Sand platt macht und wir in die eiskalte Gischt purzeln, während uns beißendes Salzwasser in die Nase schießt.

Am nächsten Morgen laufen wir wieder über die Klippe an den Strand und fangen an, eine neue Burg zu bauen, genauso, nur größer.

33

Lorna

»Ich hatte den Verdacht von dem Moment an, als ich Amber nackt im Ankleidezimmer sah.« Der Schatten von Mrs. Altons Stock streckt sich im Abendlicht, das durchs Fenster hereinfällt. »Sie war definitiv fülliger geworden. Und natürlich waren die beiden nackt, nacheinander riechend, und alles …«, sie schließt kurz die Augen, »… ergab plötzlich einen furchtbaren Sinn. Amber hätte unmöglich nach London zurückkehren können.«

Was? Nein, sie hatte sich verhört. Lorna sinkt auf das schmale Eisenbett, fest bandagiert mit weißen Laken wie aus einem Feldlazarett. Darauf sitzt eine ausgeblichene Stoffpuppe, aus deren einem Auge aus schwarzen Stichen eine Perle baumelt. Sie nimmt sie hoch. Ihr Kopf fällt in ihrer Hand schlaff nach vorne, und Füllmaterial sprießt aus ihrem Nacken. »Ich kann Ihnen nicht ganz folgen. Tut mir leid.«

Mrs. Alton beugt sich auf dem Holzstuhl vor, fasst sich mit dem Zeigefinger an die pudrige Nasenspitze. »Oh, das hoffe ich doch.«

Verwirrt und beklommen sieht sich Lorna in der kahlen, klösterlichen Kammer ganz oben im Ostturm um – das Schulpult, die Kommode, eine Reihe abgegriffener Taschenbücher auf einem einzelnen Regal – und spürt plötzlich den Hauch der Vergangenheit eiskalt um ihren Nacken streifen.

»Natürlich sind Sie nicht Endellions Schwester, Zwilling oder sonst was«, sagt Mrs. Alton nach einem ausgiebigen Seufzer, und ihre Hände treffen sich am Griff ihres Stockes.

»Verzeihung? Sie meinen … Aber warum würde Dill lügen?«, stottert Lorna ungläubig.

»Endellion ist zu keiner Täuschung in der Lage. Sie wiederholt gehorsam das, was man ihr sagt, sie ist in so ziemlich jeder Hinsicht das vollkommene Gegenteil von Ihnen. Und man hat ihr eben erzählt, dass es da eine Zwillingsschwester gäbe.«

In Lornas Kopf fängt es an zu hämmern, ihr Mund ist wie ausgetrocknet. Nein, sie kann es nicht fassen. Sie muss gehen. Diese Frau ist ganz offensichtlich vollkommen verrückt.

»Endellion kam sechs Wochen zu früh auf die Welt, ein winziges Ding, zwei Tage vor Ihnen, was für alle Beteiligten ausgesprochen hilfreich war.«

»Aber … Peggy …« Die »P«. Jetzt sieht sie diese »P« vor sich, wie sie über das Papier defilieren. »Peggy Mary Popples Name steht auf meiner Geburtsurkunde.«

»Gewiss. Der Doktor war so freundlich, das zu schönen. Ein alter Freund der Familie. Treu ergeben wie ein Hund. Starb, ohne jemals ein Wort darüber zu verlieren. Er und Hugo haben die Spuren völlig verwischt. Haben es so gedeichselt, dass man nichts zurückverfolgen konnte und Lucians und Ambers Ruf unbeschädigt blieb.«

Lucian? Lucian und Amber? Lornas Atem geht schneller. Nein. Das ist unmöglich. Einfach unmöglich. Es ist einfach zu viel, wenn die eigene Lebensgeschichte in Fetzen vor einem liegt und kurze Zeit später gleich noch einmal.

»Peggy hat angeboten, das Baby als ›Zwillingsschwester‹ ihres unehelichen Kindes großzuziehen. Das konnten wir natürlich nicht zulassen, es war viel zu riskant.« Sie nickt vor sich hin wie zur erneuten Bestätigung ihrer eigenen Überzeugung.

Lorna umklammert die Puppe fester, drückt sie an ihren Bauch, und der fahle Raum verdunkelt sich an den Rändern ihres Sichtfeldes.

»Schauen Sie nicht so entgeistert. Es war bloß ein … verwaltungstechnisches Detail, und es war für alle ungemein hilfreich. Das war es wirklich. Peggy wurde im ganzen Dorf geächtet. Sie rechnete fest damit, auch auf Pencraw entlassen zu werden. Stattdessen boten wir ihr lebenslange Sicherheit – ihr und Endellion –, und im Gegenzug rettete sie die Altons vor … einer nicht wiedergutzumachenden Schande.« Sie zuckt bei der Vorstellung zusammen. »Außerdem gab sie dem Baby – Verzeihung, Ihnen – eine halbwegs anständige Herkunft. Wenn natürlich je herausgekommen wäre, dass es eine Ausgeburt von Inzest war …«

Lorna schlägt die Hand vor den Mund. »Oh Gott, sagen Sie mir, dass das die Lüge war …«

»Das war es, ja.« Mrs. Alton zuckt zusammen, fasst sich mit der Hand an die Wange, als wäre sie soeben geohrfeigt worden. »Nach Hugos Tod habe ich Lucian die Wahrheit gesagt. Aber da war es schon zu spät. Das Leben härtet aus wie Beton, Lorna. Es härtet schrecklich schnell aus.«

Lorna vergräbt den Kopf in den Händen, stößt ein leises Stöhnen aus. Eine Weile sitzen sie schweigend da, jede versunken in ihre eigene dunkle Welt. Vor dem Fenster kreisen Möwen, Efeu raschelt am Mauerwerk.

»Zwar nicht von unserem Schlag, aber ein respektables Paar, meinte der Arzt, geplagt von Fehlgeburten, ganz begeistert von Ihnen«, sagt Mrs. Alton schließlich, als wolle sie der ganzen Sache einen erfreulicheren Dreh geben. »Die Frau hat versprochen, Sie regelmäßig nach Cornwall mitzunehmen, damit Sie auch Ihre wahren Wurzeln kennenlernen. Ich glaube, daraus zog Amber reichlich Trost. Liebe Güte, Lorna, ich fürchte, ich habe Sie überfordert. Bitte sagen Sie doch etwas.«

Aber Lorna kann nicht. Denn all die Einzelteile fügen sich zusammen wie Teile einer Raumstation, die geräuschlos in der luftlosen Dunkelheit aneinander andocken: die Urlaube in Cornwall, die Fotos am Fuße der Auffahrt, das absurde Drängen ihrer Mutter darauf, dass sie ihr »kulturelles Erbe« kennt, während sie sich bei Louise diese Mühe nicht machte. Also hat ihre Mutter es versucht. Trotz all ihrer Ängste, die Adoption betreffend, versuchte sie dennoch das Richtige zu tun. Etwas Sprödes in Lornas Innerem wird weicher, gibt nach. Wie seltsam, denkt sie, dass sie, indem sie ihre leibliche Mutter findet, auch die wahre Natur ihrer Adoptivmutter erkennt.

»Natürlich wurde Ihnen nicht gesagt, dass Sie aus Pencraw stammen. Himmel, nein. Aber ich fürchte, es gab Gerede.« Sie seufzte. »Es gibt immer Gerede.«

Während Lorna auf den fest gespannten Laken des Bettes sitzt, in dem sie geboren wurde, streben ihre Gedanken zurück, verknüpfen Ereignisse, bringen alles in eine Reihenfolge, und sie erkennt, dass Mrs. Altons Lüge der schwarze metallische Faden ist, der alles durchwirkt. Da kommt Wut in ihr hoch, ihre dunklen Augen funkeln. »Aber warum erfindet man bloß eine so entsetzlich herzlose Sache, Mrs. Alton? Warum?«

Mrs. Alton kneift mehrfach schnell hintereinander die Augen zusammen, stellt sich auf Lornas Wut ein. »Ich dachte, es würde die Sache zwischen Amber und Lucian ein für alle Mal beenden, und wir könnten alle einfach weiterleben.«

»*Weiterleben?*«, wiederholt sie ungläubig mit vor Wut bebender Stimme.

»Lorna, Sie müssen das verstehen. Pencraw bedeutete Hugo alles, und sein Fortbestand war alles andere als sicher. Etwas musste getan werden. Toby war nicht fähig, das Haus zu beerben. Bei Lucian wäre Pencraw in sicheren Händen gewesen. Hugo wusste das auch. Deshalb stellte er nicht zu viele Fragen. Sie sehen sich sogar ähnlich! Und sie verstanden sich so gut. Er *wollte*, dass Lucian sein Sohn ist.« Der Schatten des Stockes fängt an zu zittern. »Als er auf der Terrasse im Sterben lag – ein Herzinfarkt, verursacht durch den Kummer über Barneys Tod zwei Jahre zuvor, da bin ich mir ziemlich sicher –, versprach ich ihm feierlich, das Haus zu erhalten, egal, was passiert, und dieses Versprechen habe ich gehalten. Wenigstens das ist mir gelungen.«

»Sie dürften gar nicht hier sein!«, schreit Lorna und springt wütend über die Ungerechtigkeit des Ganzen auf.

»Lorna, ich kann hier wohnen, solange ich will. In der Abwesenheit eines hier ansässigen Besitzers verwalte ich dieses Haus. Das war eindeutig Hugos Wille.«

»Aber Toby ist der rechtmäßige Erbe!«

Sie runzelt die Stirn. »Ja, und das ist der Fehler im System, der Grund dafür, dass so viele Besitztümer über die Jahre zu Grunde gerichtet werden. Familienvermögen, die über Jahrhunderte aufgebaut wurden, werden in Monaten ruiniert durch … die Last irgendeines ältesten Sohns.«

»Er war bloß ein verstörtes Kind! Er hätte Hilfe gebraucht!«

»Sie sind nicht umsonst Lehrerin, wie ich sehe.«

»Wie konnten Sie nur? Wie konnten Sie Toby so übervorteilen?«

»Lucian hat Pencraw Hall schon vor Jahren an Toby übergeben, bloß Wochen nach Hugos Tod. Letzten Endes wurde Toby nicht übervorteilt.«

»Und wo *ist* Toby dann?«

Mrs. Alton presst den Mund zusammen.

»Wo er ist?«

Mrs. Alton sieht weg.

Lorna schaudert. »Nun, es ist kein Wunder, dass niemand hierher zurückkommen will. Sie haben aus Pencraw ein Horrorkabinett gemacht! Ein Haus, dem das Herz herausgerissen wurde wie einem ausgestopften Tier! Alles, was Sie getan haben, ist wertlos. *Alles.*«

Mrs. Alton ist kreidebleich. »Meine Liebe, ich dachte, wenn ich es Ihnen erkläre, würden Sie es verstehen.«

»Ich verstehe es sehr wohl«, sagt sie, und ihre Wut verwandelt sich in etwas anderes, etwas Kälteres, Ruhigeres. Ihre Hände hören auf zu zittern. Ihre Augen sind trocken. Sie hat bekommen, wofür sie nach Black Rabbit Hall gekommen war: ihre Geschichte, so ist das wohl. Ja, die Vergangenheit wurde über ihr ausgekippt wie ein Hummerfangkorb. Aber jetzt kann sie darunter hervorkriechen. Sie ist frei und will dringend nach Hause. »Ich muss gehen, Mrs. Alton. Ich gehöre nicht hierher.«

»Oh, das tun Sie doch!« Ihre Finger schieben sich an ihre Halskette, drehen die Perlen, bis Lorna befürchtet, sie könnten sich lösen und sich über den Boden ergießen wie lose Zähne. »Das Schicksal hat Sie hergebracht, hat mir Lucian in Ihrer Gestalt zurückgebracht. Sie müssen bleiben, Lorna. Sie *müssen.*«

Lorna muss beinahe lachen. »*Bleiben?* Nach allem, was Sie getan haben? Sind Sie verrückt?«

»Es ist wegen dieses Handwerkers, oder? Jon? Tom?«, faselt Mrs. Alton und versprüht Spucke. »Dieser Klempner? Sie können ihn herholen, wenn Sie wollen. Sie können einen ganzen Flügel haben. Für Sie ganz allein. Oder ziehen Sie das Cottage des Anwesens vor?«

»Mrs. Alton, bitte …« Die Unfähigkeit dieser Frau, die Auswirkungen ihrer eigenen Handlungen zu erfassen, hat etwas bizarr Kindisches. »Hören Sie auf.«

Zu Lornas Entsetzen füllen sich die Augen der alten Dame mit Tränen.

Draußen hört sie das Geräusch eines Wagens, der die Auffahrt herauffährt, hart auf dem Kiesweg bremst. »Es tut mir leid, dass ich Sie nicht im Guten verlassen kann«, sagt sie leise.

Ohne Vorwarnung schnellt Mrs. Alton taumelnd vor, steht mit rudernden Armen vor ihrem Stuhl, eine Ertrinkende. »Aber ich bin Ihre *Großmutter*!«

Das Wort, auch wenn sie es bereits in Gedanken vorweggenommen, es gefürchtet hat, trifft sie mit unglaublicher Wucht. Einen Moment lang sagt keine von ihnen ein Wort. In dem entsetzten Schweigen hören sie Schritte auf der Treppe, erst undeutlich, dann immer lauter. Sie blicken beide zur Tür, fragen sich, wer da wohl hereinstürmen wird. Wissen, dass sie nicht mehr lange haben.

Lorna weicht zurück. »Ich hatte eine Großmutter, Mrs. Alton, die beste, die man sich vorstellen kann. Ich brauche nicht noch eine.«

»Dann bleiben Sie nur noch ein Weilchen bei mir sitzen.« Mrs. Alton packt die Lehne des Stuhls und rüttelt ihn von einem Bein aufs andere. »Bitte. Halten Sie meine Hand. Nie hält mir jemand die Hand.«

Ihrer eigenen geistigen Gesundheit zuliebe muss Lorna dieses Zimmer verlassen.

»Lorna.« Mrs. Altons Stimme ist bloß ein jämmerliches Wimmern. »Bitte lassen Sie mich nicht allein an diesem grässlichen Ort zurück.«

Lorna dreht sich um und tritt wieder zu ihr.

Eine Sekunde später steht er da, mit ausgebreiteten Armen, ein Riese in dem engen Türrahmen.

»Jon!« Lorna fliegt auf ihn zu. Wirft sich in diese Arme, vergräbt ihr Gesicht an seinem Hemd, beinahe geben ihre Beine nach.

Er nimmt sie bei den Schultern, seine Augen suchen ihre. »Bist du okay?«

Sie nickt, verkneift sich blinzelnd die Tränen, so viele unterschiedliche Gefühle fließen durch ihre verschränkten Blicke hin und her. »Es ist viel passiert«, ist alles, was sie herausbekommt, und der Taumel ihrer Gedanken beruhigt sich unter dem Gewicht seiner Hände.

»Ich weiß.« Er zupft ihr eine Haarsträhne von der heißen Wange.

Mrs. Alton hustet, erinnert sie an ihre Anwesenheit. Jon starrt über Lornas Kopf hinweg zu der bleichen Dame hinüber, die mit geschwollenen Fingern die Stuhllehne umklammert.

»Mrs. Alton?«

Sie nickt, die Augen noch immer vor Überraschung geweitet.

»Ist mit Ihnen alles in Ordnung?«, erkundigt er sich sanft und scheint das Gespräch zu wittern, das die Luft in diesem merkwürdigen kleinen Raum aufgewühlt hat.

»Ich … fühle mich ziemlich erschöpft.«

»Kommen Sie, meine Liebe. Gehen wir hinunter, ja?« Jon nimmt Mrs. Altons zitternden, dünnen Arm, hilft ihr durchs Treppenhaus nach unten, immer langsam, Schritt für Schritt, setzt sie schließlich in dem bescheidenen Wohnzimmer unten im Ostturm in ihren Lehnstuhl, legt ihr eine Karodecke über die Knie und schenkt ihr ein ordentliches Glas Sherry ein, was sie alles ohne Murren akzeptiert, als hätte sie schon lange auf einen jungen Mann gewartet, der die Regie übernimmt. Ihr Kinn sinkt auf ihre Brust, die Augen schließen sich langsam. Jon wendet sich an Lorna, die Mrs. Altons Fügsamkeit mit wachsender Verwunderung verfolgt. »Und? Kann ich dir auch einen Drink machen?«, fragt er.

Es ist wie an ihrem ersten Abend, der Lärm und das Gedränge der Party. Und sie antwortet – wie damals: »Ja, bitte, sehr gerne.«

Wein in staubigen Flaschen taucht aus dem Keller auf – von Dill wie Nudelhölzer geschwungen – Jahrgangsweine, die nach Honig und Blüten aus längst vergangenen Mittelmeersommern duften. Dill, Alf, Doug und Louise umgeben sie im Salon, zwitschernd wie aufgeregte Vögel, und scheinen sich dann ins restliche Haus zu verflüchtigen und lassen Jon und Lorna bei Wein, marinierten Garnelen und Gebäck zurück. Allein Alfs Lachen und das gereizte Bellen des Hundes sind Indizien dafür, dass sich außer ihnen überhaupt jemand in dem riesigen Haus aufhält.

Lorna verschränkt ihre Finger mit denen von Jon. Überraschenderweise ist die Nacht bereits angebrochen, mit einem glänzend schwarzen Himmel, durchstochen von Sternen. Mit dem Sonnenuntergang ist auch die Temperatur gefallen, und die Augustluft, die durchs Fenster hereinwogt, ist mit Herbst gewürzt, der Süße der Lese.

Jon umfasst ihre Taille, zieht sie an sich. Warmer Atem zirkuliert in dem sich schließenden Raum zwischen ihren Mündern. Es gibt so viel zu sagen, dass Lorna nicht weiß, wo sie anfangen soll. Die Intensität der vergangenen Stunden hat sie sprachlos gemacht.

»Soll ich Feuer machen?«, flüstert er.

Sie nickt – er weiß, was sie will, noch bevor sie es selbst weiß – und schaut fasziniert zu, wie Jon sich hinkniet und im Kamin eine vollendete Pyramide aus Scheiten und Anzündholz aufschichtet. Er entzündet ein Streichholz und pustet kräftig.

Kurze Zeit später lodert das Feuer, Rauch sammelt sich in den Ecken des tintigen Raumes, das Knistern der Flammen bildet einen ursprünglichen Klang, der etwas tief in Lorna ruhig stimmt, die Gegenwart ist jetzt und hier am lebendigsten, die Vergangenheit und die Zukunft sind hauchzart wie ein Traum. Sie sitzen auf dem Teppich, Lorna zwischen seine Beine geschmiegt, sein Kinn auf ihrem Kopf. Und langsam, zögerlich fängt Lorna an, Jon zu erzählen, was sie erfahren hat. Sie fädelt es erneut auf und durchlebt es noch einmal – aber diesmal aus einer sicheren Distanz. Als sie fertig ist, sitzen sie schweigend da, die Stille nur vom Zischen des Feuers und dem leisen Ticken der Uhr durchbrochen. Jon beugt sich hinunter und küsst die weiche Babyhaut hinter ihrem Ohr. »Du bist wirklich außergewöhnlich, Lorna.«

Die Liebenswürdigkeit seiner Bemerkung treibt ihr Tränen in die Augen. »Ich fühl mich aber nicht außergewöhnlich.«

Er zieht sie fester an sich. »Bist du aber.«

Sie streckt die Hand aus und schiebt mit dem eisernen Schürhaken einen Holzscheit in die Flammen. »Diese ganze Sache ist ziemlich übel. Ich weiß nicht, was ich damit anfangen soll.«

»Es ist nicht deine Sache. Das bist du nicht.«

»Aber es hat mich gemacht. Es ist *in* mir, Jon.«

»Und deswegen bin ich dankbar dafür, für jeden Todesfall, jede verkorkste Lüge, für alles, Lorna.«

Sie wendet sich vom Feuer ab und sieht ihn an. »Das kannst du doch nicht ernst meinen.«

»Lorna, ich liebe die Frau, die du bist, die Frau, die du wirst, die Mutter, die du bestimmt einmal sein wirst. Ich wünsche mir nichts sehnlicher, als alles von dir zu wissen, nicht ausgeschlossen zu werden.«

Sie senkt den Blick. »Ich wollte nicht, dass dieses Bruchstück … ein Teil von uns ist. Ich wollte, dass es verschwindet.«

»Ist es aber nicht.«

»Nein.«

»Aber ich hätte dich nicht drängen sollen. Es tut mir leid. Es stand mir nicht zu, das zu tun.«

Sie lehnt den Kopf an seine Schulter. »Das Komische ist, am Ende war es dieses Haus, das mich zurück in meine Vergangenheit gedrängt hat, sie freigesetzt hat. Nicht ich. Nicht du.«

Er schenkt dem rauchigen Raum ein respektvolles Nicken. »Was für ein Haus.«

»Mit dir darin ist es besser.« Sie streift leicht seine Fingerknöchel, führt seine Hand an ihre Lippen. »Ich fasse es nicht, dass du extra den ganzen Weg hergefahren bist.«

»Bin gerast wie ein Verrückter, ich wurde bestimmt mindestens zweimal geblitzt.« Er stockt. »Nicht gerade vernünftig von mir.«

Sie lächelt. »Überhaupt nicht.«

Er vergräbt die Nase an ihrem Hals. »Insgeheim hat es mir ziemlich Spaß gemacht.«

Sie lacht, und in ihrem eigenen gelösten Lachen hört sie ein anderes, fremdes Lachen, und beide überlagern sich. Sie dreht sich um und sieht Jon fragend an, fragt sich, ob auch er es gehört hat. Doch sein Ausdruck hat sich nicht verändert: All seine Aufmerksamkeit gilt ihr. Und doch kommt es ihr vor, als wären die Alton-Kinder – Toby, Amber, Kitty und Barney – mit in diesem Zimmer, ein verspielter Schimmer im grauen Holzkohlerauch, ein blaues Hüpfen in einer goldenen Flamme, nur einen oder zwei seltsame, schöne Augenblicke lang. Dann sind sie wieder verschwunden.

34

Acht Tage später, New York City

Das Diner ist düster und koffeingeschwängert. Draußen auf der Straße ist es hell, die Stadt glitzert unter einem absurd blauen Himmel. Lornas Augen können sich einfach nicht daran gewöhnen. Genauso wenig wie sie selbst.

New York. Greenwich Avenue. Das Herz dieses Tintenkringels auf dem Globus in Black Rabbit Hall.

Ihr Jetlag, vermischt mit einer schlaflosen Nacht, verleiht dem Morgen eine surreale Unschärfe. Es fällt ihr schwer, sich nicht wie in einem Film zu fühlen, nicht davon auszugehen, dass gleich jemand gelaufen kommt und »Cut!« schreit und sie wieder zurück nach Bethnal Green schickt.

»Bist du auch wirklich okay?«, erkundigt sich Jon und schiebt die zusammengefaltete Straßenkarte in die Gesäßtasche seiner Jeans.

»Ich weiß nicht.« Sie ist sich nicht sicher, ob sie weinen oder hysterisch lachen soll. Vielleicht sollte sie sich einfach ein Taxi rufen, das sie wieder zurück zum JFK bringt. »Meine Hände zittern. Um ehrlich zu sein, bin ich ziemlich durch den Wind, Jon.«

»Das sieht man dir aber nicht an«, sagt er sanft. Seine gesprenkelten haselnussbraunen Augen sind lichterfüllt.

»Tja, das ist ja schon mal was.«

»Du siehst wunderschön aus.«

Sie lächelt und dreht sich nervös die Haare aus dem Nacken – wie kann es im September noch immer so heiß sein? – und lässt sie dann wieder herabfallen, beruhigend schwer und glänzend, dank der kopfhautversengenden Fönfrisur, die sie sich in der Nähe des Broadway hat verpassen lassen. Louises Anweisungen folgend, hatte sie sich auch Maniküre und Pediküre gegönnt (natürliche Nägel zu haben, scheint in New York anscheinend gleichbedeutend zu sein, wie mit haarigen Beinen die Bond Street runterzulaufen) und ein teures blaues Kleid aus einem Laden im Meatpacking District. Ihre roten hohen Schuhe – die sich zwar zum Gehen nicht besonders eignen – sind ihre Glücksschuhe, die sie auch trug, als sie Jon kennenlernte. Ihre roten Dorothy-Schuhe. Schlag dreimal die Hacken zusammen. »Bereit«, sagt sie.

»Okay. Ich muss mich bloß noch orientieren.« Jon schiebt seine Ray Ban herunter, schaut die Straße entlang und runzelt die Stirn. »Drei Blocks in diese Richtung, glaube ich.«

»Vielleicht könnten wir auf die Karte schauen?«

»Ich brauche keine Karte. New York ist eine logische Stadt.«

Was ist das bloß mit Männern und Karten?

Er grinst. »Wir sind hier nicht in Cornwall. Keine Sorge.«

Aber sie kann nicht anders. Die Vorstellung, zu spät zu kommen, dass etwas schiefgehen könnte …

Dass bis jetzt noch nichts schiefging, ist schon ein Wunder. Sie hat keine Lebensmittelvergiftung erwischt. Sie hat keinen grässlichen Akneschub bekommen. Und nicht mal das Flugzeug war vom Himmel gefallen. Sie ist hier in New York und steht, so unwahrscheinlich wie das ist, auf einem Bürgersteig, bloß Minuten entfernt von der Frau, die sie zur Welt gebracht hat. Allein von dem Gedanken daran wird ihr ganz schlecht, und sie drängt sich an Jon. Oh, wie sie diesen Mann liebt. Sie muss noch einmal an die lange, zauberhafte Nacht denken, die sie in dem tintigen Salon auf Black Rabbit Hall verbracht haben, wo die Zeit im wabernden Rauch des Holzfeuers stehen zu bleiben schien, bis die Morgendämmerung das Zimmer wachküsste und sie die Treppen hinauf ins Bett wankten.

Sobald sie nach London zurückgekehrt waren, in die geschäftigen Straßen, beherrscht vom Läuten des Big Ben, ging sofort alles ganz schnell. Jon wollte Lorna helfen. Wenn sie ihn nur ließ. Was wollte Lorna machen? Sie wollte, ja, sie wollte versuchen, ihre leibliche Mutter zu finden. Nein, sie würde absolut nicht die Nerven verlieren. Mit Jon an ihrer Seite, neu geerdet, tief verwurzelt in ihrem eigenen Leben, fühlte sie sich stark genug, das Risiko einzugehen. Außerdem war sie nicht davon ausgegangen, dass wirklich die Möglichkeit bestand, Amber Alton zu finden.

Es brauchte bloß ein paar Mausklicks. Lorna verlor die Nerven. Jon musste die E-Mail schreiben, den Anruf tätigen, für den sie viel zu nervös war, die Frage stellen, die Lorna nicht auszusprechen wagte, ob sie sich treffen wollten? Und als die Antwort lautete »Oh mein Gott, ja, ja! Wann?« und die Teetasse aus Lornas Hand glitt, war Jon es, der alles in die Hand nahm, die Reise noch in die Tage Anfang September quetschte, bevor das neue Schuljahr losging, seine steinreichen Kunden in Bow hängen ließ, Flugtickets buchte und ein Zimmer in einem beengten, aber charmanten Hotel am Washington Square und alles leichthin aus dem Weg räumte, was vorher unüberwindlich erschien. Das Leben war schließlich nicht in Stein gemeißelt.

Don't walk.

Walk.

Ein Taxi hupt. Sie brauchen zu lange über die Straße. Es sind die roten Schuhe. Sie biegen in eine Seitenstraße. Sie zieht an Jons Hand. Bleib mal stehen. Sie will all das auf sich wirken lassen, nur einen Moment: das New Yorker Leben; der heiße Wind, der aus den U-Bahngittern dringt; die Art und Weise, wie das pure, in die Höhe schießende Ausmaß dieser Stadt Black Rabbit Hall zu einem so winzigen unbedeutenden Punkt zusammenschrumpfen lässt. Noch drei Blocks. Zwei. Einer. »Jon, ich kann das nicht. Ich glaube, ich schaff das wirklich nicht.«

Jon ist bereits darauf vorbereitet. »Okay. Kein Problem. Dann gehen wir zurück ins Hotel.«

»Aber das kann ich auch nicht!«

»Tja, dann bleib einfach hier stehen.« Jon legt den Arm um ihre Schulter, drückt sie an sich. »Bis du so weit bist.«

»Die Puppe! Verdammt. Ich habe Kittys Puppe vergessen«, Lorna wühlt in ihrer Handtasche.

Sobald Mrs. Alton von Dill erfahren hatte, dass Lorna nach New York fliegen würde – Lorna und Dill stehen in regelmäßigem Kontakt –, schickte sie sie mit der Puppe per Zug nach London. An der Paddington Station drückte Dill sie ihr verstohlen in die Hand wie ein geschmuggeltes Juwel oder ein entführtes Kind und murmelte etwas davon, dass Mrs. Alton sie vor vielen Jahren konfisziert hätte.

»Nein. Doch, ich hab sie!« Sie reißt die Puppe aus der Tasche und küsst sie erleichtert. Kein Passant zieht auch nur die Augenbraue hoch. Sie mag diese Stadt.

Jon nimmt ihr Gesicht in die Hände. Die Sonne brennt ihnen heiß auf den Rücken. »Siehst du? Du hast alles, was du brauchst.«

Stimmt das? Wenn das hier schiefgeht – was durchaus möglich ist, sie ist ja nicht dumm –, was bleibt ihr dann? Jon, ihre Familie, schwer errungene Selbsterkenntnis. Das, beschließt sie, ist doch gar nicht wenig. »Ich weiß.«

»Gut. Wir sind nämlich da.«

»Im Ernst? Oh. Mein. Gott. Das ist dein Ernst, oder?«

Sechs Schritte. Eine gepflegte schwarze Tür. Drei Klingeln auf einem angelaufenen Messingschild. Die zweite Klingel. Apartment Nummer zwei: »Amber und Lucian Shawcross.«

35

Amber, am Tag von Lornas Hochzeit

Das Klirren einer Rohrleitung unter dem Boden des Ankleidezimmers lässt mich zusammenzucken – der längst vergessene Laut ist die akustische Version davon, in den Spiegel zu blicken und nicht mich selbst darin zu sehen, sondern für einen kurzen, aufrüttelnden Moment, der mich in Gelächter ausbrechen lässt, meine Mutter.

Mama fühlt sich heute so ausgesprochen nah an, näher als seit vielen Jahren. Unwillkürlich stelle ich mir vor, wie sie verschiedene Kleider anprobiert und wieder ablegt und mich über ihre sommersprossige Schulter hinweg bittet, ihr den Reißverschluss zuzumachen. Auch Barney zu ihren Füßen lacht. Peter Pan, für immer sechs Jahre alt. Toby beobachtet uns, in den Türrahmen gelümmelt. Der Feuerkopf. Die linke Hand neben meiner rechten.

Ich setze mich auf den Hocker, überwältigt von der Sehnsucht, die Regeln der Physik für ein paar Sekunden zu überwinden – falls das möglich ist, dann sicher hier – und diese innig geliebten Gesichter im Spiegel erkennen zu können, rosig, voller Leben, so wie sie waren.

Aber nur mein eigenes vertrautes Gesicht erscheint in dem fleckigen Glas. Ich starre es neugierig an, schiebe mein Kinn hoch und runter, darauf versessen, in meinen Zügen nach den ihren zu suchen. Und ja, da ist sie – in der Oberlippe, dem

Schnitt des Kinns – meine Tochter. Meine. Tochter. Welche Worte!

Es ist schwer zu glauben, dass es erst zwei Monate her ist: endlose Telefonate, zwei Besuche in New York, einer in London, jeder davon prall gefüllt, überbordend, ganze Lebensgeschichten in wenigen Tagen und über verschiedene Zeitzonen hinweg erzählt. Wir achten darauf, unsere Begegnungen nicht zu überfrachten. Wir haben auch versucht, feinfühlig mit unserem Sohn Barney umzugehen, der zwar ganz begeistert davon ist, eine Schwester zu haben, aber an die Herrschaft eines Einzelkindes gewöhnt ist. Immer mit der Ruhe, meint Lucian und schirmt alle anderen ab: Tante Bay, Kitty und ihre Familie, Matilda, unsere erstaunten Freunde, die Künstler in der Galerie, Lucians verblüffte Kollegen an der Columbia.

Jeden Morgen, seit Jon zum ersten Mal anrief, habe ich Lucian wachgerüttelt. Träume ich? Bist du sicher, dass es wahr ist? Hat sie mir verziehen, dass ich sie fortgegeben habe? Meine alte Angst – dass die Menschen, die ich liebe, verschwinden oder sterben könnten – kocht wieder hoch. Er reibt sich die Augen, tastet nach der Brille auf seinem Nachttisch und beruhigt mich auf die Weise, wie es nur Lucian vermag.

Nach diesem kleinen Ritual erlaube ich mir die süße Qual, die Tage zu zählen, die Stunden und Minuten, bis ich Lorna wiedersehen oder sprechen kann, ganz vernarrt in diese wundervolle junge Frau, meine und doch nicht meine Tochter – das vollkommen geliebte Baby, vollkommen verloren, das tapfer seinen Weg machte, nach den Antworten suchte, die sie brauchte, und Black Rabbit Hall überlebt hat, mit ungetrübtem Mut und Humor. Oje, die Liebe hat mich ganz närrisch gemacht.

Lorna. Kein Name, für den ich mich entschieden hätte, aber er passt zu ihr, die bodenständige Ehrlichkeit daran. Ich traute mich damals nicht, sie anders als »das Baby« zu nennen, aus Angst, dass ich sie sonst zu sehr lieben könnte. Es war zwecklos, ich liebte sie trotzdem. Als sie mir weggenommen wurde – aus meinen Armen gerissen, während ich schrie –, sagte mir Caroline, der Mund schmal wie eine Schnittwunde, ich solle nicht selbstsüchtig sein, müsse tun, was das Beste für das Kind sei, dann die eiligen Schritte des Arztes die Treppe hinunter. Anschließend kehrte ich nach London zurück als ein wundes, gehäutetes Ding. Ich habe es nur Matilda erzählt – niemand sonst erfuhr es, und meine Einkerkerung wurde mit Krankheit erklärt. In den kostbaren Nächten, in denen ich in Matildas Bett schlief, redeten wir stundenlang von »dem Baby«, wo sie war, was aus ihr wurde, ob sie rothaarig wie ich oder dunkel wie Lucian war. Ein paar Monate später erlaubte mein Vater, der mich unbedingt aus meinem apathischen, tränenreichen Trübsinn reißen wollte, dass ich zu Tante Bay zog und eine Weile in New York zur Schule ging. Uns beiden war damals nicht klar, dass es für immer sein würde. Ich weiß noch, wie ich am Flughafen stand, den braunen Lederkoffer zu meinen Füßen, und Matilda sich mit verrutschter Brille zu mir beugte und mir ins Ohr flüsterte: »Eines Tages wird das Baby kommen und dich finden, Amber. Das schwöre ich dir.« Ich glaubte ihr nicht.

Im Flugzeug, als ich hinunter auf das Dach aus weißen Wolken starrte, beschloss ich, so zu tun, als wäre das Baby gestorben, zusammen mit den anderen. Es war der einzige Weg zu überleben.

Natürlich konnte ich nie aufhören, mich zu fragen, auf den Kalender zu schauen, nachzudenken. Jetzt ist sie drei oder in der ersten Klasse oder sechzehn. Und ich überlebte. Mein Leben war erfüllt und rege. New York ist vollgestopft mit Psychiatern, Arbeit, Yoga und Kunst. Es gab Wunden, von denen ich nicht wollte, dass sie heilen – zu genesen hieß vergessen, und ich wollte niemals vergessen –, aber ich war es unserem Barney schuldig, dass aus mir kein hoffnungsloser Fall wurde.

Ein Klopfen an der Tür. »Die Feier fängt an, Schatz.« Lucians Stimme unterbricht meine Gedanken. »Meinst du, du wirst noch vor dem Morgengrauen fertig?«

»Bin gleich so weit.« Ich beuge mich vor zum Spiegel, prüfe, ob ich Lippenstift auf den Schneidezähnen habe. Ich drehe mich um, schaue an mir herunter und spüre eine Welle der Unsicherheit. Ist das lange, grüne Kleid zu viel? Zu grün? Wird es Lorna gefallen? Es sieht nicht so sehr nach Brautmutter aus. Aber wie ist die Kleiderordnung für die lang verschollene leibliche Mutter auf einer Hochzeit in Cornwall in einem ungewöhnlich warmen Herbst? Ich habe nicht die geringste Ahnung.

»Barney ist schon runtergegangen, hat sich wie immer an das hübscheste Mädchen im Saal drangehängt.« Lucian bewegt sich aus dem linken, angewinkelten Flügel des Spiegels in die gerade Mitte. Er legt den Arm um meine Taille, küsst mich auf die nackte Schulter und lächelt uns unter seinem Wuschelkopf aus graumeliertem Haar zu.

Ich frage mich, was er sieht. Das Paar mittleren Alters, das wir sind? Oder die Teenager, die wir einst waren? Ich weiß bloß, dass ich, wenn ich ihn anschaue, weder die grauen Haare noch das schlaffer werdende Kinn sehe, sondern Lucian, wie er an dem Tag war, als wir wieder vereint wurden: schmalhüftig, mit ins Gesicht fallenden Haaren, ganz und gar der glänzende junge Student, der nervös im honigfarbenen Oxforder Schatten unter der Bridge of Sighs auf und ab ging, ohne zu wissen, dass ich ihn aus ein paar Metern Entfernung beobachtete, zu ängstlich, um aus dem Schatten einer schmalen gepflasterten Gasse zu treten. Es war fast zwei Jahre her, seit ich Lucian zuletzt gesehen hatte, aber er verschlug mir noch immer den Atem.

Sein Brief hatte bloß Tage zuvor in Tante Bays Briefkasten gesteckt, mit einer Briefmarke der Queen, ich meinte den vertrauten tintigen Geruch seiner Finger zu riechen. Er schrieb mir, dass ihm seine Mutter die Lüge gebeichtet hätte (was nur mein Gefühl in dieser Sache bestätigte). Auch von dem Baby habe man ihm nichts gesagt, von dem, was ich alleine durchlitten hatte. Ob ich ihm jemals vergeben könne? Ob wir uns treffen könnten? Caroline hatte gesagt, ich würde sein Leben ruinieren, wenn ich ihm je von dem Kind erzählte, und dass er mich dann für immer hassen würde. Dass er es nun wusste und mich trotzdem sehen wollte, war eine solche Erleichterung für mich und so ein Schock zugleich, dass ich zu Boden sank und weinte. Tante Bay wurde sogleich aktiv, warf meine hübschesten, kürzesten Kleider in eine Tasche, verfrachtete mich in ein Taxi zum Flughafen und wies mich an, am anderen Ende angekommen »Oxford, bitte!« zu rufen.

Als ich aus dem Schatten der engen Gasse trat, hatte ich keine Ahnung, was als Nächstes passieren würde. Es war so viel Zeit vergangen. Ich war misstrauisch und vom Kampf gezeichnet, nicht mehr das jugendfrische Mädchen, das er geliebt hatte. Doch als Lucian aufblickte, traf ein Sonnenstrahl das funkelnde Verlangen in seinen Augen, und ich wusste es. Ich wusste einfach, dass uns nichts mehr trennen würde. Natürlich wusste ich nicht, wie schwer es würde, zusammenzubleiben, es von dem einen süßen Kuss auf eine über zwanzigjährige Ehe zu schaffen. Ich glaube nicht, dass das irgendwer weiß.

»Tolles Kleid.«

Ich lächle ihn im Spiegel an, froh darüber, aus meinen Gedanken gerissen zu werden. »Nicht zu viel?«

»Auf eine gute Weise.«

»Tja, zu spät, um sich jetzt noch mal umzuziehen. Ich hab auch meine Tasche verbummelt. Hast du die kleine goldene gesehen?«

Er setzt seine Brille auf, sieht sich suchend im Zimmer um. Wir entdecken sie gleichzeitig … Sie hängt an der Schranktür.

Lucian nimmt meine Hand.

Ein weiterer Moment verstreicht. Zwei. Wir senken die Köpfe, erinnern uns an die Menschen, die wir verloren haben. Dann nimmt Lucian die Handtasche von der Tür, und wir steigen, uns noch ein bisschen fester an den Händen haltend, die Treppe zur Feier hinunter.

Einige Stunden später suche ich Zuflucht am Waldrand bei den Kaninchenbauen – sie sind noch immer bewohnt, wie ich sehe. Die überschwänglichen Begrüßungen und Umarmungen von Fremden – »Wow, Sie sehen genauso aus wie Lorna!«; »Hier, Lil, darf ich dir Amber Shawcross vorstellen, ja, *die* Amber Shawcross, extra aus New York eingeflogen« – sind rührend, aber ermüdend.

Außerdem will ich eine Weile meinen eigenen Gedanken nachhängen, die recht lebhaft sind heute Abend. Wenn ich auf diesem Baumstamm sitze – allein das Gefühl des samtig grünen Mooses lässt Jahrzehnte von mir abblättern –, erscheint mir meine Kindheit lebendiger als New York vor einer Woche. Und ich sehe alle noch so deutlich vor mir. Uns, wie wir waren: Mama und Papa, die auf der Terrasse über irgendeinen unverständlichen Erwachsenenwitz lachen, Kitty, die resolut mit ihrem Puppenwagen die Steintreppe hinunterrattert; Barney, der über den Rasen läuft, eine Blindschleiche in der hohlen Hand; Toby, der mir vom Waldrand aus zuwinkt: »Amber, komm, schau mal …«

Aber ich kann keinen meiner geliebten Geister lange halten; die Vergangenheit wird von der schwindelerregenden Lebendigkeit der Gegenwart verdrängt. Noch nie wirkte Black Rabbit Hall fröhlicher oder lebendiger, getaucht in die Wärme des zauberhaften Altweibersommers, geschmückt mit

Lampions, Lichterketten, Wimpeln und Luftballons, und aus seinen glänzenden Fenstern zwinkert das milde Herbstlicht. Kinder lassen sich die abfallenden Rasenflächen hinabkullern. Schöne junge Menschen tanzen auf der Terrasse, langbeinige Mädchen umkreisen meinen entzückten Sohn und lassen sich abwechselnd von ihm herumwirbeln. Tabletts voll winziger, dreieckiger Krabbensandwiches und Pastetchen schwanken auf den Handflächen einheimischer Jugendlicher durch die Menge. (»Zu viel Alkohol, zu wenig Essen«, flüsterte mir Lucian anerkennend ins Ohr. »Wie sich das für eine gute Hochzeit gehört.«)

Ich lasse alles auf mich wirken, staune über die Gestalt von Dill, die zu einem Abziehbild von Peggy herangewachsen ist, sodass ich mich glatt vergaß und bei unserer ersten Begegnung auf sie zustürmte und sie umarmte. Das letzte Mal, als ich sie sah, war sie erst so groß wie ein Katzenjunges: In den bittersüßen Tagen nach Lornas Geburt stahl sich Peggy manchmal mit einem Blech Kuchen in mein Zimmer, und wir saßen auf dem Bett und versuchten, unsere Babys zu stillen.

Lorna meinte, es waren vor allem ihre wundervolle Schwester Louise und Dill, die diese Hochzeit erst möglich machten, sie in letzter Minute noch auf wundersame Weise realisierten. Sie scheinen beide seit Stunden herumzuhetzen und gutmütig alte Tanten zu retten, die sich in den Türmen verlaufen haben, und betrunkene Teenager aus dem Wald, während sie einen ganzen Schwanz aufgeregter Kinder im Schlepptau haben und die Ein-Mann-Kirmes, die Alf darstellt, der Lucian immer wieder die Titelmelodie aus *Toy Story* auf dem Flügel spielen lässt.

Lorna hat eine großartige Familie: liebevoll, innig, herrlich normal – alles, was ich gehofft habe. Wenn Sheila noch lebte, würde ich ihr danken. Lorna meint, ihre Beziehung war nie besonders einfach, aber Sheila hat definitiv etwas richtig gemacht, und dafür bin ich ihr auf ewig dankbar. Und Doug ist wundervoll. Ich mag Doug sehr. Lucian ebenso. Die beiden – so unterschiedlich sie auch sein mögen, Doug in einem hellblauen Anzug mit rosa Krawatte, Lucian in einem zerknitterten Prada-Anzug – sitzen schon seit einer Stunde auf einem Heuballen, lachen, trinken Apfelwein und rauchen Zigaretten, obwohl sie beide vor Jahren damit aufgehört haben. Ich sehe, dass auch Lorna sie verstohlen beobachtet, prüft, ob sie sich verstehen.

Und Jons Großfamilie – wie glamourös sie ist, wie laut und paillettenglitzernd! – bewegt sich auf dem Anwesen wie ein Schwarm exotischer Fische. Sie sprechen rasend schnell, mit einem Akzent, den ich nach all den Jahren im Ausland nur schwer festmachen kann. Und über allem hat Lornas Schwiegermutter Lorraine das Zepter in der Hand, eine Frau, die irgendwie überall gleichzeitig zu sein scheint und einen Hut mit Leopardenmuster trägt, der die Größe einer Satellitenschüssel hat, aber noch von Tante Bays Kopfschmuck in den Schatten gestellt wird, einem gigantischen Puschel aus Pfauenfedern, deren flauschige petrolfarbene Spitzen über den Köpfen der Menge schwanken, während sie an Kittys Arm herumtapst und jedem, der ihr zuhört, von ihrer lieben verstorbenen Schwester Nancy erzählt, die Partys so liebte und der Grün ausgezeichnet stand. Kitty lacht und überlässt Bay gern die Hauptrolle. Sie zieht ihre Freude daraus, ihren eigenen vier Kindern – allesamt Amerikaner, nachdem Kitty im Alter von sechzehn Jahren zu mir nach New York gezogen war, einen guten Freund von mir heiratete und sich schließlich in Mamas Heimat Maine niederließ – zu zeigen, dass das verwilderte alte Haus, von dem sie ihnen so viel erzählt hat, wirklich existiert. Und nein, ernsthaft, ihre Handys haben dort keinen Empfang.

Ich frage mich unwillkürlich, was Caroline wohl von alldem gehalten hätte. Hätte sie sich darüber gefreut? Oder war sie zu so etwas wie Freude gar nicht fähig? Wir werden es wohl nie erfahren. Sie starb letzten Monat in einem Hospiz in Truro, während sie dankbar Lucians Hand umklammert hielt. Am Ende konnte er sich irgendwie ein Herz fassen und hat ihr verziehen. Ich werde das nie können. Wie das restliche Universum stieß ich einen Seufzer der Erleichterung aus, als sie starb, und fragte Gott, warum er sich so verflucht lange Zeit gelassen hatte.

»Kann ich noch etwas bringen?« Ich blicke auf und sehe Jon, groß und gutaussehend in einem dunkelblauen Anzug, der mich schüchtern anlächelt. »Noch etwas zu trinken?«

»Nein, ich habe alles, was ich brauche, danke.« Ich klopfe neben mir auf den Baumstamm. »Man kümmert sich ausgesprochen gut um mich. Es ist eine wundervolle Hochzeit, Jon.«

Er setzt sich neben mich, und große, kantige Knie zerren am Stoff seiner Hose. »Ein bisschen seltsam, zurück zu sein?«

Ich lache. »Ein bisschen.«

»Lorna hat befürchtet, dass es vielleicht zu viele Dinge aufwirbelt.«

»Ach, keine Sorge. Black Rabbit Hall lebt hier oben sowieso weiter.« Ich tippe mir an die Stirn. »Und weißt du was, ich bin froh, dass es so ist, wirklich.«

Er starrt hinunter auf seine riesigen Füße und verströmt diese entzückende, leicht ungläubige Ausstrahlung, die Bräutigame an ihrem Hochzeitstag so an sich haben, die auch Lucian vor so vielen Jahren im Rathaus zeigte. Hübsche Schuhe, fällt mir auf. Kastanienbraune italienische Budapester, etwas altmodisch. Lornas Einfluss, vermute ich. Ich wünschte, meine Lehrer in der Schule wären auch nur halb so stilsicher gewesen.

Sein Knie fängt an zu zappeln. »Mrs. …«

»Amber bitte!«

»Entschuldigung.« Er lacht nervös, und sein Knie zuckt hastiger, bevor er herausplatzt: »Ich habe mit Toby gesprochen.«

Ich erstarre. »Was? Was hast du da eben gesagt?«

»Dein Bruder Toby hat mich angerufen«, sagt er jetzt etwas sanfter.

Mir zieht es den Boden unter den Füßen weg. Ich muss mich mit der Hand auf dem Baumstamm abstützen. »Du hast mit Toby *telefoniert*? Wie … verdammt. Tut mir leid. Entschuldige … Wie um alles auf der Welt …«

»Ich habe ihm eine Einladung geschickt, zusammen mit einem Brief, in dem erklärt wird, wer wir sind, und mit meinen Kontaktdaten. Ich hörte lange nichts von ihm und hatte ehrlich gesagt auch nichts anderes erwartet. Doch als ich heute Morgen aus der Dusche kam und meine Gedanken natürlich ganz woanders hatte, rief ein Mann an, der mit heiserer Stimme sagte, er sei Toby Alton, und der wissen wollte, ob das wirklich eine Einladung zu der Hochzeit von Ambers lang verloren geglaubter Tochter sei. Er konnte es überhaupt nicht fassen. Aber er klang sehr glücklich, als ich es bestätigte.«

Meine Augen füllen sich mit Tränen. Und ich werde schlagartig zurückversetzt in diese fiebrige Nacht in London, als ich keinen Schlaf fand. Ich setzte mich im Bett auf und verfasste einen krakeligen Brief an Toby in seinem abgeschiedenen Internat – »das Gefängnis«, hatte er es genannt – und vertraute ihm die Sache mit dem Baby an. Ich hatte das Geheimnis über ein Jahr lang vor ihm verborgen und konnte es einfach nicht mehr länger für mich behalten. Eine Woche später erhielt ich eine simple Nachricht, die ich immer wie einen Schatz gehütet habe: »Ich weiß. Ich habe von ihr geträumt. Sei stark, Schwesterherz. Dein T.«

»Möchtest du eine Minute für dich haben, Amber?«, fragt Jon, als ich mir die Augen wische. »Ich hätte dich vorwarnen sollen. Aber ich wollte keine falschen Hoffnungen wecken.«

»Nein, nein, wirklich, mir geht es gut.« Ich habe tränenverschmierte Wimperntusche an den Fingern und versuche zu lächeln. »Bitte erzähl weiter. Was hat er noch gesagt?«

»Nicht viel. Dass er nicht zur Hochzeit kommen könne, aber dass er uns alles Gute wünsche.« Jon senkt den Blick. »Es knisterte noch, und dann war die Leitung plötzlich tot.«

»Ich … Ich verstehe noch immer nicht. Woher wusstest du seine Adresse? Er ruft mich alle paar Jahre an oder schreibt mir, dass er noch lebt und es ihm gutgeht, aber das war's. Er hat noch nie eine Nummer hinterlassen, nichts.«

»Dill hat seine Adresse herausgefunden.«

»*Dill?*« Ich bin so überrascht, dass es mir beinahe die Sprache verschlägt.

»Ein paar Tage bevor Caroline starb, übergab sie ihr ein dickes, feuchtes Bündel Briefe, Verwaltungsunterlagen und Dokumente – sie waren mit Gartengarn verschnürt –, Dinge, von denen sie dachte, Dill bräuchte sie, um alles am Laufen zu halten. Dill fand Tobys Kontaktdaten irgendwo darin – verschiedene Adressen über die Jahre: Kenia, Jamaika, Irland, Schottland, Briefe von Carolines Anwalt, in denen Geld für die Erhaltung des Hauses gefordert wurde, alles Mögliche. Doch zurück kam nicht viel. Aber dennoch …« Er stockt, als ich ungläubig den Kopf schüttele, und fährt dann fort. »Es macht Sinn, dass Caroline die ganze Zeit wusste, wo er war. Sie konnte das Anwesen zwar verwalten, aber es gehörte ihr nie.«

In meinem Kopf dreht sich alles. Mir ist gleich, wem das Anwesen gehört. Für mich zählt nur eins. »Wo *ist* mein verflixter Bruder?«

»Auf einem kleinen Hof auf der schottischen Isle of Arran.«

»Arran! *Arran?* Das ist das kaninchenkötteldoofste … Gib mir seine Nummer, Jon. Ich rufe ihn sofort an.«

»Ich wusste, du würdest sie haben wollen. Aber auf meinem Display erschien keine Nummer, als er mich kontaktierte. Es tut mir so leid.«

Also ist er wieder unerreichbar. Am liebsten würde ich Toby, meinen selbstsüchtigen, wilden, geliebten Bruder, durchschütteln wegen seines selbst auferlegten Exils. Indem er sich selbst für alles, was geschehen ist, bestraft, bestraft er auch alle anderen. Aber so war das nun mal mit Toby: Wenn er obenauf war, zog er einen mit hoch wie ein Gott; wenn er unten war, dann riss er einen mit in die Tiefe. Mein Gott, er fehlt mir.

»Es tut mir leid, falls das kein guter Zeitpunkt war, dir davon zu erzählen«, sagt Jon und beißt sich auf die Unterlippe, »aber es war die erste Gelegenheit, die sich heute den ganzen Tag über ergab, und ich dachte, du willst es wissen. Bis jetzt hab ich es noch nicht mal Lorna erzählt.«

In dem Augenblick taucht Lorna auf wie eine Erscheinung, kommt barfuß über den Rasen gelaufen, das hochgesteckte glänzend dunkle Haar mit weißen Blumen gespickt. Alf hüpft hinter ihr her und trägt ihre Schuhe. Ich muss mich zusammennehmen. Ich möchte, dass nichts ihre Hochzeit trübt. Hier geht es weder um mich noch um Toby.

»Wir haben das mit den hohen Absätzen für heute aufgegeben, nicht wahr, Alf?« Sie lacht, setzt sich in einer Wolke aus Tüll und kühler Abendluft neben uns. Ihr beschwingtes Gesicht ist von der Sonne, die langsam überm Wald untergeht, gerötet und hübsch gerahmt von der Pelzstola meiner Mutter, die sie mit der blitzenden Diamantspange um die Schultern gelegt hat. »Komm, Jon. Ab in den Ballsaal mit dir! Tanzen!«

Jon erhebt sich hastig. »Wir sehen uns dann wieder oben.« Er wirft mir ein entschuldigendes Lächeln zu und nimmt Alf an die Hand. »Komm, Alf.«

»Aber ich bin doch der Schuhträger!«, protestiert Alf und umklammert Lornas Knie.

»Das ist eine sehr verantwortungsvolle Aufgabe.« Lorna umarmt ihn und lächelt Jon zu. »Ist es okay, wenn ich in ein paar Minuten nachkomme? Ich bringe Alf dann mit. Ich könnte wirklich eine kleine Pause von deinem Onkel Reg vertragen.«

»Liegt der etwa noch nicht komatös unter irgendeinem Baum?« Er beugt sich zu ihr hinunter und küsst sie. »Lass dir so viel Zeit, wie du brauchst, wirklich. Es verzögert sich sowieso alles ein bisschen, und keiner scheint's zu merken.«

Wir sitzen schweigend da – ich bin noch immer sprachlos wegen Toby –, bis Jon außer Reichweite ist. Dann, über Alfs Kopf hinweg, beugt sich Lorna zu mir und flüstert: »Findest du, wir passen gut zusammen?«

Ich nehme ihre Hand und drücke sie, wahrscheinlich zu fest. Wenn ich könnte, würde ich den ganzen Tag ihre Hand halten. »Lorna, ihr beide seid ein wundervolles Paar. Einfach perfekt.«

Sie strahlt, streckt die Füße aus und wackelt mit den Zehen im Gras. Es sind die Zehen meiner Mutter, fällt mir auf, der zweite Zeh länger als der große. »Das finde ich auch.«

Wir sitzen einträchtig beisammen. Ich bin noch immer nicht in der Lage, viel zu sagen, doch sie plaudert leichthin mit Alf und zeigt auf die ersten Fledermäuse des Abends, den Wald und durch die Bäume hindurch zum Kliff dahinter und zu einem klitzekleinen Strand, an dem einst vier Kinder spielten, bei Ebbe das Gerippe eines alten Schmugglerbootes aus dem Sand ragte. Im Wasser tummelten sich manchmal Delfine.

Alf ist wie gebannt. Doch dann geht abrupt die Sonne unter, so wie das im Herbst hier unten ist, als hätte ein Puppenspieler sie an den Fäden weggerissen, und es wird kalt.

Zeit, zurückzugehen! Alf springt auf. Zeit, zu tanzen! Wir kehren zum Haus zurück, und Alf bleibt alle paar Schritte stehen, um mit neugierigen pummeligen Fingern in einem braunen Maulwurfshügel herumzustochern. Auf der Terrasse herrscht tosender Lärm. Es tanzen jetzt mehr Leute, obwohl man die Musik kaum hören kann. Alf zerrt an Lornas Kleid: »Tante Lor…«

Onkel Reg kommt am Geländer entlang auf Lorna zugetorkelt und singt mit betrunkenem Bariton: »For she's a jolly good fellow!« Eine Frau in Kanariengelb drückt uns Champagnergläser in die Hand. Eine Kamera blitzt. »Also noch mal. Trinken wir auf die Enkelkinder. Wunderbar!«

»Tante Lorna«, sagt Alf und zupft energischer an ihrem Ärmel. »Ich will dir was zeigen!«

Genau in diesem Moment fängt es an – ein innerliches Klingen, das Piepsen eines längst vergessenen Echolots. Verdutzt blicke ich vom Rand meines Champagnerglases auf und frage mich, ob da ein Gewitter aufzieht.

»Tante Lorna, *schau* doch mal!«

»Entschuldige, was, Alf?« Lorna schaut verwirrt zu ihm hinunter.

»Schwarze Kaninchen!«

Der Lärm verklingt, alles verblasst, als mein Blick Alfs kleinem zeigenden Finger folgt, zu den Kaninchen, die aus ihren Bauen hoppeln, hin zum Waldrand, wo jemand – es scheint ein Mann zu sein, ja, es ist ein Mann – den Hang heraufkommt. Seine sehnige Silhouette hebt sich gegen den blutroten Horizont ab, und er neigt den Kopf gegen den Wind, während er mit der Hand seinen Hut festhält. Er geht bedächtig, aber entschlossenen Schrittes wie ein Bauer auf seinem Feld in der Abenddämmerung. Er nimmt die Abkürzung über den steilsten Abhang, wie er es immer getan hat, und bleibt oben angekommen stehen, wo er seinen Hut mit dem Finger zurückschiebt und unter der Krempe hinweg zum Haus herüberstarrt, bloß einen flüchtigen Moment lang, aber lange genug.

Ich rufe seinen Namen und renne los.

Epilog

Nancy Alton, April 1968, am Tag des Unwetters

So riechen meine Kinder: Toby, Baumharz; Amber, seit kurzem ein hormonelles Aroma; Kitty, Milch. Barney ist gerade nicht in der Küche, ihn kann ich nicht küssen oder an ihm schnuppern. Ich schaue unter dem Tisch nach, halb erwartend, ihn dort zu sehen. »Wo ist Barns?«

Kaninchen, sagen sie mir. Auf einer seiner Touren mit Boris.

Kurz darauf finden wir den törichten alten Hund, der sich hinter der Tür versteckt hat.

Donner. Peggy starrt mit ihrer Kruzifix-Halskette herumspielend aus dem Fenster und murmelt so etwas Hilfreiches wie dass den Sturm der Teufel selbst herbläst.

Auf jeden Fall ist es ein Unwetter. Oft lösen sich die Gewitter, die sich frühzeitig ankündigen, diese mächtigen schwarzen Spektakel, die vom Meer hereinziehen und die mein guter Mann scharf von der Terrasse aus beobachtet, wieder auf, bevor sie mit Macht zuschlagen können. Doch es sind diejenigen, die keine Vorwarnung geben und über den Himmel krachen wie Gewehrschüsse, vor denen man sich in Acht nehmen muss. Trotzdem, der Garten braucht Regen.

Wo finde ich bloß euren kleinen Racker von Bruder?

In dem Versteck bei der Seilschaukel, sagt mir Amber und blickt aus ernsten grünen Augen zu mir auf, während sie Clotted Cream auf ihrem Scone verstreicht. Da meine Tochter in den meisten Dingen recht hat, beschließe ich, meine Suche dort zu beginnen.

Toby, mein hinreißender, tapferer Sohn, bietet mir an, statt meiner zu gehen. Nein, er muss erst seinen Tee trinken. Sie müssen alle ihren Tee trinken, der heute sowieso schrecklich spät auf den Tisch kam – dieser Herd ist so unzuverlässig. Meine immer hungrigen Kinder sind geradezu hochgeschossen, seit wir das letzte Mal hier waren, Fußknöchel lugen aus Hosenbeinen, lange, blasse Handgelenke aus Ärmeln. Peggy kann gar nicht schnell genug kochen.

Ich lasse sie plaudernd und zankend zurück, gehe durch die Eingangshalle und entscheide mich gegen Regenmantel und Hut. Eigentlich ist es verrückt, aber nachdem ich tagelang in London eingesperrt war, betäubt von Schmerzmitteln, die Beine hochgelegt auf einem Schemel, sehne ich mich nach einem Regenguss. Ein Unwetter in Cornwall schlägt jeden Morgenkaffee in Fitzrovia.

Knight teilt meinen Enthusiasmus nicht. Er ist unruhig, legt die Ohren an, ist gar nicht er selbst. Ich steige auf, schlinge die Arme um seinen Hals, murmle etwas mit der albernen Babystimme, die er am liebsten mag. Er beruhigt sich ein wenig, bleibt aber widerwillig. Ich stemme mich in die Steigbügel. Ein stechender Schmerz fährt mir ins Bein, eine Erinnerung an den Unfall, an all die Tage in der toten Stadt, die ich in diesem türkisen Samtsessel festsaß. Und mich überkommt eine Welle der Dankbarkeit für Barney, weil er mich hierher treibt, wo der Wind an den Bäumen zerrt und der Donner kracht wie ein grandios schiefes Schulorchester.

Einmal durch das Tor im Wald angelangt – die Scharniere sollten geölt werden, das muss ich Hugo sagen –, ist es ruhiger, aber schwierig zu reiten. Einige Bäume sind umgestürzt; Äste und Zweige fallen noch immer herunter. Wir finden unseren Weg, bis ich die Seilschaukel erkennen kann, die in dem befremdlichen gelben Sturmlicht schwingt, als wäre soeben erst ein Kind abgesprungen. »Barney?«, rufe ich. »Tee!«

Er springt aus einem Wigwam aus Zweigen, eine lachende, hüpfende Gestalt, seine blassen nackten Fußsohlen blitzen beim Laufen auf. »Fang mich doch!«

»Himmeldonnerwetter, wo sind deine Schuhe?« Aber er hört nicht. Er hopst über umgefallene Baumstämme, schielt über die Schulter, um zu sehen, ob ich ihm noch auf den Fersen bin. »Ich warne dich!«, rufe ich wütend, obwohl ich als Kind genauso war.

Er kraxelt einen Baum hinauf, absichtlich ungehorsam, wie Hugo später sicher schäumen wird, die nackten Füße um die Rinde gewunden wie ein Bär, immer höher hinauf in das dunkle Blätterdach, und schaut grinsend auf mich herunter. Ich denke mir, genauso ist er, mein Sohn. Und wir beide lachen.

Doch plötzlich weicht Knight zurück, aufgeschreckt vom Unwetter, dem Donner, der durchs Tal grollt. Meine Bluse reißt an einem Ast, flattert im Wind. Und dann ist Barney verschwunden, verschlungen vom Laubwerk. Panik kommt in mir auf. Wird er fallen? Ist er schon gefallen? Nein, Barney fällt nie irgendwo herunter. »Jetzt reicht es, Barn …«

Ein Blitz wie ein Schlaglicht: Barneys Gesicht, silbern zwischen den Blättern. Knight scheut. Ich reiße ihn mit aller Kraft zurück. Mein schwaches Bein rutscht aus dem Steigbügel. Ich muss das Pferd jetzt wirklich aus diesem Unwetter bringen und Barney nach Hause. »Nimm meine Hand!«, rufe ich und strecke mich nach Barney.

Bumm! Ein Donnerschlag so laut, dass die Blätter erzittern. Zu laut.

Knight schnaubt, scheut, steigt, bis nichts Festes mehr unter mir ist, kein Sattel, kein Steigbügel, keine warme Pferdehaut. Nur noch ausgestreckte Hände, Fingerspitzen, die sich für den Bruchteil eines Augenblicks berühren, eine Woge der Liebe, weiß leuchtend, schießt über den Himmel wie eine Sternschnuppe.

Danksagung

Mein aufrichtiger Dank gilt den leidenschaftlichen Teams bei Michael Joseph und Putnam, besonders meinen großartigen Lektorinnen Maxine Hitchcock und Tara Singh Carlson, die diesen Roman unermesslich viel besser gemacht haben und mit denen ich das große Glück habe, arbeiten zu dürfen. Louise Moore für die klugen Ratschläge und die Ermutigung, die mich überhaupt erst auf die Idee zu dieser Geschichte gebracht haben. Meinen wundervollen Agentinnen Lizzy Kremer und Kim Witherspoon, deren unerschütterlicher Glaube an diesen Roman von Beginn an einen immensen Anteil an seiner Entstehung hatte. Ebenso Harriet Moore, Alice Howe, Allison Hunter und dem restlichen Team von David Higham Associates und InkWell Management. Das Herdfeuer am Brennen hielt wie immer … Mum. Danke, Tess, Emma, Kirsty, Izzy und Flip, dass ihr mich so warm empfangen habt, seit ich auf das Gut gezogen bin. Meinen Kindern, der kleinen Dreiersippe: Die besten Zeilen gebühren euch. Und Ben dafür, dass du jedes Mal das Kaninchen aus dem Hut zauberst, danke.